JOHN GRISHAM

LE CONTRAT

roman

Traduit de l'américain par Johan-Frédérik Hel Guedj

www.quebecloisirs.com

UNE ÉDITION DU CLUB QUÉBEC LOISIRS INC.
© Avec l'autorisation des Éditions Robert Laffont
Titre original : THE APPEAL
© 2008, Belfry Holdings Inc.
Traduction française : Éditions Robert Laffont, S.A., Paris, 2008
Dépôt légal — Bibliothèque et Archives nationales du Québec, 2008
ISBN Q.L. : 978-2-89430-880-6
Publié précédemment sous ISBN : 978-2-221-10493-4
(édition originale : ISBN 978-0-385-51504-7 Doubleday/Random
 House Inc., New York)

Imprimé au Canada

Au professeur Robert C. Khayat

Première partie

Le verdict

1.

Le jury était prêt.

Après quarante-huit heures de délibérations, au terme de soixante et onze jours de procès, dont cinq cent trente heures de dépositions sous serment d'une quarantaine de témoins, après une éternité passée à écouter en silence les avocats marchander et le juge les sermonner sous les regards avides d'une salle en quête du moindre signe révélateur, le jury était prêt. Enfermés en salle de délibération, coupés du monde, protégés, dix jurés avaient signé le verdict de leur nom – les deux autres boudaient dans leur coin, exclus et piteux dans leur dissidence. Il y eut des étreintes, des sourires, et maints témoignages d'autosatisfaction, car ils avaient survécu à la lutte et pouvaient désormais faire leur retour dans l'arène. Grâce à leur détermination absolue et à la recherche obstinée d'un compromis, ils avaient su imposer *in extremis* une décision. Leur supplice était terminé, leur devoir civique accompli. Ils avaient servi la collectivité, et au-delà. Ils étaient prêts.

Le président du jury frappa à la porte et Oncle Joe s'ébroua, brusquement tiré de son sommeil. Oncle Joe, le très vieil huissier, avait monté la garde, mais veillé aussi à l'organisation des repas, écouté les griefs et glissé discrètement les messages au juge. La rumeur voulait que, dans son jeune temps, à l'époque où il n'était pas si dur d'oreille, Oncle Joe ait épié les délibérations de ses jurés à travers la porte, la mince cloison de pin choisie et installée par ses soins. Mais cette époque était révolue. Ainsi qu'il l'avait confié à sa femme et à personne d'autre, une fois terminé le supplice de ce procès, il risquait fort de raccrocher son arme de service une fois pour toutes. La fatigue nerveuse liée à la surveillance du bon déroulement de la justice l'avait laissé sans force.

Il sourit.

— C'est parfait. Je vais aller chercher le juge, répondit-il comme si le magistrat se terrait au plus profond des entrailles du tribunal, dans la seule attente d'Oncle Joe.

Au lieu de quoi, selon l'usage, il trouva une greffière et lui apprit la merveilleuse nouvelle. Il y avait vraiment de quoi se réjouir. Le vieux tribunal n'avait jamais vu un procès de cette ampleur, et de cette longueur. Y mettre un terme sans décision, c'eût été dommage.

La greffière frappa un coup léger à la porte du juge, avança d'un pas et lui annonça fièrement :

— Nous sommes parvenus à un verdict.

On aurait pu croire qu'elle avait œuvré personnellement aux négociations, et qu'elle présentait ce résultat comme un cadeau.

Le juge ferma les yeux et laissa échapper un profond soupir de satisfaction. Il eut un sourire heureux, nerveux, mélange de soulagement et d'incrédulité.

— Battez le rappel des avocats, ordonna-t-il enfin.

Au bout de presque cinq jours de délibérations, le juge Harrison s'était résigné à la probabilité d'un jury sans majorité, son pire cauchemar. Après quatre années de procédure à outrance et quatre mois d'un rude procès, la perspective d'une impasse le rendait malade. Il n'osait imaginer tout reprendre.

Il chaussa ses vieux mocassins, d'un bond se leva de son siège. Avec un grand sourire de petit garçon, il attrapa sa robe. C'était terminé, le plus long procès d'une carrière pourtant mouvementée.

Le greffier réserva son premier appel au cabinet Payton & Payton, un tandem local, mari et femme, qui exerçait à partir d'une ancienne supérette désaffectée, dans un bas quartier de la ville. Un auxiliaire juridique du cabinet décrocha, écouta quelques secondes, raccrocha, puis braîlla : « Le jury a rendu son verdict !» Sa voix se répercuta dans le dédale caverneux des petits bureaux improvisés. Ses collègues sursautèrent.

Il hurla les mêmes mots en courant vers une salle baptisée La Mine, où le reste du cabinet se rassembla dans la frénésie. Wes Payton était déjà là. Quand son épouse, Mary Grace, surgit dans la pièce, leurs regards se croisèrent une fraction de seconde, éperdus de peur et de confusion. Deux auxiliaires juridiques, deux secrétaires et un comptable prirent place autour de la longue table encombrée, et se figèrent, médusés, chacun attendant que l'autre parle.

Se pouvait-il que ce soit vraiment fini ? Après l'attente, une éternité, cela pouvait-il se terminer comme ça ? Si brusquement ? Sur un simple coup de fil ?

— Et si nous prenions le temps de prier en silence ? suggéra Wes.

Ils se prirent par la main, formant un cercle étroit, et prièrent comme jamais. Toutes sortes de suppliques s'élevèrent vers le Seigneur tout-puissant, mais une au moins leur était commune : la victoire. S'il Te plaît, cher Seigneur, après tout ce temps et tous ces efforts, tout cet argent, et ces peurs et ces doutes, s'il Te plaît, oh ! s'il Te plaît, accorde-nous une victoire divine. Et délivre-nous de l'humiliation, de la ruine, de la faillite, et d'un tas d'autres maux que nous vaudrait un verdict négatif.

Le second appel du greffier aboutit sur la ligne portable de Jared Kurtin, l'architecte de la défense. M. Kurtin se prélassait tranquillement sur un canapé en cuir de location, dans son bureau temporaire de Front Street, en plein centre-ville de Hattiesburg, à trois rues du palais de justice. Il lisait une biographie et regardait le temps s'écouler – à sept cent cinquante dollars de l'heure. Il écouta calmement, rabattit le clapet de l'appareil, et lâcha :

— Allons-y. Le jury est mûr.

Ses fantassins en costume sombre se mirent au garde-à-vous et l'escortèrent en file indienne vers le bout de la rue, en route pour un nouveau succès écrasant. Ils s'éloignaient au pas de charge, sans un commentaire, sans une prière.

D'autres appels s'adressèrent à d'autres avocats, puis aux journalistes et, en quelques minutes, la nouvelle gagnait la rue où elle se propageait rapidement.

———

Quelque part vers le sommet d'une tour d'immeuble, dans le bas de Manhattan, un jeune homme saisi de panique interrompit une réunion très sérieuse pour chuchoter la nouvelle à M. Carl Trudeau, qui se désintéressa aussitôt des questions débattues autour de la table et se leva d'un coup.

— Il semblerait que le jury soit parvenu à un verdict.

D'un pas martial, il sortit de la pièce et se rendit au bout du couloir, dans un vaste bureau, où il retira sa veste, relâcha le nœud de sa cravate, s'approcha d'une fenêtre et laissa son regard errer dans le crépuscule naissant, vers l'Hudson River, au loin. Il attendit et se posa l'éternelle question : comment, au juste, son empire pouvait-il dépendre ne serait-ce qu'en partie des opinions conjuguées de douze individus ordinaires exprimées quelque part au fin fond du Mississippi ?

Il avait beau en savoir long, la réponse lui échappait encore.

———

On se pressait dans le tribunal, de partout. Les Payton se garèrent dans la rue située sur l'arrière. Ils restèrent un moment dans la voiture, la main dans la main. Pendant quatre mois, ils avaient essayé d'éviter tout contact aux abords du tribunal. Il y avait toujours quelqu'un pour les guetter. Un juré, le cas échéant, ou un journaliste. Il importait d'être aussi professionnels que possible. Il y avait un côté inédit, surprenant, dans leur tandem à la fois juridique et conjugal, aussi les Payton s'efforçaient-ils de se traiter mutuellement en avocats, non en époux.

Et puis, pendant le procès, ils n'avaient guère eu l'occasion de se toucher, que ce soit à l'ombre du tribunal ou ailleurs.

— À quoi penses-tu ? s'enquit Wes sans regarder sa femme.

Il avait le cœur battant et le front moite. Il s'agrippait encore au volant de sa main gauche, et se répétait sans arrêt de se détendre.

Se détendre. Cette bonne blague.

— Je n'ai jamais eu aussi peur de ma vie, avoua-t-elle.

— Moi non plus.

Un long silence, ils respirèrent profondément et regardèrent passer un monospace de la télévision qui faillit renverser un piéton.

— Si on perd, on survit ? lâcha-t-elle. C'est la question.

— Il faut. Nous n'avons pas le choix. Mais nous n'allons pas perdre.

— Bravo. Allons-y.

Ils rejoignirent les membres de leur modeste cabinet et pénétrèrent avec eux dans le tribunal. Leur cliente, Jeannette Baker, la plaignante, les attendait à sa place habituelle, à côté du distributeur de sodas. Quand elle vit ses avocats, elle fondit en larmes. Wes la prit par un bras, Mary Grace par l'autre, et ils l'escortèrent jusqu'en haut des marches, vers la grande salle d'audience du deuxième étage. Ils auraient aussi bien pu la porter – elle pesait moins de cinquante kilos. Depuis le début du procès, elle avait vieilli de cinq ans, elle était déprimée, parfois au bord de la confusion mentale, et, sans être carrément anorexique, elle ne se nourrissait plus. À trente-quatre ans, elle avait enterré un enfant et un mari, et elle arrivait au terme d'un horrible procès qu'en son for intérieur elle aurait préféré ne jamais intenter.

La salle d'audience était en état d'alerte maximale, comme s'il pleuvait des bombes dans le hurlement des sirènes. On s'affairait en tous sens, on cherchait un siège, on discutait les nerfs à vif, le regard furtif. Quand Jared Kurtin et l'armée de la défense entrèrent par une porte latérale, on les dévora des yeux, comme si l'avocat savait quelque chose qu'ils ignoraient. Jour après jour, pendant ces quatre derniers mois, il avait témoigné de dons extralucides, mais en cet instant son visage ne révélait rien. Il fit cercle avec ses subordonnés, l'air grave.

À quelques pas de là, les Payton et Jeannette s'installèrent sur leurs chaises, à la table des plaignants. Les mêmes chaises, les mêmes positions, la même stratégie délibérée pour inspirer aux jurés le sentiment que cette malheureuse veuve et ses deux avocats solitaires s'en prenaient à une entreprise gigantesque aux ressources illimitées. Wes Payton jeta un rapide coup d'œil à Jared Kurtin, leurs regards se croisèrent, et ils se gratifièrent mutuellement d'un hochement de tête poli. Le miracle de ce procès, c'était que ces deux hommes soient encore capables de s'aborder avec un minimum de civilité, et même de converser, en cas d'absolue nécessité. C'était devenu un motif de fierté. Même dans les situations les plus odieuses, et il y en avait eu tant, ils s'étaient déterminés l'un comme l'autre à ne jamais sombrer dans le caniveau, et à se tendre la main.

Mary Grace n'eut pas un regard pour ce côté-là de la salle. Si elle avait consenti à tourner la tête, elle n'aurait adressé aucune sorte de salutation. Et si elle avait eu une arme sur elle, la moitié des costume-cravate présents dans son champ de vision en auraient été éjectés. Elle disposa un bloc-notes sur la table, devant elle, écrivit la date, puis son nom, et ne vit pas quoi y consigner d'autre. En soixante et onze jours de procès, elle avait rempli soixante-six de ces blocs, tous de la même taille et de la même couleur. Ils étaient maintenant classés et rangés à La Mine, dans une armoire métallique d'occasion. Elle tendit un mouchoir en papier à Jeannette. Elle avait comptabilisé tout et le reste, sauf le nombre de boîtes de Kleenex que Jeannette avait vidées au cours du procès. Des dizaines, à coup sûr.

Cette femme pleurait quasiment sans répit et, malgré la profonde sympathie qu'elle éprouvait pour elle, Mary Grace était fatiguée de toutes ces larmes, aussi. Elle était fatiguée de tout – du stress, des nuits sans sommeil, des regards scrutateurs, d'être loin de ses enfants, de leur appartement délabré, de leur montagne de factures impayées, des clients qu'ils négligeaient, des barquettes de nouilles chinoises froides avalées en vitesse à point d'heure, d'avoir à se maquiller et se coiffer tous les matins afin de garder plus ou moins intactes ses chances de séduire le jury. C'était tout cela, que l'on attendait d'elle.

S'engager dans un grand procès, cela équivalait à plonger avec une ceinture lestée dans un étang noir tapissé d'herbes.

Remonter pour respirer : plus rien d'autre au monde ne compte. Et, chaque instant, vous pensez mourir noyé.

Quelques rangées derrière les Payton, au bout d'un banc qui se remplissait rapidement, leur banquier se rongeait les ongles l'air de rien. Il s'appelait Tom Huff, Huffy pour ses connaissances. À intervalles réguliers, Huffy était passé suivre le procès, et apporter sa contribution, avec sa prière silencieuse bien à lui. Les Payton devaient quatre cent mille dollars à la banque qui l'employait, et leur seul bien gagé à titre de nantissement était un lopin de terre du Cary County, propriété du père de Mary Grace. Cette terre pourrait rapporter cent mille dollars dans les bons jours, sans compter un lot substantiel de créances non garanties à la clef. Si les Payton perdaient cette affaire, la carrière de Huffy dans la banque, naguère prometteuse, serait terminée. Le président de l'établissement avait cessé depuis longtemps de lui hurler dessus. Désormais, les menaces lui étaient adressées par e-mail.

Ce qui avait innocemment débuté par un bête deuxième prêt hypothécaire de quatre-vingt-dix mille dollars adossé à leur ravissante maison de la périphérie résidentielle s'était mué en un gouffre de folles dépenses, couleur d'encre rouge. Du moins, folles aux yeux de Huffy. Quoi qu'il en soit, la jolie maison avait disparu, tout comme les jolis bureaux en centre-ville, les voitures de marque étrangère, et le reste. Les Payton avaient misé le tout pour le tout. Il était obligé de les admirer. Un verdict grand format, et il serait un génie. Un mauvais verdict, et il irait faire la queue derrière eux au tribunal de commerce.

Les financiers, de l'autre côté de la salle d'audience, ne se mangeaient pas les ongles et ne se souciaient pas particulièrement de faillite personnelle, même si le sujet avait été évoqué. Krane Chemical disposait de quantité de liquidités, de bénéfices et d'actifs cumulés, mais d'un autre côté, le groupe était confronté à des centaines de plaignants potentiels qui attendaient comme des vautours d'entendre ce que le monde était sur le point d'entendre. Un verdict insensé, et ce serait une volée de procédures.

Mais, à cette minute, leur équipe respirait la confiance. Jared Kurtin était le meilleur défenseur que l'on puisse se payer. Le titre de la compagnie n'avait que modérément fléchi. M. Trudeau, là-haut, à New York, semblait satisfait. Ils étaient impatients de rentrer chez eux.

Dieu merci, les marchés financiers étaient fermés pour la journée.

Oncle Joe beugla : « Restez assis », et le juge Harrison entra par la porte située derrière la barre. Il avait mis fin depuis belle lurette au rituel qui imposait à l'assistance de se lever rien que pour le regarder s'asseoir.

— Bonjour, fit-il promptement. – Il était presque 17 heures. – Le jury m'a informé que l'on avait débouché sur un verdict. – Il regarda autour de lui, s'assurant de la présence de tous les protagonistes. – En toutes circonstances, je veux de la bienséance. Pas d'éclats. Tant que je n'ai pas dissous le jury, personne ne sort. Des questions ? D'autres requêtes futiles de la part de la défense ?

Jared Kurtin resta de marbre. Il se contentait de griffonner dans son bloc comme s'il était occupé à peindre un chef-d'œuvre. Si Krane Chemical perdait, il ferait appel, avec la dernière détermination, et la pierre angulaire de cet appel serait le parti pris évident de l'Honorable Thomas Alsobrook Harrison IV, un ancien avocat pénal affecté d'une aversion évidente pour les multinationales en général et, désormais, pour Krane Chemical en particulier.

— Huissier, faites entrer le jury.

La porte voisine du box des jurés s'ouvrit, et l'air de la salle d'audience fut comme aspiré par un vide invisible, gigantesque. Les cœurs se pétrifièrent. Les corps se raidirent. Les yeux trouvèrent des objets sur lesquels se fixer. Le seul bruit perceptible était celui des semelles des jurés glissant sur la moquette râpée.

Jared Kurtin continuait de griffonner méthodiquement. Il entrait dans son jeu, quand les jurés revenaient avec un verdict, de ne jamais regarder leurs visages. Fort d'une centaine de procès, il savait qu'ils étaient impénétrables. Et pourquoi se donner cette peine ? De toute manière, leur décision serait annoncée d'ici quelques secondes. Son équipe avait reçu des instructions strictes pour ignorer les jurés et ne manifester aucune réaction, quel que soit le verdict.

Naturellement, Jared Kurtin n'était pas menacé de ruine financière et professionnelle. Wes Payton, lui, si. C'est pourquoi il ne parvenait pas à détacher son regard des jurés, qui s'installaient à leurs places. Le directeur de la laiterie détourna les yeux, mauvais signe. L'institutrice dévisageait fixement Wes, comme si elle ne le voyait pas, autre mauvais signe. Quand le président du jury tendit une enveloppe au greffier, l'épouse du pasteur lança à Payton un regard plein de pitié, mais il est vrai qu'elle arborait ce regard-là depuis les exposés introductifs.

Mary Grace capta un autre signe, un vrai. Sans même l'avoir cherché. Alors qu'elle tendait un énième mouchoir à Jeannette Baker, au bord de la crise à présent, ses yeux croisèrent ceux du juré le plus proche d'elle. Le sixième juré, le professeur Leona Rocha, une prof de fac à la retraite. Par-dessus ses lunettes de lecture à monture rouge, le professeur Rocha lui lança le clin d'œil le plus fugace, le plus ravissant, le plus sensationnel que l'avocate recevrait jamais.

— Avez-vous rendu votre verdict ? demanda le juge Harrison.

— Oui, votre honneur, en effet, répondit le président du jury.

— À l'unanimité ?

— Non, monsieur le juge, pas à l'unanimité.

— Êtes-vous au moins neuf à vous rejoindre sur ce verdict ?

— Oui, monsieur le juge. Par dix voix contre deux.

— C'est tout ce qui compte.

Mary Grace se gribouilla une note, concernant ce clin d'œil, mais elle serait par la suite incapable de déchiffrer sa propre écriture. Essaie d'avoir l'air calme, ne cessait-elle de se répéter.

Le juge Harrison prit l'enveloppe au greffier, en sortit une feuille de papier et parcourut le texte du verdict – le front creusé de rides profondes, les paupières froncées, en se pinçant l'arête du nez. Au bout d'une éternité, il déclara :

— C'est apparemment en ordre.

Sans le moindre tressaillement, sans un sourire, sans même ciller, sans rien trahir de ce qui était écrit sur cette feuille.

19

Il regarda en contrebas et fit un signe de tête à son greffier. Il goûtait pleinement cet instant. Puis les rides autour des yeux s'atténuèrent, les muscles de la mâchoire se décontractèrent, les épaules se relâchèrent et, pour Wes en tout cas, naquit soudain l'espoir que le jury ait bel et bien étrillé le défendeur.

D'une voix lente et forte, le juge Harrison lut.

— Première question : « Estimez-vous, en vous fondant sur la prépondérance de la preuve, que la nappe phréatique en question ait été contaminée par Krane Chemical Corporation ? » – Après un temps de silence assez perfide, qui ne dura pas plus de cinq secondes, il poursuivit. – La réponse est « oui ».

Un côté de la salle d'audience parvint enfin à respirer, tandis que l'autre bleuissait à vue d'œil.

— Deuxième question : « Estimez-vous, en vous fondant sur la prépondérance de la preuve, que cette contamination a été la cause immédiate de la mort ou des morts de a) Chad Baker et/ou b) Pete Baker ? » Réponse : « Oui, pour les deux. »

Mary Grace se débrouilla pour extraire les mouchoirs de la main gauche tout en écrivant frénétiquement de la main droite. Wes s'arrangea pour attraper le regard enjoué du quatrième juré, qui semblait dire : « Et maintenant, le plat de résistance. »

— Troisième question : « Pour Chad Baker, quelle somme accordez-vous à sa mère, Jeannette Baker, à titre de dommages et intérêts pour sa mort prématurée ? » Réponse : « Cinq cent mille dollars. »

Les enfants morts ne valent pas grand-chose, car ils ne gagnent rien, mais le montant octroyé pour le décès de Chad résonnait comme un signal d'alarme, il donnait un aperçu de ce qui allait suivre. Wes fixa la pendule au-dessus du juge et remercia Dieu de lui avoir évité la faillite.

— Quatrième question : « Pour Pete Baker, quelle somme d'argent accordez-vous à sa veuve, Jeannette Baker, à titre de dommages et intérêts pour la mort prématurée de son époux ? » Réponse : « Deux millions et demi de dollars. »

Chez ces messieurs de la finance, au premier rang, derrière Jared Kurtin, il y eut un bruissement. Krane pouvait certes encaisser un coup de trois millions de dollars, mais c'était l'onde de choc qui, soudain, les terrorisait. Quant à M. Kurtin, il restait encore et toujours de marbre.

Pour le moment.

Jeannette Baker manqua glisser de son siège. Elle fut rattrapée par ses deux avocats, qui la redressèrent, enveloppèrent ses frêles épaules de leurs bras et lui chuchotèrent quelques mots. Elle sanglotait, c'était irrépressible.

La liste comportait six questions concoctées par les avocats, et si le jury répondait oui à la cinquième, alors ce serait la folie généralisée. Le juge Harrison y arrivait. Il la lut lentement, en se raclant la gorge, étudiant la réponse. Et révéla son fond venimeux. Avec le sourire. Il releva les yeux de quelques centimètres, au ras de la feuille de papier qu'il tenait en main, au ras des lunettes très ordinaires perchées sur son nez, et regarda droit vers Wes Payton. Le sourire était pincé, un sourire de conspirateur empreint d'une satisfaction jubilatoire.

— Cinquième question : « Estimez-vous, en vous fondant sur la prépondérance de la preuve, que les actes de Krane Chemical Corporation étaient intentionnels ou relevaient d'une négligence grave, au point de justifier l'application de dommages et intérêts punitifs ? » Réponse : « Oui. »

Mary Grace s'arrêta d'écrire et, par-dessus la tête de sa cliente, se tourna vers son mari, dont le regard se figea sur elle. Ils avaient gagné, et rien que cela, c'était déjà enivrant. Quelle était l'ampleur de leur victoire ? En cette fraction de seconde capitale, ils surent tous deux qu'elle était écrasante.

— Sixième question : « Quel est le montant de ces dommages et intérêts punitifs ? » Réponse : « Trente-huit millions de dollars. »

Il y eut des haut-le-cœur, des toux et des sifflements feutrés – l'onde de choc fit trembler la salle d'audience. Penchés sur leurs notes, Jared Kurtin et sa bande étaient occupés à paraître impassibles sous le souffle de la déflagration. Les caciques de Krane Corporation, au premier rang, tâchaient de se remettre, de respirer normalement. Tous ou presque, ils fusillaient les jurés du regard et remuaient d'infâmes pensées où il était question de ces gens et de leur ignorance, de la stupidité des péquenauds, et tutti quanti.

M. et Mme Payton eurent une fois encore un geste vers leur cliente qui, affaissée sous le poids du verdict, essayait piteusement de se redresser. Wes lui chuchota des propos rassurants, tout en se répétant les chiffres qu'il venait d'entendre. Sans trop savoir comment, il réussit à garder son sérieux et à contenir le sourire niais qui lui venait.

Huffy le banquier cessa de se dépiauter les ongles. En moins de trente secondes, il était passé du statut d'ancien vice-président de succursale en disgrâce, à celui d'étoile montante de la banque, digne d'un gros salaire et d'un grand bureau. Il se sentait même plus intelligent. Ah ! quelle merveilleuse entrée dans la salle du conseil d'administration il allait mettre en scène, à la première heure le lendemain matin. Le juge en était aux formalités et remerciait le jury, mais Huffy n'en avait cure. Il avait entendu tout ce qu'il avait besoin d'entendre.

Les jurés se levèrent et sortirent en file indienne, devant Oncle Joe qui leur tenait la porte et opinait d'un air approbateur. Plus tard, il raconterait à sa femme qu'il avait prédit un tel verdict, quoiqu'elle n'en eût aucun souvenir. Il prétendait, de toute sa longue carrière, ne s'être jamais trompé sur un seul verdict. Une fois les jurés sortis, Jared Kurtin se leva et, avec une parfaite contenance, débita en vitesse les requêtes usuelles postérieures au verdict, que le juge Harrison put recevoir avec grande compassion maintenant que l'on avait versé le premier sang. Mary Grace resta sans réaction. Cela lui était égal. Elle avait ce qu'elle voulait.

Wes pensait aux quarante et un millions de dollars et refoulait ses émotions. Le cabinet allait survivre, comme leur mariage, leurs réputations, tout.

Quand le juge Harrison annonça finalement « L'audience est levée », une foule se déversa de la salle. Tous avaient à la main un téléphone portable.

———

M. Trudeau était encore à la fenêtre, debout. Il contemplait la fin du coucher de soleil, là-bas, loin, au-delà du New Jersey. À l'autre bout de la pièce, Stu, l'assistant, prit l'appel, s'aventura de quelques pas, et rassembla son courage. Puis il se lança :

— Monsieur, cela vient de Hattiesburg. Trois millions de dommages et intérêts réels, trente-huit en dommages punitifs.

Il y eut un léger affaissement de l'épaule, un discret soupir d'exaspération, puis quelques grommellements d'obscénités. M. Trudeau se retourna lentement et lança un regard haineux à l'assistant, comme s'il était sur le point d'abattre le porteur du message d'un coup de pistolet.

— Vous êtes certain d'avoir bien entendu cela ?

Stu souhaita éperdument avoir mal entendu.

— Oui, monsieur.

Derrière lui, la porte était ouverte. Bobby Ratzlaff surgit, essoufflé, sous le choc, effaré, en quête de M. Trudeau. Ratzlaff était le juriste en chef de la maison, et sa tête serait la première sur le billot. Il était déjà en nage.

— Que vos gars soient ici dans les cinq minutes, grogna Trudeau, puis il se retourna vers la fenêtre.

————

La conférence de presse se tint au premier étage du palais de justice. En deux petits groupes distincts, Wes et Mary Grace dialoguaient patiemment avec les journalistes. Ils donnaient les mêmes réponses aux mêmes questions. Non, le verdict ne constituait pas un record pour l'État du Mississippi. Oui, ils estimaient que c'était justifié. Non, ce n'était pas attendu, en tout cas pas dans une telle proportion. Il y aurait certainement appel, oui. Wes éprouvait un grand respect pour Jared Kurtin, mais pas pour son client. À l'heure actuelle, leur cabinet représentait trente autres plaignants qui attaquaient Krane Chemical. Non, ils ne comptaient pas régler ces affaires à l'amiable.

Oui, ils étaient épuisés.

Au bout d'une demi-heure, ils demandèrent qu'on veuille bien les excuser, et s'éloignèrent du bâtiment du tribunal de circonscription de Forest County, main dans la main, chargés l'un et l'autre d'une lourde serviette. On les photographia en train de monter dans leur voiture et de démarrer.

Une fois seuls, ils ne prononcèrent pas un mot. Quatre rues, cinq, six. Dix minutes s'écoulèrent, sans un mot. La voiture, une Ford Taurus cabossée, un million de kilomètres au compteur, au moins un pneu dégonflé, et le cliquetis permanent d'une soupape qui collait, errait de rue en rue autour de l'université.

Wes parla le premier.

— Le tiers de quarante et un millions, cela fait combien ?

— N'y pense même pas.

— Je n'y pense pas. C'est juste histoire de plaisanter.

— Conduis, c'est tout.

— On va quelque part ?

— Non.

La Taurus se hasarda dans les périphéries, sans but, du moins sans autre but que de ne pas regagner le bureau. Ils évitaient aussi le quartier où ils avaient possédé une ravissante maison, autrefois.

Ils sortaient peu à peu de leur engourdissement, et se faisaient lentement à cette réalité. Une procédure qu'ils avaient intentée à contrecœur voici quatre ans venait de connaître une issue des plus spectaculaires. Un marathon exténuant s'achevait et, en dépit d'une victoire provisoire, la note était lourde. La cicatrisation n'avait pas encore commencé, les blessures restaient à vif.

La jauge d'essence affichait un réservoir au quart plein, un détail que Wes aurait à peine remarqué, deux ans plus tôt. Maintenant, c'était un problème. À l'époque, il roulait en BMW – Mary Grace avait une Jaguar – et, quand il avait besoin d'essence, il allait à sa station-service préférée faire le plein avec une carte de crédit. Il ne voyait jamais les factures ; elles étaient traitées par son comptable. Depuis, les cartes de crédit avaient disparu, tout comme la BMW et la Jaguar, et le même comptable, qui travaillait pour une moitié de salaire, leur allouait leurs dollars au compte-gouttes, histoire de maintenir le cabinet Payton tout juste à flot.

Elle jeta un coup d'œil à la jauge, une habitude récente. Elle remarquait et retenait le prix de tout – cinq litres d'essence, un pain, un pack de lait. Elle était économe et il était dépensier, mais, du temps où les clients appelaient et où les affaires se réglaient, elle avait cédé à la facilité, un peu trop profité de leur réussite. Épargner et investir n'était pas une priorité. Ils étaient jeunes, le cabinet se développait, le futur ne connaissait pas de limites.

Ce qu'elle était parvenue à investir dans un fonds de placement avait été dévoré depuis longtemps par l'affaire Baker.

Une heure plus tôt, ils étaient fauchés, au moins sur le papier, criblés de dettes dépassant, et de loin, les maigres avoirs qu'ils pourraient gager. À présent, les choses étaient différentes. Le passif n'avait pas disparu, mais la colonne en rouge de leur bilan s'était sans doute allégée.

Sans doute...

Quand seraient-ils à même de lire tout ou partie de ce merveilleux verdict ? Krane allait-il proposer un accord à l'amiable ? Quel délai avant la décision en appel ? Combien de temps pourraient-ils désormais consacrer au reste de leurs dossiers ?

Ils n'avaient ni l'un ni l'autre envie de méditer sur les questions qui les hantaient. Ils étaient simplement trop fatigués et trop soulagés. Depuis une éternité, ils n'avaient guère parlé d'autre chose, et en cet instant ils ne parlaient plus de rien. Demain ou après-demain, il serait toujours temps de faire le point.

— On n'a presque plus d'essence, remarqua-t-elle.

Aucune repartie ne venant à son esprit las, il lui dit :

— Et pour le dîner ?

— Macaroni au fromage, avec les enfants.

Le procès ne les avait pas seulement vidés de leur énergie et privés de leurs avoirs ; il avait aussi consumé le peu de poids en trop qu'ils pouvaient avoir. Wes avait perdu sept kilos si ce n'est plus – en fait, il n'était pas monté sur un pèse-personne depuis des mois. Il n'aborderait pas cette question délicate avec sa femme, mais elle avait besoin de se nourrir, c'était évident. Ils avaient sauté quantité de repas – des petits déjeuners quand ils habillaient les enfants en toute hâte pour les conduire à l'école, des déjeuners quand l'un discutait des requêtes au bureau de Harrison pendant que l'autre préparait le prochain contre-interrogatoire, des dîners quand, plongés dans le travail jusqu'à minuit, ils oubliaient tout simplement de se sustenter. Les barres de céréales et les boissons énergétiques leur avaient permis de tenir le coup.

— Super ! fit-il, et il prit à gauche, dans une rue qui les ramenait chez eux.

———

Ratzlaff et deux autres juristes prirent place à une table gainée de cuir aux lignes épurées, dans un angle du vaste bureau de M. Trudeau. Les murs entièrement vitrés offraient une vue magnifique sur les tours du quartier de la finance, mais personne n'était d'humeur à admirer le spectacle. M. Trudeau était au téléphone, à l'autre extrémité de la pièce, derrière son bureau chromé. Les juristes patientaient, sur les nerfs. Ils avaient discuté sans interruption avec les témoins oculaires, là-bas, dans le Mississippi, mais n'avaient encore reçu que peu de réponses.

Le patron termina sa conversation téléphonique et traversa l'espace à grands pas décidés.

— Que s'est-il passé ? s'écria-t-il, cassant. Il y a une heure, les gars, vous étiez tout farauds. Et maintenant, nous voilà essorés. Que s'est-il passé ?

Il s'assit et regarda Ratzlaff avec fureur.

— Procès avec jury populaire. C'est toujours périlleux, expliqua ce dernier.

— J'en ai vécu des procès, des quantités, et en général je les gagne. Je croyais que vous aviez embauché les meilleurs avocats, les plus retors du métier. Les meilleurs bavards qu'on puisse se payer. On n'a pas regardé à la dépense, exact ?

— Oh non ! Ça nous a coûté cher. Et ça continue.

M. Trudeau frappa du plat de la main sur la table et aboya.

— Qu'est-ce qui a mal tourné ?

Eh bien, songea Ratzlaff – il aurait aimé le lui dire à haute voix, mais il tenait beaucoup à son job –, pour commencer, le groupe a construit une usine de pesticides à Pétaouchnock, Mississippi, parce que la terre et la main-d'œuvre, là-bas, c'était pour rien. Ensuite, nous avons passé les trente années qui ont suivi à balancer en toute illégalité des produits chimiques et des déchets dans le sol et dans les rivières, et nous avons contaminé l'eau potable jusqu'à ce qu'elle prenne un goût de lait caillé. Ce qui, même si c'était désagréable, n'était pas encore le pire, car, finalement, les gens se sont mis à mourir de cancers divers. Voilà très exactement, monsieur le patron et monsieur le PDG et monsieur le repreneur d'entreprises, ce qui a mal tourné.

— À propos de la procédure en appel, les avocats étaient optimistes, préféra-t-il répondre, sans trop de conviction.

— Oh, splendide. À la minute présente, je m'y fie complètement, à ces avocats. Vous les avez dégottés où, ces clowns ?

— Ce sont les meilleurs, non ?

— Bien sûr. Et nous n'avons qu'à expliquer à la presse qu'en ce qui concerne l'appel, nous sommes enthousiastes, comme ça peut-être que demain le titre ne plongera pas ? C'est ce que vous êtes en train de me raconter ?

— On peut présenter les choses sous un autre angle, proposa Ratzlaff.

Les deux autres avocats fixaient obstinément les parois de verre. Lequel serait le premier à sauter dans le vide ?

L'un des téléphones portables posés sur la table de M. Trudeau sonna et il s'en saisit d'un geste vif.

— Hello, chérie, fit-il, et il se leva, puis s'éloigna.

C'était Mme Trudeau troisième du nom, dernier trophée en date, une jeune femme cinglante que Ratzlaff et tout le monde dans l'entreprise évitaient à tout prix. Son mari chuchota, puis lui dit au revoir.

Il se plaça devant une fenêtre, près des avocats, et contempla les tours miroitantes, tout autour de lui.

— Bobby, fit-il sans se retourner, savez-vous où le jury est allé pêcher ce chiffre de trente-huit millions de dommages et intérêts dissuasifs ?

— Je n'ai pas cette information sous la main.

— Non, évidemment. Pour les neuf premiers mois de cette année, Krane a engrangé en moyenne trente-huit millions de bénéfices. Une bande de péquenauds et d'ignorants qui à eux tous ne gagneraient pas cent mille dollars par an, et ils sont là, à siéger comme des dieux, pour prendre aux riches et donner aux pauvres.

— Pour l'instant, cet argent ne sort pas de chez nous, Carl, fit Ratzlaff. Il ne changera pas de mains avant des années, si d'ailleurs cela se produit jamais.

— Parfait ! Présentez-leur donc cela sous cet angle, aux loups, pendant que le titre de la société ira rouler dans le caniveau.

Ratzlaff se tut et s'affaissa dans son siège. Les deux autres juristes n'étaient pas près de proférer le moindre son.

M. Trudeau reprit son va-et-vient dans la pièce.

— Quarante et un millions de dollars. Et nous avons combien d'autres affaires en suspens, Bobby ? Quelqu'un n'a-t-il pas évoqué deux cents, trois cents cas ? Eh bien, nous en aurons trois mille demain matin. À partir de maintenant, tous les cul-terreux du Sud-Mississippi qui auront un bouton de fièvre vont prétendre avoir siroté le breuvage magique de Bowmore. Le moindre chasseur d'ambulances à deux balles titulaire d'une licence de droit va foncer là-bas enrôler des clients. Ce n'était pas ce qui était prévu, Bobby. Vous me l'aviez promis.

Ratzlaff conservait un mémo sous clef. Élaboré sous son contrôle, lourd d'une centaine de pages, il était vieux de huit ans. Il décrivait, avec un luxe de détails sordides, les déchets toxiques rejetés par l'usine de Bowmore, en toute illégalité, résumait les efforts complexes déployés par la compagnie pour dissimuler ces rejets, tromper l'Agence de protection de l'environnement, acheter des politiciens au niveau local et fédéral. On y recommandait un nettoyage clandestin, mais efficace du site de la décharge, pour un coût d'environ cinquante millions de dollars. On y suppliait les destinataires de mettre un terme à ces rejets.

Et, plus important que tout, en ce moment critique, on y prédisait qu'un tribunal rendrait un verdict déplaisant, un jour.

Seuls la chance et un mépris flagrant des règles de procédure civile avaient permis à Ratzlaff de tenir ce mémo secret.

M. Trudeau en avait reçu une copie, huit ans plus tôt, même si, à présent, il niait l'avoir jamais eu sous les yeux. À cette minute, Ratzlaff était tenté de le dépoussiérer et d'en lire quelques morceaux choisis mais, encore une fois, il tenait à son poste.

M. Trudeau vint à la table, posa les deux paumes à plat sur le cuir italien, et fusilla le juriste du regard.

— Je vous le jure, cela n'arrivera jamais. Pas un centime de nos bénéfices durement gagnés ne finira jamais entre les mains de ces paysans en caravane.

Les trois avocats dévisagèrent leur patron, dont les yeux se réduisaient à deux fentes de braise. Il fulminait.

— Que je doive déclarer la société en faillite ou la scinder en quinze morceaux, acheva-t-il, je vous jure sur la tombe de ma mère que ces ignares ne toucheront jamais un centime de l'argent de Krane.

Et, sur ce serment, il traversa le tapis persan, décrocha sa veste d'un portemanteau et quitta le bureau.

2.

Jeannette Baker rentra chez elle raccompagnée par sa famille. Elle était affaiblie, sous le choc, et, comme d'habitude, sous sédatifs. Elle n'avait pas envie de faire semblant de fêter ça, ni même de voir personne. Ces chiffres représentaient une victoire, mais le verdict était aussi le terme d'un long et pénible périple. Et puis son mari, son petit garçon étaient bel et bien morts.

Elle habitait avec Bette, sa belle-sœur, dans une vieille caravane installée à Pine Grove, quartier triste et désolé de Bowmore, ville distante d'une trentaine de kilomètres du tribunal. On trouvait là d'autres caravanes disséminées le long des rues non goudronnées. La plupart des véhicules étaient âgés de plusieurs décennies, peinture pelée, carrosserie cabossée. Les quelques habitations en dur, ancrées sur leur dalle depuis cinquante ans, vieillissaient mal, et montraient des signes évidents de négligence. À Bowmore, le travail était rare, et plus encore à Pine Grove. Quelques pas rapides dans la rue où vivait Jeannette auraient suffi à déprimer n'importe quel visiteur.

La nouvelle l'avait précédée, et quand elle arriva devant chez elle, un petit groupe s'y rassemblait déjà. Ils la mirent au lit, puis s'assirent dans son petit espace de vie encombré, chuchotèrent à propos du verdict et se perdirent en conjectures. Quarante et un millions de dollars ? En quoi cela affecterait-il les autres procédures judiciaires ? Krane serait-il forcé de payer les pots cassés ? Quand pouvait-elle espérer voir une partie de cet argent ? Ils veillèrent à ne pas s'étendre sur cette dernière question, mais c'était quand même la réflexion dominante.

D'autres amis arrivèrent, et la petite foule déborda de la caravane sur l'étroite terrasse de planches branlantes, où ils déplièrent des chaises longues, s'assirent et causèrent dans l'air frais de ce début de soirée. Ils partagèrent une bouteille d'eau minérale et des sodas. Pour une population qui souffrait depuis si longtemps, la victoire était douce. Finalement, ils avaient gagné. Quelque chose. À leur tour, ils avaient frappé Krane, une entreprise qu'ils haïssaient de toute leur énergie, de toutes leurs fibres. Ils avaient enfin réussi à rendre les coups, au moins un. Peut-être que le vent tournait. Quelque part, en dehors de Bowmore, quelqu'un avait tendu l'oreille.

Ils parlèrent avocats, dépositions et Agence de protection de l'environnement, rapports toxicologiques et géologiques. Ils avaient beau ne pas être très instruits, ils maîtrisaient le jargon des déchets toxiques, de la nappe phréatique et des amas cancéreux. Ce cauchemar, ils le vivaient.

Jeannette ne dormait pas. Dans la pénombre de sa chambre, elle écoutait les conversations étouffées. Elle se sentait en sécurité. C'étaient son monde, des amis et de la famille, des victimes, ses semblables. Les liens étaient étroits, la souffrance partagée. Et l'argent le serait aussi. Si jamais elle en voyait un centime, elle le distribuerait autour d'elle.

Plongée dans cette demi-obscurité, le regard fixé sur le plafond, elle ne se sentait pas bouleversée. Son soulagement d'en avoir fini avec le supplice du procès l'emportait de beaucoup sur le frisson de la victoire. Elle avait envie de dormir une semaine d'affilée et de se réveiller dans un monde neuf, avec sa petite famille intacte, ses amis heureux et en bonne santé. Cependant, pour la première fois depuis qu'elle avait entendu le verdict, elle se demanda ce qu'elle pourrait s'acheter avec le montant de ces dommages et intérêts, au juste.

De la dignité. Un endroit où vivre dignement et un endroit où travailler dignement. Ailleurs, bien sûr. Elle déménagerait de Bowmore et du Cary County, de ses rivières, de ses ruisseaux et de ses nappes polluées. Pas loin, toutefois, car tous ceux qu'elle aimait habitaient là. Mais elle rêvait d'une nouvelle vie dans une nouvelle maison, où il coulerait de l'eau saine, de l'eau qui ne puait pas, qui ne vous souillait pas, qui ne provoquait pas la maladie et la mort.

Elle entendit encore une portière de voiture claquer. Elle était si reconnaissante à ses amis. Peut-être devait-elle arranger ses cheveux et mettre le nez dehors, dire bonjour. Elle passa dans la minuscule salle de bains, à côté de son lit, alluma la lampe, ouvrit le robinet du lavabo, s'assit sur le rebord de la baignoire et regarda fixement l'eau grisâtre couler sur les taches sombres de la vasque en fausse porcelaine.

De la flotte bonne à évacuer les déjections humaines, rien d'autre. La station de pompage qui la distribuait était la propriété de la municipalité de Bowmore, qui interdisait d'en boire. Trois ans auparavant, le conseil municipal avait adopté un décret par lequel il pressait instamment ses administrés de ne l'employer que pour les chasses d'eau. Des écriteaux avaient été placés dans toutes les toilettes publiques : « EAU IMPROPRE À LA CONSOMMATION, par décret du conseil municipal. » On en acheminait une autre, potable, par camion, depuis Hattiesburg, et tous les foyers de Bowmore, mobiles ou en dur, s'étaient dotés d'une bonbonne de vingt-cinq litres et d'un distributeur. Ceux qui pouvaient se le permettre avaient installé à côté de leur véranda des réservoirs de cinq cents litres montés sur pilotis. Et les maisons les plus élégantes s'étaient équipées de citernes d'eau de pluie.

À Bowmore, l'eau représentait un défi quotidien. Le moindre verre était matière à réflexion et sujet de tracas. Il fallait en user avec parcimonie, car l'approvisionnement était incertain. Et chaque goutte qui vous entrait dans le corps ou vous effleurait la peau devait provenir d'une bouteille remplie à une source dûment inspectée et certifiée. Boire et cuisiner, c'était encore facile. Mais il y avait la toilette et le ménage. L'hygiène était un combat. La quasi-totalité des femmes de Bowmore gardaient les cheveux courts, et beaucoup d'hommes se laissaient pousser la barbe.

L'eau devint objet de légende. Dix ans plus tôt, la ville avait installé un système d'irrigation sur le terrain de base-ball pour finalement voir l'herbe brunir et mourir. Quand un spécialiste voulut traiter l'eau de la piscine municipale avec de fortes quantités de chlore, il sentit monter une puanteur de fosse d'égout, et on ferma l'établissement. Quand l'église méthodiste prit feu, les pompiers s'aperçurent que l'eau, pompée dans un réservoir non traité, avait un effet incendiaire. Des années auparavant, certains habitants de Bowmore l'avaient soupçonnée de provoquer des microfissures dans la peinture des carrosseries.

Et nous avons bu de cette saleté pendant des années, songea Jeannette. Nous en avons bu quand elle a commencé à puer. Nous en avons bu quand elle a changé de couleur. Nous en avons bu tout en nous plaignant amèrement de la municipalité. Nous en avons bu après qu'ils l'ont testée, lorsque la ville nous a assurés qu'elle était sans danger. Nous en avons bu après l'avoir fait bouillir. Nous en avons bu dans notre café et notre thé, persuadés que la faire bouillir suffisait à l'assainir. Et quand nous avons cessé d'en boire, nous avons continué à nous baigner dedans et nous en avons inhalé les vapeurs.

Qu'étions-nous censés faire ? Nous réunir au puits tous les matins, comme les Égyptiens de l'Antiquité et la transporter dans des pots juchés sur nos têtes ? Creuser nos propres puits, à deux mille dollars l'unité, pour en extraire cette même mixture que celle pompée par la ville ? Rouler jusqu'à Hattiesburg, dénicher un robinet accessible et la rapporter dans des seaux ?

Elle entendait encore les experts. Les tout premiers, d'abord. Ils faisaient la leçon à la foule qui se pressait dans une salle municipale bondée, leur baguette pointée sur des graphiques, répétant indéfiniment que l'eau avait été testée et qu'elle était tout à fait convenable pourvu qu'on la purifie avec des doses massives de chlore. Elle entendait encore ces autres experts très chic convoqués au procès par Krane Chemical. Ils racontaient au jury que, oui, au fil des ans, il y avait eu quelques « fuites » mineures à l'usine de Bowmore, mais pas de quoi s'inquiéter car, en réalité, le bichloronylène et d'autres substances « autorisées » avaient été absorbés dans le sous-sol avant d'être drainées par un cours d'eau souterrain qui ne faisait peser absolument aucune menace sur l'eau potable de la ville. Elle entendait encore les scientifiques du gouvernement leur assurer à grand renfort de vocabulaire savant que cette eau à l'odeur insupportable était bonne à boire.

Des dénégations de toutes parts, alors que le nombre des cadavres ne cessait d'augmenter. À Bowmore, le cancer frappait partout, dans chaque rue, presque dans chaque famille. Quatre fois la moyenne nationale. Et puis six fois, dix fois. Au procès, un expert engagé par les Payton avait expliqué au jury que, sur le territoire de Bowmore, le taux de cancers était quinze fois supérieur à la moyenne nationale.

Il y en avait tant, de ces cancers, qu'ils s'étaient transformés en objet d'étude pour toutes sortes de chercheurs rattachés à des institutions publiques ou privées. En ville, le terme d'« amas cancéreux » était devenu familier, et Bowmore était radioactif. Un journaliste non dépourvu d'esprit avait rebaptisé Cary County du nom de Cancer County, USA, et ce surnom leur était resté.

Cancer County, USA. Cette eau soumettait la Chambre de commerce de Bowmore County à rude épreuve. Avec elle, le développement économique s'était évaporé, et la ville avait entamé un rapide déclin.

Jeannette referma le robinet, mais l'eau restait là, dans les tuyaux qui couraient, invisibles, à travers les cloisons et dans le sol, quelque part sous ses pieds. Elle stagnait là en permanence, elle attendait, comme un désaxé qui vous traque, avec une patience infinie. Silencieuse et mortelle, pompée dans cette terre gorgée de pollution par Krane Chemical.

Souvent, elle restait allongée, la nuit, à écouter l'eau, quelque part, dans les murs.

Un robinet qui gouttait subissait le même traitement qu'un rôdeur armé.

Elle se brossa les cheveux sans guère d'entrain, essaya encore une fois de ne pas se regarder trop longtemps dans le miroir, puis se lava les dents avec l'eau d'un broc toujours posé sur le lavabo. Elle alluma la lampe dans sa chambre, ouvrit la porte, se força à sourire, puis entra dans la pièce à vivre si exiguë où ses amis s'étaient serrés contre les murs.

Il était temps de se rendre à l'église.

———

La voiture de M. Trudeau était une Bentley noire conduite par un chauffeur noir, Toliver, qui se prétendait jamaïcain en dépit de papiers d'immigration aussi suspects que son prétendu accent des Caraïbes. Toliver conduisait le grand homme depuis une décennie, et il savait lire dans son humeur. Celle-ci était des plus mauvaises, en l'occurrence. Il s'en rendit rapidement compte alors qu'ils étaient aux prises avec la circulation sur la voie express Franklin Delano Roosevelt, en direction du centre. Le premier signe évident était que M. Trudeau avait claqué lui-même la portière arrière droite, devançant un Toliver qui se précipitait pour accomplir son devoir.

Son patron, avait-il lu quelque part, pouvait afficher des nerfs en acier trempé au sein du conseil d'administration. Imperturbable, résolu, calculateur, et ainsi de suite. Mais dans la solitude de sa banquette arrière, même une fois la vitre de séparation fermée aussi hermétiquement que possible, son caractère véritable émergeait. L'homme était un exalté, avec un ego surdimensionné, et il détestait perdre.

Or cette fois, il avait perdu dans les grandes largeurs. Il était au téléphone, là, derrière, il ne hurlait pas, mais il ne chuchotait franchement pas non plus. Le titre allait se vautrer. Les avocats étaient des crétins. Tout le monde lui avait menti. Limiter les dégâts. Toliver ne saisissait que des bribes de ce qui se disait, mais c'était évident, les événements, là-bas, dans le Mississippi, étaient désastreux.

Son patron avait soixante et un ans et, selon *Forbes*, sa fortune s'élevait à presque deux milliards de dollars. Toliver se demandait souvent combien lui suffirait ? Que ferait-il de un milliard de plus, et d'un autre encore ? Pourquoi travailler autant quand il possédait déjà tellement d'argent, plus qu'il ne pourrait jamais en dépenser ? Des maisons, des jets, des épouses, des bateaux, des Bentley, tous les joujoux que l'homme blanc pur et dur pouvait désirer.

Mais Toliver connaissait la réponse. Aucune somme d'argent ne pouvait jamais satisfaire M. Trudeau. Il y avait des hommes plus puissants que lui, et il courait de toutes ses forces pour les rattraper.

Le chauffeur tourna vers l'ouest, dans la Soixante-troisième rue, et se fraya un passage vers la Cinquième Avenue, s'y engagea jusqu'à un lourd portail en fer forgé, dont les battants s'effacèrent aussitôt. La Bentley s'engouffra sous la terre, où elle s'immobilisa. Un vigile chargé de la sécurité se tenait posté là, debout, en attente. Il ouvrit la portière arrière.

— Nous partirons dans une heure, lança M. Trudeau d'une voix cassante, à peine tourné vers son chauffeur, puis il s'éclipsa, emportant avec lui deux serviettes rebondies.

L'ascenseur avala seize étages, jusqu'au sommet où vivaient M. et Mme Trudeau. Leur somptueux penthouse occupait les deux derniers étages de l'immeuble dont les nombreuses et immenses baies vitrées donnaient sur Central Park. Ils l'avaient acheté pour vingt-huit millions de dollars peu après leur fabuleux mariage, six ans plus tôt, puis avaient dépensé dix millions de plus, à peu de chose près, afin de le rendre digne d'un magazine de décoration. Le train de maison incluait deux femmes de chambre, un cuisinier, un majordome, les valets de chambre de monsieur et ceux de madame, au moins une nounou, et, bien entendu, l'assistant personnel obligé qui permettait à M. Trudeau d'être à l'heure au déjeuner.

Un valet de chambre se chargea des deux serviettes et du pardessus, et M. Trudeau gravit l'escalier d'un bond, en quête de son épouse. Il n'avait aucun véritable désir de la voir pour le moment, mais leurs petits rituels ne souffraient pas la moindre dérogation. Elle se trouvait dans son dressing, entre deux coiffeurs penchés avec ferveur sur ses cheveux blonds et lisses.

— Hello, ma chérie, fit-il consciencieusement, surtout pour les coiffeurs, jeunes messieurs pas affectés le moins du monde de sa quasi-nudité.

— Comment tu me trouves ? lui lança sèchement Brianna dans le miroir tandis que les damoiseaux s'agitaient autour d'elle, chacune de leurs quatre mains occupée à quelque chose. Ni « Comment s'est passée ta journée ? », ni « Hello, mon chéri ». Ni « Que s'est-il passé, au procès ? ». Juste : « Comment tu me trouves ? »

— C'est ravissant, dit-il, s'esquivant déjà.

Ce menu rituel achevé, il pouvait la laisser à ses dresseurs. Il s'arrêta devant le lit gigantesque et contempla la robe du soir – « Valentino », l'avait-elle prévenu. Elle était rouge vif, avec un décolleté dont on ne pouvait être sûr qu'il réussirait à couvrir sa fantastique paire de seins toute neuve. Courte, diaphane, elle pesait sans doute moins de soixante grammes, mais coûtait probablement plus de vingt-cinq mille dollars. C'était une taille 2. Autrement dit, elle tomberait sur le corps émacié de sorte que les autres anorexiques de la soirée baveraient de feinte admiration devant son allure « parfaite ». En fait, Carl était de plus en plus agacé par ses manies qui frôlaient l'obsession : une heure par jour avec un coach (à trois cents dollars de l'heure), une heure d'un cours particulier de yoga (à trois cents dollars de l'heure), une heure par jour avec un nutritionniste (à deux cents dollars de l'heure), le tout dans le but d'évacuer jusqu'à la dernière cellule de graisse de son organisme et de maintenir son poids entre quarante-cinq et quarante-sept kilos cinq cents. Côté sexe, elle était toujours partante – cela faisait partie du marché –, mais, le temps passant, la crainte de se cogner contre son os iliaque ou, tout simplement, de l'aplatir par mégarde était de plus en plus grande. Elle n'avait que trente et un ans, mais il avait remarqué une ride ou deux, au-dessus du nez. Certes, la chirurgie était capable de remédier à ce genre de soucis, mais son organisme ne payait-il pas le prix d'un tel régime ?

Il avait d'autres chats à fouetter. Une jeune et superbe épouse n'était qu'une facette de son personnage public, et Brianna Trudeau avait encore de quoi provoquer un embouteillage quand elle mettait le nez dans la rue.

Ils avaient eu ensemble un enfant, dont il se serait volontiers passé. Il en avait déjà six – amplement suffisant, estimait-il. Trois d'entre eux étaient plus âgés que Brianna. Mais elle avait insisté, pour des raisons évidentes. Unie à un homme qui aimait les dames et adorait les mariages, elle se devait de réfléchir. Un enfant, c'était la sécurité. Une famille, des liens, des racines et, cela allait sans dire, des complications juridiques pour le cas où les choses se déliteraient. Un enfant, c'était la protection indispensable à toutes ces femmes-trophées que leur mari exhibait comme un signe extérieur de réussite.

Brianna avait donné naissance à une fille et fait l'horrible choix de l'appeler Sadler MacGregor Trudeau, MacGregor étant le nom de jeune fille de Brianna et Sadler on ne sait trop pourquoi. Elle avait prétendu que ça lui venait d'un sympathique parent écossais à elle, mais Carl était tombé par hasard sur un livre de prénoms, et elle avait dû renoncer à cette petite fiction. En fait, il s'en moquait. L'enfant n'était le sien que par l'ADN. Il avait déjà essayé la paternité avec ses familles précédentes, et lamentablement échoué.

Sadler était maintenant âgée de cinq ans, et pratiquement abandonnée. Héroïque dans ses premiers efforts, Brianna avait rapidement perdu tout intérêt pour son rôle de mère et délégué ses devoirs à une série de nounous. L'actuelle titulaire était une épaisse jeune femme originaire de Russie dont les papiers étaient aussi douteux que ceux de Toliver. À la minute présente, il était incapable de se remémorer son nom. C'était Brianna qui l'avait engagée, tout émoustillée de découvrir qu'elle parlait le russe, et donc pourrait le transmettre à Sadler.

— Quelle langue t'attendais-tu à ce qu'elle parle ? lui avait-il demandé.

Brianna était restée sans réponse.

Il entra dans la salle de jeux, souleva la fillette de terre comme s'il mourait d'envie de la voir, échangea avec elles étreintes et baisers, voulut savoir comment s'était passée sa journée et, quelques minutes après, s'éclipsa vers son bureau, où il s'empara d'un téléphone et se mit à hurler sur Bobby Ratzlaff.

Après quelques appels infructueux, il se doucha, sécha ses cheveux teints dans une nuance gris moyen sans défaut et se glissa dans son nouveau smoking Armani. Il était un peu juste à la taille, sans doute un 44, deux gros centimètres de plus qu'aux temps où Brianna le pourchassait à travers le penthouse. Tout en s'habillant, il pesta contre la soirée qui l'attendait, la réception et les gens qu'il y verrait. Ils seraient au courant. À cet instant même, l'information se propageait à vitesse supersonique dans le monde financier. Les téléphones sonnaient, ses concurrents hurlaient de rire. Et Internet se gonflait des dernières infos en provenance du Mississippi. Pour n'importe quelle autre soirée, il se serait simplement fait porter pâle. Il était le grand Carl Trudeau. Il ne faisait que ce qui lui chantait, et s'il décidait d'annuler un dîner à la dernière minute, quelle importance ? Mais là, c'était différent.

Brianna avait réussi à s'immiscer dans le conseil d'administration du Musée d'Art abstrait, le MuAb, et ce soir-là se déroulait leur banquet annuel. Il y aurait des robes haute couture, des plasties abdominales, de robustes poitrines toutes neuves et des bronzages soignés ; il y aurait aussi des diamants, du champagne, du foie gras, du caviar, un chef célèbre, une vente aux enchères silencieuse pour les gagne-petit, et une autre en direct pour les grosses pointures. Surtout, il y aurait des pelletées d'appareils photo, assez pour convaincre ces invités d'élite qu'ils formaient le centre du monde, eux, et eux seuls. La nuit des Oscars, à côté, c'était de la roupie de sansonnet.

Le clou de la soirée, du moins pour certains, était la mise aux enchères d'une œuvre d'art. Tous les ans, le comité passait pour l'occasion une commande d'environ un million de dollars à un peintre ou un sculpteur « émergent ». L'année précédente avait donné naissance à une interprétation déconcertante d'un cerveau humain perforé par une balle, adjugée pour six millions de dollars. Cette année, l'objet proposé était un déprimant tas d'argile noire hérissé de tringles en bronze, le tout esquissant la vague silhouette d'une jeune fille. Son titre, *Sévices à Imelda*, avait de quoi laisser perplexe. Son destin aurait été de moisir dans une obscure galerie de Duluth, si le génie argentin torturé qui l'avait conçu n'était au bord du suicide. Or cette triste éventualité en doublerait instantanément la valeur – détail qui n'avait pas échappé aux investisseurs new-yorkais de l'art contemporain. Brianna avait déposé des brochures un peu partout dans l'appartement et laissé entendre, mine de rien, que *Sévices à Imelda* serait époustouflant dans leur vestibule, juste devant l'ascenseur.

Carl ne l'ignorait pas, on attendait de lui qu'il achète ce foutu machin. Il espérait que ce ne serait pas trop la ruée, et aussi, au cas où il en deviendrait propriétaire, que l'artiste commettrait son suicide au plus vite.

Elle fit son apparition. Dans la compagnie exclusive de Valentino. Les jeunes coiffeurs étaient partis, et elle avait réussi à se glisser sans aide extérieure dans sa robe et ses bijoux. « Fabuleuse », s'écria-t-il, et c'était la stricte vérité. Malgré les côtes apparentes, elle restait une très belle femme. Comment étaient ses cheveux, quand il les avait vus à six heures ce matin-là, au moment de l'embrasser alors qu'elle buvait son café ? Dix heures et mille dollars plus tard, il voyait assez peu la différence.

Enfin... Il ne connaissait que trop bien le prix des trophées. Leur contrat de mariage lui accordait cent mille dollars par mois d'argent de poche tant qu'ils restaient unis, et vingt millions quand ils se sépareraient. Elle aurait aussi Sadler, avec un droit de visite pour son père, selon son bon vouloir.

La Bentley sortit en vitesse du sous-sol de l'immeuble pour s'engager sur la Cinquième Avenue.

— Oh, flûte, j'ai oublié de faire un baiser à Sadler. Quelle mère suis-je donc ?

— Ça ira très bien, la rassura-t-il – comme elle, il avait oublié de dire bonsoir à la petite.

—Je me sens coupable, c'est épouvantable, fit-elle, faussement révoltée contre elle-même.

Son long manteau noir Prada était fendu, si bien que la banquette arrière était tout entière dominée par ses jambes sensationnelles. Une paire de jambes, du plancher jusqu'aux aisselles. Des jambes sans ornement, sans bas, sans vêtement, sans rien. Des jambes pour le seul regard de Carl, pour qu'il les admire, les touche, les caresse, et elle ne se souciait aucunement que Toliver profite de la vue, lui aussi. Elle s'affichait, comme toujours.

Il les touchait parce que leur contact était agréable, mais il brûlait d'envie de lui souffler quelque chose du style : « Ces deux machins commencent à ressembler à des manches à balai. »

Il s'abstint.

— Des nouvelles du procès ? lui demanda-t-elle enfin.

— On s'est fait choper par le jury.

—Je suis vraiment navrée.

— On s'en sortira.

— Combien ?

— Quarante et un millions.

— Quelle bande d'arriérés.

Avec elle, Carl ne s'étendait jamais sur le monde compliqué et mystérieux du Groupe Trudeau. Elle avait ses œuvres caritatives, ses causes à défendre, ses déjeuners et ses coaches, et cela suffisait à la tenir occupée. Il ne voulait ni n'acceptait de questions.

Brianna avait vérifié sur Internet. Elle savait exactement ce qu'avait décidé le jury. Elle savait ce que les avocats disaient de la procédure en appel, et elle n'ignorait pas que l'action Krane allait essuyer un revers majeur dès le lendemain à l'ouverture des marchés. Elle avait mené sa petite enquête et conservait ses notes secrètes. Elle était superbe, et très mince, mais elle n'était pas sotte. Son mari était au téléphone.

Le bâtiment du MuAb était à quelques rues vers le sud, entre la Cinquième Avenue et Madison Avenue. À mesure que leur file de voitures s'en rapprochait, ils voyaient se multiplier les flashes de centaines d'appareils photo. Brianna se redressa, rentra ses abdominaux parfaits de manière à mettre en valeur ses nouvelles prothèses, et s'exclama :

— Mon dieu, que je déteste tout ce monde !

— Quel monde ?

— Tous ces photographes.

Ce mensonge éhonté lui arracha un rire chevalin. La voiture s'immobilisa. Un chasseur en smoking leur ouvrit la portière à l'instant même où les objectifs se braquaient sur la Bentley noire. Le grand Carl Trudeau en surgit avec un sourire, la paire de jambes à sa suite. Brianna savait précisément comment offrir aux photographes, donc aux pages « people » et peut-être, juste peut-être, à un ou deux magazines de mode, ce qu'ils voulaient – des kilomètres de chair sensuelle, dévoilée mais pas trop. Le pied droit se posa le premier, chaussé par Jimmy Choo à une centaine de dollars l'orteil et, tandis qu'elle se retournait dans une savante volte-face, le manteau s'ouvrit. Valentino se montra très coopératif, et le monde

41

entier put découvrir le réel avantage qu'il y avait à être un milliardaire propriétaire d'une femme-trophée.

Bras dessus bras dessous, ils s'avancèrent avec grâce sur le tapis rouge, avec un signe de la main aux photographes, mais sans un regard pour les journalistes, dont l'un avait osé beugler : « Hé, Carl, un commentaire sur ce verdict dans le Mississippi ? » Carl n'entendit pas, évidemment, ou fit mine de n'avoir rien entendu. Il pressa légèrement le pas et ils furent vite à l'intérieur, en terrain plus sûr. Espérait-il. Ils furent accueillis et salués par des inconnus stipendiés pour cela ; on les débarrassa de leurs manteaux ; on les gratifia d'un sourire ; des objectifs amis surgirent ; de vieux copains firent leur apparition et ils ne tardèrent pas à se retrouver bien au chaud dans le cocon des gens richissimes lorsqu'ils font semblant d'apprécier d'être ensemble.

Brianna retrouva son âme sœur, une autre femme-trophée anorexique dotée de la même silhouette insolite – un corps qui crie superbement famine et des seins grotesques. Carl alla droit au bar, et il y était presque quand il se fit quasiment harponner par l'unique crétin qu'il espérait éviter.

— Carl, mon vieux, mauvaises nouvelles, dans le Sud, d'après ce que j'ai entendu, s'exclama le type aussi fort que possible.

— Oui, très mauvaises, répondit-il à voix bien plus basse, en attrapant une flûte de champagne, qu'il commença de vider.

Pete Flint était le numéro 228 sur la liste dressée par le magazine *Forbes* des quatre cents Américains les plus riches. Trudeau était le numéro 310, et chacun des deux hommes savait fort bien où se situait l'autre au tableau d'affichage. Les numéros 87 et 141 étaient aussi présents dans la foule, ainsi qu'une flopée de prétendants encore non classés.

— Je croyais que tes gars maîtrisaient la situation, insista Flint, en sirotant bruyamment un haut verre plein de scotch ou de bourbon.

Il parvenait à conserver une mine sombre en se donnant du mal pour dissimuler son plaisir.

— Oui, c'est que nous pensions, nous aussi, admit Carl, mourant d'envie de lui expédier du plat de la main ses deux bajoues adipeuses à une trentaine de centimètres de là.

— Et qu'en est-il de l'appel ? s'enquit Flint avec gravité.

— Ça se présente au mieux.

Lors de la vente aux enchères de l'an dernier, Flint avait tenu bon jusqu'à la curée finale, et il en était ressorti avec le *Cerveau après coup de feu*, ce déchet artistique à six millions de dollars qui avait marqué le lancement de l'actuelle campagne de collectes de fonds du MuAb. Il prendrait sans aucun doute part à la chasse au gros lot de la soirée.

— Une bonne chose qu'on ait vendu Krane à découvert, la semaine dernière, lâcha-t-il.

Il allait lui lâcher une insulte, mais il garda son sang-froid. Flint gérait un fonds spéculatif réputé pour son audace. Avait-il vraiment vendu à découvert le titre Krane Chemical dans l'attente d'un verdict calamiteux ? Incrédulité et fureur se lisaient clairement dans regard de Trudeau.

— Mais oui, poursuivit l'autre après une gorgée de bourbon et un claquement de langue gourmand. Notre homme sur place nous a prévenus que vous étiez baisés.

— On ne déboursera pas un cent, jamais, lança Trudeau avec témérité.

— Tu vas déjà débourser dès demain matin, mon vieux. Nous misons sur une chute de vingt pour cent du titre Krane.

Et là-dessus, il tourna les talons et s'éloigna, laissant son rival finir son verre et se ruer sur un deuxième. Trudeau possédait quarante-cinq pour cent des titres ordinaires de Krane Chemical en circulation, une société dont la valorisation boursière était estimée à trois milliards deux cents millions, sur la base de son cours en clôture de la séance du jour. Un déclin de vingt pour cent lui coûterait deux cent quatre-vingts millions de dollars, sur le papier. Aucune perte réelle de liquidités, naturellement, mais quand même une addition assez rude.

Dix pour cent, ce serait plus de cet ordre, songea-t-il. Les gars de sa direction financière étaient d'accord avec lui.

Le fonds spéculatif de Flint pouvait-il vendre à découvert le titre Krane sans qu'il en soit informé ? Il dévisagea un barman décontenancé et médita cette question. Oui, c'était possible, mais peu vraisemblable. Flint avait simplement voulu remuer le couteau dans la plaie.

Le directeur du musée surgit comme par enchantement, et Carl fut ravi de le voir. Lui, au moins, il ne ferait pas mention du verdict, s'il était même au courant. Il lui servirait des amabilités, et ne manquerait pas de commenter l'allure sublime de Brianna. Il s'enquerrait de Sadler, l'interrogerait sur la rénovation de leur demeure des Hamptons.

Ainsi fut-il. Ils emportèrent leurs verres dans le hall d'accueil bondé, esquivant au passage quelques flèches de conversations périlleuses, et s'arrêtèrent devant *Sévices à Imelda*.

— Magnifique, n'est-ce pas ? s'extasia le directeur sur un ton songeur.

— C'est beau, acquiesça Trudeau en apercevant du coin de l'œil le numéro 141 qui passait par là. Ça partira pour combien ?

— Nous en avons discuté toute la journée. Qui sait, avec tout ce monde. Au moins cinq millions, dirais-je.

— Et cela vaut combien ?

Le directeur sourit, à l'adresse d'un objectif photo braqué sur eux.

— Alors ça, c'est une tout autre question, n'est-ce pas ? La dernière œuvre majeure de notre sculpteur a été vendue à un monsieur japonais pour environ deux millions. Bien entendu, il ne s'agissait pas pour ce monsieur japonais d'œuvrer au bénéfice de notre petit musée.

Carl but une autre gorgée et mesura l'enjeu de la partie en cours. L'objectif de la campagne de financement du MuAb dépassait les cent millions de dollars annuels. Selon Brianna, ils avaient couvert la moitié du parcours et il fallait que la vente de ce soir leur donne un gros coup de pouce.

Un critique d'art du *Times* se présenta et se joignit à leur aparté. « Me demande s'il est au courant du verdict, celui-là », songea Trudeau. Le critique et le directeur discutèrent du sculpteur argentin et de sa santé mentale pendant qu'il étudiait *Imelda*, imaginant ce que ce serait, de l'avoir à demeure dans son vestibule. En avait-il vraiment envie ?

Sa femme, oui.

3.

Le domicile temporaire des Payton était un appartement de
quatre pièces au deuxième étage d'une vieille résidence, près
de l'université. Wes avait vécu dans le coin du temps où il
fréquentait l'université, et avait encore du mal à admettre de
s'y retrouver. Mais avec tous ces bouleversements, il était difficile de s'attarder là-dessus.

Temporaire, jusqu'à quand ? Dans le couple, c'était la
grande question, même si le sujet n'avait plus été abordé depuis
des semaines, et ne le serait pas pour l'instant. D'ici un jour ou
deux, peut-être, quand la fatigue et le choc se seraient dissipés,
quand ils pourraient voler un moment de tranquillité et parler
de l'avenir. Wes roula au pas, traversa le parking, passa devant
une benne à ordures. Le sol était jonché de détritus, surtout des
cannettes de bière et des bouteilles cassées. Les garçons de la
fac s'amusaient à les balancer depuis les étages supérieurs, au-
dessus des voitures, dans la direction approximative de la
benne. Le fracas des bouteilles se répercutait dans la résidence,
un grand moment de plaisir, pour eux. Pour d'autres, non.
Pour les Payton, tous deux en manque de sommeil, le vacarme
était à la limite du supportable.

Le propriétaire, un de leurs anciens clients, était considéré
comme le pire marchand de sommeil de la ville, en tout cas
par les étudiants. Il avait proposé cet endroit aux Payton, et
la poignée de main qui avait tenu lieu de contrat incluait un
loyer mensuel de mille dollars. Ils vivaient là depuis sept
mois, en avaient payé trois, mais le propriétaire avait juré ne

pas s'en soucier. Il attendait patiemment dans la file de leurs nombreux créanciers. Le cabinet juridique Payton & Payton avait démontré sa capacité à attirer les clients et à dégager des honoraires ; ses deux associés étaient tout à fait capables d'un come-back spectaculaire.

En fait de come-back, ils étaient servis, se dit Wes, en braquant pour se garer. Un verdict de quarante et un millions de dollars, était-ce assez spectaculaire ? L'espace d'un instant, il se sentit d'humeur belliqueuse, et puis la fatigue reprit le dessus.

Esclaves d'une redoutable habitude, ils sortirent tous deux de la voiture et empoignèrent leurs serviettes sur la banquette arrière.

— Non, s'écria-t-elle subitement. Ce soir, on ne travaille pas. Laissons-les dans la voiture.

— Bien, madame.

Ils montèrent les marches en vitesse, un rap torride et tapageur se déversait par une fenêtre voisine. Les clefs de Mary Grace s'entrechoquèrent, elle déverrouilla la porte, et, subitement, ils se retrouvèrent devant leurs deux enfants qui regardaient la télévision avec Ramona, la nounou hondurienne. Liza, neuf ans, se rua sur eux en braillant : « Maman, on a gagné, on a gagné ! » Elle souleva sa fille en l'air et la serra très fort contre elle.

— Oui, ma chérie, on a gagné.

— Quarante milliards !

— Millions, mon chou, pas milliards.

Mack, cinq ans, courut vers son père, qui l'arracha du sol et ils restèrent là, debout, un long moment, dans l'entrée exiguë, à étreindre leurs enfants. Pour la première fois depuis le verdict, Wes entrevit des larmes dans les yeux de sa femme.

— On vous a vus à la télé, raconta Liza.

— Vous avez l'air crevés, fit Mack.

— Je suis fatigué, avoua Wes.

Ramona regardait la scène, à l'écart, avec une esquisse de sourire, à peine visible. Elle n'était pas certaine de saisir ce que signifiait ce terme, verdict, mais elle en comprenait assez pour être contente de la nouvelle.

On retira pardessus et chaussures, et la petite famille Payton se laissa choir sur le canapé, un très beau canapé en cuir épais où ils s'embrassèrent, se chatouillèrent et parlèrent de l'école. Wes et Mary Grace ayant réussi à conserver l'essentiel de leur mobilier, cet appartement miteux était décoré de belles choses qui non seulement leur rappelaient le passé mais, plus important, les rappelaient à l'avenir. Ce n'était qu'un arrêt, une halte inattendue.

Le sol du coin salon était tapissé de cahiers et de feuilles, preuve évidente que les enfants avaient fini leurs devoirs avant d'allumer la télévision.

— Je meurs de faim, s'exclama Mack en essayant vainement de dénouer la cravate de son père.

— Maman m'a promis qu'on aurait des macaronis au fromage, annonça Wes.

— Super !

Les deux enfants manifestèrent bruyamment leur accord, et Ramona passa dans la cuisine.

— Est-ce que ça veut dire qu'on va avoir une nouvelle maison ? demanda Liza.

— Je croyais que tu te plaisais, ici, s'étonna Wes.

— Oui, mais on cherche toujours une nouvelle maison, non ?

— Bien sûr.

Avec les enfants, ils étaient restés prudents. Ils avaient expliqué les grandes lignes du procès à Liza – une entreprise méchante avait pollué l'eau qui avait causé du mal à beaucoup de gens – et elle avait aussitôt décrété qu'elle n'aimait pas cette entreprise, elle non plus. Et si la famille devait déménager dans un appartement pour se battre contre elle, alors elle était pour, à fond.

Mais quitter leur jolie maison toute neuve avait été un traumatisme. La chambre précédente de Liza était rose et blanc, et elle y avait tout ce qu'une fillette pouvait désirer. À présent, elle en partageait une plus petite avec son frère, et, sans vraiment se plaindre, elle était curieuse de savoir combien de temps cet arrangement allait durer. Mack était trop préoccupé par ses longues journées de maternelle pour s'inquiéter de l'endroit où il habitait.

Tous les deux regrettaient leur ancien quartier, où les maisons étaient vastes, les jardins équipés de piscines et de portiques. Les copains habitaient la porte à côté ou juste au coin de la rue. L'école était privée et sûre. L'église se situait à un pâté de maisons et ils y connaissaient tout le monde. Maintenant, ils fréquentaient une école élémentaire de la commune, où l'on comptait bien plus de visages noirs que de blancs, et ils assistaient à l'office d'une église épiscopale en centre-ville qui accueillait tous les passants.

— Nous ne sommes pas près de déménager pour l'instant, prévint sa mère. Mais on va peut-être commencer à chercher.

— Je meurs de faim, répéta Mack.

La règle était d'éviter le sujet du logement, aussi Mary Grace se leva-t-elle.

— Allons préparer le dîner, fit-elle à Liza.

Wes trouva la télécommande.

— On va regarder *Sports-Center*, suggéra-t-il. N'importe quoi, sauf les infos locales.

— D'accord.

Ramona avait mis de l'eau à bouillir et coupait des tomates en dés. Mary Grace l'embrassa en passant.

— La journée a été bonne ?

Oui, acquiesça-t-elle, la journée a été bonne. Pas de problèmes à l'école. Les devoirs étaient terminés. Liza s'éloigna vers sa chambre. Jusqu'à présent, elle ne s'intéressait pas trop aux questions culinaires.

— Et pour vous, c'était une bonne journée ? s'enquit Ramona.

— Oui, très bonne. On va prendre du cheddar blanc.

Elle en trouva un bloc dans le frigo, qu'elle râpa.

— Vous allez pouvoir vous détendre, maintenant ? continua la nounou.

— Oui, au moins quelques jours.

Ils avaient déniché Ramona par l'intermédiaire d'un ami, à l'église, elle se cachait, à moitié morte de faim, dans un refuge de Baton Rouge, où elle dormait sur un lit de camp et s'alimentait sur ce qui restait des collectes de conserve destinées aux victimes de l'ouragan Katrina. Elle avait survécu à un terrible périple de trois mois à travers l'Amérique centrale, le

Mexique et le Texas, avant d'arriver en Louisiane, où rien de ce qu'on lui avait promis n'était arrivé. Pas de travail, pas de famille d'accueil, pas de papiers, personne pour prendre soin d'elle.

Dans des circonstances normales, il ne serait jamais venu aux Payton l'idée d'embaucher un clandestin. Mais ils l'avaient vite adoptée, lui avaient appris à conduire, du moins dans quelques rues sélectionnées avec soin, lui avaient indiqué les manipulations élémentaires d'un téléphone portable, d'un ordinateur et des appareils de la cuisine, et ils avaient insisté pour qu'elle apprenne l'anglais, dont elle possédait de bonnes bases, grâce à l'école catholique où elle avait été élève dans son pays. Elle passait les heures de la journée terrée dans l'appartement, à faire le ménage et à imiter les voix qu'elle entendait à la télévision. En huit mois, ses progrès avaient été impressionnants. Mais, plutôt que parler, elle préférait écouter, surtout sa patronne, qui en avait tant besoin. Au cours des quatre derniers mois, Mary Grace avait passé les rares soirées où elle avait eu le temps de préparer le dîner à bavarder devant Ramona, qui buvait ses paroles. C'était une merveilleuse thérapie, surtout après une journée d'affrontement dans une salle d'audience remplie d'hommes à cran.

— Pas de souci avec la voiture ?

Toujours la même question. Leur deuxième véhicule était une Honda Accord que Ramona n'avait pas encore trouvé l'occasion d'endommager. Sans surprise, ils étaient terrorisés à l'idée de laisser une étrangère en situation irrégulière, sans permis et sans assurance, rouler dans les rues de Hattiesburg au volant d'une Honda avec un trilliard de kilomètres au compteur et leurs deux enfants assis comme des bienheureux sur la banquette arrière. Ils avaient tracé pour Ramona un parcours de rues secondaires menant à l'école, à l'épicerie et, si nécessaire, à leur bureau. Si la police l'arrêtait, ils auraient toujours le recours d'implorer la clémence des flics, du procureur, du juge. Ils les connaissaient tous fort bien.

Wes savait de source sûre que le juge du tribunal municipal avait ses propres clandestins, à qui il confiait le désherbage et la tonte de sa pelouse.

— Une bonne journée, assura la nounou. Pas de problème. Tout va bien.

Une bonne journée, en effet, se dit Mary Grace en faisant fondre le fromage.

Le téléphone sonna. À contrecœur, Wes décrocha. Depuis qu'un cinglé les avait menacés, leur numéro était sur liste rouge. Ils ne se servaient que de leurs portables. Il écouta, prononça quelques mots, raccrocha, vint mettre son nez dans la cuisine.

— Qui était-ce ?

Elle était inquiète. Tout appel à l'appartement avait de quoi éveiller les soupçons.

— Sherman, au bureau. M'a parlé des journalistes qui rôdent. Ils cherchent les stars. Sherman était l'un de leurs auxiliaires juridiques.

— Qu'est-ce qu'il fabrique encore au bureau ? s'étonna-t-elle.

— Il lui en faut toujours plus, j'imagine. On a des olives, pour la salade ?

— Non. Que lui as-tu répondu ?

— Je lui ai répondu d'en abattre un, et que les autres se disperseraient.

— Remue la salade, s'il te plaît, dit Mary Grace à Ramona.

Ils se serrèrent tous les cinq autour d'une table de jeu calée dans un angle de la cuisine. Ils se tinrent par les mains le temps que Wes rende grâces pour toutes les bonnes choses de leur existence, pour leur famille, leurs amis et leur école. Et pour cette nourriture. Sa gratitude allait aussi au jury sage et généreux qui avait produit ce merveilleux résultat, mais il réservait cela pour plus tard. On passa d'abord la salade, puis les macaronis au fromage.

— Hé, papa, on peut camper ? lâcha Mack, après avoir avalé.

— Bien sûr ! s'écria Wes, le dos soudain douloureux. Camper, cela signifiait recouvrir le sol du coin salon de couvertures, d'édredons et d'oreillers et dormir là, comme ça, en général devant la télévision allumée jusque tard dans la soirée – une activité réservée au vendredi soir. Cela ne marchait que si papa et maman étaient dans le coup. Ramona était toujours invitée, mais refusait sagement.

— Mais jusqu'à l'heure normale, alors, fit Mary Grace. Demain, il y a école.

— Dix heures, insista Liza, la négociatrice.

— Neuf, trancha sa mère, un supplément d'une demi-heure qui suffit à faire sourire les deux enfants.

Les genoux calés contre ses petits, heureuse que cette fatigue soit bientôt derrière eux, elle savoura le moment. Peut-être allait-elle pouvoir se reposer, maintenant, les conduire à l'école, visiter leurs classes et déjeuner avec eux. Elle mourait d'envie d'être une mère, rien d'autre. Le jour où elle serait contrainte de réintégrer une salle d'audience serait un jour sombre.

———

À l'église de Pine Grove Church, le mercredi, il y avait soirée portes ouvertes, à la fortune du pot. Le résultat était toujours impressionnant. Cette paroisse très active avait son siège au milieu du quartier et beaucoup de fidèles n'avaient qu'à suivre une ou deux rues pour s'y rendre. Les portes étaient ouvertes dix-huit heures d'affilée. Le pasteur, qui habitait dans un presbytère bâti sur l'arrière, était présent en permanence, toujours disposé à secourir ses ouailles.

Ils dînaient dans la salle polyvalente, annexe monstrueuse en préfabriqué métallique coincée contre le flanc de la chapelle. Les tables pliantes étaient chargées de toutes sortes de plats faits maison. Il y avait une corbeille de petits pains blancs, une grande fontaine de thé sucré et, naturellement, profusion de bouteilles d'eau. Il viendrait encore plus de monde, ce soir-là, et ils espéraient que Jeannette viendrait. Une fête s'imposait.

L'église de Pine Grove restait d'une indépendance farouche et sans le moindre lien confessionnel, ce qui était une source de fierté et de sérénité pour son fondateur, le pasteur Denny Ott. Des baptistes l'avaient construite voici plusieurs décennies, puis elle avait séché sur pied, comme le reste de Bowmore. À l'arrivée du pasteur Ott, la congrégation ne comptait plus que quelques âmes vilainement marquées. Des années de luttes intestines avaient décimé ses membres. Ott avait épuré le reste, ouvert les portes, tendu la main aux gens.

Il n'avait pas été accepté sur-le-champ, surtout parce qu'il était « de là-haut dans le nord », et puis il parlait pointu, avec cet accent si propre et net. Il avait rencontré une jeune fille de Bowmore dans une faculté de théologie du Nebraska. C'était elle qui l'avait amené dans le Sud. Au terme d'une série de mésaventures, il s'était retrouvé pasteur intérimaire d'une Deuxième Église baptiste. Il n'était pas vraiment baptiste, mais avec si peu de jeunes prédicateurs dans la région, l'Église ne pouvait se montrer trop regardante. Six mois plus tard, tous les baptistes étaient partis et l'Église portait un nouveau nom.

Il portait une barbe, prêchait souvent en chemise de flanelle et chaussures de randonnée. La cravate n'était pas interdite, mais elle vous attirait des regards désapprobateurs. C'était l'église du peuple, un lieu où chacun pouvait trouver la paix et le réconfort sans avoir à se soucier de passer ses habits du dimanche. Le pasteur Ott s'était débarrassé de la Bible du Roi Jacques et des vieux cantiques. Il n'appréciait guère les hymnes lugubres écrits par les anciens pèlerins. Il rendit les services religieux moins stricts, les modernisa avec des guitares et des projections de diapositives. Il croyait et enseignait que la pauvreté et l'injustice constituaient des problèmes sociaux plus importants que l'avortement et les droits des homosexuels, mais il demeurait prudent avec la politique.

L'église crût et prospéra, et pourtant, il ne prêtait pas garde à l'argent. L'un de ses amis du séminaire dirigeait une mission à Chicago et, par son intermédiaire, Ott conservait dans le « cagibi » de l'église un stock important de vêtements usagés encore tout à fait mettables. Il houspillait les autres congrégations de Hattiesburg et Jackson et, grâce à leurs contributions, entretenait dans un coin de la salle polyvalente une banque alimentaire bien garnie. Il harcelait les laboratoires pharmaceutiques pour récupérer leurs surplus de façon à garnir la « pharmacie » de l'église de médicaments délivrés sans ordonnance.

Denny Ott considérait l'ensemble de Bowmore comme son territoire de mission. Personne ne devait y connaître la faim ni le froid ou la douleur. Pas sous sa tutelle, et sa tutelle ne connaissait pas de limite.

Il avait présidé aux funérailles de seize de ses ouailles tuées par Krane Chemical, une compagnie qu'il détestait tant qu'il en demandait pardon à Dieu. Il ne haïssait pas les individus sans nom et sans visage qui possédaient Krane, car c'eût été compromettre sa foi, mais l'entreprise en tant que telle. Était-ce un péché que de haïr une entreprise ? Ce débat virulent déchirait son âme tous les jours et, à titre de précaution, il ne cessait de prier.

Ils étaient tous les seize ensevelis dans le petit cimetière, derrière l'église. Par temps chaud, il coupait l'herbe autour des pierres tombales et, quand il faisait froid, il tenait les cerfs à l'écart et repeignait la petite palissade blanche. Sans qu'il l'ait prévu, son église était devenue l'épicentre de l'activité anti-Krane à Cary County. La quasi-totalité de ses membres avaient été touchés par la maladie ou la mort d'un être à qui la firme avait fait du tort.

La sœur aînée de sa femme était sortie du collège de Bowmore la même année que Mary Grace Shelby. Le pasteur Ott et les Payton étaient extrêmement proches. On dispensait souvent des conseils juridiques dans le petit bureau du pasteur, porte close, avec l'un des deux Payton au bout du fil. On avait recueilli des dizaines de dépositions dans la salle polyvalente remplie d'éminents avocats des grandes villes. Ott éprouvait une antipathie presque aussi franche pour les avocats de Krane que pour l'entreprise elle-même.

Pendant le procès, Mary Grace avait téléphoné régulièrement au pasteur Ott, et l'avait souvent averti de ne pas trop céder à l'optimisme. Il s'en gardait bien. Quand elle l'avait appelé, deux heures plus tôt, avec cette nouvelle ahurissante, il avait attrapé sa femme et ils avaient dansé dans la maison en hurlant et en riant aux éclats. Krane Chemical avait été démasqué, traîné en justice, puni. Enfin.

Il saluait ses paroissiens quand il vit Jeannette entrer avec sa belle-sœur Bette et son entourage. Le cercle de ceux qui l'aimaient, de ceux qui voulaient partager avec elle ce grand moment, lui offrir une parole de calme réconfort se referma aussitôt sur elle. Ils l'assirent dans le fond de la salle, près du vieux piano, et une file se forma devant elle spontanément. Elle réussissait à sourire, quelquefois, et même à dire merci, mais elle paraissait si faible, si frêle.

Voyant les plats qui refroidissaient de minute en minute, et son église pleine, le pasteur Ott mit finalement un peu d'ordre et se lança dans une prière d'action de grâces pleine de gravité. Il l'acheva sur un geste théâtral et déclara : « Dînons. »

Comme toujours, les enfants et les personnes âgées se présentèrent les premiers, et on servit le dîner. Ott se faufila vers le fond de la salle et se retrouva assis à côté de Jeannette. Tandis que l'intérêt général se reportait sur les assiettes, elle chuchota au pasteur :

— J'aimerais passer au cimetière.

Il la conduisit vers une porte latérale. Ils empruntèrent une étroite allée gravillonnée qui contournait l'église et se prolongeait sur une cinquantaine de mètres jusqu'au petit cimetière. Ils marchaient lentement, en silence, dans le noir. Ott ouvrit le portail en bois, et ils entrèrent dans l'enceinte si propre et si soignée. Les pierres étaient petites. C'étaient des tombes d'ouvriers, pas des sépultures prétentieuses consacrées à de grands personnages.

Quatre rangées plus loin, sur la droite, Jeannette s'agenouilla. Entre deux tombes. L'une était celle de Chad, un enfant maladif qui avait survécu six années avant que les tumeurs ne l'étouffent. L'autre contenait les restes de Pete, son mari pendant huit ans. Père et fils reposant côte à côte pour l'éternité. Elle leur rendait visite au moins une fois par semaine, et ne manquait jamais de souhaiter les rejoindre. Elle caressa les deux pierres tombales en même temps, puis leur parla d'une voix feutrée.

— Salut, les garçons, c'est maman. Vous n'allez pas croire ce qui est arrivé aujourd'hui.

Le pasteur Ott s'éloigna discrètement, la laissant seule avec ses larmes et ses pensées et ses douces paroles qu'il ne voulait pas entendre. Il attendait près du portail en suivant la progression des ombres entre les rangées de pierres, sous le clair de lune qui glissait entre les nuages. Chad et Pete étaient de ceux qu'il avait enterrés. Seize en tout, et le compte n'était pas clos. Seize victimes silencieuses qui avaient cessé d'être silencieuses. Depuis le petit cimetière de l'église de Pine Grove clôturé par sa palissade, une voix avait enfin pu se faire entendre. Une voix forte, vibrante de colère, qui réclamait justice.

Il pouvait discerner son ombre, la voir parler.

Il avait prié avec Pete juste avant qu'il ne s'éteigne, il avait embrassé le front du petit Chad dans sa dernière heure. Il avait raclé les fonds de tiroirs pour payer leurs cercueils et leurs tombes. Les deux enterrements avaient eu lieu à huit mois d'intervalles.

Jeannette se leva, fit ses adieux, et vint vers lui.

— Il faut rentrer, souffla Ott.

— Oui, merci, dit-elle, en s'essuyant les joues.

———

Le plan de table avait coûté cinquante mille dollars et, comme c'était M. Trudeau qui avait rempli le chèque, il pensait avoir foutrement le droit de contrôler qui s'y assiérait avec lui. À sa gauche, il y avait Brianna, et à côté d'elle son amie intime, Sandy, un autre squelette à peine libéré par contrat de son dernier mariage et déjà en chasse de son mari numéro trois. À sa droite, un banquier à la retraite de ses amis, et son épouse, des gens plaisants qui préféraient discuter art. L'urologue de Carl était installé juste en face de lui. Il avait invité ce médecin et sa femme parce qu'ils étaient peu loquaces. L'intrus de la tablée était un cadre du Groupe Trudeau, qui n'avait d'autre titre que d'avoir tiré la paille la plus courte et ne se trouvait là que par pure coercition.

Le chef célèbre avait concocté un menu gourmand qui ouvrait sur du caviar et du champagne, continuait par une bisque de homard, une touche de foie gras poêlé avec sa garniture, une poule au gibier et un bouquet d'algue pour les végétariens. Le dessert était un superbe *gelato* feuilleté, une création inédite. Chaque plat requérait un vin différent, y compris le dessert.

Carl Trudeau nettoya chacune des assiettes qu'on lui présenta et but sans retenue. Il n'adressait la parole qu'au banquier, car ce dernier ayant appris la nouvelle, là-bas, dans le Sud, semblait compatir. Très impolies, Brianna et Sandy multipliaient les messes basses et, tout au long du dîner, cassèrent du sucre sur le dos des quelques nouveaux riches de l'assemblée. Elles réussissaient à ne pratiquement rien manger à force de repousser la nourriture sur le bord des assiettes. Maintenant à moitié saoul, il faillit lancer à sa femme qu'il voyait occupée à triturer ses algues : « Tu sais ce qu'elles coûtent ? » mais cela n'aurait aucun sens de provoquer une dispute.

Le chef, dont il n'avait jamais entendu parler, fut présenté et reçut une *standing ovation* de la part des quatre cents invités, pourtant presque tous encore affamés après le cinquième service. Mais le thème de la soirée n'était pas la gastronomie. Le thème de la soirée, c'était l'argent.

Deux rapides discours mirent le commissaire-priseur sur le devant de la scène. *Sévices à Imelda* apparut dans l'atrium, spectaculaire, suspendue sous une petite grue mobile à peu près sept mètres au-dessus du sol pour que tous la voient distinctement. Un balai de projecteurs accentuait encore l'extravagance de l'objet. On fit silence, tandis qu'une armée d'immigrés clandestins en frac et cravate débarrassait les tables.

Le commissaire de la vente discourait encore sur *Imelda*, et la foule écoutait. Puis il se mit à parler de l'artiste, et la foule se mit à écouter vraiment. Était-il fou ? Malade ? Proche du suicide ? Ils voulaient des détails, mais le commissaire les tenait en haleine. Il était britannique et tout à fait convenable, ce qui garantissait une enchère emportée avec un million de dollars supplémentaire.

— Je propose d'ouvrir l'enchère à cinq millions, déclarat-il, de sa voix nasillarde, et la foule en eut le souffle coupé.

Subitement, Brianna s'était lassée de Sandy. Elle se rapprocha de son époux et, sur un crescendo de battements de cils, lui posa la main sur la cuisse. Il réagit en opinant du chef vers l'un des clercs postés au parterre, avec lequel il avait déjà échangé quelques mots. Le clerc envoya un signal lumineux vers l'estrade, et *Imelda* prit vie.

— Et nous avons ici cinq millions, annonça le commissaire-priseur. – Tonnerre d'applaudissements. – Un joli début, je vous remercie. Et maintenant, en route pour les six.

Six, sept, huit, neuf, et Carl opina, d'un signe de tête, pour dix. Il gardait le sourire, mais il avait le ventre noué. Combien cette abomination allait-elle lui coûter ? Il y avait au moins six milliardaires dans la salle et plusieurs autres en gestation. Ça faisait beaucoup d'egos surdimensionnés, sans pénurie de cash, mais en cet instant, aucun d'eux n'avait un besoin aussi criant de faire les gros titres que Carl Trudeau.

Et cela n'échappait pas à Pete Flint.

En route pour le onzième million, deux enchérisseurs lâchèrent prise.

— Il nous en reste combien ? chuchota-t-il au banquier, qui scrutait la foule, surveillant la concurrence.

— Il y a Pete Flint, et peut-être encore un autre.

Ce fils de pute. Quand Trudeau fit signe pour douze millions, Brianna lui avait pratiquement introduit la langue dans l'oreille.

— Et nous avons ici douze millions. – La foule explosa dans des applaudissements et des hourras. – Eh bien, à ce stade, nous allons retenir notre souffle, ajouta le commissaire-priseur, plein d'à-propos.

Tout le monde but une gorgée de quelque chose. Carl engloutit encore un peu vin. Pete Flint se trouvait derrière lui, à deux tables de distance, mais il n'osait pas se retourner, et admettre ainsi la petite guerre qui se livrait entre eux.

Si Flint avait réellement vendu le titre Krane à découvert, le verdict allait lui faire récolter des millions. À l'évidence, de son côté, il venait d'en perdre plusieurs, et pour la même raison. Cela restait sur le papier, mais enfin, tout n'était-il pas sur du papier ?

Pas *Imelda*. Elle était réelle, tangible, une œuvre d'art qu'il ne pouvait pas perdre, pas au profit de Flint, en tout cas.

Le commissaire-priseur sut faire magnifiquement traîner en longueur les rounds 13, 14 et 15, qui s'achevèrent tous sur des applaudissements frénétiques. La rumeur s'était propagée : tout le monde savait que les héros étaient Carl Trudeau et Pete Flint. Quand le silence retomba, les deux poids-lourds se préparèrent à aller plus loin. Carl eut un signe de tête pour seize millions, ce qui lui valut une salve d'acclamations.

— Irons-nous à dix-sept millions ? lança le commissaire d'une voix retentissante, à son tour fort excité.

Un long silence. Il régnait une tension électrique.

— Très bien, nous avons là seize millions. Une fois, deux fois, ah si... nous avons dix-sept millions.

Tout au long de ce supplice, Carl n'avait pas arrêté de prêter et de rompre une succession de serments, mais là, il était déterminé à ne pas aller plus loin. Tandis que la clameur se taisait, il se laissa aller contre le dossier de sa chaise, aussi froid qu'un prédateur de la finance aux prises avec des milliards. Il en avait terminé, et il était très content de lui. Flint bluffait, et maintenant Flint se retrouvait avec cette vieille fille sur les bras pour dix-sept millions de dollars.

— Oserais-je en demander dix-huit ?

Encore des applaudissements. Encore un temps de réflexion. S'il voulait bien débourser dix-sept millions, pourquoi ne pas aller à dix-huit ? Et s'il sautait sur ces dix-huit, alors Flint comprendrait que lui, Trudeau, tiendrait bon jusqu'à la fin des fins.

Cela valait la peine d'essayer.

— Dix-huit ? insista le commissaire-priseur.

— Oui, fit-il, assez fort pour que beaucoup l'entendent.

Sa stratégie fonctionna. Pete Flint battit en retraite, bien au chaud dans la sécurité de l'argent qu'il venait d'éviter de dépenser, et regarda avec amusement le grand Carl Trudeau boucler une affaire calamiteuse.

— Vendu pour dix-huit millions, à M. Carl Trudeau, rugit le commissaire, et la foule se leva d'un bond.

On descendit *Imelda* pour que ses nouveaux propriétaires puissent poser avec elle. Beaucoup d'autres, à la fois envieux et fiers, restèrent plantés là devant les Trudeau et leur nouvel attribut. Un groupe de rock lança la machine, et ce fut l'heure de danser. Brianna était moite – l'argent l'avait mise dans un état second. Au milieu de la première danse, il dut la repousser d'un pas. Elle était en chaleur, obscène, exhibant autant de chair que possible. Les gens regardaient et elle était ravie.

— Allons-nous-en d'ici, décréta-t-il après la seconde danse.

4.

Durant la nuit, Wes avait réussi tant bien que mal à gagner le sofa, tout de même plus moelleux, et, quand il se réveilla, avant le point du jour, il trouva Mack niché contre lui. Mary Grace et Liza étaient restées par terre, en contrebas, enveloppées dans des couvertures. Elles dormaient comme des souches. Ils avaient regardé la télévision jusqu'à ce que les deux enfants piquent du nez, puis ils avaient ouvert et vidé une bouteille de champagne ordinaire précieusement conservée jusque-là. L'alcool et la fatigue les avaient assommés, et ils s'étaient jurés de dormir une éternité.

Cinq heures plus tard, Wes rouvrait les yeux. Impossible de les refermer. Il était de retour dans la salle d'audience, en sueur, sur les nerfs, suivant du regard l'entrée des jurés, priant, en quête d'un signe, écoutant les paroles majestueuses du juge Harrison. Des mots qui résonneraient dans ses oreilles pour toujours.

Aujourd'hui, la journée serait belle, et Wes se refusait à la gâcher davantage sur ce sofa.

Il s'écarta délicatement de Mack, étendit sur lui une couverture et se dirigea en silence vers le désordre de leur chambre, où il enfila son short, ses baskets et un sweat-shirt. Pendant le procès, il avait persisté à courir tous les jours, même à minuit, même à cinq heures du matin. Un mois plus tôt, il s'était retrouvé à trois heures du matin à dix kilomètres de chez lui. Courir lui éclaircissait l'esprit et le soulageait du stress. Il déterminait sa stratégie, procédait au contre-interrogatoire des témoins, argumentait avec Jared Kurtin, en appelait aux jurés, menait à bien une dizaine de tâches différentes tout en martelant l'asphalte dans l'obscurité. Peut-être, cette fois, parviendrait-il à se concentrer sur quelque chose, n'importe quoi sauf le procès. Des vacances, pourquoi pas ? Une plage. Mais le recours en appel le tracassait déjà. Il se faufila hors de l'appartement et ferma la porte à clef derrière lui. Mary Grace n'avait pas bronché. Il était 5 h 15.

Il démarra sans échauffement, déboucha vite dans Hardy Street, et se dirigea vers le campus de l'université du Sud-Mississippi. Il appréciait le côté sûr de l'endroit. Il décrivit plusieurs cercles autour des dortoirs où il avait vécu, autrefois, autour du stade de football où il avait joué, jadis, et, au bout d'une demi-heure, s'arrêta chez Java Werks, son café préféré, sur le trottoir en face du campus. Il déposa quatre pièces de vingt-cinq cents sur le comptoir et prit une petite tasse du mélange maison. Quatre pièces de vingt-cinq cents. Il en rit presque, en les recomptant. Obligé de prévoir d'avoir de quoi pour son café, il était tout le temps à la recherche de ces pièces d'un quart de dollar.

Au bout du comptoir, il avisa un assortiment de journaux du matin. Le gros titre de première page du *Hattiesburg American* clamait : « Krane Chemical écope de 41 millions de dollars. » Il y avait une grande et splendide photo de sa femme et lui sortant du tribunal, fatigués, mais heureux. Et une autre, plus petite, de Jeannette Baker, en pleurs. Quantité de propos émanant des avocats, quelques-uns des jurés, y compris une admonestation du professeur Leona Rocha qui, à l'évidence, avait pesé lourd, en salle du jury. Notamment cette citation savoureuse : « Ce qui nous a mis en colère, c'est l'usage abusif et délibéré que Krane a fait de cette terre, leur arrogance, leur mépris de la sécurité, et ensuite les tromperies auxquelles ils se sont prêtés en essayant de dissimuler la chose. »

Wes l'adorait, cette dame. Il dévora l'article, et en oublia sa tasse de café. Le *Clarion-Ledger*, le quotidien le plus important de l'État, publié à Jackson, avait opté pour un gros titre un peu plus mesuré, quoique tout aussi frappant : « Le jury prend Krane Chemical en faute – Verdict très lourd. » D'autres photos, des citations, des détails sur le procès et, au bout de quelques minutes, Wes se rendit compte qu'il se contentait de lire en diagonale. De tous, le *Sun Herald*, de Biloxi, avait la meilleure formule : « Le jury à Krane : Passez à la caisse. »

Des titres et des photos à la une des grands quotidiens. Pas une trop mauvaise journée, pour le petit cabinet juridique de Payton & Payton. Le retour commençait, et Wes se tenait prêt. Les téléphones du bureau allaient se remettre à sonner, avec plein de clients potentiels en instance de divorce ou de dépôt de bilan, et une centaine d'autres plaies de cet ordre que Wes ne se sentait pas de traiter. Il les éconduirait poliment, les orienterait vers d'autres confrères plus insignifiants, on n'en manquait pas. Lui, une fois les filets remontés, il ne garderait que les gros poissons. Un verdict écrasant, des photos dans le journal, la faveur de la rue, leur volume d'affaires allait substantiellement s'étoffer.

Il vida son café et sortit.

————

Carl Trudeau lui aussi quitta son domicile au lever du soleil. Il aurait pu rester caché toute la journée dans son penthouse et laisser les gens de sa communication gérer le désastre. Rien ne l'empêchait de se dissimuler derrière ses avocats. Ou de sauter dans son jet et s'envoler vers sa villa d'Anguilla ou sa demeure de Palm Beach. Mais ce n'était pas son genre. Il n'avait jamais fui la bagarre, ce n'était pas maintenant qu'il allait commencer.

En plus, il voulait mettre du champ entre lui et sa femme. Elle lui avait coûté une fortune, la veille au soir, ça lui restait en travers de la gorge.

— Bonjour, lâcha-t-il sèchement à Toliver en se posant lestement sur la banquette arrière de la Bentley.

— Bonjour, monsieur.

Le chauffeur n'allait pas lui poser de question idiote dans le style : « Comment va monsieur, aujourd'hui ? » Il était 5 h 30, une heure pas exceptionnelle pour M. Trudeau, mais pas habituelle non plus. En temps normal, ils quittaient l'appartement une heure plus tard.

— Pressons le mouvement, ordonna le patron, et Toliver démarra en trombe dans la Cinquième Avenue.

Vingt minutes après, il montait dans son ascenseur privé avec Stu, un assistant dont la seule mission consistait à être de garde vingt-quatre heures sur vingt-quatre, sept jours sur sept, pour le cas où le grand homme aurait un quelconque besoin. Alerté soixante minutes plus tôt, Stu avait reçu les instructions suivantes : préparer le café, faire griller un bagel de farine de froment, presser un jus d'orange. On lui avait transmis une liste de six journaux à déposer sur son bureau, et une recherche à faire sur Internet. Carl fit comme s'il ne s'apercevait pas de sa présence.

Une fois dans le bureau, Stu lui prit sa veste et lui versa du café. On le pria d'apporter vite fait le bagel et le jus de fruit.

Le patron s'installa dans son fauteuil aérodynamique, fit craquer ses phalanges, rouler le siège jusqu'à son bureau, prit une profonde inspiration, et attrapa le *New York Times*. Première page, colonne de gauche. Pas la première page de la rubrique Économie, mais la première page de tout ce satané canard ! Aux premières loges, avec une sale guerre, un scandale au Congrès et des cadavres à Gaza.

La première page. « Krane Chemical jugé responsable de morts par empoisonnement », annonçait le titre, et il sentit sa mâchoire se relâcher. Signature Untel, Hattiesburg, Mississippi : « Le jury d'un tribunal de l'État accorde 3 millions de dollars de dommages et intérêts réels à une jeune veuve, dans sa procédure pour mort prématurée contre Krane Chemical, et 38 millions de dommages et intérêts punitifs. » Il lut rapidement – il connaissait tous ces détails lamentables. Le *Times* les reprenait à peu de chose près avec exactitude. Les propos cités des avocats étaient tellement prévisibles. Du blabla.

Mais pourquoi la première page ?

Il perçut cela comme un coup bas, et ne tarda pas à en essuyer un autre. En page 2 de la rubrique Économie, un quelconque analyste dissertait sur les autres problèmes juridiques de Krane Chemical, à savoir les centaines de procédures éventuelles reprenant plus ou moins les mêmes accusations que Jeannette Baker. Selon cet expert, dont le nom était inconnu à Carl (ce qui n'avait rien de surprenant), Krane risquait d'être exposé à hauteur de plusieurs « milliards » et, comme le groupe, avec « sa politique discutable d'assurances en responsabilité civile » était pratiquement « nu », une telle exposition promettait de se révéler « catastrophique ».

Il lâcha un juron, et Stu se précipita avec le jus et le bagel.

— Rien d'autre, monsieur ? s'enquit l'employé.

— Non, maintenant fermez la porte.

Trudeau fit une brève incursion à la rubrique Arts. En première page, juste sous le pli central, figurait un compte rendu de l'événement d'hier soir au MuAb, dont le temps fort avait été une bataille d'enchères vigoureuse, et ainsi de suite. En bas de la page, à droite, il y avait une photo couleur correcte de M. et Mme Carl Trudeau, posant avec leur toute nouvelle acquisition. Brianna, toujours photogénique (le contraire eût été scandaleux), rayonnait d'éclat et de séduction. Lui, il avait l'air riche, mince et jeune, songea-t-il, et *Imelda* était aussi déroutante imprimée qu'elle l'était en vrai. Était-elle réellement une œuvre d'art ? Ou serait-ce juste un salmigondis de bronze et de ciment échafaudé par un esprit confus se donnant beaucoup de mal pour paraître torturé ?

Un critique d'art du *Times* optait pour la seconde hypothèse – le même plaisant personnage avec lequel il avait conversé avant le dîner. Interrogé par le journaliste pour savoir si cet achat de dix-huit millions de dollars était, de la part de M. Trudeau, un investissement avisé, le critique répondait : « Non, mais c'est certainement un coup de pouce pour la campagne de collecte de fonds du musée. » Il continuait en expliquant que le marché de la sculpture abstraite stagnait depuis plus d'une décennie et qu'il avait peu de chances de s'améliorer, à son avis. Il voyait peu d'avenir pour *Imelda*. L'article se concluait en page 7 sur deux paragraphes et une photo du sculpteur, Pablo, souriant devant l'objectif, l'air tout à fait en vie et, somme toute, sain d'esprit.

Néanmoins, Trudeau fut content, l'espace d'un instant. L'article était positif. Malgré le verdict, il apparaissait imperturbable, plein de ressort, maître de son univers. Une image qui n'était pas sans valeur, même si cette valeur était très inférieure à dix-huit millions de dollars, il le savait. Il croqua une bouchée de bagel, sans le savourer.

Retour au carnage. Il s'étalait en une du *Wall Street Journal*, du *Financial Times* et de *USA Today*. Au bout de quatre journaux, il fut fatigué de lire et relire les mêmes propos d'avocats et les mêmes prédictions de spécialistes. Il s'écarta de son bureau, recula, but une gorgée de café. Tout ça lui rappelait précisément à quel point il exécrait les journalistes. Enfin, il était en vie. La presse n'y allait pas de main morte, et ça ne s'arrêterait pas là, mais lui, le grand Carl Trudeau, savait encaisser. Il était encore debout.

La pire journée de toute sa vie professionnelle commençait. Mais demain est un autre jour.

Il était 7 heures. Le marché ouvrait à 9 h 30. Le titre Krane avait clôturé à 52,50 dollars la veille, en hausse de 1,25 dollar parce que le jury n'en finissait plus et semblait dans l'impasse. Les experts du matin prédisaient une vente panique – leurs estimations étaient-elles toujours exagérées ?

Il prit un appel de son directeur de la communication et l'avertit qu'il ne répondrait à aucun correspondant, aucun journaliste, aucun analyste, quels que soient leur nombre, leur obstination et leurs titres. Que l'on s'en tienne à la ligne du groupe – « Nous nous préparons à un appel énergique et nous comptons l'emporter ». Ne pas s'en écarter d'un seul mot.

À 7 h 15, Bobby Ratzlaff arriva avec Felix Bard, le directeur financier du groupe. Ils n'avaient pas dormi plus de deux heures, ni l'un ni l'autre, et ils étaient stupéfaits que leur patron ait trouvé le temps d'aller festoyer. Ils déballèrent leurs épais dossiers, échangèrent les quelques salutations laconiques de rigueur, puis se serrèrent autour de la table de conférence. Ils y resteraient les douze prochaines heures. Il y avait beaucoup à discuter, mais la véritable raison de leur réunion, c'était que M. Trudeau souhaitait un peu de compagnie dans son bunker, à l'ouverture des marchés, quand le ciel allait leur tomber sur la tête.

Ratzlaff se lança le premier. Une charretée de requêtes postérieures au jugement allait être déposée, rien ne changerait, et l'affaire serait renvoyée devant la Cour suprême du Mississippi.

— La Cour est connue depuis longtemps pour être favorable aux plaignants, mais le vent est en train de tourner. Nous avons passé en revue les arrêts qu'elle a rendus dans de grandes affaires de droit civil ces deux dernières années. En règle générale, elle se partage à cinq voix contre quatre en faveur du plaignant, mais pas toujours.

— Combien de temps avant que l'appel final arrive à son terme ? demanda Carl.

— De dix-huit à vingt-quatre mois.

Ratzlaff poursuivit. Suite au gâchis de Bowmore, cent quarante actions en justice étaient intentées contre Krane, un tiers d'entre elles consécutives à des décès. Selon une étude exhaustive encore en cours, menée par le même Ratzlaff, son équipe et leurs avocats à New York, Atlanta et dans le Mississippi, il y avait probablement encore trois à quatre cents autres affaires potentiellement « légitimes », autrement dit concernant soit un décès, soit une mort probable, soit une maladie de gravité modérée à forte. Il pourrait se présenter encore des milliers de cas où les plaignants souffraient de maux mineurs, éruptions cutanées, lésions, toux persistantes, mais, pour l'heure, ces derniers étaient classés comme abusifs.

Le coût et la difficulté d'attester la responsabilité civile et de la lier à une maladie étaient tels que la plupart des affaires piétinaient. Ceci, naturellement, était sur le point de changer.

— Je parie que les avocats de la plaignante ont la gueule de bois, ce matin, conclut-il.

Carl ne se fendit pas du moindre sourire. En fait, il ne s'était jamais fendu du moindre sourire. Il semblait occupé à lire et ne daignait pas regarder la personne qui prenait la parole, mais rien ne lui échappait.

— Combien d'affaires défendent-ils, les Payton ? demanda-t-il.

— Une trentaine environ. Nous n'en sommes pas sûrs, car en fait ils n'ont pas déposé de plaintes pour toutes. Beaucoup restent encore en attente.

— Selon un journaliste, l'affaire Baker les aurait quasiment mis sur la paille.

— Exact. Ils se sont endettés de partout.

— Des prêts bancaires ?

— Oui, d'après la rumeur.

— On les connaît, ces banques ?

— Je ne suis pas certain.

— Trouvez-moi ça. Je veux les encours de ces prêts, les conditions, tout.

— Vu.

Il n'y avait pas de bonnes alternatives, reprit Ratzlaff, en brodant à partir de son canevas. Les digues étaient rompues, le flot montait. Les avocats allaient montrer les dents, et les coûts de la défense allaient quadrupler. Jusqu'à cent millions de dollars, aisément. Le prochain dossier pourrait être prêt à être plaidé devant la cour d'ici à huit mois, même salle d'audience, même juge. Un autre verdict capital et, bon, enfin, on ne savait jamais.

Carl jeta un coup d'œil à sa montre et marmonna quelque chose au sujet d'un coup de fil qu'il devait donner. Il quitta la table, fit les cent pas dans son bureau, puis s'arrêta devant les fenêtres orientées au sud. Le Trump Building attira son attention. Son adresse était au 40, Wall Street, très près du New York Stock Exchange, la bourse où, d'ici peu, les actions Krane Chemical constitueraient le sujet du jour. Les investisseurs allaient sauter du bateau et les spéculateurs suivraient le carnage d'un œil ahuri. Quelle cruauté, quelle ironie ! Lui, le grand Carl Trudeau, qui avait si souvent joui du spectacle qu'offre le massacre d'une entreprise, Carl Trudeau en était à repousser les vautours. Combien de fois avait-il manigancé l'effondrement d'un titre afin de lui fondre dessus et le racheter pour quelques sous ? Il avait bâti sa légende sur ce genre de tactique.

Jusqu'où irait le carnage ? C'était la grande question, toujours suivie par la question numéro deux : combien de temps durerait-il ?

Il attendit.

5.

Tom Huff passa son costume le plus sombre et le plus élégant et, après mûre réflexion, décida de se présenter à son bureau de la Second State Bank quelques minutes plus tard que d'habitude. Entrer en scène à la seconde près apparaîtrait trop prévisible, risquerait d'être pris pour de l'arrogance. Plus important encore, il voulait qu'à son arrivée tout le monde soit à sa place – les vieux caissiers de l'étage principal, les mignonnes secrétaires du deuxième, et les vice quelque chose, ses rivaux, au troisième. Huffy voulait une arrivée triomphante, avec un public le plus large possible. Il avait eu le courage de miser sur les Payton, et ce moment lui appartenait.

Mais il n'obtint que le dédain des caissiers, l'indifférence des secrétaires, et assez de sourires sournois de ses rivaux pour le rendre soupçonneux. Sur son bureau, il trouva un message marqué « Urgent », une convocation chez M. Kirkhead. Quelque chose se tramait, et Huffy se sentait déjà considérablement moins fier. Pour l'entrée spectaculaire, c'était loupé. Quel était le problème ?

M. Kirkhead se trouvait dans son bureau, la porte ouverte, toujours un mauvais signe. Le patron détestait les portes ouvertes, et se vantait de son style directorial aux portes closes. Il était caustique, brutal, cynique, il avait peur de son ombre. Les portes fermées lui correspondaient bien.

— Asseyez-vous, aboya-t-il, sans songer un seul instant à lui adresser un « bonjour », ni un « salut », et surtout pas, quelle idée, des « félicitations ».

Il était campé derrière son bureau prétentieux, sa tête grasse et dégarnie penchée très bas, comme s'il reniflait ses colonnes de chiffres en les lisant.

— Comment allez-vous, monsieur Kirkhead ? gazouilla Huffy.

Il mourait d'envie de laisser échapper un « M. Prickhead », autrement dit « M. Tête-de-Nœud », le surnom de son patron, dont même les anciens de l'étage principal usaient à l'occasion.

— Ça baigne. Vous avez apporté le dossier Payton ?

— Non, monsieur. On ne m'a pas demandé d'apporter le dossier Payton. Quelque chose ne va pas ?

— Deux choses, en réalité, puisque que vous me posez la question. Premièrement, nous avons consenti à ces gens ce prêt désastreux, plus de quatre cent mille dollars, avec arriérés, naturellement, et un degré de nantissement effarant, bien trop faible. Le prêt le pire de tout le portefeuille de la banque, et de loin.

Il avait parlé de « ces gens » comme si Wes et Mary Grace étaient des voleurs de cartes de crédit.

— Ce n'est pas nouveau du tout, monsieur.

— Ça vous ennuie si je termine ? Et maintenant, nous avons les dommages et intérêts absurdes de ce jury. Ils sont censés me ravir, représentant la banque détentrice de tout ce papier, mais en notre qualité de prêteur commercial et d'établissement leader de la ville, en réalité, je trouve que ça pue. Quel genre de message allons-nous envoyer à nos éventuels clients dans l'industrie, avec des verdicts pareils ?

— « Évitez de balancer des déchets toxiques sur le territoire de notre État », par exemple ?

Les bajoues grassouillettes de Tête-de-Nœud virèrent à l'écarlate. Il balaya la réplique de Huffy d'un revers de main, et se racla la gorge, presque un gargarisme avec sa propre salive.

— Mauvais, pour le climat des affaires, reprit-il. C'est en première page dans le monde entier, ce matin. Je reçois des coups de fil du siège. Une très mauvaise journée.

Et la fin de beaucoup d'autres très mauvaises journées pour Bowmore, aussi, songea Huffy. Des journées d'enterrement.

— Quarante et un millions de dollars, poursuivit le banquier. Pour une bonne femme qui vit dans une caravane.

— Les caravanes, ça n'a rien de mal, monsieur Kirkhead. Un tas de braves gens y habitent, par ici. Et nous leur consentons des prêts.

— Vous ne saisissez pas. Un montant pareil, c'est indécent. Le système est devenu fou. Et pourquoi chez nous ? Pourquoi le Mississippi a-t-il la réputation d'un enfer judiciaire ? Pourquoi les avocats adorent-ils notre petit État ? Regardez un peu les sondages. C'est mauvais pour les affaires, Huff, pour nos affaires.

— Oui, monsieur, mais à propos du prêt Payton, vous devez déjà mieux le sentir, depuis ce matin.

— Je veux que cet emprunt soit soldé, et sans tarder.

— Moi aussi.

— Fournissez-moi un calendrier. Convoquez-moi ces gens et établissez un plan de remboursement, que je validerai quand il m'aura l'air raisonnable. Et occupez-vous-en tout de suite.

— Oui, monsieur, mais cela risque de leur prendre quelques mois, le temps de se remettre à flot. Ils ont quasiment fermé leur…

— Eux, je m'en moque, Huff. Tout ce que je veux, c'est rayer ce foutu prêt de nos registres.

— Oui, monsieur. Ce sera tout ?

— Oui. Et plus de prêt dans des affaires judiciaires, vous m'avez compris ?

— Ne vous inquiétez pas.

———

À trois numéros de la banque, plus bas dans la même rue, l'Honorable Jared Kurtin procédait à une dernière revue de ses troupes avant de regagner Atlanta et l'accueil glacial qui l'attendait là-bas. Leur quartier-général était un immeuble récemment rénové, sur Front Street. La défense de Krane Chemical, très à l'aise, l'avait loué deux ans plus tôt, puis modernisé, moyennant un déploiement impressionnant de technologie et de personnels.

L'humeur était sombre, comme il fallait s'y attendre, même si les correspondants locaux n'étaient guère troublés par ce verdict. Après des mois de travail sous les ordres de Kurtin et de ses hommes de paille d'Atlanta, ils éprouvaient une satisfaction silencieuse à voir battre en retraite ces gens si imbus d'eux-mêmes. Et puis, ils reviendraient. Le verdict était aussi la garantie d'un enthousiasme renouvelé pour le sort des victimes, d'autres procédures, d'autres procès, et ainsi de suite.

Venus assister à ces adieux, il y avait Frank Sully, avocat correspondant et associé d'un cabinet de Hattiesburg spécialisé dans la défense, d'abord embauché par Krane, plus tard rétrogradé en faveur d'un « gros cabinet » d'Atlanta. Sully s'était vu accorder un siège à la table désormais bien encombrée de la défense, et il avait subi l'indignité de devoir siéger sans prononcer un mot à l'audience publique d'un bout à l'autre d'un procès de quatre mois. Il avait manifesté son désaccord avec pratiquement toutes les tactiques et stratégies employées par Kurtin. Son aversion et sa défiance envers les avocats d'Atlanta étaient si profondes qu'il avait fait circuler un mémo confidentiel parmi ses associés dans lequel il prédisait un énorme montant de dommages et intérêts punitifs. À présent, en son for intérieur, il exultait.

Mais il était un professionnel. Il servait son client aussi bien que son client le lui permettait, et il avait exécuté sans faillir les instructions de Kurtin. Et il était prêt à le refaire sans regrets, car Krane Chemical avait versé à son petit cabinet un million de dollars, à ce jour.

Kurtin et lui se serrèrent la main devant la portée d'entrée. Ils savaient l'un et l'autre qu'ils se parleraient au téléphone avant la fin de la journée. Ils étaient ravis de ce départ. Deux monospaces de location embarquèrent Kurtin et dix autres personnages vers l'aéroport, où un élégant petit jet attendait de décoller pour un vol de soixante-dix minutes – pourtant, rien ne pressait. Leurs foyers et leurs familles leur manquaient, certes, mais rentrer de Pétaouchnock la queue entre les jambes, on pouvait difficilement faire plus humiliant.

———

Carl restait retranché dans son quarante-cinquième étage, pendant qu'à Wall Street les rumeurs faisaient rage. À 9 h 15, son banquier chez Goldman Sachs l'appela pour la troisième fois de la matinée, et lui apprit la mauvaise nouvelle : le NYSE pourrait ne pas coter les titres Krane à l'ouverture. Le cours était trop volatil. Il y avait trop de pressions à la vente.

— Ça ressemble à une évacuation par l'escalier de secours, conclut-il sans ménagement, et Carl refoula une malédiction.

Le marché ouvrit à 9 h 30, et la cotation de Krane fut reportée. Trudeau, Ratzlaff et Felix Bard se tenaient autour de la table de conférence, épuisés, les manches remontées, des papiers et des détritus jusqu'aux coudes, un téléphone dans chaque main, noyés dans un déluge de conversations effrénées. Finalement, la bombe percuta la cible à 10 heures passées, quand Krane entama sa cotation à quarante dollars. Il n'y avait pas d'acheteurs à ce niveau, et pas davantage à trente-cinq dollars. Le plongeon fut temporairement enrayé à 29,50 dollars, quand des spéculateurs entrèrent dans la mêlée et passèrent à l'achat. Pendant l'heure qui suivit, ce furent les montagnes russes. À midi, le titre se stabilisait à 27,25 dollars, dans un très gros volume de transactions. Pour aggraver les choses, Krane monopolisait les gros titres des rubriques économiques de la matinée. Les chaînes câblées passaient volontiers la parole à leurs analystes de Wall Street, qui tous s'épanchaient sur l'effondrement stupéfiant du titre Krane Chemical. Ensuite, retour aux gros titres. Le décompte des morts en Irak. La catastrophe naturelle du mois. Et Krane Chemical.

Bobby Ratzlaff demanda la permission de courir à son bureau. Il prit l'escalier, s'arrêta un étage plus bas, et se rua vers les toilettes. Les boxes étaient vides. Il se rendit au dernier, souleva le couvercle, et fut pris d'un violent vomissement.

Ses quatre-vingt-dix mille parts de Krane venaient de glisser d'une valeur d'à peu près quatre millions et demi de dollars vers les deux millions et demi, et la chute n'était pas terminée. Il se servait de ses titres comme garantie de nantissement pour tous ses colifichets – sa petite maison dans les Hamptons, sa Porsche Carrera, un voilier en copropriété.

Sans mentionner les dépenses courantes comme les frais de scolarité d'une école privée et autres cartes de membres de club de golf. Bobby était désormais officieusement en faillite personnelle.

Pour la première fois de sa carrière, il comprenait pourquoi d'autres avaient sauté du haut des gratte-ciel, en 1929.

Les Payton avaient prévu d'aller ensemble à Bowmore en voiture, mais une visite de dernière minute de leur banquier à leur bureau modifia leur programme. Wes décida de rester pour traiter avec Huffy. Mary Grace prit la Taurus et la direction de sa ville natale.

Elle se rendit à Pine Grove, puis à l'église, où Jeannette Baker l'attendait en compagnie du pasteur Denny Ott et d'une kyrielle d'autres victimes représentées par le cabinet Payton. Ils se réunissaient dans la salle polyvalente où ils déjeuneraient de sandwiches – y compris Jeannette, fait exceptionnel. Elle se sentait posée, reposée, heureuse d'être loin du tribunal et de toutes ces procédures.

Le choc du verdict commençait à se dissiper. La possibilité de voir de l'argent changer de main allégeait l'atmosphère, mais elle suscitait aussi un flot de questions. Mary Grace veilla à minimiser les attentes. Elle revint en détail sur les recours en appel épineux qui suivraient. Quant au reste, un règlement à l'amiable, une acceptation sans réserve ou un autre procès, elle n'était pas optimiste. Franchement, Wes et elle ne possédaient ni les fonds ni l'énergie pour attaquer Krane Chemical dans le cadre d'une nouvelle procédure à rallonge, sentiment qu'elle s'abstint cependant de partager avec le groupe.

Elle se montra confiante et rassurante. Ses clients étaient à la bonne place, Wes et elle l'avaient prouvé. Il y aurait bientôt quantité d'avocats qui viendraient flairer les parages de Bowmore, à la recherche de victimes, faisant des promesses, offrant de l'argent, pourquoi pas. Et pas seulement des avocats locaux, mais les civilistes de dimension nationale, ces chasseurs d'affaires qui écumaient les États-Unis d'un océan à l'autre et débarquaient sur les lieux de la catastrophe souvent même avant les camions de pompiers. Ne vous fiez à personne, leur conseilla-t-elle avec douceur, mais fermeté. Krane va inonder la région d'enquêteurs, de mouchards, d'informateurs, tous en quête de ce qui pourrait être un jour utilisé contre vous devant un tribunal. N'adressez pas la parole aux journalistes, parce qu'une plaisanterie peut laisser une impression très différente, dans une salle d'audience. Ne signez rien qui n'ait été examiné au préalable par les Payton. Ne parlez pas à d'autres avocats.

Elle leur donna de l'espoir. Le verdict était en train de se répercuter dans le système judiciaire. Les instances de contrôle du gouvernement allaient devoir en prendre bonne note. L'industrie chimique ne pourrait plus ignorer leurs avis. En ce moment même, le titre Krane était en chute libre et, quand les actionnaires auraient perdu suffisamment d'argent, ils exigeraient des changements.

Une fois l'exposé terminé, Denny Ott invita les assistants à la prière. Mary Grace étreignit ses clients, leur souhaita le meilleur, promit de les revoir d'ici à quelques jours, puis sortit devant l'église, avec le pasteur, pour son rendez-vous suivant.

Le journaliste s'appelait Tim Shepard. Il était arrivé un mois plus tôt, et, à force d'obstination, il avait réussi à gagner la confiance du pasteur Ott, qui l'avait ensuite présenté à Wes et son épouse. Shepard était un indépendant, aux références éloquentes, plusieurs livres à son actif, et un accent traînant du Texas qui atténuait la méfiance unanime de Bowmore envers les médias. Pendant le procès, les Payton avaient refusé de lui parler, pour de nombreuses raisons. Maintenant que c'était terminé, elle allait lui accorder sa première interview. Si cela se déroulait correctement, il pourrait y en avoir une autre.

———

— M. Kirkhead veut son argent, lui annonça Huffy.

Il était dans le bureau de Wes, une pièce aux aménagements sommaires : cloisons en placoplâtre brut, sol de béton taché, mobilier sorti des surplus de l'Armée.

— Je n'en doute pas, riposta l'avocat.

Il cachait mal son irritation ; quelques heures seulement s'étaient écoulées depuis le verdict, et déjà le banquier débarquait avec ses grands airs.

— Dites-lui de prendre sa place dans la file.

— Wes, là, nous avons largement dépassé les échéances.

— Kirkhead est-il stupide ? Croit-il que le défendeur remplit le chèque le lendemain de sa condamnation aux dommages et intérêts ?

— Oui, il est stupide, mais pas à ce point.

— C'est lui qui vous envoie ?

— Oui. Il m'est tombé dessus à la première heure, et je m'attends à me faire tomber dessus tous les prochains jours.

— Vous ne pourriez pas patienter une journée, deux, voire une semaine ? Nous laisser souffler un peu, profiter de ce moment ?

— Il veut un plan. Un document écrit. Un échéancier de remboursements, ce genre de truc.

— Je vais lui fournir un échéancier, assura Wes, et sa phrase resta en suspens.

Il n'avait pas envie de se battre avec Huffy. Sans être exactement des amis, ils étaient sans nul doute en termes amicaux et s'appréciaient mutuellement. Payton était extrêmement reconnaissant à Huffy d'avoir bien voulu miser sur eux. Et le banquier admirait les Payton d'avoir tout perdu, d'avoir risqué le tout pour le tout. Il avait passé des heures avec eux, il les avait vus renoncer à leur maison, à leur bureau, à leurs voitures, à leurs comptes d'épargne-retraite.

— Parlons des trois prochains mois, reprit-il.

Comme les quatre pieds de la chaise pliante étaient inégaux, il oscillait légèrement tout en parlant. Wes respira un grand coup et leva les yeux au ciel. Il se sentait soudain très fatigué.

— À une époque, nous réalisions un bénéfice brut de cinquante mille dollars mensuels pour un net de trente mille avant impôts. C'était la belle vie, vous vous en souvenez. Relancer cette boutique va prendre un an, mais on peut y arriver. Nous n'avons pas le choix. Nous allons survivre, jusqu'à ce que les recours en appel aboutissent. Si le verdict est confirmé,

Kirkhead peut encaisser son argent, et une augmentation. Et nous, on se retire. À notre tour de partir en croisière. Si le verdict est annulé, nous nous déclarerons en faillite et nous ferons de la publicité pour les procédures de divorce accélérées.

— Le verdict va forcément vous attirer des clients.

— Bien entendu, mais la plupart ne vaudront pas un clou. En parlant de « faillite », Wes avait gentiment remis Huff à sa place, et avec lui le vieux Tête-de-Nœud et la banque. Le verdict ne pouvait pas être classé comme un actif et, sans lui, le bilan des Payton apparaissait aussi sombre que la veille. Ils avaient déjà pratiquement tout perdu. Obtenir un jugement de faillite serait une indignité supplémentaire qu'ils étaient prêts à endurer. Une de plus.

Ils réussiraient leur retour.

— Je ne vous remets aucun plan, Huffy. Merci de m'avoir posé la question. Revenez dans trente jours et on en reparlera. Pour l'heure, j'ai des clients qui ont été délaissés depuis des mois.

— Alors, qu'est-ce que je réponds à M. Tête-de-Nœud ?

— Simple. Qu'il nous pousse encore un peu plus, et le papier, il pourra se torcher avec. Lâchez-nous, accordez-nous un peu de temps, et nous réglerons cette dette.

— Je vais transmettre.

———

Au Babe's Coffee Shop de Main Street, Mary Grace et Tim Shepard s'étaient assis dans un box, contre la vitre. Ils parlaient de la ville. Elle se souvenait de Main Street comme d'un endroit animé où les gens venaient faire leurs courses et se rencontrer. Bowmore était trop petit pour les hypermarchés discount ; grâce à cela les commerçants du centre-ville avaient survécu. Quand Mary Grace était gamine, la circulation était animée, les places de parking rares. Aujourd'hui, la moitié des vitrines était occultée de feuilles de contreplaqué, et l'autre moitié désespérait de voir un client.

Une adolescente en tablier apporta deux tasses de café noir et repartit sans un mot. Mary Grace ajouta du sucre, sous le regard attentif de Shepard.

— Vous êtes sûr que le café est sain ? s'enquit-il.

— Bien sûr. La ville a fini par adopter un décret interdisant l'emploi de l'eau du robinet dans les restaurants. En plus, je connais Babe depuis trente ans. Elle a été l'une des premières à s'acheter son eau.

Shepard en but une gorgée, prudemment, puis sortit son magnétophone à cassettes et son carnet de notes.

— Pourquoi avez-vous accepté ces affaires ? commença-t-il.

Elle sourit, secoua la tête et continua de remuer son café.

— Je me suis posé la question un millier de fois, mais, en réalité, la réponse est simple. Pete, le mari de Jeannette, travaillait pour mon oncle. Je connaissais plusieurs des victimes. C'est une petite ville. Lorsque tant de gens sont tombés malades, il est apparu vite évident que ce n'était pas un hasard. Le cancer arrivait par vagues, et il y avait tellement de souffrance. Après avoir assisté aux trois ou quatre premiers enterrements, je me suis rendu compte qu'il fallait tenter quelque chose.

Il prenait des notes, sans tenir compte de ce temps de silence.

Elle reprit.

— Krane était le plus gros employeur. Des rumeurs de rejets toxiques sauvages circulaient depuis des années. Un tas de gens qui travaillaient là-bas sont tombés malades. Je me souviens, au retour de ma deuxième année de fac, d'avoir déjà entendu les gens se plaindre du mauvais goût de l'eau. Nous habitions à un kilomètre et demi, à l'extérieur de la ville. Comme nous avions notre puits, cela ne nous a jamais posé de problème. Mais, en ville, les choses n'ont pas cessé d'empirer. Avec les années, les rumeurs sur les rejets toxiques ont grossi, grossi, jusqu'à se changer en certitudes. Et l'eau s'est transformée en un liquide putride franchement imbuvable. Ensuite, le cancer a frappé... foie, reins, voies urinaires, estomac, rate, quantité de leucémies. J'étais à l'église avec mes parents, le dimanche, et j'avais devant moi quatre crânes chauves, lisses et luisants. Chimio. Je me serais crue dans un film d'horreur.

— Vous est-il arrivé de regretter cette procédure ?

— Non, jamais. Nous y avons beaucoup perdu, mais enfin, ma ville natale aussi. Avec un peu d'espoir, les pertes, maintenant, c'est terminé. Wes et moi, nous sommes jeunes, nous nous en remettrons. Mais beaucoup de gens sont morts, ou atteints de maladies mortelles.

— Pensez-vous à l'argent ?

— Quel argent ? L'appel va prendre dix-huit mois et, à l'heure où je vous parle, cela me semble une éternité. Il faut prendre du recul, remettre la situation en perspective.

— À savoir ?

— Cinq ans. Dans cinq ans, la décharge de produits toxiques aura été nettoyée, elle aura disparu pour toujours et personne n'en pâtira plus jamais. Un accord aura été conclu, un seul et vaste accord pour lequel Krane Chemical et leurs assureurs seront finalement forcés de s'asseoir autour d'une table, leurs grandes poches largement ouvertes, et de verser une compensation à ces familles décimées. Tout le monde endossera sa part des dommages.

— Y compris les avocats.

— Absolument. S'il n'y avait pas eu d'avocats, Krane en serait encore à fabriquer du pillamar 5 et à rejeter ses sous-produits derrière l'usine, et personne ne pourrait leur en imputer la responsabilité.

— Au lieu de quoi, ils sont maintenant au Mexique...

— Eh oui, à fabriquer du pillamar 5 et à rejeter leurs sous-produits derrière leurs usines. Et personne n'en a rien à foutre. Ils ne connaissent pas ce style de procédures, là-bas.

— Quelles sont vos chances, en appel ?

Elle but une gorgée de son café éventé et trop sucré. Elle était sur le point de lui répondre quand un agent d'assurances s'arrêta pour la remercier, lui serrer la main, l'embrasser. Il paraissait au bord des larmes quand il s'éloigna. Ensuite, M. Greenwood, l'ancien directeur du collège, l'ayant aperçue à son entrée dans le café, faillit la broyer entre ses bras. Il ignora la présence de Shepard et partit dans un long discours pour lui expliquer combien il était fier d'elle, demanda des nouvelles de sa famille, et ainsi de suite. À peine avait-il formulé ses adieux ronflants que Babe, la propriétaire des lieux, vint la féliciter à son tour.

Shepard finit par se lever et franchir discrètement la porte. Quelques minutes plus tard, Mary Grace gagnait à son tour la sortie.

— Désolée, fit-elle. C'est un grand moment, pour la ville.

— Ils sont très fiers.

— Allons voir l'usine.

L'Usine numéro deux de Krane Chemical Bowmore, selon sa dénomination officielle, se situait dans une zone industrielle abandonnée du côté est, à l'extérieur de la ville. L'usine était constituée d'une série de bâtiments à toit plat, en parpaings, reliés par d'énormes tuyauteries et des tapis roulants. Des citernes d'eau et des silos de stockage se dressaient derrière ces bâtiments. Les lieux étaient envahis de kudzu et de mauvaises herbes. En raison du procès, la compagnie avait entouré le site de kilomètres de grillage dressé sur quatre mètres de hauteur et surmonté de feuillards scintillants. Les lourds portails étaient fermés par des chaînes et des cadenas. Comme une prison où des choses affreuses se produisent, l'usine tenait le monde en lisière et conservait ses secrets enfouis à l'intérieur de ses murs.

L'avocate avait visité les lieux une dizaine de fois pendant le procès, mais toujours avec du monde – d'autres avocats, des ingénieurs, d'anciens employés de Krane, des vigiles de la sécurité, et même le juge Harrison. La dernière visite avait eu lieu deux mois plus tôt, à l'intention des jurés.

Shepard et elle s'arrêtèrent devant le portail principal et examinèrent les cadenas. Un grand écriteau décrépit identifiait l'usine et son propriétaire. Ils observèrent le périmètre à travers le grillage.

— Il y a six ans, expliqua-t-elle, quand il était clair que le procès devenait inévitable, Krane a filé au Mexique. Les employés ont reçu un préavis de trois jours et cinq cents dollars d'indemnités de licenciement. Beaucoup d'entre eux travaillaient là depuis trente ans. Cette manière de quitter la ville, c'était d'une incroyable stupidité parce que certains de leurs anciens ouvriers se sont révélés nos meilleurs témoins, à l'audience. L'amertume était, et reste, stupéfiante. Si Krane avait eu des amis à Bowmore, ils les ont perdus, tous, jusqu'au dernier, quand ils ont pigeonné leurs employés.

Un photographe qui travaillait avec Shepard les retrouva devant le portail et mitrailla sans attendre. Tandis qu'ils longeaient la clôture, Mary Grace commentait.

— Pendant longtemps, cet endroit est resté ouvert. Il était régulièrement vandalisé. Des adolescents venaient traîner, boire ou se droguer. Maintenant, les gens se tiennent le plus à l'écart possible. En réalité, les portails et les clôtures ne sont pas nécessaires. Personne n'a envie de s'approcher.

De la lisière nord, on voyait une longe rangée d'épais cylindres de métal, au milieu du complexe. Mary Grace les pointa du doigt, et poursuivit ses explications.

— C'est ce qu'on appelle l'Unité d'extraction Deux. Le bichloronylène réduit à l'état de sous-produit était stocké dans ces réservoirs. De là, une partie était transférée pour subir un processus de destruction selon les normes, mais la plus grande partie était transportée dans les bois, là-bas, derrière l'enceinte, et tout simplement déversée dans le ravin.

— La carrière de Proctor ?

— Oui, M. Proctor était le superviseur chargé de l'évacuation des déchets. Il est mort d'un cancer avant que nous n'ayons pu le citer à comparaître. – Ils avancèrent de vingt mètres, en longeant la clôture. – En fait, d'ici, on ne peut pas les voir, mais, quand on s'enfonce dans les bois, il y a trois ravins où ils ont tout simplement charrié les citernes avant de les recouvrir de terre et de boue. Avec les années, elles se sont mises à fuir... Elles ne sont même pas convenablement scellées... et les produits chimiques ont imprégné la terre. Cela a continué des années, des tonnes et des tonnes de bichloronylène, de cartolyx et d'aklar, et d'autres produits aux propriétés carcinogènes avérées. Si l'on en croit les experts, et à l'évidence le jury les a crus, ces poisons ont fini par contaminer la nappe phréatique où Bowmore pompe son eau.

Un détachement de sécurité en voiturette de golf approchait de la clôture. Deux gardiens trop enrobés, armés de pistolets, s'arrêtèrent et les dévisagèrent.

— Ignorez-les, c'est tout, chuchota-t-elle.

— Qu'est-ce que vous cherchez ? lança un gardien.

— Nous sommes du bon côté de la clôture, répondit-elle.

— Qu'est-ce que vous cherchez ? répéta-t-il.

— Je suis Mary Grace Payton, l'un des avocats. Passez votre chemin, les gars.

Les deux gaillards opinèrent en même temps, et redémarrèrent pour reprendre leur ronde.

Elle consulta sa montre.

— Il faut vraiment que j'y aille.

— Quand pouvons-nous nous rencontrer de nouveau ?

— Nous verrons. Je ne promets rien. Les choses sont assez chaotiques, en ce moment.

Ils repartirent en voiture en direction de l'église de Pine Grove et se dirent au revoir. Après le départ de Shepard, Mary Grace marcha trois rues jusqu'à la caravane de Jeannette. Bette était à son travail, l'endroit était calme. Pendant une heure, elle s'assit avec sa cliente sous un petit arbre et but de la citronnade en bouteille. Pas de larmes, pas de Kleenex, juste une conversation entre filles qui parlent de la vie, de leurs familles, de ces quatre mois vécus ensemble dans cette horrible salle d'audience.

6.

Une heure avant la clôture des marchés, Krane avait touché le fond, à dix-huit dollars l'action, puis entamé une remontée peu convaincante, si on pouvait appeler ça une remontée. Elle rogna le seuil des vingt dollars pendant une heure, avant de reprendre son élan à partir de ce prix. Pour ajouter à la catastrophe, et sans raison évidente, les investisseurs choisirent de se venger sur le reste de l'empire. Le Groupe Trudeau possédait quarante-cinq pour cent de Krane Chemical, et des parts plus modestes de six autres entreprises cotées – trois sociétés dans le secteur de la chimie, une autre dans l'exploration pétrolière, un équipementier automobile et une chaîne d'hôtels. Peu après le déjeuner, les six titres entamèrent leur propre glissade. Cela n'avait absolument aucun sens, mais enfin, le marché est souvent inexplicable. À Wall Street, la misère est contagieuse. La panique est chose courante et rarement compréhensible.

M. Trudeau ne vit pas venir cette réaction en chaîne, pas plus que Felix Bard, son sorcier de la finance. Alors que les minutes s'étiraient en longueur, les deux hommes virent avec horreur le Groupe Trudeau laisser filer un milliard de dollars de valorisation boursière.

La cause était endémique. Manifestement, tout venait du verdict du Mississippi. Mais de nombreux analystes, surtout les experts en banalités des chaînes câblées, firent grand cas du fait que Krane Chemical avait choisi, depuis des années, une fuite en avant téméraire sans le bénéfice d'une couverture complète en responsabilité civile. La compagnie avait économisé une fortune en primes, mais elle le payait désormais au prix fort. Bobby Ratzlaff était devant une télévision à écouter ce genre d'analyse quand Carl ordonna sèchement :

— Éteignez-moi ce truc !

Il était presque 16 heures, l'heure magique à laquelle la bourse fermait, où le bain de sang s'achevait. Carl Trudeau était à son bureau, le téléphone vissé à l'oreille. À la table de conférence, l'œil sur deux écrans à la fois, Bard relevait les toutes dernières cotations. Ratzlaff était pâle, nauséeux, encore plus ruiné qu'à la mi-journée, et il errait de fenêtre en fenêtre, comme pour choisir celle de l'envol ultime.

À la cloche de la clôture, les six autres titres repartaient à la hausse. En ce qui les concernait, malgré une baisse significative, les dégâts n'étaient pas désastreux. Ces compagnies affichaient des performances solides, et leurs titres se réajusteraient en temps et en heure. Krane, en revanche, était une épave. Au fixing, le titre valait 21,25 dollars, une chute de 31,25 dollars depuis la veille. Sa valorisation boursière s'était contractée de trois milliards deux cents millions à un milliard trois de dollars. La part majoritaire de quarante-cinq pour cent de cette misère détenue par M. Trudeau valait environ huit millions. Bard y ajouta promptement les baisses des six autres et calcula une perte personnelle, en une journée, de un milliard cent. Pas un record, mais sans doute suffisant pour inscrire le nom de Trudeau dans un quelconque Top 10.

Après avoir étudié les valeurs à la clôture, Carl ordonna à Bard et Ratzlaff d'enfiler leur veste, d'arranger leur cravate et de le suivre.

Quatre étages plus bas, dans les bureaux du siège social de Krane Chemical, les cadres dirigeants étaient massés dans la petite salle à manger qui leur était réservée. La nourriture y était fade, mais la vue imposante. Ce jour-là, le déjeuner ne revêtait guère d'importance ; personne n'avait d'appétit. Ils avaient attendu une heure, sous le choc, s'attendant à une explosion venue d'en haut. Une messe d'enterrement aurait été plus vivante. Mais M. Trudeau réussit à égayer l'assistance. Il entra au pas de charge, l'air décidé, ses deux sous-fifres à ses basques – Bard, avec son sourire en matière plastique, Ratzlaff, qui était devenu vert. Au lieu de hurler, il commença par remercier les hommes (il n'y avait que des hommes) de leur travail infatigable et de leur dévouement à l'entreprise.

Avec un grand sourire, il poursuivit :

— Messieurs, ce n'est pas un très bon jour. Un de ceux dont, j'en suis convaincu, nous nous souviendrons longtemps.

La voix était plaisante, c'était juste une petite visite comme une autre, à l'improviste, de l'homme venu des hautes sphères.

— Mais cette journée est terminée, heureusement, et nous sommes toujours debout. Demain, on reprend du poil de la bête.

Quelques coups d'œil nerveux, peut-être un sourire ou deux. La plupart d'entre eux s'étaient attendus à se faire virer sur-le-champ.

— En cette occasion historique, je veux que vous vous souveniez des trois choses que je vais vous dire. Primo, personne ne perd son poste. Deuxio, Krane Chemical survivra à ce déni de justice. Et tertio, je n'ai pas l'intention de perdre la guerre.

Il était l'archétype du dirigeant confiant, le capitaine ralliant ses troupes terrées dans leur trou. Un V de la victoire et un long cigare, il était Churchill à ses plus belles heures. Il leur ordonnait d'avoir du cran, de se défendre dos au mur, et ainsi de suite.

Même Bobby Ratzlaff commençait à se sentir mieux.

———

Deux heures plus tard, le même Ratzlaff et Bard étaient enfin renvoyés dans leurs foyers. Leur patron voulait prendre le temps de réfléchir, de lécher ses plaies, de s'éclaircir l'esprit. Pour faciliter les choses, il se versa un scotch et retira ses chaussures. Le soleil se couchait quelque part très loin au-delà du New Jersey, et il put dire bon débarras à une journée inoubliable.

Il lança un coup d'œil à son ordinateur, vérifia les appels du jour. Brianna avait téléphoné quatre fois, rien d'urgent. Si elle avait une question importante, au lieu de « Brianna », la secrétaire la notait sous l'intitulé « Votre Épouse ». Il la rappellerait plus tard. Il n'était pas d'humeur à entendre le résumé de ses exercices physiques quotidiens.

Parmi les quarante coups de fil qu'il avait reçus, le numéro vingt-huit retint son attention. Le sénateur Grott l'avait sollicité, de Washington. Il le connaissait fort peu personnellement, mais tous les acteurs un peu sérieux du monde de l'entreprise savaient que le sénateur Grott avait accompli trois mandats au Capitole de l'État de New York avant de rejoindre un puissant cabinet juridique pour y faire fortune. C'était M. Washington, le *nec plus ultra* des initiés, un juriste chevronné, un conseiller juridique qui avait des bureaux à Wall Street, sur Pennsylvania Avenue, et partout où cela lui chantait. Le sénateur Grott possédait plus de contacts que n'importe qui d'autre. Il jouait souvent au golf avec le locataire de la Maison-Blanche, quel qu'il soit, sillonnait le monde en quête de nouveaux contacts et n'offrait ses conseils qu'aux puissants. Il était généralement considéré comme le trait d'union majuscule entre l'Amérique des grandes entreprises et les hautes sphères gouvernementales. Si le sénateur se manifestait, on le rappelait, même quand on venait de perdre un milliard de dollars. Le sénateur connaissait le montant exact de vos pertes, et cela le tracassait.

Carl composa son numéro privé. Au bout de huit sonneries, une voix bourrue grogna.

— Grott.

— Sénateur Grott, Carl Trudeau à l'appareil, dit-il poliment.

Peu nombreux étaient les individus envers lesquels il se montrait déférent. Le sénateur en était. Il exigeait et méritait le respect.

— Ah, Carl !

Au ton, on aurait pu croire qu'ils avaient l'habitude de jouer au golf ensemble. Un tandem de vieux copains, rien d'autre. Trudeau entendit cette voix, et songea aux innombrables fois où il avait vu le sénateur aux infos, à la télévision.

— Comment va Amos ? s'enquit Grott.

Le contact, le nom qui liait les deux hommes de cette conversation.

— Très bien. J'ai déjeuné avec lui le mois dernier.

Un mensonge. Amos était l'associé gérant du cabinet juridique d'entreprises dont Carl utilisait les services depuis des années. Ce n'était pas le cabinet du sénateur, loin de là. Mais Amos était un individu de poids, sûrement assez important pour que le sénateur le mentionne.

— Transmettez-lui mon meilleur souvenir.

— Je n'y manquerai pas.

Et maintenant, au fait, songea-t-il.

— Écoutez, je sais que la journée a été longue, donc je ne vous retiendrai pas. – Un temps de silence. – Il y a un homme à Boca Raton que vous devriez rencontrer, son nom est Rinehart, Barry Rinehart. C'est une espèce de consultant, et pourtant, vous ne le trouverez jamais dans l'annuaire. Son cabinet est spécialisé dans les élections.

Un long temps de silence ; il fallait que Trudeau réponde quelque chose. Donc il parla :

— D'accord, j'écoute.

— Il est extrêmement compétent, intelligent, circonspect et onéreux. Pour arranger ce verdict, M. Rinehart est votre homme.

— Arranger ce verdict, répéta Carl.

Le sénateur continua.

— Si cela vous intéresse, je lui passe un coup de fil, je vous ouvre la porte.

— Eh bien, oui, je serais intéressé, sans aucun doute.

Arranger ce verdict. Douce musique.

— Bien, je vous tiens informé.

— Merci.

L'entretien était terminé. Tellement caractéristique du sénateur. Un service par-ci, et le retour par-là. Rien que des échanges de contacts, tout le monde y trouve son compte. L'appel était gratuit, mais un jour le sénateur serait payé de retour.

Carl remua son scotch en y plongeant le doigt, et consulta le reste de ses appels. Rien que des grincheux.

Arranger ce verdict, ne cessait-il de se répéter.

Au milieu de son bureau immaculé, il y avait un mémo marqué « CONFIDENTIEL ». Tous ses mémos n'étaient-ils pas confidentiels ? Sur la couverture, quelqu'un avait griffonné au feutre noir le nom « PAYTON ». Il le prit, s'installa, les deux pieds sur le bureau, et le feuilleta. Il contenait des photos. La première datait de la veille, au procès. On y voyait M. et Mme Payton quitter le tribunal main dans la main, radieux, triomphants. Il y en avait une autre, plus ancienne, de Mary Grace, dans une publication du barreau, accompagnée d'une courte biographie. Née à Bowmore, études universitaires à Millsaps, faculté de droit du bon vieil « Ole Miss » (l'université du Mississippi), deux ans employée fédérale, deux autres dans un bureau d'avocats commis d'office, ancien président de l'association du barreau du comté, avocat à la cour certifié, membre de l'ordre, membre du Parti démocrate et de quelques groupes écolos.

Issues de la même publication, une photo et une bio de James Wesley Payton. Né à Monroe, en Louisiane, plusieurs distinctions au sein de l'équipe universitaire de football du Sud-Mississippi, faculté de droit de Tulane, trois ans procureur assistant, membre de tous les groupes d'avocats à la cour possibles et imaginables, Rotary Club, Civitan, et tout le tremblement.

Deux chasseurs d'ambulance originaires d'un trou perdu, qui venaient d'orchestrer la sortie de Carl Trudeau de la liste *Forbes* des quatre cents Américains les plus riches.

Deux enfants, une nounou sans papiers, écoles publiques, église épiscopale, quasi-saisie de leur maison et de leur bureau, au bord de l'avis d'huissier pour leurs deux véhicules, un cabinet juridique (pas d'autres associés, juste du personnel administratif) vieux de dix ans, naguère assez rentable (selon les critères d'une petite ville), maintenant réfugié dans une supérette de quartier désaffectée, avec trois mois de loyer en retard. Et le meilleur – lourdement endettés, d'au moins quatre cent mille dollars auprès de la Second State Bank, sur une ligne de crédit pour ainsi dire dépourvue de garantie. Aucun versement depuis cinq mois, même pas sur les intérêts. Second State Bank était une succursale locale, avec dix agences dans le Sud-Mississippi. Quatre cent mille dollars empruntés dans le seul but de financer le procès contre Krane Chemical.

— Quatre cent mille dollars, marmonna-t-il.

Jusqu'à présent, dans cette foutue salade, rien que pour se défendre, il avait déboursé presque quatorze millions. Leurs comptes en banque étaient vides. Leurs cartes de crédit n'étaient plus valables. Des clients (catégorie hors-Bowmore) étaient apparemment mécontents d'être négligés. Aucun autre verdict un tant soit peu substantiel à leur actif. Rien qui approche même le million de dollars.

Résumé : ces gens sont criblés de dettes et s'accrochent par le bout des ongles. On les pousse un petit coup, et les voilà par-dessus bord. Stratégie : faire traîner les procédures en appel, retarder, retarder. Faire monter la pression exercée par la banque. Rachat possible de Second State, puis dénonciation du prêt. La faillite serait la seule voie. Source d'énormes perturbations au plus fort de l'appel. Et puis, les Payton seraient incapables de suivre leurs trente autres affaires (environ) contre Krane, et seraient sans doute obligés de refuser de prendre davantage de clients.

Conclusion : on avait de quoi anéantir ce petit cabinet juridique.

Le mémo n'était pas signé, ce qui n'était pas une surprise, mais Carl savait qu'il avait été rédigé par l'un des deux hommes de main du bureau de Ratzlaff. Il découvrirait lequel et accorderait une augmentation à ce garçon. Bon travail.

Le grand Carl Trudeau avait démantelé de vastes conglomérats, pris le contrôle de conseils d'administration hostiles, révoqué des PDG vedettes, chamboulé des groupes industriels entiers, tondu des banquiers, manipulé des cours, et détruit les carrières de ses ennemis par dizaines.

Il pouvait sûrement réduire à néant un banal cabinet juridique familial de Hattiesburg, Mississippi.

———

Toliver le déposa chez lui peu avant 21 heures, un horaire choisi. À cette heure-là, Sadler serait au lit et il ne serait pas forcé de jouer les papa gâteux d'un enfant dont il se désintéressait. L'autre enfant, il ne pouvait l'éviter.

Brianna l'attendait, obéissante et dévouée. Ils dîneraient au coin du feu.

Il entra dans son vestibule et se retrouva nez à nez avec *Imelda*. Ainsi exposée dans son vestibule, elle semblait souffrir de sévices terribles, plus encore que la veille au soir. Il ne put s'empêcher de rester interdit. En quoi cet entassement de tiges en cuivre pouvait-il évoquer une jeune fille ? Où était le buste ? Où étaient les jambes ? La tête ? Avait-il réellement dépensé autant d'argent pour ce fouillis ?

Et combien de temps *Imelda* allait-elle hanter son penthouse ?

Tandis que son valet de chambre lui prenait son manteau et sa serviette, il considéra tristement le chef-d'œuvre, puis entendit les paroles tant redoutées.

— Hello, mon chéri.

Une Brianna majestueuse entra dans la pièce, une jupe rouge et fluide dans son sillage. Ils s'embrassèrent, un petit baiser sur les joues.

— Ce n'est pas stupéfiant ? s'extasia-t-elle, avec un vague geste du bras vers *Imelda*.

— Stupéfiant, c'est le mot, admit-il.

Il regarda Brianna, puis il se tourna vers *Imelda*, et il rêva un instant de les étouffer toutes les deux. Enfin la pulsion lui passa. Il était incapable d'admettre sa défaite, jamais.

— Le dîner est prêt, chéri, roucoula-t-elle.

— Je n'ai pas faim. Buvons un verre.

— Mais Claudelle t'a préparé ton plat préféré... une sole grillée.

— Aucun appétit, ma chère, insista-t-il en tirant d'un coup sec sur sa cravate, qu'il jeta à son valet de chambre.

— La journée d'aujourd'hui a été épouvantable, je sais, fit-elle. Un scotch ?

— Oui.

— Tu veux m'en parler ? s'enquit-elle.

— J'adorerais.

Depuis ce matin, la gestionnaire de fonds privés de Brianna, inconnue de Carl, avait appelé avec des nouvelles fraîches sur l'effondrement du titre. Brianna connaissait les chiffres, et elle avait entendu des reportages selon lesquels son mari avait perdu un milliard, à peu de chose près.

Elle remercia le personnel de la cuisine, puis changea sa jupe pour une tenue plus suggestive. Ils se retrouvèrent devant la cheminée et bavardèrent jusqu'à ce qu'il s'endorme.

7.

À 10 heures, le vendredi matin, soit deux jours après le verdict, le cabinet Payton se réunit à La Mine, vaste local encombré de montages de photos, de bulletins médicaux, de profils de jurés, de rapports de témoins experts et autres pièces de procédure. Au centre de cette salle, il y avait une espèce de table – quatre grands panneaux en contreplaqué de deux centimètres d'épaisseur montés sur tréteaux – entourée d'une méchante collection de chaises dépareillées auxquelles il manquait un morceau ou deux. À en juger par les piles de papiers et de manuels juridiques, le lieu avait été l'épicentre de la tempête de ces quatre derniers mois. Sherman, un auxiliaire juridique, avait consacré l'essentiel de la journée précédente à débarrasser les tasses de café, emballages de pizzas, barquettes de plats chinois et autres bouteilles vides. Il avait aussi balayé les sols de béton nu – même si cela ne se voyait pas.

Leurs bureaux précédents, un immeuble de trois étages sur Main Street, étaient magnifiquement décorés, bien aménagés et astiqués tous les soirs par un service de nettoyage. À l'époque, l'apparence et la netteté revêtaient de l'importance.

Maintenant, ils s'efforçaient juste de survivre.

Malgré ce cadre miteux, l'humeur était légère, pour des raisons évidentes. Le marathon était terminé. Cet invraisemblable verdict restait encore difficile à croire. Uni par la sueur et les épreuves, le petit cabinet s'était attaqué à la bête et avait mis une grande victoire dans le camp des gentils.

Mary Grace convoqua la réunion. On mit le standard en attente, car on attendait de Tabby et Vicky, les deux réceptionnistes, qu'elles participent pleinement à la discussion. C'était si bon, d'entendre les téléphones sonner à nouveau. Sherman et Rusty, l'autre auxiliaire juridique, portaient des jeans, des sweat-shirts et pas de chaussettes. Dans cet endroit qui avait tout de la supérette désaffectée qu'elle était, qui se souciait de code vestimentaire ? Tabby et Vicky avaient abandonné les jolies robes après en avoir déchiré une ou deux sur le mobilier d'occasion. Seule Olivia, la comptable, imposante matrone, se présentait sans faillir dans une tenue de bureau digne de ce nom.

Ils s'assirent autour de la table en sirotant le même mauvais café auxquels ils s'étaient accoutumés, et écoutèrent avec le sourire Mme Payton récapituler les événements à venir.

— Il y aura les requêtes post-procédurales habituelles, expliquait-elle. Le juge Harrison a programmé une audience dans trente jours, mais nous n'en attendons guère de surprises.

— Au juge Harrison ! s'écria Sherman, et ils portèrent un toast au magistrat, café levé.

C'était devenu un cabinet très démocratique. Les présents se sentaient tous égaux. Chacun d'entre eux avait le droit de parler quand il ou elle le désirait. On ne s'appelait que par son prénom. La pauvreté a cette vertu.

Mary Grace continua.

— Pendant les quelques mois à venir, Sherman et moi, nous traiterons l'affaire Baker en fonction de son avancement, et nous tiendrons à jour les autres dossiers Bowmore. Wes et Rusty prendront en charge le reste et vont s'atteler à faire rentrer de l'argent frais.

Applaudissements.

— À l'argent frais ! fit Sherman, levant encore une fois sa tasse.

Titulaire d'une licence en droit obtenue grâce à un cours du soir, il n'avait pas été en mesure de passer l'examen du barreau, et restait auxiliaire juridique malgré ses quarante ans passés. Mais il connaissait mieux le droit que la plupart des avocats. Rusty, avec vingt ans de moins, envisageait la faculté de médecine.

— Tant qu'on est sur le sujet, reprit Mary Grace, Olivia m'a remis le dernier état de nos dettes. Toujours un plaisir. – Elle prit une feuille de papier et jeta un œil aux chiffres. – Nous en sommes désormais officiellement à trois mois de retard de loyer, un total de quatre mille cinq cents dollars.

— Oh, s'il vous plaît, expulsez-nous ! implora Rusty.

— Mais le propriétaire reste notre client et il ne s'inquiète pas. Toutes les autres factures accusent au moins deux mois de retard, sauf, bien entendu, le téléphone et l'électricité. Les salaires n'ont pas été payés depuis quatre semaines...

— Cinq, rectifia Sherman.

— Tu es sûre ? s'étonna-t-elle.

— À ce jour. Qui est jour de paie, ou, du moins, le fut longtemps.

— Désolée, cinq semaines d'arriérés. D'ici à une semaine, nous devrions toucher un peu de liquidité si nous parvenons à un règlement dans l'affaire Raney. Nous essaierons de combler le retard.

— On survit, fit Tabby.

Elle était la seule célibataire du cabinet. Tous les autres avaient un conjoint ou une conjointe avec un boulot. Même si les budgets étaient terriblement serrés, ils étaient déterminés à survivre.

— Et la famille Payton ? demanda Vicky.

— Ça va, intervint Wes. Je sais que vous vous souciez de nous, merci, mais on s'en sort, comme vous. Je l'ai répété cent fois. Mary Grace et moi, nous vous paierons dès que nous le pourrons. Les choses sont sur le point de s'améliorer.

— Nous pensons à vous, ajouta sa femme.

Personne ne partait. Personne ne proférait de menaces.

Ils avaient conclu un marché, il y a de cela un bon moment, sans jamais le coucher par écrit. Si les affaires Bowmore devaient payer, l'argent serait partagé entre tous les membres du cabinet. Peut-être pas à égalité, mais tous les présents savaient qu'ils seraient récompensés.

— Qu'en est-il de la banque ? demanda Rusty. Il n'y avait plus de secrets, maintenant. Ils savaient que Huffy était venu faire un saut, la veille, et ils n'ignoraient rien des montants dus à Second Stade Bank.

— J'ai écarté la banque, indiqua Wes. S'ils nous poussent encore un peu plus, alors on dépose un Chapitre 11 et on les entube.

— Je vote pour entuber la banque ! s'exclama Sherman.

Apparemment, une unanimité se dégageait autour de la table pour considérer qu'il fallait entuber la banque, et pourtant, tout le monde connaissait la vérité. La procédure n'aurait pas été possible sans la lutte d'influence menée par Huffy en leur nom. C'était lui qui avait réussi à convaincre M. Tête-de-Nœud de relever le seuil de leur ligne de crédit. Ils savaient aussi que les Payton n'auraient de cesse de rembourser l'établissement.

— Dans l'affaire Raney, nous devrions facturer douze mille dollars net, calcula Mary Grace. Et dix mille de plus pour la morsure du chien.

— Peut-être quinze, renchérit Wes.

— Et ensuite ? Quelle est la décision suivante ?

Mary Grace s'adressait à tous.

— Geeter..., fit Sherman.

C'était plus une suggestion qu'une réponse.

Wes se tourna vers sa femme. Tous deux se tournèrent vers Sherman, le regard vide.

— Qui est Geeter ?

— Il se trouve que c'est un client. Glissade et chute au magasin Kroger. Il s'est présenté voici environ huit mois.

Il y eut quelques échanges de regards perplexes autour de la table. Manifestement, les deux avocats avaient oublié l'un de leurs clients.

— Celui-là, je n'en ai aucun souvenir, admit Wes.

— Quel potentiel ? s'enquit Mme Payton.

— Pas grand-chose. Mise en cause pas très fondée. Peut-être vingt mille. J'étudierai le dossier avec toi lundi.

— Bonne idée, acquiesça-t-elle, avant de poursuivre : Je sais que les téléphones sonnent, et que nous sommes totalement fauchés, mais nous n'allons pas nous mettre à accepter toute une série de dossiers foireux. Pas d'immobilier, pas de faillite. Pas d'affaires criminelles, sauf si le client peut payer les frais de déplacement. Pas de divorces litigieux... on assure les divorces rapides pour mille dollars, mais s'il y a consentement mutuel total. Notre cabinet se spécialise dans la réparation des dommages corporels, et si on se surcharge en dossiers de pacotille, nous n'aurons plus de temps pour les affaires intéressantes. Des questions ?

— Dans les appels téléphoniques, il y a pas mal de trucs bizarroïdes qui nous arrivent, souligna Tabby. De tout le pays.

— Tenez-vous-en aux fondamentaux, insista Wes. Nous ne pouvons pas traiter des affaires en Floride ou à Seattle. Il nous faut des décisions vite rendues, ici, à domicile, en tout cas pour les douze prochains mois.

— Combien de temps ça va prendre, pour l'appel ? C'était Vicky.

— Dix-huit mois à deux ans, lui répondit Mary Grace. Et nous ne pouvons pas tenter grand-chose pour accélérer l'allure. C'est une procédure, il est important de faire le gros dos et de générer des honoraires ailleurs.

— Ce qui nous conduit à un autre point, enchaîna son mari. Ce verdict modifie radicalement le paysage. Primo, à l'heure qu'il est, cela propulse les attentes au plus haut, et nos autres clients de Bowmore ne vont pas tarder à nous harceler. Ils voudront avoir leur grand jour au tribunal, leur grand verdict. Il faut nous montrer patients, mais nous ne pouvons pas laisser ces gens nous déboussoler. Deuxio, les vautours vont s'abattre sur Bowmore. Dans la chasse aux clients, les avocats vont rivaliser. Ça va être la mêlée. Toute prise de contact de la part d'un confrère doit être immédiatement signalée. Tertio, le verdict fait peser une forte pression sur Krane. Leurs manœuvres vont devenir encore plus vicieuses. Des gens à eux nous surveillent. Ne vous fiez à personne. Ne parlez à personne. Rien ne doit sortir de ces quatre murs. Tous les documents doivent finir au broyeur. Dès que nous en aurons les moyens, nous aurons recours à un service de gardiennage de nuit. En résumé : surveillez tout le monde et surveillez vos arrières.

— C'est drôle ! s'exclama Vicky. Comme dans un film.

— Des questions ?

— Oui, fit Rusty. Est-ce qu'on peut se remettre, Sherman et moi, à la chasse aux ambulances ? Ça fait quatre mois, vous savez, depuis le début du procès. Ce frisson-là me manque.

— Je ne suis plus entré dans un service des urgences depuis des semaines, confirma Sherman. Moi aussi, le son des sirènes me manque.

Plaisantaient-ils ? Ce n'était pas clair, mais c'était le moment d'avoir de l'humour et de rire un peu. Mary Grace finit par leur répondre.

— Ce que vous faites m'est égal. Simplement, je n'ai pas envie d'être au courant de tout.

— La séance est levée, décréta Wes. Et nous sommes vendredi. À midi, tout le monde doit être parti. Nous fermons les portes à clef. À lundi.

———

Ils allèrent chercher Mack et Liza à l'école et, après un déjeuner dans un fast-food, prirent la route du Sud. Une heure plus tard, le paysage changea tandis qu'ils approchaient du lac Garland. La route se resserra, puis le revêtement se transforma en gravier. Le bungalow se trouvait tout au bout d'un chemin de terre, perché sur pilotis, niché dans un coin de végétation dense où la forêt rejoignait le rivage. Une petite jetée conduisait de la véranda jusque dans l'eau et, au-delà, le lac s'étendait sur des kilomètres. Il n'y avait aucun signe d'activité humaine, que ce soit sur le plan d'eau ou autour.

Le bungalow était la propriété d'un de leurs amis avocats de Hattiesburg, un homme pour qui Wes avait travaillé jadis, et qui avait refusé de se laisser entraîner dans ce casse-tête de Bowmore. Ce qui paraissait une sage décision voici encore à peu près quarante-huit heures. Maintenant, il y avait de quoi en douter fortement.

À l'origine, l'idée était de rouler encore quelques heures jusqu'à Destin, et de passer là un long week-end sur la plage. Mais ils n'en avaient tout bonnement pas les moyens.

Ils déchargèrent la voiture, s'installèrent dans le bungalow spacieux, à la toiture pentue aux pans très bas, et au grenier immense que Mack inspecta et jugea parfait pour une nouvelle de nuit de « campement ».

— On verra, fit Wes.

Il y avait trois petites chambres sous la véranda. Le bateau était au bout de la jetée, treuillé, et les enfants regardèrent avec impatience leur père le descendre dans l'eau. Leur mère ajusta et vérifia les gilets de sauvetage, puis, quand ils furent partis, elle s'emmitoufla sous une couette dans un fauteuil de salon placé sur la véranda, un livre à la main, à regarder le reste de la famille s'éloigner lentement vers l'horizon tout bleu du lac Garland, trois petites silhouettes guettant la brème et le crapet.

On était à la mi-novembre. Les feuilles jaune et rouge qui tombaient en tournoyant dans la brise venaient recouvrir le bungalow, la jetée et l'eau tout autour. Il n'y avait pas un bruit. Le petit canot à moteur était loin. Le vent faible. Les oiseaux et autres bêtes s'étaient absentés, pour le moment. Un calme parfait, un événement rare dans une vie, qu'elle chérissait tout particulièrement en cet instant. Elle referma le livre, ferma les yeux, et essaya de penser à quelque chose qui soit sans rapport avec les derniers mois.

Où seraient-ils, dans cinq ans ? Elle se concentra sur le futur, car le passé s'était complètement consumé dans l'affaire Baker. Ils seraient certainement dans une nouvelle maison, même si jamais plus ils n'hypothéqueraient leur avenir dans un petit manoir tape-à-l'œil de la banlieue résidentielle. Elle voulait un foyer, rien d'autre. Elle se moquait désormais des voitures de marque étrangère, des bureaux luxueux et de tous ces gadgets qui lui semblaient naguère si importants. Elle voulait être la mère de ses deux enfants, et elle voulait une maison où les élever.

Famille et biens mis à part, elle souhaitait s'entourer d'autres avocats. Leur cabinet serait plus gros, rempli de confrères intelligents et talentueux qui ne feraient rien d'autre que poursuivre les fauteurs de décharges toxiques, de médicaments nocifs et de produits défectueux. Un jour, Payton & Payton serait connu non pour les affaires qu'ils gagneraient, mais pour les escrocs qu'ils traîneraient en justice.

Elle avait quarante et un ans, et elle était fatiguée. Mais cette lassitude passerait. Les vieux rêves de la maternité à plein-temps et de retraite douillette étaient oubliés pour toujours. Krane Chemical l'avait convertie en radicale, en croisée. Après ces quatre derniers mois, elle ne serait jamais plus la même.

Assez. Elle avait les yeux grands ouverts.

Toutes ses pensées la ramenaient à l'affaire, à Jeannette Baker, au procès, à Krane Chemical. Elle n'allait pas consacrer ce week-end paisible à ruminer. Elle ouvrit son livre et entama sa lecture.

———

Pour le dîner, ils firent griller des hot-dogs et des marshmallows à même le sol, au-dessus d'un creux tapissé de pierres, près de l'eau, puis s'assirent sur la jetée et observèrent les étoiles. Dans l'air limpide et frais, ils se blottirent les uns contre les autres sous une couette. Une lumière clignotait au loin, à l'horizon. Après discussion, on s'accorda pour considérer que c'était juste un bateau.

— Papa, raconte-nous une histoire, demanda Mack, coincé entre sa sœur et sa mère.

— Quel genre d'histoire ?

— Une histoire de fantôme. Une qui fait peur.

La première idée qui lui vint tournait autour des chiens de Bowmore. Pendant des années, une meute de chiens à demi sauvages avait rôdé aux abords de la ville. Souvent, au cœur de la nuit, ils hurlaient, jappaient, plus bruyants qu'une horde de coyotes. La légende voulait que ces chiens soient devenus fous d'avoir bu de l'eau.

Mais il en avait assez de Bowmore. Il se remémora l'histoire d'un fantôme qui marchait sur l'eau, la nuit, à la recherche de sa femme bien-aimée, morte noyée. Il commença son récit, et les enfants se blottirent encore plus contre leurs parents.

8.

Un gardien en uniforme ouvrit les portes du domaine, puis adressa un bref signe de tête au chauffeur de la longue Mercedes noire, qui passa en trombe, comme toujours. M. Carl Trudeau occupait la banquette arrière, seul, déjà absorbé par les journaux du matin. Il était 7 h 30, trop tôt pour un golf ou un tennis, et trop tôt pour être pris dans le flot de voitures d'un samedi matin à Palm Beach. En quelques minutes, la voiture filait sur l'Interstate 95, vers le sud.

Il s'épargna les comptes rendus boursiers. Dieu merci, la semaine était finie. La veille, Krane avait clôturé à 19,50 dollars et rien ne montrait que le titre ait atteint son prix plancher définitif. Carl Trudeau resterait à jamais l'homme qui avait perdu un milliard de dollars en une journée, mais il mijotait déjà la suite de sa légende. Qu'on lui accorde un an, et il aurait récupéré son milliard. D'ici deux ans, il l'aurait doublé.

Quarante minutes plus tard, il était à Boca Raton. Il franchit la voie navigable, se dirigea vers le front de mer, haute muraille de résidences et d'hôtels. L'immeuble de bureaux était un cylindre de verre étincelant de dix étages, avec un portail et un garde, sans aucune plaque. D'un signe, on indiqua à la Mercedes de s'arrêter sous le portique. Un jeune homme en costume noir, le visage sévère, ouvrit la portière arrière.

— Bonjour, monsieur Trudeau.

— Bonjour, répondit-il en descendant de voiture.

— Par ici, monsieur.

———

D'après ses premières recherches, le cabinet de Troy-Hogan se donnait le plus grand mal pour être invisible. Il ne possédait pas de site Internet, pas de brochure, ne recourait pas à la publicité, n'avait aucun numéro de téléphone dans l'annuaire. Ce n'était pas un cabinet juridique, car il n'était pas immatriculé comme tel en Floride – ni ailleurs, du reste. Il n'opérait pas avec des lobbyistes agréés. Il avait le statut de société commerciale et non celui de commandite simple ou de toute autre structure en partenariat. On ne savait pas au juste d'où il tenait son nom, car il n'y avait aucune trace nulle part d'un Troy ni d'un Hogan. Le cabinet était connu pour fournir des services de marketing et de consulting, mais rien n'indiquait son domaine d'activité. Il était domicilié aux Bermudes, son inscription au registre du commerce de la Floride remontait à huit ans, et son mandataire sur le territoire américain était situé à Miami. C'était une société privée, mais personne ne savait qui en était le propriétaire.

Moins Carl en apprenait sur ce cabinet, plus il était admiratif.

Le directeur s'appelait Barry Rinehart, et là, la piste se révélait un peu plus fructueuse. Selon certains amis et contacts à Washington, Rinehart était passé par là vingt ans plus tôt sans y laisser la moindre empreinte digitale. Il avait travaillé pour un membre du Congrès, le Pentagone, et deux structures de lobbying de taille moyenne – le curriculum vitæ typique d'un million de ses congénères. Il avait quitté la capitale sans motif apparent en 1990, et refait surface dans le Minnesota, où il avait dirigé avec succès la campagne d'un inconnu en politique qui avait remporté l'élection au Congrès. Ensuite, il était parti pour l'Oregon, où il avait démontré sa maestria dans une compétition sénatoriale. À l'aube de sa réputation naissante, il avait cessé d'organiser des campagnes électorales et totalement disparu de la circulation. Fin de la piste.

Rinehart avait quarante-huit ans, il s'était marié et avait divorcé deux fois, restait sans enfant, sans casier judiciaire, sans associés professionnels, et n'était adhérent d'aucun club service. Il était titulaire d'un diplôme de sciences politiques de l'université du Maryland et d'une licence en droit de l'université du Nevada.

Personne ne semblait être au courant de la nature de son activité actuelle, mais sa réussite était patente. Les locaux qu'il occupait au dernier étage du cylindre étaient magnifiquement décorés d'art et de mobilier contemporain minimaliste. Carl, qui ne s'interdisait aucune dépense pour son propre bureau, était impressionné.

Barry Rinehart l'attendait à sa porte. Les deux hommes se serrèrent la main et échangèrent les plaisanteries de rigueur, et quelques coups d'œil discrets sur le costume, la chemise, la cravate, les souliers. Rien qui soit de la confection. Pas un détail laissé au hasard, même par un samedi matin dans le sud de la Floride. Les premières impressions étaient cruciales, surtout pour Barry, véritablement électrisé à la perspective de harponner un client, et de taille.

Trudeau s'était plus ou moins attendu à tomber sur un type du genre vendeur de voitures, costume voyant et sourire de roué. Il fut agréablement surpris. M. Rinehart avait de la tenue, de l'élégance, il s'exprimait d'une voix douce, et se montrait tout à fait à son aise avec les puissants. Il n'était certes pas un égal, mais son infériorité semblait ne le gêner en rien.

Une secrétaire leur proposa un café à l'instant où ils entraient dans la pièce. Devant eux, l'océan Atlantique s'étendait à perte de vue. Carl, qui contemplait l'Hudson River plusieurs fois par jour depuis ses fenêtres, se sentit envieux.

— Magnifique, s'exclama-t-il, en contemplant l'infini depuis les baies vitrées hautes de trois mètres.

— Pas le pire des endroits pour travailler, admit son hôte.

— Je vous suis reconnaissant d'avoir bien voulu me recevoir un samedi matin, et dans un délai aussi court, commença Trudeau.

— Tout le plaisir est pour moi, fit l'autre. Vous avez eu une rude semaine.

— J'en ai vécu de meilleures. J'imagine que vous vous êtes entretenu personnellement avec le sénateur Grott.

— Oh oui ! Il nous arrive de bavarder ensemble.

— Il est resté très vague, sur votre cabinet, et sur votre activité.

Barry ponctua sa réponse d'un rire et croisa les jambes.

— Nous organisons des campagnes. Tenez, jetez donc un œil là-dessus. – Il attrapa une télécommande et appuya sur un bouton. Un grand écran blanc descendit du plafond et vint masquer le mur. Puis les États-Unis tout entiers firent leur apparition. La plupart des États figuraient en vert, une minorité était en jaune pâle. – Trente-neuf États font élire par leurs citoyens les juges à la cour d'appel et à la Cour suprême. Ils sont figurés en verts. Les États figurés en jaune ont le bon sens de nommer ces magistrats. Nous gagnons notre vie avec les États en vert.

— Grâce aux élections des instances judiciaires.

— Oui. C'est toute notre activité, que nous menons très discrètement. Quand nos clients ont besoin d'aide, nous ciblons un juge pas particulièrement bien disposé, homme ou femme, et nous faisons en sorte de l'écarter.

— Comme ça...

— Comme ça.

— Qui sont vos clients ?

— Je ne peux vous livrer leurs noms, mais ils sont tous de notre bord. Grandes entreprises dans les secteurs de l'énergie, des assurances, des produits pharmaceutiques, de la chimie, du bois, toutes sortes de fabricants, plus des médecins, des hôpitaux, des cliniques, des banques. Nous levons des fonds et nous embauchons des gens sur le terrain pour mener des campagnes agressives.

— Avez-vous déjà travaillé dans le Mississippi ?

— Pas encore. – Barry enfonça une autre touche et les États en vert virèrent lentement au noir. Les États de couleur sombre sont ceux dans lesquels nous avons travaillé. Comme vous pouvez le constater, ils couvrent tout le continent, du Pacifique à l'Atlantique. Nous maintenons une présence dans la totalité de ces trente-neuf États.

Carl prit un peu de café, et opina, comme s'il invitait Barry Rinehart à ne surtout pas s'interrompre.

— Nous employons environ cinquante personnes, ici. Le bâtiment tout entier nous appartient, et nous accumulons d'énormes quantités de données. L'information, c'est le pouvoir, et nous savons tout. Nous étudions toutes les décisions des cours d'appel dans les États en vert. Nous connaissons tous les juges de ces cours, leur milieu d'origine et leur formation, leur famille, leurs antécédents de carrière, leurs divorces, leurs faillites, toute la boue. Nous passons chaque décision au crible et sommes en mesure de prévoir l'issue de presque toutes les affaires qui se jugent en appel. Nous suivons toutes les législatures et nous surveillons toutes les lois susceptibles d'affecter le domaine de la justice civile. Nous surveillons aussi d'importants procès au civil.

— Et qu'en est-il de celui de Hattiesburg ?

— Ah oui ! Le verdict ne nous a pas surpris du tout.

— Alors pourquoi mes avocats l'ont-ils été ?

— Vos avocats ont été très bien, mais pas formidables. De plus, la plaignante possède un meilleur dossier. J'ai étudié quantité d'affaires de décharges toxiques, et Bowmore est l'une des pires.

— Alors, nous allons de nouveau perdre ?

— C'est ma prédiction. La vague monte.

Carl lança un regard vers l'océan et but encore une gorgée de café.

— Que se passe-t-il, en appel ?

— Cela dépend de qui siège à la Cour suprême de l'État du Mississippi. Pour l'heure, il y a de bonnes chances pour que le verdict reçoive confirmation dans une décision à cinq voix contre quatre. Depuis une vingtaine d'années, l'État est réputé pour sa sympathie envers les plaignants et, comme vous le savez sans doute, il passe pour être un terrain fertile en actions collectives. Amiante, tabac, médicaments anti-obésité comme le Fen-Phen, toutes sortes d'affaires démentielles. Les avocats de droit civil l'adorent, c'est leur pré-carré.

— Donc je vais perdre d'une voix ?

— La Cour n'est pas entièrement prévisible, mais, oui, il s'agit en général d'un rapport de cinq contre quatre.

— Donc, tout ce qu'il nous faut, c'est un juge bien disposé ?

— Oui.

Carl posa sa tasse sur une table et se leva d'un bond. Il tomba la veste, la plaça sur le dossier d'une chaise, puis alla se poster devant les baies vitrées et fixa l'océan. Un cargo progressait lentement un mille au large, et il suivit sa trajectoire durant plusieurs minutes. Barry Rinehart buvait son café à petites gorgées.

— Vous avez un juge en tête ? s'enquit enfin Carl.

L'autre appuya sur sa télécommande. L'écran se vida et disparut dans le plafond. Rinehart s'étira, comme s'il avait le dos douloureux.

— Nous devrions peut-être d'abord parler affaires ? suggéra-t-il.

Carl hocha la tête et reprit place dans son siège.

— J'écoute.

— Notre proposition s'établit *grosso modo* comme suit. Vous engagez notre cabinet, l'argent est viré sur les comptes *ad hoc*, puis je vous livre un plan visant à recomposer la Cour suprême du Mississippi.

— Combien ?

— Nous pratiquons deux montants distincts d'honoraires. D'abord, un million, à titre de provision. Tout est déclaré, dans les règles. Vous devenez officiellement notre client, et nous vous fournissons des services de consultants dans le domaine de nos relations avec le gouvernement, un terme merveilleusement vague qui couvre à peu près tout. Le second montant d'honoraires est de sept millions, et il nous parvient sur un compte offshore. Une partie servira à financer la campagne, mais le plus gros de cette somme sera préservé. Seul le premier montant est consigné dans les livres comptables.

Carl opinait, il comprenait.

— Pour huit millions, je peux m'acheter un juge de cour suprême.

— C'est le plan envisagé.

— Et ce juge, combien gagne-t-il, par an ?

— Cent dix mille.

— Cent dix mille dollars, répéta Trudeau.

— Tout est relatif. Votre maire, à New York, a dépensé soixante-quinze millions pour se faire élire à un poste où il touche une minuscule partie de cette somme. C'est la politique.

— La politique, souffla Carl, comme s'il avait envie de cracher.

Il lâcha un profond soupir et s'affaissa d'un ou deux centimètres dans sa chaise.

— J'imagine que c'est moins cher qu'un verdict.

— Beaucoup moins cher, et il y en aura d'autres, de ces verdicts. Huit millions, c'est une affaire.

— À vous entendre, cela paraît si facile.

— Ça ne l'est pas. Ce sont des campagnes éprouvantes, mais nous savons comment les remporter.

— Je veux savoir de quelle manière est dépensé l'argent. Je veux connaître votre plan de base.

Barry alla remplir sa tasse de café au Thermos en métal brossé. Ensuite, il s'approcha de ses superbes baies vitrées et contempla l'Atlantique. Trudeau consulta sa montre. Il avait un parcours de golf à 12 h 20 au Palm Beach Country Club – mais cela ne comptait pas plus que cela. Il n'était qu'un joueur mondain, qui tapait dans la balle par pure convention.

Rinehart vida sa tasse et regagna son siège.

— La vérité, monsieur Trudeau, c'est que vous n'avez aucune envie de savoir à quoi cet argent sera dépensé. Vous voulez gagner. Vous voulez pouvoir compter sur un visage ami au sein de la Cour suprême du Mississippi pour que, le jour où le dossier Baker contre Krane Chemical sera jugé, dans dix-huit mois, vous soyez certain de l'issue. Voilà ce que vous voulez. Et c'est ce que nous vous fournissons.

— Pour huit millions de dollars, je l'espère bien.

Vous en avez claqué dix-huit pour une sculpture médiocre voici trois soirs, songea son interlocuteur, mais il n'oserait pas le lui dire. Vous avez trois jets à quarante millions pièce. Pour votre « rénovation » dans les Hamptons, vous allez casquer au moins dix millions. Et ce ne sont là que quelques-uns de vos joujoux. Ici, nous parlons affaires, pas joujoux. Le dossier de Barry sur Carl était bien plus épais que celui de Carl sur Barry. Certes, M. Rinehart se donnait beaucoup de mal pour ne pas attirer l'attention, tandis que M. Trudeau s'en donnait encore plus pour le résultat inverse.

Il était temps de sceller leur accord, donc il poursuivit, tranquillement.

— Le Mississippi tient ses élections judiciaires d'ici un an, en novembre prochain. Nous avons tout le temps nécessaire, mais pas les moyens d'en perdre. Le calendrier tombe à pic, une chance pour vous. Pendant que nous occuperons le terrain, dans cette campagne électorale, l'affaire s'acheminera lentement vers sa procédure d'appel. Notre nouveau cheval prendra ses fonctions d'ici un an en janvier et, environ quatre mois plus tard, ce sera le face-à-face Baker contre Krane Chemical.

Pour la première fois, le temps d'un éclair, Carl Trudeau perçut chez son interlocuteur le vendeur de voitures, mais cela ne le contraria nullement. La politique était un sale métier, les gagnants n'y étaient pas toujours les individus les plus propres. Pour survivre, il fallait être un peu voyou.

— Mon nom ne doit être exposé à aucune menace, lâcha-t-il sur un ton comminatoire.

Barry Rinehart comprit qu'il venait d'engranger une belle enveloppe d'honoraires.

— C'est impossible, affirma-t-il avec un sourire feint. Nous posons des coupe-circuit à tous les niveaux. Si l'un de nos opérateurs s'écarte de la ligne fixée, s'il commet une erreur, nous veillons à ce que ce soit lui qui en assume les retombées. Troy-Hogan n'a jamais vu sa réputation ternie, ni de près ni de loin. Et si on ne peut pas nous prendre, on ne peut évidemment pas vous trouver.

— Rien sur papier.

— Uniquement pour la provision initiale. Après tout, nous sommes un cabinet de consultants et de relations avec le gouvernement tout à fait légitime. Nous aurons avec vous un lien officiel : consulting, marketing, communications… tous ces termes merveilleusement nébuleux qui servent à cacher le reste. Mais notre accord offshore sera complètement confidentiel.

Carl réfléchit un long moment, puis il sourit.

— Cela me plaît. Cela me plaît beaucoup.

9.

Le cabinet d'avocats de F. Clyde Hardin & Associés n'avait pas d'associés. Il n'y avait que Clyde et Miriam, sa secrétaire cacochyme. Celle-ci avait une ancienneté bien supérieure à la sienne puisqu'elle était là depuis plus de quarante ans. Elle tapait déjà des actes et des testaments pour le père de Clyde, qui, revenu de la deuxième guerre mondiale avec une jambe en moins, était connu pour retirer sa prothèse devant les jurés, histoire de les déconcentrer. Le vieux s'en était allé, à présent. Il avait légué son vieux bureau, son vieux mobilier et sa vieille secrétaire à son enfant unique, Clyde, qui, à cinquante-quatre ans, se sentait lui-même très âgé.

Le cabinet Hardin était établi à demeure, sur Main Street, à Bowmore, depuis plus de soixante ans. Il avait survécu à des guerres, à des dépressions économiques, à des récessions, à des grèves avec occupation des locaux, à des boycotts, et à la déségrégation raciale, mais Clyde n'était pas sûr de survivre à Krane Chemical. Autour de lui, la ville se desséchait. La réputation de Cancer County se révélait tout bonnement impossible à surmonter. Depuis sa place, aux premières loges, il avait vu les commerçants, les cafés, les avocats de campagne, les médecins de campagne jeter l'éponge et abandonner les lieux.

Clyde n'avait jamais voulu devenir avocat, mais son père ne lui avait pas laissé le choix. Et s'il avait vivoté de testaments et de divorces, s'il était arrivé à paraître raisonnablement heureux et pittoresque, avec ses costumes en seersucker, ses nœuds papillons à motif cachemire et ses canotiers, il maudissait en silence le droit, et sa pratique médiocre dans une médiocre bourgade. Il méprisait cette corvée journalière consistant à traiter avec des gens trop pauvres pour le payer, à se chamailler avec ses confrères qui tentaient de lui voler lesdits clients, avec les juges, les greffiers et à peu près tous ceux qui croisaient son chemin. Il ne restait plus que six avocats à Bowmore, et Clyde était le plus jeune. Il rêvait de prendre sa retraite devant un lac ou une plage, n'importe où. Un rêve irréalisable.

Tous les matins, à 8 h 30, il prenait un café sucré et un œuf sur le plat chez Babe's, à sept maisons de chez lui en sortant sur la gauche. À 17 heures, tous les après-midi, à peine Miriam était-elle partie après avoir rangé son bureau et dit au revoir, il sortait sa bouteille et se servait une vodka *on the rocks*. En temps normal, il faisait ça tranquille, en solitaire. Il chérissait ce moment, le meilleur de la journée. Les seuls bruits étaient le chuintement du ventilateur et le menu fracas des glaçons.

Il en avait avalé deux gorgées – disons deux rasades – et l'alcool commençait à chauffer quelque part dans sa cervelle quand on frappa à sa porte. Il n'attendait personne. À 17 heures tapantes, le centre-ville était déserté. Il arrivait cependant qu'un client cherche un avocat d'urgence, et Clyde était trop fauché pour ne pas prendre tout ce qui se présentait. Il posa son godet de vodka sur une étagère et se rendit à la porte d'entrée. Un monsieur bien habillé l'attendait. Il se présenta, Sterling Bitch ou quelque chose dans ce goût-là. Clyde lut sa carte de visite. Bintz. Sterling Bintz. Avocat à la cour. De Philadelphie, Pennsylvanie.

M. Bintz devait avoir la quarantaine, petit et mince, vif, avec cette morgue qui, chez les Nordistes, leur sort par tous les pores de la peau dès qu'ils s'aventurent dans le Sud profond. Comment peut-on vivre de la sorte ? semblent-ils se demander avec un petit sourire suffisant.

Clyde le prit instantanément en grippe, mais il avait avant tout envie de retourner à sa vodka, donc il offrit à Sterling Bintz un cocktail. Mais comment donc, pourquoi pas ?

Ils s'installèrent au bureau et burent. Au bout de quelques minutes de bavardages rasoir, Clyde coupa court.

— Pourquoi vous n'en venez pas au fait ?

— En effet.

Il avait cet accent pointu, cassant et, oh... si grinçant.

— Mon cabinet est spécialisé dans les recours collectifs pour les préjudices de masse. Nous ne faisons que cela.

— Et subitement vous vous intéressez à notre petite ville. Quelle surprise !

— Oui, nous nous y intéressons. Nos recherches nous ont permis de conclure qu'il pouvait y avoir un gisement de plus de mille cas, par ici, et nous aimerions engranger. Mais il nous faut un avocat correspondant sur place.

— Vous arrivez un peu tard, mon pote. Ces cinq dernières années, les chasseurs d'ambulance ont ratissé la région.

— Oui, j'ai cru comprendre que la plupart des cas mortels sont déjà en main, mais il en reste beaucoup d'autres. Nous aimerions localiser les victimes de problèmes hépatiques ou rénaux, de lésions stomacales, de troubles du côlon, de maladies de peau, ainsi que de dizaines d'autres affections, toutes causées, naturellement, par Krane Chemical. Nos médecins les dépisteront et, dès que nous en aurons réuni quelques dizaines, nous intenterons contre Krane un recours collectif. C'est notre spécialité. Nous faisons ça toute l'année. Le jugement pourrait peser très lourd.

Clyde écoutait, mais il faisait mine de s'ennuyer.

— Continuez, lâcha-t-il.

— Krane a pris un coup entre les cuisses. Ils ne peuvent pas s'enfoncer dans les procès comme ça, donc ils finiront par accepter une transaction. Si nous intentons cette action au préalable, c'est nous qui menons la danse.

— Nous ?

— Oui. Mon cabinet souhaiterait s'associer avec le vôtre.

— Le nôtre... Tout le cabinet se trouve là, devant vous.

— Nous nous chargeons de tout. Il nous faut votre nom comme correspondant local, et vos contacts, votre présence ici, à Bowmore.

— Combien ?

Clyde était réputé pour être assez brusque. Inutile de mâcher ses mots, avec ce petit faisan venu du nord.

— Cinq cents dollars par clients, et ensuite cinq pour cent des honoraires quand nous aurons obtenu un jugement. Là encore, c'est nous qui effectuons tout le travail.

Hardin fit tinter ses glaçons et tâcha de calculer mentalement.

Sterling Bintz ne lui en laissa pas le temps.

— L'immeuble voisin est vacant. Je...

— Oh, oui, il y a pas mal d'immeubles vacants, à Bowmore.

— Qui est le propriétaire de celui-là ?

— Moi. Il fait partie de l'ensemble. Mon grand-père l'a acheté il y a de ça mille ans. Et je possède aussi celui d'en face. Vide.

— C'est l'endroit idéal pour ouvrir un centre de dépistage. Nous l'équiperons, nous lui donnerons une ambiance médicale, nous amènerons nos médecins, et ensuite nous ferons un battage publicitaire d'enfer à destination des éventuels malades. Ils vont affluer en masse. Nous signons avec eux un protocole, nous réunissons les données, puis nous intentons un recours collectif gigantesque devant un tribunal fédéral.

Cela sonnait clairement comme une opération frauduleuse, mais Clyde en avait entendu assez sur les préjudices de masse pour comprendre que Sterling, ici présent, savait de quoi il parlait. Cinq cents clients, à cinq cents dollars pièce, plus cinq pour cent quand ils auraient remporté le gros lot. Il tendit la main vers la bouteille et remplit les deux verres.

— Original, remarqua-t-il.

— Cela pourrait être très rentable.

— Mais je ne plaide pas devant un tribunal fédéral.

Sterling Bintz sirota la dose quasi létale qu'on venait de lui servir et consentit à sourire. Il connaissait les limites exactes du matamore de province. Maître Hardin aurait déjà du mal à plaider une affaire de vol à la tire devant un tribunal municipal.

— C'est comme je vous l'ai dit. Nous nous chargeons de tout le travail. Nous sommes des avocats-conseils, pas des plaisantins.

— Rien de contraire à l'éthique ou à la loi ? observa Clyde.

— Évidemment pas. Voilà vingt ans que nous gagnons des recours collectifs pour préjudices de masse. Vous n'avez qu'à vérifier.

— Je ne vais pas m'en priver.

— Faites vite. Ce verdict attire l'attention. À partir de maintenant, ce sera la course aux clients et c'est à qui déposera le premier recours collectif.

———

Après le départ de son visiteur, Hardin se servit une troisième vodka et, vers la fin du verre, trouva le courage d'envoyer tous ses confrères locaux au diable. Ah, comme ils allaient adorer l'accabler de critiques ! Publier des encarts publicitaires destinés aux victimes-clients dans le journal hebdomadaire du comté, transformer ses bureaux en dispensaire de bas étage pour des diagnostics à la chaîne, copuler avec des avocats mielleux venus du nord, profiter de la misère de ses congénères. La liste serait longue, et Bowmore allait se consumer dans les ragots. Mais plus il buvait, plus il était déterminé à jeter toute prudence aux orties et à tenter de se faire un peu d'argent, pour une fois.

Lui, apparemment si fanfaron, avait secrètement peur du tribunal. Il avait affronté quelques rares jurys, des années auparavant, et chaque fois il s'était senti saisi d'une telle frayeur qu'il avait été à peine capable de prendre la parole. Alors, il s'était installé dans la sécurité et le confort d'un juriste de bureau, ce qui payait ses factures, mais le tenait à l'écart des batailles terribles où l'on perdait et gagnait réellement de l'argent.

Pour une fois, pourquoi ne pas tenter sa chance ?

Et n'allait-il pas les aider, ces gens ? Chaque pièce de dix cents soutirée à Krane Chemical et laissée quelque part à Bowmore serait une victoire. Il se versa un quatrième verre, jura que c'était le dernier, et décida que, oui, nom de Dieu, il allait marcher main dans la main avec Sterling Bintz et son gang de voleurs du recours collectif. Frapper un coup puissant, pour la justice.

Deux jours plus tard, un sous-traitant que Clyde avait représenté dans trois divorces au moins se présenta tôt le matin avec une équipe de menuisiers, de peintres et de coursiers, des gens prêts à tout pour travailler, qui entamèrent une rapide rénovation des bureaux de l'immeuble d'à côté.

Deux fois par mois, Clyde Hardin jouait au poker avec le propriétaire du *Bowmore News*, le seul journal du comté. Comme la ville elle-même, l'hebdomadaire était sur le déclin et tâchait de s'accrocher. Sa dernière une était dominée par les nouvelles du verdict de Hattiesburg, bien sûr, mais on y trouvait aussi un généreux article sur l'association de l'avocat Hardin avec un grand cabinet juridique de Philadelphie, de dimension nationale. À l'intérieur, une publicité pleine page suppliait chaque citoyen de Cary County de passer au nouveau « centre de diagnostic », situé sur Main Street, afin d'y subir un dépistage rigoureusement gratuit.

Ravi de s'attirer les foules et toute cette attention, Clyde comptait déjà son argent.

———

Il était 4 heures du matin, il faisait froid et sombre, et la pluie menaçait. Buck Burleson gara sa camionnette dans le petit parking réservé aux employés de la station-service de Hattiesburg. Il ramassa sa Thermos de café, un friand au jambon et un pistolet automatique 9- millimètres et emporta le tout vers un semi-remorque aux portières anonymes qui, pour charge utile, tractait une citerne de quarante-cinq mille litres. Il démarra son moteur et contrôla les niveaux, les pneus et le carburant.

Le superviseur de nuit entendit le diesel et sortit de la salle de contrôle, au deuxième étage.

— Salut, Buck, s'écria-t-il de là-haut.

— 'jour, Jake, répondit Buck avec un signe de tête. Y a le plein ?

— Prêt à rouler.

En cinq ans, cette partie de leur conversation n'avait jamais bougé. Ils échangeaient deux mots au sujet du temps, et puis un au revoir. Mais ce matin-là, Jake décida d'ajouter un trait

111

d'esprit à leur dialogue, auquel il songeait depuis quelques jours.

— Ces bonnes gens, là-bas, à Bowmore, ils ont l'air plus heureux ?

— Qu'est-ce que j'en sais, moi ? Je traîne pas chez eux.

Et cela s'arrêta là. Buck ouvrit la portière côté conducteur, lâcha son « à plus tard » habituel et s'enferma dans la cabine. Jake regarda le camion-citerne s'engager sur la piste, tourner à gauche dans la rue, et finalement disparaître, le seul véhicule en circulation à cette heure peu fréquentée.

Sur la nationale, Buck se versa prudemment un peu de café de la Thermos dans son gobelet en plastique dévissable. Il jeta un regard à son pistolet, posé sur le siège passager. Pour le friand, il décida d'attendre. Quand il vit le panneau annonçant Cary County, il eut de nouveau un rapide coup d'œil sur son arme.

Il effectuait ce trajet trois fois par jour, quatre jours par semaine. Un autre chauffeur s'occupait des trois autres jours. Ils permutaient fréquemment pour couvrir les vacances et les jours fériés. Ce n'était pas le métier que Buck avait eu en vue. Pendant dix-sept ans, il avait été contremaître chez Krane Chemical, à Bowmore, gagnant trois fois ce qu'on le payait maintenant pour transporter de l'eau vers cette vieille bourgade.

Quelle ironie, qu'un homme qui avait tant fait pour polluer l'eau de Bowmore en charrie désormais des citernes pleines, et potables. Mais cette ironie échappait à Buck. Il en voulait amèrement à l'entreprise d'avoir pris la fuite, le privant au passage de son boulot. Et il détestait Bowmore parce que Bowmore le détestait.

Buck était un menteur. On en avait apporté plusieurs fois la preuve, mais jamais mieux que durant un contre-interrogatoire ravageur réalisé un mois plus tôt par Mary Grace Payton. Elle lui avait gentiment tressé la corde que le jury l'avait regardé se passer tout seul autour du cou.

Pendant des années, Burleson et la plupart des superviseurs de chez Krane avaient platement nié tout rejet de produits chimiques où que ce soit. Leurs patrons leur avaient ordonné de s'en tenir là. Ils avaient nié les notes internes de l'entreprise. Ils avaient nié devant les avocats du groupe. Ils avaient nié dans leurs dépositions sous serment. Et ils avaient bien sûr nié au moment de l'enquête lancée par l'Agence de protection de l'environnement et le bureau du procureur fédéral. Ensuite, la procédure avait commencé. Après avoir nié si longtemps et si farouchement, comment pouvaient-ils subitement se contredire et révéler la vérité ? Après les avoir si profondément enfoncés dans le mensonge, Krane avait disparu. L'entreprise avait pris la fuite en un week-end, jusqu'au Mexique. Il ne faisait aucun doute qu'un de ces trous-du-cul bouffeurs de tortilla, là-bas, avait repris le boulot de Buck pour cinq dollars la journée. Tout en buvant une gorgée de café, il lâcha un juron.

Quelques rares directeurs s'étaient amendés et avaient raconté la vérité. La plupart s'étaient accrochés à leurs mensonges. Peu importait, en réalité, parce que, au procès, ils avaient tous eu l'air d'imbéciles, du moins tous ceux qui avaient témoigné. Certains avaient essayé de se cacher. Earl Crouch, peut-être le plus grand menteur de tous, avait été réaffecté auprès d'une usine Krane vers Galveston. D'après une rumeur, il avait disparu dans des circonstances mystérieuses.

Buck jeta encore un œil à son 9-millimètres.

Jusqu'à présent, il n'avait reçu qu'un seul coup de téléphone de menaces. Pour les autres directeurs, il n'était pas sûr. Ils avaient tous quitté Bowmore, et il n'avait gardé aucun contact.

Mary Grace Payton. S'il avait eu un pistolet, pendant ce contre-interrogatoire, il aurait pu les descendre, elle, son mari, et quelques avocats de chez Krane, en gardant une balle pour lui. Pendant quatre heures accablantes, elle avait mis à nu un mensonge après l'autre. Ces mensonges étaient sans danger, lui avaient-ils soutenu. Ces mensonges étaient dissimulés dans des notes internes et des déclarations sous serment que Krane tenait enfouies. Mais Mme Payton possédait toutes les notes internes et toutes les déclarations sous serment, et bien plus encore.

Le supplice était sur le point de finir, Buck avait les chairs à vif, le jury écumait, le juge Harrison parlait de faux serment, quand il avait failli craquer. Il était épuisé, humilié, au bord du délire, il brûlait d'envie de se lever et de lancer aux jurés : « Vous voulez la vérité, je vais vous la dire, moi. On a balancé tellement de merde dans ces ravins que c'est étonnant que la ville ait pas explosé. On en a balancé des litres et des litres, tous les jours… du BCL et du cartolyx, de l'aklar, rien que des carcinogènes de classe 1… des centaines de litres de trucs toxiques, directement dans le sol. On en a balancé des seaux, des barriques et des fûts. On en a balancé de nuit, et en plein jour. Oh ! c'est sûr, on en a stocké pas mal dans des citernes hermétiques, et on a payé des fortunes une entreprise spécialisée pour les enlever. Krane a respecté la loi. Ils ont léché le cul de l'Agence pour la protection de l'environnement. Vous avez vu les papiers, le tout, bien propre et net. Du genre tout ce qu'il y a de légal. Pendant que les types en chemises amidonnées remplissaient les formulaires dans les bureaux de la direction, nous, on était derrière, dans les fosses, à enterrer du poison. C'était bien plus simple et bien moins cher. Et vous savez quoi ? Ces mêmes enfoirés, là, dans l'administration, ils savaient très exactement ce qu'on fabriquait dans leur dos. » Et là, il pointerait le doigt sur les cadres de Krane et leurs avocats. « Ils ont tout couvert ! Et ils vous mentent. Tout le monde ment. »

Ce discours, il se le répétait à haute voix en conduisant, mais quand même pas tous les matins. C'était bizarrement réconfortant, de sortir tout ça, de penser à ce qu'il aurait dû dire au lieu de ce qu'il avait réellement dit. Une partie de son âme et l'essentiel de sa virilité étaient restés là-bas, dans cette salle d'audience. Se déchaîner dans l'intimité de la cabine de son gros camion, c'était une forme de thérapie.

Rouler en direction de Bowmore, en revanche, n'avait rien d'une thérapie. Il n'était pas originaire de ce bled et ne l'avait jamais aimé. Quand il avait perdu son boulot, il n'avait pas eu d'autre choix que de s'en aller.

La nationale se fondit dans Main Street. Il tourna sur la droite, puis continua encore quatre rues. Le point de distribution avait été surnommé « réservoir municipal ». Il était situé au pied de l'ancien château d'eau, vestige désaffecté aux panneaux de métal rongés de l'intérieur par l'eau de la commune. Un grand réservoir en aluminium desservait désormais la petite cité. Buck gara son camion-citerne sur une plate-forme surélevée, coupa le moteur, fourra son pistolet dans sa poche et sortit de sa cabine. Il entreprit de transvaser sa cargaison dans la cuve, déchargement qui durait une trentaine de minutes.

Depuis le réservoir, l'eau s'écoulerait vers les écoles, les commerces, et les églises, mais si Hattiesburg la jugeait bonne à boire, Bowmore se méfiait. Les tuyaux par où elle s'écoulait étaient ceux-là mêmes qui avaient distribué l'ancienne eau.

Tout au long de la journée, le réservoir recevait un va-et-vient permanent de véhicules. Les gens sortaient toutes sortes de cruches en plastique, de boîtes en métal et de bidons, les remplissaient, puis les remportaient chez eux.

Ceux qui pouvaient signaient un contrat avec des fournisseurs privés. À Bowmore, l'eau était un défi de tous les jours.

Il faisait encore nuit, et Buck attendait que sa citerne se vide. Il s'assit dans sa cabine, chauffage allumé, portière verrouillée, pistolet à portée de main. Il y avait deux familles à Pine Grove auxquelles il pensait tous les matins, en attendant ainsi. Des familles de durs, avec des hommes qui avaient fait de la prison. Des familles nombreuses, avec des oncles et des cousins. Chacune de ces familles avait perdu un enfant, de leucémie. Et l'une et l'autre allaient maintenant en justice.

Et Buck était un menteur connu.

———

Huit jours avant Noël, les combattants se réunirent pour la dernière fois dans la salle d'audience du juge Harrison. Il s'agissait de mettre au point tous les détails, et surtout de débattre des requêtes postérieures au jugement.

Jared Kurtin était en forme, hâlé, tout juste rentré de deux semaines de golf au Mexique. Il salua chaleureusement Wes et réussit même à sourire à Mary Grace. Elle l'ignora en parlant à Jeannette, qui avait gardé les traits tirés et une expression inquiète. Au moins, elle ne pleurait plus.

La petite troupe des subordonnées de Kurtin brassait de la paperasse, à plusieurs centaines de dollars de l'heure par tête. Frank Sully, leur confrère et correspondant local, les regardait faire avec une moue suffisante. Tout ça, c'était pour la galerie. Harrison n'accorderait aucun répit à Krane Chemical, et tout le monde le savait.

D'autres suivaient la scène. Huffy occupait sa place habituelle, toujours curieux, toujours soucieux de cet emprunt et de son avenir. Il y avait aussi plusieurs journalistes, et même un dessinateur judiciaire, celui-là même qui, tout le temps du procès, avait gribouillé des visages que personne n'était jamais capable de reconnaître. Plusieurs avocats de plaignants étaient venus en qualité d'observateurs, pour surveiller l'évolution du dossier. Ils rêvaient d'un compromis de grande ampleur, qui leur permettrait de devenir riches en s'évitant la guerre que les Payton venaient d'endurer.

Le juge Harrison fit un rappel à l'ordre et attaqua d'emblée.

— Quel plaisir, de tous vous revoir, lâcha-t-il sèchement. Au total, nous avons enregistré le dépôt de quatorze requêtes... douze de la défense, deux du plaignant... nous allons les traiter toutes avant midi.

Il lança un regard courroucé à Jared Kurtin, comme s'il le mettait au défi de prononcer un mot superflu.

Il continua :

— J'ai lu toutes vos requêtes et toutes vos conclusions, alors je vous en prie, ne me répétez rien de ce que vous avez déjà couché par écrit. Monsieur Kurtin, vous avez la parole.

La première requête réclamait un nouveau procès. Kurtin passa rapidement en revue ses motifs, à commencer par deux jurés qu'il entendait récuser, mais Harrison refusa. L'équipe de Kurtin avait dressé une liste de vingt-deux erreurs qu'elle estimait assez graves pour saisir la cour, mais Harrison était d'un autre avis. Après avoir écouté les avocats argumenter pendant une heure, le juge écarta leur demande. Pas de nouveau procès.

Une autre décision eût stupéfait Jared Kurtin. Tout cela n'était plus que routine, la bataille avait été perdue – mais pas la guerre.

Les autres requêtes suivirent. Après quelques minutes d'argumentations assez peu inspirées sur chacune d'elles, le juge Harrison trancha.

— Rejeté.

Quand les plaideurs eurent fini de s'exprimer, tandis que l'on réunissait les dossiers et refermait les attachés-cases, l'avocat de la défense s'adressa à la cour en ces termes.

— Votre Honneur, ce fut un plaisir. Je suis convaincu que nous reprendrons tout ceci de zéro d'ici à trois ans.

— L'audience est levée, conclut « Votre Honneur » sans ménagement, puis il frappa de son marteau avec vigueur.

———

Deux jours après Noël, par une fin d'après-midi glaciale et venteuse, Jeannette Baker s'éloigna de sa caravane en direction de Pine Grove, contourna l'église jusqu'au cimetière. Elle embrassa la petite pierre tombale de Chad, puis s'assit et s'appuya contre celle de Pete, son mari. Ils étaient morts ce même jour, cinq ans auparavant.

En cinq ans, elle avait appris à s'attarder sur les bons souvenirs, sans parvenir à se défaire des mauvais. Pete, un homme costaud, descendu à soixante kilos, incapable de se nourrir, finalement incapable même d'avaler de l'eau, à cause des tumeurs installées dans sa gorge et son œsophage. Pete, âgé de trente ans, qui semblait en avoir soixante. Pete, un type coriace, pleurant de douleur et suppliant qu'on lui donne encore de la morphine. Pete, le grand bavard, le grand inventeur de grandes histoires, incapable d'émettre d'autre son qu'un pitoyable gémissement. Pete, la suppliant de l'aider à finir.

Les derniers jours de Chad avaient été relativement calmes. Ceux de Pete avaient été horribles. Elle en avait tant vu.

Assez de mauvais souvenirs. Elle était là pour parler de leur vie ensemble, de leur histoire d'amour, de leur premier appartement à Hattiesburg, de la naissance de Chad, de leur envie d'avoir d'autres enfants et une maison plus grande, et de tous ces rêves qui les avaient fait rire, autrefois. Le petit Chad avec sa canne à pêche et une tonne de brèmes attrapées dans l'étang de son oncle. Le petit Chad dans son premier uniforme de T-ball, avec Pete l'entraîneur à ses côtés. Noël et Thanksgiving, un séjour à Disney World alors qu'ils étaient tous deux malades, mourants.

Elle resta jusqu'à la nuit tombée, comme toujours.

Denny Ott l'observait depuis la fenêtre de la cuisine du presbytère. Le petit cimetière qu'il entretenait avec un tel soin recevait plus que sa part de visiteurs, ces derniers temps.

10.

La nouvelle année débuta sur un nouvel enterrement. Madame Inez Perdue mourut au terme d'une longue et douloureuse détérioration de ses fonctions rénales. Veuve, elle avait soixante et un ans. Ses deux enfants adultes étaient heureusement partis de Bowmore dès qu'ils en avaient eu l'âge. Sans couverture santé, elle s'éteignit dans sa petite maison, aux abords de la ville, entourée de ses amis et de son pasteur, Denny Ott. Celui-ci ne la quitta que pour se rendre au cimetière, derrière l'église de Pine Grove, où, avec l'aide d'un diacre, il se mit à creuser sa tombe, la numéro dix-sept.

Dès que l'entourage se fut dispersé, le corps de Madame Inez fut chargé dans l'ambulance et directement conduit à la morgue du Forrest County Medical Center de Hattiesburg. Là, un médecin mandaté par le cabinet juridique des Payton consacra trois heures à pratiquer une autopsie, à prélever des tissus et du sang. Madame Inez avait donné son accord pour cette procédure lugubre en signant un contrat avec le cabinet, un an plus tôt. Une exploration de ses organes et un examen de ses tissus étaient susceptibles de produire des preuves matérielles qui, un jour, se révéleraient cruciales devant un tribunal.

Huit heures après sa mort, elle était de retour à Bowmore dans un modeste cercueil abrité pour la nuit dans le sanctuaire de l'église de Pine Grove.

Le pasteur Ott avait depuis longtemps convaincu ses ouailles qu'après la mort du corps terrestre et l'ascension de l'esprit au ciel, les rituels étaient ridicules et pour ainsi dire dénués de sens. Les enterrements, les veilles, l'embaumement, les fleurs, les cercueils coûteux – tout cela n'était qu'une perte de temps et d'argent. Tu es poussière et tu retourneras en poussière. Dieu nous a envoyés en ce monde nus, et c'est ainsi que nous devrions le quitter.

Le lendemain, il se chargea du service religieux dédié à Madame Inez devant une église pleine où l'on comptait Wes et Mary Grace, et quelques autres avocats qui considéraient la scène avec curiosité. En ces occasions, et il avait assurément acquis une certaine maîtrise en la matière, le pasteur Ott s'employait à réchauffer les cœurs, et même à faire sourire. Madame Inez était la pianiste remplaçante de l'église, mais sa main de fer et son bel enthousiasme ne l'empêchaient pas de sauter la moitié des notes. Et comme elle était pratiquement sourde, elle n'avait aucune idée du résultat. Quelques rappels de ses prestations égayèrent l'atmosphère.

Il aurait été facile de vilipender Krane Chemical et ses péchés innombrables, mais le pasteur Ott ne mentionna pas une fois le nom. Madame Inez était morte, et rien ne pourrait changer cela. Tout le monde savait qui l'avait tuée.

Après un service d'une heure, les porteurs soulevèrent le cercueil en bois pour le déposer sur l'authentique cabriolet à quatre places de M. Earl Mangram, le seul subsistant encore dans le comté. M. Mangram avait été l'une des premières victimes de Krane, enterrement numéro trois de la carrière de Denny Ott, et il avait spécifiquement demandé que son cercueil soit conduit de l'église au cimetière dans le cabriolet de son grand-père, tiré par Blaze, sa vieille jument, sellée. Cette brève procession avait créé une telle sensation que c'était aussitôt devenu une tradition, à Pine Grove.

Quand le cercueil de Madame Inez fut placé sur l'attelage, le pasteur Ott tira Blaze par la bride et le vieux *quarter horse* prit d'un pas lourd la tête du petit cortège, du portail de l'église jusqu'au cimetière.

———

Conformément à la tradition sudiste, les adieux furent suivis d'une réunion à la fortune du pot, dans la salle polyvalente. Pour des gens aussi accoutumés à la mort, le repas de funérailles était bienvenu. Il permettait aux endeuillés des diverses familles de se soutenir et de partager leurs larmes. Le pasteur Ott fit le tour des tables, bavardant avec tout le monde, priant avec certains.

En ces sombres instants, la grande question demeurait : qui serait le prochain ? À bien des égards, ils se sentaient comme des prisonniers. Seuls dans leur souffrance, ne sachant pas sur lequel d'entre eux le bourreau jetterait son dévolu. Rory Walker avait quatorze ans, et il perdait pied, dans le combat qu'il livrait depuis une décennie déjà contre la leucémie. Il serait sans doute le prochain. Sa scolarité l'empêchait d'être présent au service dédié à Madame Perdue, mais sa mère et sa grand-mère étaient là.

Les Payton se nichèrent dans un coin avec Jeannette Baker et parlèrent de tout, sauf de l'affaire. Devant des assiettes en carton chichement remplies d'un ragoût de brocolis au fromage, ils apprirent qu'elle travaillait maintenant comme vendeuse de nuit dans une épicerie de quartier et qu'elle envisageait de changer de caravane. Elles luttaient, Bette et elle. Bette avait un nouveau copain, qui venait souvent et s'intéressait trop à son goût à la situation juridique des Baker.

Jeannette paraissait plus forte, l'esprit plus affûté. Elle avait pris quelques kilos et leur assura qu'elle avait arrêté les antidépresseurs. On la regardait autrement. Elle s'expliqua, à voix très basse, tout en observant le reste de l'assemblée : « Au début, ils nous traitaient de haut. Nous avons riposté. Nous avons gagné. Quelqu'un nous avait entendus, nous tous, les pauvres gens de cette pauvre petite ville. On est venu m'entourer et me dire des gentillesses. Ils m'ont fait la cuisine, le ménage de la caravane, il y avait toujours quelqu'un pour me rendre visite. On se serait mis en quatre pour la pauvre Jeannette. Puis j'ai entendu parler d'argent. Combien de temps va prendre l'appel ? Quand l'argent va-t-il arriver ? Qu'est-ce que j'avais l'intention d'en faire ? Et ainsi de suite. Le frère cadet de Bette était resté coucher, un soir. Il avait trop bu, et il avait essayé de lui emprunter mille dollars. On s'est disputés et il m'a raconté qu'en ville, tout le monde savait que j'avais déjà touché une partie de l'argent. Vingt millions par-ci et vingt millions par-là. Combien j'allais en distribuer ? Ma nouvelle voiture, j'allais choisir quel genre de modèle ? J'allais me l'acheter où, ma grande baraque ? Ils surveillent tout ce que j'achète, maintenant, c'est-à-dire pas grand-chose. Et les hommes – tous les cavaleurs des quatre comtés m'appellent, ils veulent passer, me dire bonjour ou m'emmener au cinéma. Je sais avec certitude que deux de ces messieurs n'ont même pas encore divorcé. Bette connaît leurs cousins. Rien ne pourrait moins m'intéresser que les hommes.

Wes détourna brièvement le regard.

— Est-ce que vous en parlez à Denny ? s'enquit Mary Grace.

— Un peu. Et il est merveilleux. Il me conseille de prier pour ceux qui répandent des ragots à mon sujet. Je prie pour eux, c'est sûr. Vraiment. Mais j'ai le sentiment qu'ils prient encore plus fort pour moi et mon argent.

Elle regarda autour d'elle, l'air soupçonneux.

Le pudding à la banane fut annoncé. Un moment bien choisi pour s'éloigner de Jeannette. Plusieurs autres clients des Payton étaient présents, et chacun d'eux avait besoin de recevoir un peu de leur attention. Quand le pasteur Ott et son épouse commencèrent de débarrasser les tables, tous ces gens éplorés se dirigèrent vers la porte.

Wes et Mary Grace retrouvèrent Denny dans son bureau, à côté du sanctuaire. Il était temps de procéder à un point juridique. Qui était tombé malade ? Quels étaient les nouveaux diagnostics ? Qui, à Pine Grove, avait engagé un autre cabinet d'avocats ?

— Cette histoire Clyde Hardin dépasse les bornes, remarqua Denny. Ils font de la publicité à la radio et dans le journal, une fois par semaine, une pleine page. Ils garantissent presque le montant des indemnités. Les gens affluent.

———

Avant le service funéraire consacré à Madame Inez, le couple Payton était passé par Main Street. Ils voulaient voir de leurs propres yeux le nouveau centre de dépistage. Sur le trottoir, on avait installé deux grandes glacières remplies d'eau en bouteille et de cubes de glace. Un adolescent arborant un T-shirt Bintz & Bintz leur tendit une bouteille à chacun. L'étiquette annonçait : « Pure eau de source. Avec les compliments de Bintz & Bintz, avocats. » Et un numéro vert.

— D'où vient, cette eau ? avait demandé Wes au gamin.

— Pas de Bowmore, rétorqua-t-il aussitôt.

Pendant que sa femme discutait avec le garçon, Payton entra dans les locaux, où il se joignit à trois autres clients potentiels qui attendaient de subir leur dépistage. Aucun d'eux ne présentait le moindre signe de maladie. Wes fut accueilli par une jeune et jolie dame qui n'avait pas plus de dix-huit ans. Elle lui remit une brochure, un formulaire sur un porte-bloc et un stylo, et le pria de le remplir, recto et verso. La brochure, très professionnelle, reprenait les éléments de base des allégations portées contre Krane Chemical, une entreprise – c'était « confirmé par un tribunal » – qui avait contaminé l'eau potable de Bowmore et de Cary County. Toutes les demandes de renseignements devaient être adressées à Bintz & Bintz, Philadelphie, Pennsylvanie. Les questions du formulaire portaient sur l'histoire personnelle et les antécédents médicaux, sauf les deux dernières : 1) Qui vous a conseillé de vous adresser à ce bureau ? et 2) Connaissez-vous une autre personne susceptible d'avoir été une victime de Krane Chemical ? Dans ce cas, veuillez fournir leurs noms et numéros de téléphone. Alors que Wes remplissait son formulaire de ses pattes de mouche, le médecin entra dans la salle d'attente, et appela le patient suivant. Il portait une veste blanche de praticien, un stéthoscope pendu autour du cou. Il était soit indien, soit pakistanais, et ne devait pas avoir plus de la trentaine.

Au bout de quelques minutes, Wes présenta des excuses et sortit.

———

— C'est du boulot à la petite semaine, expliqua-t-il à Denny. Ils vont consigner quelques centaines de cas, infondés pour la plupart. Ensuite, ils vont intenter une action en recours collectif devant un tribunal fédéral. S'ils ont de la chance, l'affaire se réglera d'ici plusieurs années pour quelques milliers de dollars par dossier. Les avocats prendront de jolis honoraires au passage. Mais il est plus probable que Krane ne transige jamais et, dans cette éventualité, tous ces nouveaux clients n'obtiendront rien et Clyde Hardin sera forcé de retourner à ses écritures.

— Combien sont-ils de votre église à avoir signé ? s'enquit Mary Grace.

— Je ne sais pas. Ils ne me confient pas tout.

— Cela ne nous inquiète guère, le rassura Payton. Franchement, nous avons assez de dossiers pour nous tenir occupés un très long moment.

— Ce ne sont pas des espions, que j'ai aperçus tout à l'heure au service ? insista sa femme.

— Si. L'un d'eux est un avocat, un dénommé Crandell, de Jackson. Depuis le procès, il traîne par ici. Il est passé dire un petit bonjour. Ce n'est qu'un faiseur d'embrouilles.

— J'ai entendu parler de lui, confirma Wes. Il a levé quelques clients ?

— Pas dans cette église.

Ils discutèrent encore un moment de ces avocats, puis ils eurent leur conversation habituelle au sujet de Jeannette et des nouvelles pressions auxquelles elle était confrontée. Ott passait du temps avec elle, et il était convaincu qu'elle l'écoutait.

Au bout d'une heure, la réunion était bouclée et les Payton regagnaient Hattiesburg en voiture. Un client en terre, un dossier de dommages corporels converti en procédure pour mort injustifiée.

———

Le dossier préliminaire fut déposé devant la Cour suprême du Mississippi dans la première semaine de janvier. Les minutes du procès, seize mille deux cents pages, furent finalisées par les rédacteurs du tribunal, et des copies en furent envoyées à la cour et aux avocats. Une ordonnance fut prise accordant à Krane Chemical, la partie appelante, quatre-vingt-dix jours pour déposer son dossier de conclusions. Soixante jours plus tard, les Payton déposeraient leurs réfutations.

À Atlanta, Jared Kurtin transmit le dossier au service des procédures d'appel du cabinet, les « têtes d'œuf », comme on les appelait – de brillants érudits peu à l'aise dans les réseaux relationnels ordinaires et qu'il valait mieux cantonner dans la bibliothèque. Deux associés, quatre collaborateurs et quatre auxiliaires juridiques travaillaient déjà d'arrache-pied sur l'appel à l'arrivée de cet énorme dossier. Ils allaient pouvoir jeter un premier regard sur chacun des termes consignés à l'audience, le disséquer, y relever des dizaines de motifs justifiant un renversement de la décision.

Dans un quartier moins huppé de Hattiesburg, ces mêmes minutes de procédure furent balancées sur la table en contre-plaqué de La Mine. Mary Grace et Sherman en restèrent interdits, incrédules, redoutant d'y toucher. Une fois, Mary Grace avait plaidé une affaire qui s'était prolongée sur dix journées entières d'audience. Le dossier était épais de mille deux cents pages ; elle s'était rendue malade à force de le lire et le relire. Et maintenant, ceci.

Ils avaient un avantage : les Payton avaient été présents en salle d'audience pendant toute la durée du procès. Le nom de Mary Grace était plus cité que celui de n'importe quel autre protagoniste.

Mais le dossier serait passé à la loupe, et aucune approximation ne serait tolérée. Le procès et son verdict subiraient les attaques habiles et féroces des avocats de Krane. Ceux de Jeannette Baker allaient devoir les contrer argument pour argument, mot pour mot.

Au cours des journées grisantes qui avaient suivi le verdict, il avait été prévu que Mary Grace se concentrerait sur les affaires de Bowmore tandis que Wes travaillerait sur les autres dossiers afin de générer des revenus. La publicité avait eu un effet inestimable ; les téléphones sonnaient sans relâche. Tous les dingues du sud-est des États-Unis avaient subitement besoin des Payton. Des avocats embourbés dans des procédures sans espoir les appelaient à l'aide. Les familles qui avaient perdu un être cher emporté par un cancer percevaient ce verdict comme un signe d'espoir. Et la cohorte habituelle des défenseurs dans les affaires criminelles, d'épouses en instance de divorce, de femmes battues, d'entreprises en faillite, d'employés licenciés, de spécialistes de l'embrouille à la plainte abusive pour chute accidentelle et blessures involontaires, tous ces gens appelaient, ou passaient même sur place, à la poursuite des avocats devenus fameux. Rares étaient ceux qui auraient les moyens de régler des honoraires corrects.

En revanche, les dossiers légitimes de dommages corporels se révélaient peu nombreux. La « grande affaire », le dossier parfait, assorti de responsabilités claires, avec un défendeur aux poches profondes, le dossier sur lequel reposent souvent les rêves d'une pension de retraite décente, n'avait pas encore trouvé le chemin du cabinet juridique Payton. Il y eut quelques accidents de voiture et quelques indemnisations d'employés, mais rien qui mérite un procès.

Wes travaillait dans la fébrilité pour boucler autant de dossiers que possible, et non sans succès. Ils étaient désormais à jour dans leur loyer, tout au moins celui du bureau. Tous les arriérés de salaires avaient été payés. Huffy et la banque étaient encore à cran, mais ils craignaient de trop insister. Aucun remboursement n'avait eu lieu, ni sur le capital ni sur les intérêts.

11.

Ils arrêtèrent leur choix sur un dénommé Ron Fisk, avocat installé à Brookhaven, Mississippi, localité située à une heure au sud de Jackson, deux heures à l'ouest de Hattiesburg, et quatre-vingts kilomètres au nord de la frontière avec l'État de Louisiane. Ils l'avaient sélectionné sur une liste de candidats dont aucun n'aurait pu supposer un instant que son curriculum vitæ avait fait l'objet d'un examen aussi attentif. Sexe masculin, jeune, blanc, un mariage, trois enfants, assez bien de sa personne, pas mal habillé, conservateur, baptiste fervent, faculté de droit de l'« Ole Miss », carrière juridique sans accroc d'ordre éthique, pas d'ennui judiciaire hormis une contravention pour excès de vitesse, aucune affiliation auprès d'un quelconque groupement d'avocats à la cour, pas un dossier controversé, pas la moindre expérience de magistrat.

Personne, en dehors de Brookhaven, n'avait jamais entendu prononcer le nom de Ron Fisk, et c'était précisément ce qui faisait de lui le candidat idéal. Sans compter qu'il était juste assez âgé pour avoir le niveau d'expérience juridique requis, mais encore assez jeune pour nourrir certaines ambitions.

Âgé de trente-neuf ans, Ron Fisk était associé junior d'un cabinet de cinq membres spécialisé dans les procédures pour accidents de voiture, incendies criminels, accidents du travail et une myriade d'autres plaintes routinières en responsabilité civile. Les clients de ce cabinet étaient des compagnies d'assurance qui payaient à l'heure, permettant ainsi aux cinq associés de se verser des salaires confortables sans être lucratifs. En qualité d'associé junior, Fisk gagnait quatre-vingt-douze mille dollars annuels avant impôts. On était loin de Wall Street, mais pour une petite ville du Mississippi, c'était une somme respectable.

Un juge à la cour suprême en gagnait cent dix mille.

L'épouse de Fisk, Doreen, directrice adjointe d'une clinique psychiatrique privée, gagnait quarante et un mille dollars. Tout ce qu'ils possédaient était grevé d'un emprunt – la maison, leurs deux voitures, même une partie du mobilier. Mais les Fisk jouissaient d'un indice de solvabilité maximum. Eux et leurs enfants partaient en vacances une fois par an en Floride, où ils louaient un appartement dans un immeuble pour mille dollars la semaine. Ils ne détenaient pas de fonds en fidéicommis et n'avaient rien de significatif à espérer de la succession de leurs parents.

Les Fisk étaient blancs comme neige. Même la plus vicieuse des campagnes électorales ne trouverait rien à exhumer. Absolument rien, ils en étaient certains.

———

Tony Zachary entra dans l'immeuble cinq minutes avant 14 heures et s'annonça poliment.

—J'ai rendez-vous avec M. Fisk.

La secrétaire s'éclipsa ; le visiteur en profita pour examiner les lieux. Des étagères affaissées sous le poids de volumes poussiéreux. Une moquette élimée. L'odeur de renfermé d'un vieil édifice en manque de travaux. Une porte s'ouvrit, et un homme jeune et beau lui tendit la main.

— Monsieur Zachary ? Ron Fisk, dit-il d'un ton chaleureux, celui qu'il devait employer avec ses nouveaux clients.

— Enchanté.

— Mon bureau est par ici, lui répondit l'autre en désignant la porte d'un geste large de la main.

Ils la franchirent, il la ferma, ils s'installèrent autour d'une grande table de travail encombrée. Zachary refusa café, verre d'eau, soda.

— Ça ira très bien, je vous remercie.

Fisk avait les manches de sa chemise relevées et la cravate dénouée, comme s'il exerçait un métier manuel. Zachary apprécia immédiatement cette image. De belles dents, un soupçon de cheveux gris autour des oreilles, un menton affirmé. Ce type était décidément très vendable.

Ils jouèrent quelques minutes au petit jeu de Qui-connaît-qui ? Zachary se présentait comme habitant de longue date la ville de Jackson, où il avait passé l'essentiel de sa carrière à gérer les relations avec le gouvernement, sans préciser ce que recouvrait cette formule. Sachant que Fisk n'avait jamais eu aucun engagement politique, il craignait peu d'être démenti. À la vérité, il avait vécu à Jackson moins de trois ans et, jusque très récemment, travaillait en qualité de lobbyiste pour une association d'entrepreneurs dans le secteur du bitume. Ils connaissaient tous deux un sénateur de l'État, un élu de Brook-haven, et ils discutèrent quelques minutes à son sujet, histoire de meubler.

Dès que l'atmosphère se fut détendue, Zachary leva le voile.

— Je vous prie de m'excuser. En réalité, je ne suis pas un client. Je suis ici pour une affaire beaucoup plus importante.

Fisk se rembrunit et opina.

— Poursuivez, monsieur.

— Avez-vous déjà entendu parler d'un groupe du nom de Judicial Vision ?

— Non.

Peu de gens en avaient entendu parler. Dans le monde trouble du lobbying et des consultants, Judicial Vision était un nouveau venu.

— J'en suis le directeur exécutif pour l'État du Mississippi. C'est un groupe de dimension nationale. Notre seul et unique objet consiste à faire élire des gens de qualité au sein des cours d'appel. Par gens de qualité, j'entends de jeunes juges conservateurs axés sur le monde des affaires, mesurés, d'une grande moralité, intelligents et capables – c'est au cœur de nos convictions – de littéralement transformer le paysage juri-dique des États-Unis. Si nous remplissons notre mission, alors nous serons en mesure de protéger le droit à la vie du fœtus, de filtrer le fatras culturel qu'ingurgitent nos enfants, de faire respecter le caractère sacré du mariage, d'empêcher les homosexuels d'accéder à nos salles de classe, de faire taire les partisans du contrôle des armes à feu, de rendre nos frontières imperméables et de protéger les fondements authentiques du mode de vie américain.

Les deux hommes reprirent leur souffle.

Fisk ne comprenait pas trop où était sa place dans ce combat inexpiable, mais son pouls venait bel et bien d'accélérer de dix pulsations minute.

— Oui, enfin... voilà qui paraît intéressant, remarqua-t-il.

— Nous sommes des gens engagés, reprit Zachary avec fermeté. Et nous sommes déterminés à réintroduire du bon sens dans le système de nos tribunaux civils. Des verdicts à sensation et des avocats cupides nous privent des fruits du progrès économique. Nous faisons fuir les entreprises du Mississippi, nous ne savons pas les attirer.

— Cela ne soulève aucun doute, approuva Fisk, et Zachary en aurait poussé un cri de joie.

— Voyez toutes ces procédures abusives qu'on intente. Nous travaillons main dans la main avec des groupes qui œuvrent pour une réforme du code de procédure civil à l'échelon national.

— C'est une bonne chose. Et qu'est-ce qui vous amène à Brookhaven ?

— Avez-vous des ambitions politiques, monsieur Fisk ? Vous n'avez jamais songé à convoiter officiellement un poste électif ?

— Pas vraiment.

— Eh bien, au terme de nos petites recherches, nous sommes parvenus à la conclusion que vous feriez un excellent candidat pour la Cour suprême.

Fisk éclata de rire – mais d'un rire nerveux, qui annonçait qu'il était déjà prêt à prendre au sérieux ce qui, de prime abord, ressemblait à une farce. Non, ce n'est pas une blague. Cela mérite d'être approfondi.

— Vos recherches ? s'étonna-t-il.

— Eh oui. Nous consacrons beaucoup de temps à la prospection. Nous voulons des candidats qui, petit *a*, nous plaisent et, petit *b*, sont susceptibles de l'emporter. Nous étudions nos adversaires, leurs origines ethniques, démographiques, leur pedigree politique, tout, vraiment tout. Notre banque de données n'a pas d'équivalent, notre aptitude à lever des fonds non plus. Souhaitez-vous en entendre davantage ?

Du bout du pied, Fisk recula son fauteuil à dossier inclinable, croisa les jambes sur son bureau et ses mains derrière la nuque.

— Bien sûr. Dites-moi la raison de votre présence.

— Je suis ici pour vous proposer de vous porter candidat en novembre prochain contre la juge Sheila McCarthy, dans le district sud du Mississippi, annonça Zachary avec beaucoup d'assurance. On peut la battre. Elle ne nous plaît guère, pas plus que ses états de service. Nous avons analysé toutes les décisions qu'elle a rendues depuis neuf ans qu'elle siège, et nous la tenons pour une progressiste enragée qui avance masquée. La connaissez-vous ?

Fisk avait presque peur de répondre que oui.

— Nous nous sommes rencontrés, une fois, en passant. Je ne la connais pas vraiment.

En réalité, toujours selon leurs recherches, la juge McCarthy avait pris part à trois arrêts rendus dans des affaires impliquant le cabinet de Ron Fisk, et chaque fois elle avait tranché en leur défaveur. Fisk avait plaidé l'un de ces trois dossiers, une histoire âprement disputée d'incendie volontaire dans un entrepôt. Son client avait perdu par cinq voix contre quatre. Il était probable qu'il se serait fort bien dispensé du vote du seul juge de sexe féminin du Mississippi.

— Elle est très vulnérable, décréta Zachary.

— Qu'est-ce qui vous pousse à croire que je puisse la battre ?

— Trois raisons. Vous êtes un conservateur sans détour, qui croit dans les valeurs familiales. Nous maîtrisons parfaitement les campagnes éclair. Et nous avons de l'argent.

— Ah oui ?

— Oh oui ! Sans limites. Nous sommes associés avec des gens puissants, monsieur Fisk.

— Je vous en prie, appelez-moi Ron.

Ce sera bientôt « mon petit Ronny », et plus vite que tu ne le penses.

— Ron, la collecte des fonds se fait par le truchement de groupes qui représentent des banques, des compagnies d'assurances, des distributeurs d'énergie, les grandes entreprises – et je parle ici de transferts qui pèsent lourd, Ron. Ensuite, nous élargissons le tour de table jusqu'à certaines associations qui nous sont chères... dans le monde des chrétiens conservateurs, qui, ceci dit en passant, sont à même de réunir d'énormes sommes d'argent au moment critique d'une campagne. Et de doper la participation électorale.

— À vous entendre, tout cela paraît d'une facilité...

— Ce n'est jamais facile, Ron, mais il est rare que nous perdions. Une dizaine environ de ces scrutins, un peu partout dans le pays, nous ont permis d'affûter notre savoir-faire. Nous avons pris l'habitude de décrocher des victoires qui surprennent quantité de gens.

— Je n'ai jamais siégé dans un tribunal.

— Nous ne l'ignorons pas, et c'est pourquoi vous nous plaisez. Les magistrats du siège prennent d'épineuses décisions. Les décisions épineuses sont parfois controversées. Elles laissent des traces, des antécédents que leurs adversaires peuvent utiliser contre eux. Les meilleurs candidats, nous avons fini par le comprendre, sont des garçons jeunes et brillants comme vous-même, sans aucun bagage de décisions antérieures.

Jamais on n'avait présenté l'inexpérience sous un jour aussi favorable.

Il y eut un long silence, le temps pour Fisk de rassembler ses esprits. Zachary se leva et se plaça devant le panthéon personnel de son interlocuteur. Des diplômes, des citations du Rotary Club, des photos de golf, et toute une série de photos de famille prises sur le vif. Sa ravissante épouse, Doreen. Son fils de dix ans, Josh, en maillot de base-ball. Zeke, sept ans, à côté d'un poisson presque aussi grand que lui. Et Clarissa, cinq ans, habillée pour un match de foot.

— Superbe famille, commenta Zachary, comme s'il ne savait rien d'eux.

— Merci, répondit Fisk, radieux.

— Des gosses magnifiques.

— Ils ont hérité les gènes de leur mère.

— Votre première épouse ? s'enquit son visiteur, de but en blanc, en toute innocence.

— Oh oui ! Je l'ai rencontrée à l'université.

Zachary ne l'ignorait pas, et savait bien d'autres choses encore. Il regagna son siège et reprit sa position.

— Je n'ai pas récemment vérifié, releva Fisk, mais quel est le traitement, pour ce poste ?

— Cent dix, répliqua l'autre.

Et il réprima un sourire. Ce garçon progressait plus vite qu'il ne l'aurait cru.

Fisk eut une légère grimace, comme s'il ne pouvait se permettre une baisse de revenu aussi drastique. Mais il réfléchissait à toute vitesse, et toutes ces perspectives lui donnaient visiblement le vertige.

— Donc, vous recrutez des candidats à la Cour suprême, conclut-il, pour ainsi dire médusé.

— Pas à tous les sièges. Nous avons quelques juges très bien, là, et s'ils doivent affronter des opposants, nous les soutiendrons. Mais Mme McCarthy doit céder la place. C'est une féministe, trop tendre avec le crime. Nous allons l'évincer. J'espère que vous la remplacerez.

— Et si je refuse ?

— Alors nous nous adresserons au deuxième nom sur la liste. Vous êtes le numéro un.

Fisk secoua la tête, déconcerté.

— Je n'en sais rien, avoua-t-il. Il me serait difficile de quitter mon cabinet.

En tout cas, il y songeait, à quitter le cabinet. L'hameçon flottait entre deux eaux, et le poisson l'examinait. Zachary hocha la tête, compréhensif. Avec une totale bienveillance. Ce cabinet n'était qu'un ramassis de paperassiers usés qui consacraient leur temps à recueillir les témoignages de conducteurs ivres et à transiger en urgence avec des chauffards amateurs de tôle froissée. Pendant quatorze ans, Fisk avait inlassablement répété les mêmes gestes. Tous ses dossiers étaient identiques.

———

Ils s'assirent dans un salon de thé, et commandèrent des coupes de crème glacée à la chantilly.

— Une campagne éclair, c'est quoi ? demanda Fisk.

Ils étaient seuls. Tous les autres boxes étaient vides.

— Au fond, il s'agit d'une embuscade, lui répondit Zachary, s'animant aussitôt, pris par son sujet favori. Pour le moment, la juge McCarthy ignore complètement qu'elle affrontera un adversaire. Elle croit, elle espère, en toute confiance, que personne n'ira la défier. Elle dispose de six mille dollars sur son compte de campagne, et elle ne lèvera pas dix cents de plus si elle n'y est pas obligée. Admettons que vous décidiez de vous présenter. La date limite de dépôt des candidatures se situe dans quatre mois d'ici, et nous attendrons la dernière minute pour annoncer la vôtre. En revanche, nous allons nous activer dès maintenant. Nous allons constituer votre équipe. Nous allons placer l'argent à la banque. Nous allons imprimer les panneaux que les gens vont planter dans leur jardin devant leur maison, les autocollants qu'ils colleront sur leurs pare-chocs, les brochures, les supports de publipostage. Nous allons tourner vos écrans publicitaires pour la télévision, engager les consultants, les sondeurs, et le reste. Quand vous vous déclarerez, nous inonderons les boîtes aux lettres de prospectus. La première vague, ce sera le contenu sympathique... Vous, votre famille, votre pasteur, le Rotary Club, les boy-scouts. La deuxième vague se penchera sur son bilan à elle ; ce sera dur, mais honnête. Vous vous lancerez alors dans une campagne effrénée. Une dizaine de discours par jour, tous les jours, dans tout le district. Nous allons vous faire quadriller le terrain en avion privé. Elle ne saura plus où donner de la tête. Dès le premier jour, elle sera submergée. Le 30 juin, vous ferez état d'un million de dollars sur votre compte de campagne. Elle n'en aura pas dix mille. Les avocats se précipiteront pour lever des fonds à sa place, mais ce sera une goutte d'eau. Après le *Labor Day*, début septembre, nous nous mettrons à taper très fort, à coups de messages publicitaires diffusés sur les chaînes de télé. Elle est trop tendre avec les criminels. Trop tendre avec les gays. Trop tendre sur le contrôle des armes. Hostile à la peine de mort. Elle ne s'en remettra jamais.

Les coupes glacées arrivèrent, et ils les dégustèrent.

— Combien cela va-t-il coûter ? s'enquit Fisk.

— Trois millions de dollars.

— Trois millions de dollars ! Pour une élection à la Cour suprême ?

— Uniquement si vous voulez gagner.

— Et vous êtes capable de réunir une telle somme ?

— Judicial Vision a déjà reçu les promesses de dons. Et s'il nous faut davantage, nous obtiendrons davantage.

Ron avala une bouchée de glace et, pour la première fois, se demanda quel était cet organisme prêt à dépenser une fortune pour déloger un juge d'une Cour suprême qui, à l'heure actuelle, avait peu d'impact sur le tissu social. Les cours de justice du Mississippi étaient rarement conduites à trancher dans des affaires concernant l'avortement, les droits des homosexuels, les armes ou l'immigration. Elles traitaient sans arrêt de la peine de mort, mais on n'attendait pas d'elles qu'elles l'abolissent. Les questions les plus graves étaient toujours réservées à la Cour fédérale.

Les questions sociales revêtaient sans nul doute une importance, mais il y avait autre chose, derrière.

— L'enjeu, c'est la responsabilité civile, n'est-ce pas ? lança-t-il.

— C'est un ensemble, Ron, avec plusieurs éléments. Mais, oui, la limitation de la responsabilité civile est une priorité vitale pour notre organisation et les groupements qui lui sont affiliés. Nous allons trouver le bon cheval pour disputer cette course… j'espère que ce sera vous, mais sinon, eh bien, nous irons solliciter le suivant sur la liste… quand nous aurons dégotté notre homme, nous attendrons de lui un engagement ferme en vue de limiter le champ des responsabilités dans les procédures de droit civil. Il faut barrer la route aux avocats civilistes.

———

Tard ce soir-là, Doreen Fisk prépara un café filtre décaféiné. Les enfants étaient au lit, mais les parents, non. Et ils n'étaient pas près de les rejoindre. Après le départ de Zachary, Ron avait appelé du bureau, et depuis lors, ils n'avaient plus pensé à rien d'autre qu'à la Cour suprême.

Point numéro un : ils avaient trois jeunes enfants. Jackson, siège de la Cour suprême, était à une heure de chez eux, et la famille n'allait pas quitter Brookhaven. Il pouvait ne dormir à Jackson que deux nuits par semaine, estimait-il. Il pouvait faire l'aller-retour ; le trajet n'était pas compliqué. Et rien ne l'empêchait de travailler à domicile. Au fond de lui-même, l'idée de s'éloigner de Brookhaven deux nuits par semaine n'était pas complètement dénuée d'attrait. Au fond d'elle-même, l'idée d'avoir la maison pour elle seule de temps à autre avait un aspect rafraîchissant.

Point numéro deux : la campagne. Comment allait-il se débrouiller pour jouer cette partie politique tout en continuant d'exercer le droit ? Son cabinet le soutiendrait, croyait-il, mais ce ne serait pas simple. Enfin, rien de grand ne se fait sans sacrifice.

Point numéro trois : l'argent, même si ce n'était pas leur préoccupation première. L'augmentation de revenu était évidente. Sa rémunération nette sur les bénéfices du cabinet augmentait légèrement chaque année, mais aucune grosse prime n'était à espérer. Les traitements des postes judiciaires dans le Mississippi étaient périodiquement revalorisés par l'assemblée parlementaire de l'État. En outre, ce dernier proposait un meilleur plan de retraite et une meilleure couverture santé.

Point numéro quatre : sa carrière. Après quatorze années consacrées à faire la même chose sans aucune perspective, il trouvait l'idée d'un soudain changement de carrière exaltante. La seule idée de sortir de la foule pour devenir un individu unique au sein d'une assemblée de neuf personnes était palpitante. Quitter le tribunal du comté pour accéder au sommet du système judiciaire de l'État, un saut périlleux fracassant, et si excitant qu'il en riait. Doreen, elle, ne riait pas, et pourtant, cela l'amusait beaucoup, elle était séduite.

Point numéro cinq : l'échec. Et s'il perdait ? S'il était écrasé ? En concevraient-ils de l'humiliation ? Cette pensée-là invitait à rester humble, mais il se répétait les mots de Tony Zachary : « Trois millions de dollars permettront de remporter la compétition, et nous réunirons cet argent. »

Ce qui soulevait une question plus vaste, à savoir qui était exactement Tony Zachary, et pouvaient-ils se fier à lui ? Ron avait passé une heure sur Internet à remonter la piste de Judicial Vision et de M. Zachary. Tout paraissait régulier. Il avait appelé un ami, un ancien de la faculté de droit, garçon ambitieux rattaché au bureau du procureur général de Jackson et, sans abattre son jeu, il avait tourné autour du sujet Judicial Vision, mine de rien. Cet ami avait entendu parler d'eux, croyait-il, mais n'en savait pas beaucoup sur leur compte. Et puis, il s'occupait du droit des plates-formes pétrolières off-shore, et se tenait à l'écart de la politique.

Fisk avait appelé le bureau de Judicial Vision à Jackson. Au bout d'un long dédale, on l'avait orienté vers la secrétaire de M. Zachary, qui l'avait informé que son patron était en déplacement dans le Sud-Mississippi. À peine le téléphone raccroché, elle avait signalé à Tony cette prise de contact.

———

Le lendemain, les Fisk retrouvèrent Zachary à déjeuner au Dixie Springs Café, un petit restaurant proche du lac, à une quinzaine de kilomètres au sud de Brookhaven, loin des tables de la ville et d'éventuelles oreilles indiscrètes.

Cette fois, leur interlocuteur adopta une posture légèrement différente. Il était l'homme bien pourvu en alternatives. Le marché est à prendre ou à laisser, car la liste des prétendants était longue : j'ai plein d'autres avocats, jeunes, blancs et protestants, à qui parler. Il se montra aimable et tout à fait charmant, surtout avec Doreen – sa méfiance, visible au début du repas, fut balayée.

À une certaine heure de cette nuit sans sommeil, M. et Mme Fisk en étaient arrivés, séparément, à la même conclusion. La vie dans leur petite ville serait bien plus pleine, et plus riche, si l'avocat Fisk devenait le juge à la Cour suprême Fisk. Leur statut s'en trouverait magnifiquement rehaussé. Personne ne pourrait plus les atteindre, et même s'ils ne recherchaient ni le pouvoir ni la notoriété, l'attrait de la chose se révélait irrésistible.

— Quel est votre souci ? s'enquit Tony au bout d'un quart d'heure de bavardages sans intérêt.

— Eh bien, nous sommes en janvier, commença Ron. Pendant les onze prochains mois, je ne pourrai pas faire grandchose d'autre que planifier et mettre en œuvre cette campagne. Je m'inquiète pour mon métier d'avocat, naturellement.

— Voici une solution, répliqua l'autre sans hésitation. – Il avait des solutions pour tout. – Judicial Vision est une structure bien coordonnée, où tout est concerté. Nous disposons de beaucoup d'amis et de soutiens. Rien ne nous interdit de nous arranger pour que certains dossiers juridiques soient confiés à votre cabinet. Dans le bois, l'énergie, le gaz naturel, de gros clients ont des intérêts dans cette partie du Mississippi. Votre cabinet sera peut-être amené à s'étoffer d'un confrère ou deux, afin de traiter ces affaires pendant que vous serez accaparé ailleurs, mais cela devrait alléger la pression. Si vous choisissez de vous présenter, vous n'en pâtirez pas. Bien au contraire.

Les Fisk ne purent s'empêcher d'échanger un regard. Tony beurra un cracker et croqua dedans.

— Des clients en toute légalité ? s'enquit Doreen, et elle regretta aussitôt de ne pas avoir tenu sa langue.

Sans cesser de mâcher, Tony se rembrunit. Quand il put parler, sa réponse fut comminatoire.

— Doreen, tout ce que nous faisons est légal. Avant toute chose, nous observons une éthique stricte… notre mission finale est de nettoyer cette cour de justice, pas de la dénigrer. Et l'ensemble de nos actes sera examiné de près. Cette élection va devenir très passionnée, elle va focaliser l'attention. Nous ne commettons pas de faux pas.

Sur cette réprimande, elle prit son couteau et attrapa un petit pain.

Tony continua.

— Personne ne peut remettre en cause un travail juridique légitime et les honoraires équitables payés par des clients, qu'ils soient modestes ou importants.

— Naturellement, acquiesça Ron.

Il pensait déjà à la merveilleuse conversation qu'il aurait avec ses associés, quand ils prendraient la mesure de cet apport d'affaires nouvelles.

— Je ne me perçois pas comme l'épouse d'un responsable politique, intervint encore Mme Fisk. Vous savez... en campagne, sur la route, à prononcer des discours. Cela ne m'a même jamais traversé l'esprit un seul instant.

Tony sourit, et il respirait le charme. Il consentit même à un bref petit rire.

— Vous êtes libre d'agir comme bon vous semble. Avec trois jeunes enfants, j'imagine que vous serez plutôt occupée sur le front familial.

Devant leur assiette de barbote aux croquettes de maïs, ils convinrent de se revoir dans quelques jours, quand Tony repasserait par là. Ils déjeuneraient, de nouveau, et on prendrait une décision définitive. Novembre était encore loin, mais il y avait tant à faire.

12.

Se jucher sur un vélo d'appartement et pédaler sans aller nulle part tandis que l'aube entrait lentement dans la petite salle de gym... Jadis, quand elle se livrait à ce rituel pénible, elle riait d'elle-même. Elle s'amusait à imaginer ce qu'on penserait en la voyant ainsi, perchée sur cet engin, en vieux survêtement, les cheveux en bataille, les yeux gonflés, le visage sans maquillage – elle qui affichait en public un faciès sévère et une robe noire intimidante. Mais c'était il y a longtemps. Maintenant, elle se prêtait à cette routine sans guère réfléchir à son apparence ou à ce que tel ou tel pourrait en penser. Ce qui la préoccupait surtout, c'étaient les deux kilos et demi qu'elle avait pris pendant les fêtes, presque six depuis son divorce. Avant de songer à perdre du poids, il fallait déjà cesser d'en prendre. À cinquante et un ans, les capitons persistaient, ils refusaient de fondre aussi vite que dans sa jeunesse.

Sheila McCarthy n'était pas du matin. Elle détestait la première heure de la journée, elle détestait sortir de son lit avant d'avoir fini de dormir, elle détestait les voix enjouées des émissions de télévision matinales, et elle détestait le trajet en voiture jusqu'à son bureau. Elle ne prenait pas de petit déjeuner, parce qu'elle détestait ce que l'on avalait au petit déjeuner. Elle détestait le café. Elle avait toujours éprouvé une secrète aversion pour les individus qui se délectaient de leurs exploits du petit matin – les joggers, les fous du yoga, les bourreaux de travail, les mères au foyer hyperactives qui vouaient leur existence à leurs gosses. Quand elle était un jeune juge de circonscription administrative, à Biloxi, dans le Mississippi, elle n'hésitait pas à programmer les audiences à 10 heures, horaire scandaleux. C'était son tribunal, elle établissait les règles.

Plus maintenant. Elle comptait pour une voix sur neuf, et le tribunal qu'elle servait restait terriblement attaché aux traditions. S'il lui arrivait de pouvoir se présenter à midi pour travailler jusqu'à minuit, la plupart du temps, elle était attendue à 9 heures.

Au bout d'un kilomètre et demi, elle fut en nage. Quatre-vingt-quatre calories brûlées. Moins qu'un pot de glace Häagen-Dazs menthe éclats de chocolat, sa tentation la plus coupable. Elle regardait sur le poste de télévision accroché au plafond les journalistes locaux s'épancher sur les derniers carambolages et autres faits divers. Ensuite, pour la troisième fois en douze minutes, ce fut le retour du Monsieur météo qui déblatérait sur la neige dans les Rocheuses faute d'avoir un seul nuage autochtone à se mettre sous la dent.

Trois kilomètres et cent soixante et une calories plus tard, Sheila s'arrêta pour boire un peu d'eau et attraper sa serviette, puis elle se traîna jusqu'au tapis de marche, histoire de perdre encore quelques grammes. Elle zappa sur CNN pour un rapide tour d'horizon des potins nationaux. Quand elle eut brûlé deux cent cinquante calories, elle alla se doucher. Une heure plus tard, elle sortait de son duplex avec vue sur le réservoir. Elle monta dans son cabriolet BMW rouge vif, et se dirigea vers son bureau.

———

La Cour suprême du Mississippi est scindée en trois districts nettement délimités – nord, centre et sud – avec chacun trois juges élus. Le mandat est de huit ans, sans limitation. Les élections judiciaires se tiennent en dehors des années électorales, pendant ces temps libres de tous scrutins locaux et étatiques. Une fois obtenu, un siège à la Cour se conserve longtemps, en général jusqu'au décès ou au départ en retraite volontaire.

Les élections sont affranchies des partis, tous les candidats se présentant en qualité d'indépendants. Les lois régissant le financement des campagnes limitent les contributions des individus à cinq mille dollars chacune, et celles des organisations à deux mille cinq cents dollars, y compris les comités d'action politique et les entreprises.

Sheila McCarthy avait été nommée magistrate à la cour neuf ans plus tôt, suite à la mort de son prédécesseur, par un gouverneur ami. Elle s'était fait réélire une fois sans rencontrer d'opposition, et prévoyait assurément une autre victoire facile. Il n'y avait pas eu le moindre soupçon de rumeur concernant un impétrant susceptible de convoiter son siège.

Avec ses neuf années d'expérience, elle ne dépassait que trois de ses collègues, et elle était encore considérée comme une relative novice. Ses avis écrits et le bilan de ses décisions de vote avaient de quoi dérouter tant les progressistes que les conservateurs. C'était une modérée, une créatrice de consensus, ni strictement constructionniste dans son approche des textes de loi, ni partisane d'un activisme judiciaire, mais plus ou moins une pragmatique qui veillait à enjamber les clivages. D'après certains, elle décidait d'abord de la meilleure issue possible, puis trouvait suffisamment de textes pour étayer la décision. À cet égard, elle était un membre influent de la Cour. Elle était capable de dégager un compromis entre les tenants de la droite dure, qui se comptaient toujours au nombre de quatre, et les progressistes, qui le plus souvent se limitaient à deux, voire à zéro. Quatre à droite et deux à gauche : donc Sheila avait deux camarades au centre. Cette déduction simpliste avait conduit plus d'un avocat à se brûler les ailes pour s'être aventuré à prédire l'issue d'un vote. La quasi-totalité des affaires consignées au registre des jugements rendus défiait toute catégorisation. Où est le versant progressiste ou conservateur dans l'imbroglio d'un gros divorce, où est la ligne de partage entre deux entreprises de l'industrie du bois ? Beaucoup de dossiers se tranchaient par neuf voix contre zéro.

La Cour suprême accomplit son travail dans le Carroll Gartin Justice Building, en plein centre de Jackson, en face du capitole de l'État. Sheila se gara sur son emplacement réservé, dans le sous-sol du bâtiment. Elle monta par l'ascenseur au quatrième étage et entra dans ses bureaux à 8 h 45 précises. Paul, son greffier en chef, un célibataire de vingt-huit ans, hétérosexuel et d'une beauté saisissante, pour lequel elle avait une affection extrême, arriva dans son bureau quelques secondes après elle.

— Bonjour, fit Paul.

Il avait de longs cheveux noirs et bouclés, un minuscule diamant à l'oreille, et se débrouillait pour conserver une barbe de trois jours, jamais ni plus ni moins. Yeux noisette. Elle s'attendait à le découvrir en costume Armani dans les magazines de mode qui s'empilaient dans son appartement. Paul avait plus d'influence sur la régularité de ses séances de gymnastique qu'elle ne voulait l'admettre.

— Bonjour, répondit-elle comme si elle l'avait à peine remarqué.

— Vous avez l'audience Sturdivant à 9 heures.

— Je sais, fit-elle en jetant sur son postérieur un coup d'œil furtif.

Jeans délavés. Un cul de mannequin.

Aucun des pas qu'il fit en direction de la sortie n'échappa à l'œil appréciateur de la juge.

La secrétaire le remplaça. Elle ferma la porte à clef derrière elle, sortit une petite trousse, et procéda aux retouches de dernière minute sur le maquillage de la juge McCarthy. Les cheveux – courts, au-dessus des oreilles, moitié sable, moitié gris, et désormais soigneusement teints, une couleur à quatre cents dollars, deux fois par mois – furent mis en place d'un geste attentif, puis laqués.

— Quelles sont mes chances, avec Paul ? demanda Sheila, les yeux clos.

— Un peu jeune, vous ne croyez pas ?

La secrétaire, plus âgée que sa patronne, se chargeait de ces raccords depuis presque neuf ans. Elle continua de la poudrer.

— Bien sûr qu'il est jeune. Justement.

— Je ne sais pas. J'ai entendu dire qu'il était très occupé, avec cette rousse du bureau d'Albritton.

Sheila connaissait la rumeur, elle aussi. La nouvelle greffière de Stanford attirait beaucoup l'attention, au bout du couloir, et, dans ce domaine, Paul était rarement en reste.

— Avez-vous lu les dossiers de plaidoirie Sturdivant ? s'enquit-elle, en se levant pour qu'on lui enfile sa robe.

— Oui.

La secrétaire ajusta le drapé autour des épaules, et les deux dames tirèrent à petits coups secs jusqu'à ce que l'imposant vêtement tombe à la perfection.

— Qui a tué ce policier ? demanda la juge, en remontant doucement la languette de la fermeture Éclair.

— Ce n'était pas Sturdivant.

— Je suis d'accord. – Elle alla se camper devant le miroir en pied, et les deux femmes étudièrent sa mise. – Vous le voyez, vous, que j'ai pris du poids ? s'inquiéta-t-elle.

— Non. – Toujours la même réponse à la même question.

— Eh bien, si. Et c'est pour cela que j'apprécie ces tenues. Elles dissimulent aisément une dizaine de kilos en trop.

— Vous les appréciez pour une autre raison, ma chère, et nous le savons toutes les deux. Là-bas, vous êtes la seule fille face à huit garçons, et aucun d'eux n'est aussi coriace ni aussi intelligent que vous.

— Ni aussi sexy. N'oubliez pas « sexy ».

La secrétaire éclata de rire.

— Sans concurrence, ma chère. Le sexe, ces vieux boucs ne peuvent qu'en rêver.

Et les voilà sorties du bureau, dans le couloir, où Paul les retrouva. Dans l'ascenseur qui les conduisait au troisième étage, vers la salle d'audience, il débita à toute allure les points clefs de l'affaire Sturdivant. Un avocat pouvait soutenir ceci, et l'autre cela. Voici quelques questions susceptibles de les faire trébucher tous les deux.

———

À trois rues de l'édifice où la juge McCarthy prenait place dans le prétoire, un groupe d'hommes et de femmes (deux) s'occupaient fébrilement de sa chute. Ils étaient réunis dans une salle de conférences sans fenêtre, au cœur d'un de ces immeubles anonymes massés près du capitole de l'État, où d'innombrables fonctionnaires et lobbyistes s'affairaient à la gestion laborieuse de l'État du Mississippi.

La réunion se tenait à l'invitation de Tony Zachary et Judicial Vision. Les personnes conviées étaient les directeurs de cabinets spécialisés dans les « relations avec le gouvernement », de même sensibilité, dont certains portaient des noms assez vagues pour décourager toute classification – Réseau Liberté, Partenariat & Marché, Conseil du commerce, Défense de l'entreprise. D'autres dénominations étaient plus explicites – Citoyens opposés à des lois tyranniques (COLT), Association pour l'équité de la procédure, Vigilance Jurys, Comité du Mississippi pour une réforme de la procédure civile. La vieille garde était là, elle aussi, les associations représentant des intérêts divers – banques, assurances, pétrole, industrie médicale et pharmaceutique, industrie de transformation, commerce de détail, import-export –, la crème de la société américaine.

Dans le monde trouble de la manipulation des législatures, où les loyautés basculent du jour au lendemain, où un ami peut se transformer en ennemi avant midi, les individus présents dans cette pièce étaient connus, au moins de Tony Zachary, pour être dignes de confiance.

— Mesdames et messieurs, commença-t-il, debout, un croissant à moitié entamé posé dans son assiette, cette réunion a pour but de vous informer qu'en novembre nous allons évincer Sheila McCarthy de la cour suprême. Son remplaçant sera un jeune juge attentif au développement économique et à la limitation de la responsabilité civile.

Autour de la table, il y eut quelques applaudissements discrets. On restait curieux, à l'écoute. Personne ne savait au juste ce qui se cachait derrière Judicial Vision. Zachary était présent dans la région depuis quelques années déjà, et jouissait plutôt d'une bonne réputation, mais sans posséder de fortune personnelle. Son groupe ne comptait pas un très grand nombre d'adhérents. Et il n'avait jamais témoigné d'intérêt si marqué pour le système de la justice civile. Sa nouvelle passion semblait surgie de nulle part.

Mais il ne faisait aucun doute que le personnage, et Judicial Vision, s'appuyaient sur des fonds convenables. Et, dans la partie qu'ils s'apprêtaient à jouer, cela voulait tout dire.

— Nous avons de quoi mettre le financement initial sur la table, et des promesses d'engagements à venir, annonça-t-il fièrement. Nous aurons évidemment besoin d'autres soutiens

145

de votre part. Nous possédons un plan de campagne, une stratégie, et c'est nous, Judicial Vision, qui mènerons la danse. Nouveaux applaudissements. La coordination était le problème principal. Il y avait tant de groupes, tant de thèmes, tant d'amour-propre. Lever des fonds n'était pas compliqué, en tout cas pas dans leurs milieux, mais les dépenser de façon judicieuse représentait un défi. Le fait que Tony Zachary ait endossé résolument le contrôle des opérations constituait en soi une excellente nouvelle. Ses interlocuteurs se satisferaient très bien de libeller des chèques et de mobiliser les électeurs.

— Qu'en est-il du candidat ? demanda quelqu'un.

Tony eut un sourire.

— Vous allez l'adorer. Je ne peux pas vous révéler son nom pour le moment, mais vous allez l'adorer. Fait pour le petit écran.

Ron Fisk n'avait pas donné sa décision, mais il ne doutait pas de son intérêt. Et si, pour une raison quelconque, il se ravisait, d'autres noms figuraient sur la liste. Ils auraient bel et bien un candidat, et à brève échéance, même si cela réclamait une avalanche de liquidités.

— Et si nous parlions d'argent ? lança-t-il sans autre préambule. Nous avons un million de dollars sur la table. Je compte dépenser plus que ce que les deux candidats ont dépensé lors de la dernière élection un tant soit peu disputée. C'était il y a deux ans et, dois-je vous le rappeler, votre poulain n'était pas à la hauteur. Mon poulain dans cette course ne perdra pas. Pour vous le garantir, j'ai besoin de deux millions, de votre part et de la part de vos adhérents.

Trois millions pour ce genre de campagne, la somme avait de quoi surprendre. L'élection du dernier gouverneur, un scrutin qui couvrait la totalité des quatre-vingt-deux comtés, et non un tiers d'entre eux, avait coûté sept millions de dollars au vainqueur et moitié moins au perdant. Or une bonne compétition électorale pour le poste de gouverneur constituait toujours un spectacle de premier plan, la pièce maîtresse de la politique de l'État. Les passions étaient fortes, et la participation encore plus.

La course pour un siège à la Cour suprême, quand il s'en présentait une, attirait rarement plus d'un tiers des électeurs inscrits.

— Comment entendez-vous dépenser trois millions de dollars ? s'étonna quelqu'un.

Il était assez révélateur que la question ne vise pas les moyens de lever une telle somme. Ils partaient du principe qu'ils avaient tous accès à des poches suffisamment garnies.

— La télévision, la télévision, et encore la télévision, répondit Tony.

C'était partiellement vrai. Il ne leur révélerait pas sa stratégie dans son entier. M. Rinehart et lui avaient prévu de dépenser bien plus de trois millions, mais l'essentiel serait versé en espèces ou en cachette, à l'extérieur de l'État.

Un assistant distribua d'épais dossiers.

— Voici ce que nous avons réalisé dans d'autres États, continua-t-il. Emportez ces documents avec vous, je vous en prie, et lisez-les à tête reposée.

Il y eut des questions sur son plan, et d'autres encore sur son candidat. Il leur donna peu de détails, mais mit sans relâche l'accent sur la nécessité de leur engagement financier – le plus tôt serait le mieux. Le seul accroc de la réunion fut l'intervention du directeur de COLT. Il informa l'assemblée que son association avait recruté des candidats pour affronter McCarthy et qu'il avait lui-même un plan pour la déloger de son siège. COLT revendiquait huit mille membres, un chiffre quelque peu douteux. La plupart de ses militants étaient d'anciens plaignants qui s'étaient brûlé les doigts dans une quelconque procédure. L'organisme disposait d'une certaine crédibilité, mais pas de un million de dollars. Après une brève, mais vive prise de bec, Tony invita le représentant de COLT à lancer sa propre campagne, sur quoi l'autre battit promptement en retraite et rentra dans le rang.

Avant de lever la séance, Zachary recommanda avec insistance le secret, élément vital de cette entreprise.

— Si les avocats à la cour découvrent maintenant que nous plaçons un cheval dans cette course, ils vont pousser leur propre machine à financements. Et, la dernière fois, ils vous ont battus.

Ils furent irrités par cette deuxième allusion à « leur » défaite passée – suggérait-il qu'ils auraient gagné s'ils l'avaient eu, lui ? Mais personne ne releva. La simple mention des avocats à la cour avait de quoi recentrer l'attention. Ils étaient trop excités par cette compétition pour se chamailler.

L'action en recours collectif prétendait inclure « plus de trois cents » victimes lésées à divers titres par les actes de négligence flagrante commis par Krane Chemical dans son usine de Bowmore. Seuls vingt d'entre elles furent citées comme plaignantes dont la moitié peut-être avait subi des dommages corporels substantiels. Le lien entre leurs affections et la pollution de la nappe phréatique demeurerait une question réservée à un autre jour.

La plainte fut déposée à Hattiesburg, auprès du tribunal fédéral, à un jet de pierre de l'immeuble du tribunal de circonscription de Forrest County, où le professeur Leona Rocha et son jury avaient rendu leur verdict à peine deux mois plus tôt. Les avocats Sterling Bintz, de Philadelphie, et F. Clyde Hardin, de Bowmore, se déplacèrent pour le dépôt de plainte, mais aussi pour bavarder avec les éventuels journalistes qui auraient répondu au communiqué de presse diffusé au préalable. Hélas, il n'y avait pas de caméras de télévision, rien qu'un duo de journalistes écolos de la presse écrite. Pour F. Clyde au moins, cela représentait tout de même une aventure. En plus de trente ans, jamais il ne s'était approché d'un tribunal fédéral.

Pour M. Bintz, cette absence de visibilité était atterrante. Il avait rêvé de gros titres énormes et de longs articles illustrés de photographies splendides. Il avait intenté de nombreux recours collectifs importants et généralement réussi à obtenir une couverture convenable de la part des médias. Où résidait le problème, chez ces gens du Mississippi rural ?

F. Clyde se dépêcha de regagner Bowmore et son bureau, où Miriam s'était attardée dans l'attente des dernières nouvelles.

— Quelle chaîne ? lui demanda-t-elle.

— Aucune.

— Quoi ?

C'était sans nul doute le plus grand jour de l'histoire du cabinet F. Clyde Hardin & Associés ; aussi Miriam était-elle impatiente d'aller suivre tout ça à la télévision.

— Nous avons décidé de ne pas nous adresser à ces journalistes. On ne peut pas se fier à eux, expliqua F. Clyde en consultant sa montre. – Il était 17 h 15, largement temps pour Miriam de quitter le bureau. – Inutile de traîner ici, lui assura-t-il, en tombant la veste. Je maîtrise.

Elle s'en alla sans tarder, déçue, et F. Clyde sortit illico la bouteille du bureau. La vodka frappée et huileuse à souhait le réconforta aussitôt. Il fit défiler les souvenirs de sa grande journée.

Bintz revendiquait trois cents clients. À cinq cents dollars chacun, F. Clyde devait encaisser de jolis honoraires d'avocat correspondants. Jusqu'à présent, il n'avait perçu que trois mille cinq cents dollars, dont il avait utilisé l'essentiel à solder son arriéré d'impôts.

Il se versa un deuxième verre et se dit : Oh, et puis flûte ! Bintz n'allait pas l'entourlouper, parce qu'il avait besoin de lui. Lui, F. Clyde Hardin, était désormais l'avocat commis au dossier d'une des actions en recours collectif les plus importantes du pays. Toutes les routes menaient à Bowmore, et F. Clyde était l'homme du jour.

13.

On expliqua à son cabinet que M. Fisk serait à Jackson toute la journée, en rapport avec une affaire personnelle. En d'autres termes, ne posez pas de questions. En tant qu'associé, il avait gagné le droit d'aller et venir à sa guise, même si son sens de la discipline et de l'organisation faisait qu'on était toujours en mesure de le contacter dans les cinq minutes.

Il prit congé de Doreen sur le perron, à l'aube. Elle avait été conviée à l'accompagner, mais avec son métier et trois enfants, ce n'était pas possible, pas ainsi, à la dernière minute. Ron quitta la maison sans prendre de petit déjeuner, et pourtant, il n'était pas si pressé. En fait, Tony Zachary l'avait prévenu : « Nous petit-déjeunerons dans l'avion », et cela avait suffi à le convaincre de faire l'impasse sur les flocons d'avoine.

L'aérodrome de Brookhaven était trop petit, donc Ron avait volontiers accepté de filer à l'aéroport de Jackson. Il n'avait jamais vu de ces jets privés de près, ni trop songé à voler dedans. Tony Zachary l'accueillit au terminal des vols commerciaux avec une chaleureuse poignée de main et un vigoureux « Bonjour, Votre Honneur ». D'un pas énergique, ils gagnèrent le tarmac, passèrent devant quelques vieux turbopropulseurs et autres moteurs à piston – des appareils de classe inférieure. Le leur les attendait là-bas, au loin, aussi profilé et singulier qu'un vaisseau spatial. Ses feux de navigation clignotaient. Son escalier était déployé, élégante et splendide invitation à ses passagers de marque. Ron suivit Tony en haut des marches, jusqu'à la plate-forme, où une ravissante hôtesse très court vêtue leur souhaita la bienvenue à bord, les débarrassa de leurs vestes et les conduisit à leurs sièges.

— Jamais monté à bord d'un Gulfstream ? s'enquit Tony tandis qu'ils s'installaient.

Un pilote les salua, tout en enfonçant un bouton pour escamoter l'escalier.

— Non, avoua-t-il, ébahi par l'acajou vernis, le cuir moelleux et les garnitures dorées.

— C'est un G5, la Mercedes des jets privés. Celui-ci peut nous conduire à Paris, sans escale.

Alors allons à Paris, au lieu de Washington, se dit-il en se penchant dans l'allée centrale pour mieux se rendre compte des dimensions de la cabine. Il y avait là au moins une dizaine de fauteuils pour autant de passagers à dorloter.

— C'est magnifique, s'extasia-t-il.

Il avait envie de savoir qui était le propriétaire. Qui payait ce voyage ? Qui était derrière ce recrutement en forme de gros lot ? Mais poser ces questions eût été impoli, estima-t-il. Détends-toi, profite de ce vol, profite de cette journée, et retiens-en tous les détails, car Doreen voudra les entendre.

L'hôtesse était de retour. Elle fit la démonstration des consignes de sécurité, puis leur demanda ce qu'ils souhaitaient pour le petit déjeuner. Zachary commanda œufs brouillés, bacon et pommes de terre sautées, imité par Ron.

— Les toilettes et la cuisine sont à l'arrière, précisa-t-il, comme s'il voyageait en G-5 tous les jours. Si vous avez envie de piquer un petit somme, le sofa est dépliant.

Le café arriva alors que le jet entrait sur la piste. L'hôtesse leur proposa un assortiment de journaux. Tony en attrapa un, l'ouvrit d'un coup sec, attendit quelques secondes, puis posa sa question :

— Vous suivez ce procès Bowmore ?

Ron, tout en faisant mine de parcourir un quotidien, se laissait imprégner du luxe environnant.

— Plus ou moins.

— Ils ont déposé une plainte en recours collectif, hier, lâcha l'autre, avec une moue dégoûtée. Un de ces cabinets de procédure civile à l'échelon national. Celui-là est de Philadelphie... Les vautours ont débarqué.

C'était son premier commentaire à Ron sur le sujet, mais ce ne serait certes pas le dernier.

Le G5 décolla. Le Groupe Trudeau en avait trois de ce type, gérés en crédit-bail par l'intermédiaire d'un affréteur distinct, ce qui rendait impossible de remonter la piste de son véritable propriétaire. Ron regarda la ville de Jackson disparaître au-dessous de lui. Quelques minutes plus tard, alors qu'ils atteignaient leur altitude de croisière, à douze mille cinq cents mètres, il humait le fumet capiteux du bacon dans le poêlon.

———

À la sortie de l'aérogare de Dulles, ils s'engouffrèrent à l'arrière d'une longue limousine noire et, une quarantaine de minutes plus tard, ils pénétraient dans le District administratif de Washington, sur K Street. Sur le trajet, Tony Zachary lui expliqua qu'ils avaient une réunion à 10 heures avec un groupe de soutiens potentiels, puis un déjeuner au calme, et ensuite, à 14 heures, une réunion avec un deuxième groupe. Ron serait de retour chez lui à temps pour le dîner. Le voyage luxueux, ce sentiment d'être important, tout était exaltant. Il en avait presque le vertige.

Au septième étage d'un immeuble neuf, ils entrèrent dans le hall d'accueil relativement ordinaire de l'Alliance de la famille américaine et s'adressèrent à une réceptionniste tout aussi ordinaire. À bord du jet, Tony lui avait fait le résumé suivant :

— Cette association est peut-être la plus puissante parmi les défenseurs des chrétiens conservateurs. Beaucoup d'adhérents, beaucoup d'argent, beaucoup d'influence. Les politiciens de Washington les adorent et les craignent. Dirigée par un dénommé Walter Utley, un ancien parlementaire ; il en a eu assez de tous ces progressistes du Congrès et il est parti former son propre mouvement.

Fisk avait entendu parler de Walter Utley et de son Alliance de la famille américaine.

On les conduisit dans une vaste salle de conférences, où M. Utley en personne les accueillit avec un sourire et une poignée de main chaleureux, puis leur présenta plusieurs autres messieurs, que Tony avait tous mentionnés dans son récapitulatif, pendant le vol. Ils représentaient des groupes comme Partenariat et Prière, Lumière planétaire, La Table ronde familiale, Initiative évangélique, et quelques autres. Rien que des acteurs de poids dans la politique nationale, à l'en croire.

Ils s'installèrent autour de la table devant leurs dossiers et blocs-notes comme s'ils étaient sur le point de faire prêter serment à M. Fisk avant de recevoir sa déposition. Tony Zachary commença par un bref exposé sur la Cour suprême du Mississippi assorti de commentaires globalement positifs. La plupart des magistrats étaient des hommes respectables, avec de solides antécédents, constants dans leurs votes. Demeurait le problème de la juge Sheila McCarthy et de ses penchants gauchistes inavoués. On ne pouvait pas se fier à elle. Elle était divorcée. Et d'une moralité relâchée, selon une rumeur que Zachary cita sans pour autant donner d'exemples précis.

Pour l'affronter, ils avaient besoin de Ron. Il enchaîna sur une courte biographie de leur homme sans d'ailleurs apporter un seul élément qui ne soit déjà connu de son auditoire. Enfin, il céda la parole à l'intéressé, qui se racla la gorge et remercia ses interlocuteurs de leur invitation. Il évoqua sa vie, son éducation, la façon dont il avait été élevé, ses parents, sa femme et ses enfants. Il était chrétien pratiquant, diacre de son église baptiste de St Luke, catéchiste. Membre du Rotary Club, de Ducks Unlimited, entraîneur de l'équipe de ligue junior de base-ball. Il prolongea son curriculum vitæ autant qu'il put, puis conclut sur un haussement d'épaules, comme pour dire : « Voilà tout. »

Avant de prendre une décision, son épouse et lui avaient prié. Ils avaient même rencontré leur pasteur afin d'approfondir leurs réflexions. Ils étaient sereins. Ils étaient prêts.

On restait cordial, amical, ravi qu'il soit venu. On l'interrogea sur son parcours – quelque chose dans son passé était-il susceptible de lui nuire ? Une liaison, une infraction pour conduite en état d'ivresse, un stupide canular d'étudiants ?

153

Un quelconque reproche d'ordre éthique pouvait-il lui être fait ? Était-ce son premier mariage ? Oui, bien, c'est ce que nous pensions. Des plaintes pour harcèlement sexuel, au sein de son personnel ? Rien ? Rien qui se rapporte au sexe, d'une manière ou d'une autre ? Dans une campagne électorale, le sexe, c'est mortel. Et tant qu'on abordait le sujet, quelle était sa position, côté homosexualité ? Le mariage gay ? Certainement pas ! Les unions civiles ? Non, monsieur, pas dans le Mississippi. L'adoption d'enfants par des homosexuels ? Non, monsieur.

L'avortement ? Opposé. À tous les avortements ? À tous. La peine de mort ? Tout à fait favorable.

Personne ne releva une quelconque contradiction entre les deux positions.

Le Deuxième Amendement, le droit de porter des armes à feu et ce qui s'ensuit ? Ron chérissait les siennes, mais prit le temps de s'étonner que des hommes si pieux prennent le sujet à cœur. Puis il comprit – il n'était question que de politique, de suffrages. Son parcours de chasseur leur plut beaucoup, si bien qu'il s'y attarda complaisamment. À l'en croire, lui dans les parages, aucun animal n'était à l'abri d'une balle.

Puis le directeur de La Table ronde familiale évoqua d'une voix grinçante le thème de la séparation de l'Église et de l'État, salué par des hochements de tête. Sûr de lui, Fisk apporta des réponses judicieuses qui contentèrent les rares de ses interlocuteurs qui l'écoutaient encore. Tout cela n'était qu'apparence. Ils avaient arrêté leur décision bien avant son départ de Brookhaven, ce matin. Ron Fisk était l'homme de la situation et, en cet instant, il prêchait des convertis.

Le thème suivant était la liberté d'expression – expression religieuse, s'entend. « Doit-on autoriser le juge d'une petite ville à afficher les Dix Commandements dans sa salle d'audience ? », telle était la question. En toute franchise, Ron aurait répondu non. Dans l'un de ses arrêts, la Cour suprême des États-Unis avait établi qu'un tel geste violait le principe de la séparation de l'Église et de l'État, et il était d'accord. Toutefois, il ne souhaitait pas contrarier l'assemblée ; il sentait que le sujet leur tenait à cœur. Il répondit donc : « Le juge de ma circonscription juridique de Brookhaven est un modèle

pour moi. » Puis il louvoya. « Un homme bien. Je l'ai toujours admiré. Or, il a affiché les Dix Commandements sur
son mur pendant trente ans. »

Une réponse en forme d'esquive, ils ne s'y trompèrent pas.
Ils y virent un signe de l'habileté qui pourrait aider M.
Fisk à survivre à une campagne acharnée. Il n'y eut donc pas de
relance, pas d'objection. En somme, ils étaient tous des
acteurs politiques aguerris, à même d'apprécier une absence
de réponse quand ils la repéraient.

Au bout d'une heure, Walter Utley consulta sa montre et
annonça qu'ils avaient pris un peu de retard sur l'horaire. La
journée était surchargée. Il conclut l'entretien et prit congé en
se déclarant très impressionné par Ron Fisk, ne voyant
aucune raison qui empêche son Alliance de la famille américaine non seulement de l'appuyer, mais d'aller faire campagne
sur le terrain, dans le Sud, en sa faveur. Autour de la table,
on opina. Tony Zachary rayonnait d'une fierté toute pater-
nelle.

———

— Pour le déjeuner, il y a eu un changement, lui apprit-il
quand ils furent de nouveau dans l'intimité de la limousine.
Le sénateur Rudd aimerait vous voir.

— Le sénateur Rudd ? s'écria Fisk, incrédule.

— Vous m'avez compris, confirma Zachary, content de
son effet.

Myers Rudd était à mi-parcours de son septième mandat
sénatorial (soit trente-neuf années d'expérience) et, lors des
trois élections précédentes, il avait fait fuir toute opposition. Il
était méprisé par quarante pour cent, adoré par soixante pour
cent. Il pratiquait à la perfection l'art d'aider ceux qui étaient
de son bord et de rejeter les autres. Dans le Mississippi, il
était une légende ; pas une course électorale ne se déroulait
sans qu'il y mette son nez. Se posant tour à tour en vieux
sage politique et en massacreur impitoyable, il désignait et
poussait ses candidats, alimentait et contrôlait le flux des
financements, harcelait les opposants jusqu'à ce que mort
s'ensuive.

— Le sénateur Rudd s'intéresse à cette affaire ? s'étonna-t-il avec une belle innocence.

Tony lui adressa un regard circonspect. Pouvait-on être aussi naïf ?

— Bien sûr qu'il s'y intéresse. Le sénateur Rudd est très proche des gens que vous venez de rencontrer. Dans leurs dossiers, ses votes au Sénat lui valent un dix sur dix. Vous m'entendez ? Pas neuf et demi sur dix. Dix sur dix. La note parfaite. Ils ne sont que trois comme lui, et les deux autres sont des novices.

Un déjeuner avec le sénateur Rudd, à Washington ! Quelle tête ferait Doreen ! Ils étaient quelque part près du Capitole quand la limousine s'engagea dans une impasse.

— Descendons ici, fit Tony sans laisser le temps au chauffeur de sortir.

Ils se dirigèrent vers une porte étroite, à côté d'un vieil hôtel, le Mercury. Le portier, un homme âgé en uniforme vert, fronça le sourcil.

— C'est pour le sénateur Rudd, lâcha Zachary avec brusquerie, et la mine du cerbère s'éclaircit.

On leur fit traverser une salle de restaurant déserte et lugubre, jusqu'à un corridor.

— Ce sont les appartements privés du sénateur, expliqua-t-il tranquillement.

Ron était impressionné. Il remarqua la moquette usée et la peinture écaillée, mais le vieux bâtiment conservait une puissante atmosphère d'élégance défraîchie. Il avait une histoire. Combien d'accords avait-on scellés entre ces murs ? se demanda-t-il.

Au bout du corridor, ils entrèrent dans une petite salle privée où s'étalaient toutes sortes d'attributs du pouvoir véritable. Le sénateur Rudd était assis à la table, téléphone portable collé à l'oreille. Ron ne l'avait jamais rencontré, mais son allure ne lui était pas inconnue. Costume sombre, cravate rouge, épaisse chevelure grise et chatoyante maintenue en place avec une touche de laque, un visage rond qui semblait épaissir un peu plus chaque année. Il avait autour de lui pas moins de quatre factotums qui s'affairaient en tous sens, telles des abeilles, pendus à leurs téléphones portables – est-ce qu'ils s'appelaient l'un l'autre ?

Zachary et Fisk patientèrent en observant la scène. Le gouvernement en action.

Enfin, M. le sénateur rabattit sèchement le clapet de son téléphone, et les quatre autres conversations s'achevèrent dans la seconde.

— Du balai, grogna le grand homme, et ses laquais détalèrent comme des souris. Comment allez-vous, Zachary ? s'écria-t-il en se levant sans quitter sa place.

Après les présentations, on échangea de menus propos. Rudd avait l'air de connaître tout le monde, là-bas, à Brookhaven, une de ses tantes y avait vécu, et c'était un honneur de rencontrer ce M. Fisk dont il avait tellement entendu parler. À un moment convenu d'avance, Tony s'excusa.

— Je serai de retour dans une heure, glissa-t-il, et il disparut.

Il fut remplacé par un serveur en frac.

— Asseyez-vous, insista Rudd. La cuisine n'est pas terrible, mais côté tranquillité, c'est parfait. Je déjeune ici cinq fois par semaine.

Le serveur ignora ce commentaire et leur tendit les menus.

— C'est charmant, lui assura Ron, en regardant autour de lui les murs tapissés de livres ni lus ni même dépoussiérés depuis une bonne centaine d'années.

Ils déjeunaient dans une bibliothèque. Pas étonnant que ce soit si tranquille. Ils commandèrent un potage et de l'espadon grillé. Le serveur referma la porte derrière lui.

— J'ai une réunion à 13 heures, annonça Rudd, alors allons vite au fait.

Il se versa du sucre dans son thé glacé et le remua avec une cuiller à soupe.

— Certainement.

— Vous pouvez remporter cette élection, Ron, et Dieu sait si nous avons besoin de vous.

Parole de souverain. Dans quelques heures, Ron Fisk rapporterait et répéterait ce propos à Doreen sans se lasser. C'était une garantie apportée par un homme qui n'avait jamais perdu, et un adoubement octroyé dès le premier mot.

— Comme vous le savez, continua aussitôt Rudd parce qu'il n'était pas habitué à écouter, surtout les novices fraîchement débarqués du pays natal, je ne m'implique pas dans les scrutins locaux.

Fisk faillit éclater de rire, mais dut se rendre à l'évidence : M. le sénateur était on ne peut plus sérieux.

— Cette échéance électorale est trop importante, cependant. Je ferai mon possible, ce qui n'est pas rien, vous ne l'ignorez pas ?

— Naturellement.

— Je me suis créé quelques amis puissants dans ce métier, et ils seront heureux de soutenir votre campagne. Il suffit d'un coup de téléphone de ma part.

Ron opinait poliment. Deux mois auparavant, *Newsweek* avait fait sa une sur l'argent des groupes de pression et les politiques qui le percevaient. Rudd figurait en tête de liste. Il gardait plus de onze millions de dollars dans une caisse noire dédiée aux élections, sans aucun scrutin en vue. Cet homme était la propriété du monde des affaires – les banques, les assurances, le pétrole, le charbon, les médias, la défense, les laboratoires pharmaceutiques –, aucun secteur de l'entreprise n'avait échappé aux tentacules de sa machine à lever des fonds.

— Merci, lâcha Ron parce qu'il s'y sentait obligé.

— Mes gars sont capables de réunir beaucoup d'argent. En plus, je connais les gens qui sont sur le terrain, dans la tranchée. Le gouverneur, le corps législatif, les maires. Jamais entendu parler de Willie Tate Ferris ?

— Non, monsieur.

— C'est un superviseur, secteur quatre, Adams County, dans votre district. J'ai évité la prison à son frère à deux reprises. Tate sillonnera les rues pour moi. Et c'est le politique le plus puissant de ce coin. Un coup de téléphone de ma part, et vous avez Adams County.

Il claqua des doigts. C'était ainsi que les voix tombaient dans une escarcelle.

— Jamais entendu parler de Link Kyzer ? Shérif de Wayne County ?

— Possible.

— Link est un vieil ami. Il y a deux ans, il avait besoin de nouvelles voitures de patrouille, de nouveaux gilets pare-balles, de fusils, tout le tremblement. Le comté lui accordant que dalle, il m'appelle. Je me rends au Département de la Sécurité intérieure, je parle à quelques amis, je leur soutire quelques armes, et Wayne County touche subitement six millions de dollars pour lutter contre le terrorisme. Il possède plus de voitures de patrouille qu'il n'a de flics pour les conduire. Leur système radio est meilleur que celui de la Marine. Et voyez le résultat : les terroristes se tiennent à carreau, ils ne mettent plus les pieds à Wayne County.

Il rit, content de son trait d'esprit, et Ron fut forcé de s'esclaffer avec lui. Rien de si réjouissant que de gaspiller quelques millions de dollars d'argent public.

— S'il vous faut Link, vous l'aurez, Wayne County avec lui, promit Rudd, et il s'envoya une gorgée de thé.

Ces deux comtés dans la poche, Ron se prit à penser aux vingt-cinq autres du district sud. Allait-il devoir consacrer l'heure à venir à écouter des histoires d'anciens combattants installés dans chacun d'eux ? Pourvu que non. Le potage arriva.

— Cette bonne femme, McCarthy, reprit M. le sénateur entre deux bruyantes lampées de soupe, elle n'a jamais été la bienvenue – c'était une condamnation, la faute ayant sans doute été de n'avoir jamais soutenu le sénateur Rudd. Elle est trop progressiste, et en plus, entre nous, entre garçons, elle n'est pas taillée pour la robe de magistrat. Vous voyez ce que je veux dire ?

Ron hocha légèrement la tête, tout en examinant son potage. Guère étonnant que M. le sénateur préfère dîner en privé. Il ne connaît même pas son prénom, se dit-il. En fait, il ne sait rien sur elle si ce n'est qu'elle est, oui, une femme et donc pas à sa place.

Pour éviter de glisser dans la causerie entre messieurs blancs du Sud profond, Fisk plaça une question qui se voulait un peu intelligente.

— Et la côte du golfe du Mexique ? J'ai très peu de contacts, par là.

Comme de juste, Rudd traita la question par le mépris.

— Mon épouse est de Pass Christian, s'écria-t-il comme si le fait promettait un raz de marée en faveur de son candidat.

— Vous avez là-bas des fournisseurs de la défense, des chantiers navals, la NASA, bon sang, ces gens-là, ils m'appartiennent.

Et vous leur appartenez sans doute aussi, songea Ron. Une sorte de propriété réciproque.

Un téléphone portable bourdonna tout près du verre de thé glacé. Il jeta un œil dessus et fronça le sourcil.

— Il faut que je prenne. C'est la Maison Blanche.

Il donnait l'impression d'en être très irrité.

— Dois-je attendre dehors ? s'enquit Ron, impressionné à n'en plus trouver ses mots, mais non moins horrifié à l'idée de surprendre un entretien capital.

— Non, non, souffla Rudd, en lui faisant signe de se rasseoir.

Fisk tâcha de se concentrer sur son potage, son thé, son petit pain – certes, ce déjeuner serait inoubliable, mais soudain il souhaitait le voir se terminer très vite. Le coup de téléphone, lui, était interminable. Rudd grognait, grommelait, sans rien laisser deviner de la crise majeure qu'il était en train de prévenir. Le serveur fut de retour avec l'espadon qui grésillait mais ne tarda pas à refroidir. À ses côtés, des blettes nageaient dans une mare de beurre.

Une fois que la planète eut retrouvé la sécurité, Rudd raccrocha et planta sa fourchette au milieu de sa tranche de poisson.

— Je suis navré, s'excusa-t-il. Foutus Russes. En tout cas, je veux que vous vous présentiez, Ron. C'est important pour l'État. Il faut remettre notre Cour suprême dans le droit chemin.

— Oui, monsieur, mais…

— Et vous avez mon entier soutien. Rien de public, notez, mais en coulisses, je me décarcasserai. Je vais lever des sommes conséquentes. Je vais secouer le cocotier, taper un peu du poing sur la table, la routine, là-bas. C'est ma partie, fiston, fiez-vous à moi.

— Et si…

— Dans le Mississippi, personne ne me bat. Demandez au gouverneur. Il accusait vingt points de retard avec deux mois à courir, mais il a essayé de s'en sortir tout seul. Pas besoin

160

de mon aide, disait-il. J'ai filé là-bas, nous avons eu une réunion de prière ; le garçon s'est converti, et il l'a emporté haut la main. Je n'aime pas m'impliquer là-bas, mais je vais le faire. Cette élection est d'une telle importance. En êtes-vous capable ?

— Je le crois.

— Ne soyez pas stupide, Ron. C'est la chance d'une vie, l'occasion de réaliser quelque chose de formidable. Réfléchissez-y, vous, à votre âge, à... euh...

— Trente-neuf ans.

— À trente-neuf ans, fichtrement jeune, et vous voilà élu à la Cour suprême du Mississippi. Et, une fois que vous y êtes, vous n'en repartez jamais. Réfléchissez un peu.

— J'y réfléchis fortement, monsieur.

— Bon.

Le téléphone se remit à bourdonner – probablement le président.

— Désolé, fit Rudd, en collant l'appareil à son oreille, et il enfourna une énorme bouchée de poisson.

———

La troisième et dernière étape de leur tournée les conduisit dans les bureaux du Réseau pour la réforme de la procédure civile, sur Connecticut Avenue. Zachary de nouveau aux commandes, ils expédièrent les présentations et les discours. Fisk répondit à quelques questions anodines, un régime bien plus léger que celui des gardiens de la religion. Là encore, il eut le sentiment écrasant que tout ce petit monde se pliait à une sorte de rituel. Il était bon de voir, de toucher le candidat, mais une véritable évaluation était de peu d'intérêt. Ils se reposaient sur Zachary. S'il avait trouvé l'homme qu'il fallait, à quoi bon le déjuger.

À l'insu de Ron Fisk, cette rencontre de quarante minutes était filmée et retransmise à l'étage supérieur dans une petite salle multimédia où Barry Rinehart suivait la scène. Il possédait déjà un épais dossier sur Fisk, avec photos et mémos divers, mais il était impatient d'entendre sa voix, de suivre ses regards, ses mains, d'écouter ses réponses. Était-il photogénique, télégénique, bien habillé, bel homme ? Avait-il une voix rassurante, qui inspirait la confiance. Donnait-il l'impression d'être intelligent ou d'être borné ? Face à un groupe, était-il tendu ou calme et confiant ? Était-il présentable, pouvait-on le lancer sur le marché ?

Au bout d'un quart d'heure, Barry était convaincu. Le seul point négatif, c'était ce soupçon de nervosité, mais enfin, il fallait s'y attendre. Extrayez un homme de Brookhaven pour le propulser devant un groupe d'inconnus dans une ville inconnue, il risque fort de bredouiller une ou deux fois. Voix agréable, visage plaisant, costume correct. Barry Rinehart avait joué avec moins d'atouts.

Il ne rencontrerait jamais Ron Fisk. Comme dans toutes les campagnes qu'il organisait, le candidat n'aurait jamais la moindre idée de qui tirait les ficelles.

———

Pendant le vol du retour, Tony Zachary commanda un whisky et poussa Ron à l'imiter, mais ce dernier s'en tint au café. C'était pourtant le cadre idéal pour prendre un verre : un jet luxueux, une superbe jeune barmaid, une longue journée stressante derrière soi, et personne pour voir.

— Juste un café, confirma Ron.

Tant pis pour le cadre ; il savait qu'on était encore occupé à le jauger, et, de toute manière, il ne buvait jamais d'alcool. Son refus ne lui coûtait guère.

Tony n'avait jamais été très buveur, lui non plus. Il prit quelques gorgées de son cocktail, dénoua un peu sa cravate, s'enfonça dans son fauteuil, et lâcha en commentaire :

— D'après la rumeur, McCarthy serait pas mal portée sur la bouteille.

Ron se contenta de hausser les épaules. La rumeur n'était pas parvenue jusqu'à Brookhaven. La moitié de ses concitoyens, à son avis, était incapable de citer ne serait-ce que le nom d'un des trois juges du district sud, sans parler de connaître leurs habitudes, bonnes ou mauvaises.

Encore une gorgée, et Zachary poursuivit :

— Ses deux parents étaient de gros buveurs. Bien entendu, ils sont originaires de la Côte, donc ce n'est pas surprenant.

Son repaire préféré, c'est un club, le Tuesday's, près du réservoir. Jamais entendu parler ?

— Non.

— Du genre étal à viande pour échangistes d'âge mûr, à ce que j'ai appris. Jamais mis les pieds là-bas, moi. Fisk refusa de mordre à l'hameçon. Ces ragots de bas étage ne lui inspiraient que de l'ennui, visiblement. Tony ne s'en formalisa pas. En fait, il appréciait. Que le candidat évolue au-dessus de la mêlée. D'autres se chargeraient de remuer la boue.

— Depuis combien de temps connaissez-vous le sénateur Rudd ? lui demanda Fisk, changeant de sujet.

— Depuis longtemps.

Ils passèrent le reste de leur court voyage à parler du grand sénateur et de sa pittoresque carrière.

Ron arriva chez lui en apesanteur, à peine remis de sa rencontre étourdissante avec le pouvoir et ses ornements. Doreen attendait d'en connaître les détails. Ils dînèrent de spaghettis réchauffés pendant que les enfants finissaient leurs devoirs.

Elle avait quantité de questions, dont certaines restaient sans réponse. Pourquoi tant de groupes si différents étaient-ils désireux de dépenser une somme pareille sur un candidat politique inconnu et totalement inexpérimenté ? Parce qu'ils étaient convaincus. Parce qu'ils préféraient un homme jeune, intelligent, à l'allure soignée, pétri de bonnes opinions et sans le bagage de postes publics antérieurs. Et si Ron disait non, ils trouveraient un candidat identique à lui. Ils étaient déterminés à vaincre, à nettoyer cette Cour suprême. C'était un mouvement national, et un mouvement capital.

L'argument décisif fut l'épisode du déjeuner : son mari, seul à seul avec le sénateur Myers Rudd. Ils allaient se jeter à corps perdu dans le monde inconnu de la politique, et ils allaient le conquérir.

14.

Barry Rinehart prit la navette pour l'aéroport LaGuardia ;
de là, un véhicule privé le conduisit au Mercer Hotel de
SoHo. Une fois dans sa chambre, il se doucha et passa un
costume plus chaud, car on attendait de la neige. Il se fit
remettre un fax à la réception, puis marcha jusqu'à un minuscule restaurant vietnamien situé non loin de Greenwich Vil-
lage, un établissement qui ne figurait pas encore dans les
pages des guides. C'était le lieu de prédilection de M. Trudeau pour les rendez-vous discrets. Il était tôt, et l'endroit
était désert ; Barry s'installa sur un tabouret de bar et commanda un verre.

———

Le recours collectif bancal organisé par Clyde Hardin
n'était peut-être qu'une nouvelle insignifiante, dans le Mississippi, mais, à New York, elle était juteuse. Tandis qu'elle était
reprise et commentée par les quotidiens financiers, les actions
Krane déjà meurtries essuyaient une nouvelle raclée.
M. Trudeau avait passé la journée à manœuvrer par téléphone interposé et à hurler sur Bobby Ratzlaff. Le titre
Krane, qui cotait le matin entre dix-huit et vingt dollars, avait
dévissé encore de quelques dollars. Il clôtura à 14,50 dollars, un nouveau record, et Carl feignit d'en être très contrarié – Ratzlaff, qui avait emprunté un million de dollars sur
son fonds de pension, était authentiquement déprimé.

Plus elle descendrait, mieux ce serait. Trudeau voulait que le titre chute aussi bas que possible. Il avait déjà perdu un milliard, sur le papier, et il pouvait en perdre davantage parce qu'un jour le mouvement repartirait furieusement à la hausse. À l'insu de tous si ce n'est deux banquiers de Zurich, il était déjà en train de racheter le titre Krane par l'intermédiaire d'une société nébuleuse à souhait basée à Panama. Il accumulait des parts, prudemment, par petits lots, pour ne pas contrarier la tendance baissière. Cinq mille titres les jours calmes, et vingt mille quand le marché se montrait plus animé, mais rien qui soit susceptible d'attirer l'attention. La publication des résultats du quatrième trimestre était attendue pour bientôt et, depuis Noël, il s'employait à maquiller les livres comptables. L'action allait poursuivre sa glissade. Et lui, il continuerait d'acheter.

À la nuit tombée, il congédia Ratzlaff, répondit encore à quelques appels téléphoniques. À 19 heures, il se glissa sur la banquette arrière de sa Bentley et Toliver le conduisit à ce restaurant vietnamien.

Il n'avait pas revu Rinehart depuis leur premier rendez-vous à Boca Raton, en novembre dernier, trois jours après le verdict. Ils ne se servaient pas des portables et boîtes e-mail habituelles, fax, coursiers et autres systèmes de communication express. Ils disposaient l'un et l'autre d'un *smartphone* sécurisé, liaison unique et exclusive ; une fois par semaine, quand il en avait le temps, Trudeau appelait.

On les conduisit derrière un rideau de bambou, dans une petite salle à une seule table. Un serveur apporta des boissons. Machinalement, Carl s'emporta contre les actions en recours collectif et les avocats qui les intentaient.

— On en est aux saignements de nez et aux plaques d'urticaire, pesta-t-il. N'importe quel péquenaud à qui il est arrivé de longer l'usine en voiture se transforme en plaignant. Personne ne se souvient de la belle époque où nous leur versions les salaires les plus élevés de tout le Sud-Mississippi. Maintenant, les avocats ont provoqué cette ruée, et c'est la course-poursuite vers le tribunal.

— Cela pourrait empirer, le prévint Barry Rinehart. Nous avons appris qu'un autre groupement d'avocats rameute des clients. S'ils déposent plainte, leur recours collectif s'ajoutera au premier. Je ne me casserais pas trop la tête pour ça.

— Vous ne vous casseriez pas trop la tête ? Ce n'est pas vous qui payez les frais de procédure.

— Vous récupérerez votre argent, Carl. Détendez-vous.

Désormais, ils se donnaient du Carl et du Barry avec une grande familiarité.

— Me détendre. À la clôture, Krane valait 14,50 dollars. Si vous en possédiez pour vingt-cinq millions de titres, vous auriez du mal à vous détendre.

— Je resterais détendu, et je passerais à l'achat.

Carl but une rasade de scotch.

— Vous devenez insolent.

— J'ai vu votre gars, aujourd'hui. Il a effectué sa tournée, à Washington. Belle allure, tellement soigné que c'en est effrayant. Intelligent, bon orateur, se conduit très bien. Tout le monde a été impressionné.

— Il a signé ?

— Il signera demain. Il a déjeuné avec le sénateur Rudd, et le vieux sait forcer la main des gens.

— Myers Rudd, fit Trudeau, en secouant la tête. Quel imbécile !

— En effet, mais toujours à vendre.

— Ils sont tous à vendre. J'ai dépensé plus de quatre millions, l'an dernier, à Washington. Je les ai tellement décorés qu'on aurait dit des sapins de Noël.

— Et je suis convaincu que Rudd en a touché sa part. Nous savons, vous et moi, que c'est un crétin, mais les gens du Mississippi n'en savent rien. Là-bas, il est le roi, et ils l'adorent. S'il veut que notre gars se présente, alors, la course est lancée.

En quelques contorsions, Carl retira sa veste et l'accrocha sur le dossier de sa chaise. Il retira ses boutons de manchette, remonta ses manches, dénoua sa cravate, et, personne n'étant là pour le regarder faire, se tassa dans son siège. Il sirota une gorgée de whisky.

— Vous connaissez l'histoire du sénateur Rudd et de l'Agence pour la protection de l'environnement ? demanda-t-il, sachant pertinemment que moins de cinq personnes en connaissaient les détails.

— Non, admit son interlocuteur, en tirant à son tour sur le nœud de sa cravate.

— Il y a de cela sept ans, peut-être huit, avant le début des procédures, l'Agence est venue à Bowmore pour jouer les nuisibles. En fait, les locaux se plaignaient depuis des années, mais l'APE n'est pas réputée pour sa vivacité. Ils ont sondé par-ci par-là, réalisé quelques tests, se sont alarmés, pas mal agités. Nous suivions tout cela très attentivement. Nous avions des gens à nous partout. Bordel, on avait du monde même à l'intérieur de l'Agence. On est peut-être allés trop loin, avec nos déchets, je n'en sais rien, toujours est-il que ces bureaucrates sont devenus franchement agressifs. Ils parlaient d'enquêtes criminelles, d'alerter le procureur fédéral, un sale truc. Ça restait encore en interne, mais ils étaient au bord de rendre l'affaire publique, avec toutes sortes d'exigences... un nettoyage du sol à je ne sais combien de trilliards de dollars, des amendes épouvantables, peut-être même la fermeture de l'usine. Un dénommé Gabbard était PDG de Krane, à l'époque. Depuis, il est parti, mais c'était un type correct, qui savait convaincre. J'ai envoyé Gabbard à Washington, avec un chèque en blanc. Avec plusieurs chèques en blanc. Il s'est entendu avec nos lobbyistes, et il a monté un nouveau comité consultatif, encore un, censé œuvrer pour la défense des intérêts des industriels de la chimie et des matières plastiques. Ils ont dressé un plan de marche dont la clef était le ralliement du sénateur Rudd. Là-bas, dans le Sud, ils le craignent. Il en fait ce qu'il veut, de l'Agence pour la protection de l'environnement. Il siège à la commission des finances du Sénat depuis un siècle au moins, et si l'APE lui cherche des poux, il la menace de lui couper les subventions votées par la commission. C'est à la fois compliqué et si bête. Donc, nos gars du nouveau comité consultatif ont eu un dîner très arrosé avec le sénateur, qui savait très précisément de quoi il retournait. C'est un nigaud, mais il joue à ce jeu depuis si longtemps que c'est comme s'il en avait rédigé les règles.

Des plats de nouilles aux crevettes arrivèrent sans qu'ils y prêtent plus d'attention que cela. On leur servit une autre tournée d'alcool.

— Rudd a finalement décidé qu'il lui fallait un million de dollars pour son compte de campagne, et nous avons accepté de les lui verser par l'intermédiaire des entreprises bidons et autres sociétés écrans que les types dans votre genre ont l'habitude d'utiliser. Le Congrès a rendu la chose légale, sans quoi on appellerait ça de la corruption. Ensuite, Rudd en a voulu plus. Il a un petit-fils un brin retardé qui fait une bizarre fixation sur les éléphants. Ce gamin adore les éléphants. Il en a des photos partout dans sa chambre, il regarde des documentaires animaliers, etc. Et ce que M. le sénateur souhaitait par-dessus tout, c'était qu'on lui organise un safari quatre étoiles de première classe en Afrique pour qu'il emmène son petit-fils voir un troupeau d'éléphants. Pas de problème. Après, il se dit que la famille tout entière serait ravie du voyage. Nos lobbyistes organisent le bazar : vingt-huit personnes, deux jets privés, quinze jours dans la savane africaine à boire du Dom Pérignon, à manger du homard et du faux-filet en regardant défiler un millier d'éléphants. La facture approchait les trois cent mille. Rudd n'a jamais deviné un seul instant qu'elle avait été réglée par moi.

— Une affaire.

— Une affaire, absolument. Il a enterré l'Agence pour la protection de l'environnement. Elle a quitté Bowmore. Nous étions hors d'atteinte. Bénéfice annexe, le sénateur Rudd est maintenant expert sur toutes les questions africaines. Le Sida, les génocides, la famille, les atteintes aux droits de l'homme... tout ce que vous voulez. Après deux semaines passées à reluquer du gibier depuis l'arrière de sa Land-Rover.

Ils partirent d'un grand éclat de rire et s'attaquèrent à leur plat de nouilles.

— Vous ne l'avez jamais contacté, au cours du procès ? s'étonna Barry

— Non. Les avocats ont pris le dessus... en force. Je me rappelle une conversation avec Gabbard au sujet du sénateur. À l'époque, il était admis que les politiciens ne se mêleraient pas de la procédure. Nous étions confiants. Quelle erreur...

Ils s'accordèrent quelques minutes pour manger, mais ni l'un ni l'autre ne semblait satisfait de son plat.

— Notre poulain s'appelle Ron Fisk, reprit Rinehart en lui tendant une enveloppe kraft grand format. Voici déjà les informations de base. Quelques photos, un résumé de son parcours, pas plus de huit pages, à votre demande.

— Fisk ?

— C'est cela.

La mère de Brianna était dans les parages, un impromptu bisannuel qui survenait toujours dans les Hamptons, à la demande ferme de Carl. Cette dame, qui avait deux ans de moins que son gendre, se figurait être assez attirante pour lui taper dans l'œil. Il ne lui consacrait jamais plus d'une heure, et chaque fois il se surprenait à prier pour que Brianna n'ait pas hérité de ses gènes. Il détestait cette femme. La mère d'une femme trophée n'est pas automatiquement une belle-mère trophée, tout en étant automatiquement portée sur l'argent. Il avait eu ses deux belles-mères en horreur. En fait, il haïssait l'idée même d'avoir une belle-mère.

Donc elles étaient parties. L'appartement de la Cinquième Avenue était tout à lui. Brianna avait embarqué Sadler MacGregor, la nounou russe, son assistante, sa nutritionniste, une ou deux femmes de chambre et la caravane s'était mise en route pour l'île, où elle pourrait terroriser à son aise le personnel de la jolie maison qu'ils y possédaient.

Il sortit de l'ascenseur privé, lâcha une insulte à l'adresse d'*Imelda*, congédia les domestiques et, quand il fut enfin seul dans la merveilleuse intimité de sa chambre, se mit en pyjama, enfila une robe de chambre et d'épaisses chaussettes de laine. Il se trouva un cigare, se versa un verre de single malt avant de sortir sur la petite terrasse dominant la Cinquième Avenue et Central Park. L'air était glacial et venteux, parfait.

Rinehart lui avait conseillé de ne pas se tracasser sur les détails de la campagne.

— Vous n'avez nullement besoin d'être au courant de tout, lui avait-il répété. Fiez-vous à moi. C'est ma profession, et, dans ma partie, je suis très bon.

Mais Rinehart n'avait jamais perdu un milliard de dollars. D'après un article de journal consacré à Carl Trudeau, rien que ça, seuls six autres hommes sur terre avaient déjà perdu un milliard en un jour. Barry Rinehart ne connaîtrait jamais l'humiliation que cela représentait, à New York, de vivre une chute aussi brutale. Les amis devenaient plus difficiles à contacter. Ses plaisanteries n'amusaient plus. Certaines entrées du circuit mondain se fermaient (temporairement, bien sûr). Même son épouse donnait l'impression d'être moins câline. Sans parler de la froideur de ceux qui comptaient vraiment – les banquiers, les gestionnaires de fonds, les gourous de l'investissement, l'élite de Wall Street.

Le vent lui rosissait les joues, tandis qu'il balayait du regard les immeubles de la Cinquième Avenue. Partout des milliardaires. Quelqu'un dans le paysage était-il désolé pour lui ? Il connaissait la réponse, ayant lui-même pris un tel plaisir à voir trébucher les autres.

Riez donc, jeunes gens, lança-t-il, avant d'avaler une longue lampée de whisky. Riez à vous en faire péter la panse, parce que moi, Carl Trudeau, je dispose désormais d'une arme secrète. Il s'appelle Ron Fisk, un jeune homme sympathique et crédule que je me suis acheté (investissement offshore) pour une poignée de cacahuètes.

Trois rues plus loin, vers le nord, au sommet d'un immeuble qu'il entrevoyait à peine, il y avait l'appartement de Pete Flint, un de ses nombreux ennemis. Deux semaines auparavant, Pete avait fait la couverture du *Hedge Fund Reports*, le périodique des fonds spéculatifs, attifé d'un costume de créateur mal coupé. Manifestement, il prenait du poids. L'article s'extasiait sur Pete et le fonds qu'il gérait, en particulier sur un quatrième trimestre spectaculaire imputable en grande partie à sa position si judicieuse de vente à découvert sur Krane Chemical. Pete prétendait avoir gagné un demi-milliard de dollars pour avoir brillamment prédit l'issue négative du procès. Le nom de Trudeau n'était pas mentionné. Inutile. Ce n'était un secret pour personne : il avait perdu un milliard, et voilà Pete Flint qui annonçait en avoir ratissé la moitié. L'humiliation était plus que cuisante.

M. Flint ignorait tout de M. Fisk. Quand il apprendrait son nom, il serait trop tard. Carl aurait récupéré son argent. Et bien davantage.

15.

La conférence hivernale de la Société des avocats du Mississippi se tenait tous les ans à Jackson, début février, quand l'assemblée parlementaire de l'État était encore en session. C'était l'affaire d'un week-end, avec des discours, des séminaires, des comptes rendus politiques, et ainsi de suite. Les Payton ayant obtenu le verdict le plus sensationnel de l'année, leurs confrères souhaitaient les entendre. Mary Grace rechignait. Elle était membre actif de l'association, mais ces mondanités avec cocktails et surenchères d'anecdotes de terrain, ce n'était pas trop son truc. Les femmes n'en étaient pas explicitement exclues, mais elles n'y avaient pas leur place non plus. Et il fallait bien que quelqu'un reste avec Mack et Liza.

Wes s'était donc porté volontaire. À contrecœur, car, s'il était un membre actif de l'association, lui aussi, il trouvait les conférences hivernales plutôt ennuyeuses. Les conventions estivales, organisées à proximité d'une plage, étaient plus amusantes, plus familiales – le clan Payton y avait assisté à deux reprises.

Un samedi matin, Wes partit pour Jackson rejoindre l'hôtel du centre-ville où se tenait la mini-convention. Il se gara à l'écart afin que ses confrères ne voient pas dans quoi il roulait, désormais. Devant eux qui aimaient les bolides et autres joujoux voyants, cette Taurus délabrée qui avait à peine survécu au trajet depuis Hattiesburg le mettait mal à l'aise. Il ne coucherait pas sur place, incapable de débourser cent dollars pour une chambre. D'un certain point de vue, on pouvait assurer qu'il était millionnaire, mais trois mois avaient passé depuis le verdict, et il était encore à dix cents près. Le pactole que l'embrouillamini de Bowmore était censé lui rapporter restait à l'état de rêve. Malgré le verdict, Wes Payton continuait à se demander si son engagement dans l'affaire n'était pas le symptôme d'une quelconque maladie mentale.

Le déjeuner se tenait dans une grande salle de bal aménagée pour asseoir deux cents personnes, une foule impressionnante. Depuis l'estrade où on l'avait installé, Wes profitait des préliminaires pour étudier ce monde.

Des avocats. Une faune toujours éclectique et pittoresque. Des cowboys, des voyous, des radicaux, des chevelus, des costumes trois pièces, des francs-tireurs extravagants, des motards, des bons samaritains, des vieux sudistes, des arnaqueurs élevés dans la rue, des chasseurs d'ambulance pur sucre, des visages vus à l'affiche, dans les pages jaunes, dans les émissions de télévision matinales. Ils étaient tout sauf ennuyeux. Ils se querellaient comme on le fait dans une famille violente et passionnée, mais ils avaient cette faculté de savoir serrer les rangs pour se lancer à l'attaque de l'ennemi commun. Certains venaient des grandes métropoles, où ils ferraillaient sans relâche de procès en transaction ; d'autres venaient de petites villes, où ils affûtaient leur savoir-faire devant des jurés réticents à contraindre qui que ce soit à verser de l'argent. Certains possédaient des jets privés dans lesquels ils sillonnaient les États-Unis pour monter leurs actions en recours collectif. D'autres répugnaient à entrer dans ce jeu et s'agrippaient fièrement à la tradition : plaider des affaires légitimes et justifiées, une par une. Cette nouvelle génération d'avocats entrepreneurs, qui déposaient les plaintes en gros et les réglaient de la même manière, était rarement confrontée à un jury. D'autres, au contraire, ne vivaient que pour le frisson de la salle d'audience. Quelques-uns travaillaient en groupe, au sein de cabinets qui attiraient l'argent aussi bien que le talent, mais ils étaient rares, car la cohésion est difficile à maintenir parmi les avocats civilistes. La plupart des personnes présentes étaient des mercenaires, trop excentriques pour entretenir du personnel. Certains parmi ceux-là gagnaient des millions, d'autres vivotaient, la majorité se situait aux alentours des deux cent cinquante mille dollars annuels. D'autres encore étaient « provisoirement fauchés ». D'une année faste à une année noire, ils étaient abonnés aux montagnes russes, sans jamais cesser de tenter leur chance. S'ils avaient quelque chose en commun, c'était un attachement farouche à leur indépendance et le sentiment excitant de représenter David contre Goliath.

Du côté de la droite politique, il y a l'establishment, l'argent, les grandes entreprises et la myriade de groupements qu'elles financent. Du côté de la gauche, il y a les minorités, les syndicats, les enseignants et les avocats civilistes – les seuls à gagner de l'argent, mais fort peu, comparés aux grands capitalistes.

Wes avait beau éprouver parfois l'envie de les étrangler tous un à un, il se sentait à l'aise en leur présence. C'étaient ses collègues, ses compagnons d'armes, et il les admirait. Ils pouvaient se montrer arrogants, tyranniques, dogmatiques, et souvent, ils n'avaient pas de pires ennemis qu'eux-mêmes. Mais personne ne se battait aussi durement qu'eux pour les petites gens.

Tandis qu'ils déjeunaient de poulet froid et de brocolis encore plus froids, le président des affaires législatives leur fit un assez triste compte rendu des divers textes de loi en cours de discussion au Capitole. Les tenants d'une réforme de la procédure civile étaient de retour, qui œuvraient en faveur de mesures destinées à limiter la responsabilité civile et à fermer l'accès aux salles d'audience. Il céda la parole au président des affaires politiques, plus optimiste. Les élections judiciaires étaient prévues en novembre, et même s'il était trop tôt pour l'affirmer avec certitude, on pouvait penser que les « bons » juges, tant dans les cours de première instance que dans les cours d'appel, ne rencontreraient pas d'opposition sérieuse.

Après le gâteau glacé et le café, on présenta Wes Payton, qui reçut un accueil enthousiaste. Il commença par excuser l'absence de sa consœur, véritable cerveau de la procédure de Bowmore. Manquer cet événement la chagrinait, mais sa présence était plus indispensable encore à la maison, auprès des enfants. Il se lança ensuite dans un long récapitulatif du procès Baker, du verdict et de l'état actuel des autres procédures intentées contre Krane Chemical. C'était un butin de légende qu'un verdict de 41 millions de dollars, aussi l'assistance aurait-elle pu écouter durant des heures l'homme qui l'avait arraché de haute lutte. Seuls quelques-uns d'entre eux avaient connu personnellement le frisson d'une telle victoire mais, en revanche, tous avaient dû avaler un jour ou l'autre la pilule amère de la défaite.

Quand Wes eut terminé, il y eut un concert d'applaudissements, puis une séance de questions-réponses improvisées. Quels experts avaient été les plus efficaces ? À combien s'élevaient les frais de procédure ? (Wes refusa poliment de leur livrer un chiffre. Même dans une salle de gros dépensiers, la somme était trop douloureuse pour être évoquée.) À quel stade en étaient les pourparlers de règlement amiable, s'il y en avait ? En quoi l'action en recours collectif allait-elle affecter le défendeur ? Qu'en serait-il de l'appel ? Wes aurait pu parler des heures, sans cesser de captiver son auditoire.

Plus tard cet après-midi-là, à l'occasion d'un cocktail servi tôt, il était encore entouré de sa cour, répondant à d'autres questions, désamorçant d'autres ragots. Un groupe de confrères occupé par une décharge toxique dans le nord de l'État, réussit, à force de flatteries, à lui soutirer quelques conseils. Voulait-il bien jeter un œil à leur dossier ? Leur recommander certains experts ? Venir visiter le site ? Il finit par s'échapper vers le bar. Là, il tomba sur Barbara Mellinger, directrice exécutive et principale lobbyiste de la Société des avocats, femme pleine de bons sens et d'expérience.

— Vous avez une minute ? lui demanda-t-elle.

Quand ils se furent retirés dans un coin discret, elle but une gorgée de gin tout en surveillant la foule, et commença :

— J'ai eu vent d'une rumeur plutôt effrayante...

Barbara Mellinger ayant passé vingt ans dans les couloirs du Capitole de l'État, elle savait déchiffrer le milieu comme personne, et entendait plus de ragots que quiconque. Quand elle transmettait une rumeur, c'était déjà plus une certitude qu'une rumeur.

— Ils vont s'en prendre à McCarthy, reprit-elle.

— Ils ?

Wes se tenait debout à côté d'elle, et il surveillait la foule, lui aussi.

— La clique habituelle... la Chambre de commerce et toute cette bande de gangsters.

— Ils sont incapables de battre McCarthy.

— En tout cas, rien ne les empêche d'essayer.

Tout à coup, Wes se désintéressa de son soda sans sucre.

— Est-elle au courant ?

— Je ne crois pas. Personne n'est au courant.

— Ils ont un candidat ?

— S'ils en ont un, j'ignore qui c'est. Mais ils ont le chic pour en dégotter.

Qu'est-ce que Wes était supposé dire ou faire, au juste ? Lever des fonds de campagne était l'unique moyen de défense existant, et il n'avait pas un sou devant lui.

— Est-ce que ces types sont au courant ? s'enquit-il, en désignant de la tête les petits cercles de ses collègues, tous en grande conversation.

— Pas encore. Pour l'instant, nous restons profil bas, nous attendons. McCarthy, comme de juste, n'a pas un sou en banque. Les juges à la Cour suprême se croient invincibles, au-dessus de la politique et du reste et, lorsqu'un opposant surgit, entre-temps, on les a bercés de faux-semblants, pour les endormir.

— Vous avez un plan ?

— Non. On attend de voir venir. Et on prie pour que ce ne soit qu'une rumeur. Il y a deux ans, lors de l'élection de McElwayne, ils ont attendu la dernière minute pour se déclarer, et alors, ils avaient un million en banque, au moins.

— Mais nous l'avons remportée, cette élection.

— Et comment ! Mais osez me dire que vous n'avez pas eu une frousse bleue.

— Plus que bleue.

Un vieux hippie en catogan s'approcha d'un bond et s'exclama d'une voix tonitruante.

— Vous leur avez bien botté le cul, là-bas.

Cette entrée en matière laissait clairement entendre qu'il allait accaparer au moins la demi-heure à venir de la vie de Wes. Barbara entama sa sortie.

— À suivre, souffla-t-elle.

———

Sur la route du retour, Wes savoura le calme retrouvé sur quelques kilomètres, puis se laissa gagner par la peur. Il ne cachait jamais rien à Mary Grace. Aussi, ce soir-là, après le dîner, ils sortirent discrètement de l'appartement pour marcher. Ramona et les enfants regardaient un vieux film.

Comme tous les bons avocats, ils surveillaient la Cour suprême avec attention. Ils lisaient et discutaient chacun de ses avis, une habitude acquise dès le début de leur partenariat, à laquelle ils s'étaient tenus avec conviction. Pendant longtemps, la composition de la cour avait peu changé. Il fallait un décès, et les nominations temporaires devenaient le plus souvent permanentes. Les gouverneurs avaient appris à choisir les remplaçants avec sagesse, la Cour était respectée, les campagnes tapageuses exclues. La Cour mettait un point d'honneur à tenir la politique en lisière. Cette époque respectable était-elle révolue ?

— Mais nous les avons battus, avec McElwayne, répétait Mary Grace.

— De trois mille voix.

— C'est une victoire, ça.

Deux ans plus tôt, quand le juge Jimmy McElwayne avait été pris dans l'embuscade, les Payton étaient trop embourbés dans le procès Bowmore pour lui apporter leur contribution financière. Mais ils avaient consacré le peu de temps libre qu'il leur restait à un comité de soutien local. Ils avaient même tenu un bureau de vote, le jour du scrutin.

— Nous avons gagné ce procès, Wes, et nous ne le perdrons pas en appel, martela-t-elle.

— Entendu.

— C'est probablement une rumeur.

———

Le lundi après-midi suivant, Ron et Doreen Fisk quittaient Brookhaven en catimini pour un dernier rendez-vous avec Tony Zachary, à Jackson. Des gens à rencontrer.

Il avait été convenu que Tony endosserait le rôle de directeur officiel de la campagne. Le premier collaborateur introduit en salle de conférence était le directeur financier, un jeune homme tiré à quatre épingles, fort d'une longue expérience de campagnes organisées dans une dizaine d'États. Vancona était son nom. Il exposa rapidement et fermement le plan de financement, aidé d'un ordinateur portable et d'un rétroprojecteur qui lançait sur un écran blanc un défilé de couleurs éclatantes. D'abord, les recettes. La coalition des soutiens, composée surtout des gens que Ron avait rencontrés à Washington, contribuerait à hauteur de deux millions et demi. Pour faire bonne mesure, Vancona présenta une longue liste de groupes. Les noms formaient une masse indistincte, mais en soi, leur nombre était impressionnant. On pouvait espérer cinq cent mille dollars supplémentaires de la part de donateurs individuels répartis un peu partout dans le district, des versements qui se matérialiseraient dès que Ron entamerait sa campagne de terrain, au contact des foules.

— Je sais comment lever des fonds, affirma-t-il plus d'une fois, mais sans jamais se montrer offensant.

Trois millions de dollars : c'était le chiffre magique, pratiquement la garantie d'une victoire. Ron et Doreen en restèrent subjugués.

Tony les observait. Ils n'étaient pas stupides. Ils se laissaient abuser comme n'importe qui d'autre en pareilles circonstances. Ils posèrent quelques questions, mais seulement parce qu'ils s'y sentaient obligés.

Ensuite les dépenses. Vancona avait tous les chiffres. Publicité à la télévision, à la radio, dans les journaux, publipostage, voyages, salaires (le sien, dans cette aventure, serait de quatre-vingt-dix mille dollars), loyer des bureaux, tout, jusqu'aux autocollants de pare-chocs, les écriteaux à planter sur sa pelouse, les affiches et les voitures de location. La somme globale atteignait deux millions huit cent mille, ce qui laissait une marge de manœuvre.

Tony fit glisser sur la table deux épais classeurs à anneaux majestueusement étiquetés : COUR SUPRÊME, DISTRICT SUD, RON FISK CONTRE SHEILA MCCARTHY. CONFIDENTIEL.

— Tout est là-dedans.

Ron feuilleta quelques pages, posa encore quelques questions inoffensives. Tony opina avec gravité, comme si son poulain était doué d'une authentique perspicacité.

Le visiteur suivant – Vancona, devenu membre de l'équipe, ne quitta pas la salle – était une dame de Washington, sexagénaire pétillante dont la spécialité était la publicité. Elle se présenta sous le nom de Kat quelque chose. Ron dut jeter un coup d'œil à son carnet pour en savoir plus – Kat Broussard. En regard de son patronyme figurait son titre : Directrice de publicité.

Où Tony avait-il déniché ces gens ?

Kat débordait de cette hyperactivité propre à la capitale. Son cabinet se spécialisait dans les compétitions électorales locales ; elle avait travaillé sur plus d'une centaine d'entre elles.

Quel est votre pourcentage de victoires ? brûlait de demander Ron, mais Kat laissait peu de place aux questions. Elle adorait son look et sa voix, expliqua-t-elle. Elle en était convaincue, son équipe saurait concocter les « visuels » qui exprimeraient toute sa profondeur et sa sincérité. Tout le temps qu'elle garda la parole ou presque, elle garda son regard fixé sur Doreen, sage manière d'établir un lien entre femmes. À son tour, Kat prit un siège.

La communication serait traitée par un cabinet de Jackson. Le dirigeant en était une autre dame au débit précipité, une dénommée Candace Grume, qui, ce n'était pas surprenant, possédait une vaste expérience. Elle expliqua qu'une campagne réussie coordonne sa communication à tout moment. Elle cita un slogan fameux datant de la seconde guerre mondiale : « Paroles en l'air, danger en mer », qu'elle prolongea d'une rime de son crû : « candidat à terre. » Le gouverneur actuel était son client, et elle gardait le meilleur pour la fin : son cabinet représentait le sénateur Rudd depuis plus d'une décennie. Elle en avait assez dit.

Candace Grume céda la tribune au sondeur, statisticien surdoué, un certain Tedford : en moins de cinq minutes, celui-ci réussit à s'attribuer la gloire de pronostics exacts dans la totalité des compétitions électorales de l'histoire récente, à peu de chose près. Il était d'Atlanta. Or, si vous venez d'Atlanta et vous vous retrouvez dans le Mississippi profond, il est essentiel de rappeler que vous êtes bien d'Atlanta. Au bout de vingt minutes, ils étaient déjà fatigués de Tedford. Le coordinateur de terrain n'était pas d'Atlanta, mais de Jackson. Il s'appelait Hobbs, et Hobbs leur rappelait vaguement quelque chose, du moins à Ron. Il se vanta d'avoir dirigé plusieurs campagnes victorieuses dans l'État – parfois en première ligne, d'autres fois dans la coulisse –, et ce depuis quinze ans. Il débita les noms des vainqueurs sans songer une seconde à mentionner ceux qu'il avait fait perdre. Il prêcha la nécessité d'une organisation locale, d'une démocratie de terrain, du porte-à-porte, et tout à l'avenant. Il parlait d'une voix mielleuse, et parfois ses yeux luisaient de la ferveur du prêcheur de rue. Il déplut tout de suite à Ron. Doreen admettrait plus tard l'avoir trouvé charmant.

Deux heures avaient passé depuis le début de ce défilé. Doreen était dans un état catatonique, et les pages du bloc-notes de Ron tuilaient sous le torrent de sottises qu'il avait griffonnées pour se donner l'illusion de rester actif.

L'équipe était désormais au complet. Cinq professionnels grassement rémunérés. Six en incluant Tony, mais son salaire serait couvert par Judicial Vision. Ron, qui relisait ses notes tandis que Hobbs déblatérait, trouva dans la colonne prévisionnelle des salaires permanents un total de deux cent mille dollars, et dans celle des rémunérations des consultants un total de cent soixante-quinze mille dollars. Il se réserva de questionner ultérieurement Zachary sur ces montants. Ils lui semblaient bien trop élevés, mais enfin, que savait-il d'une campagne de haute volée ?

Ils décidèrent une pause café. Tony accompagna vers la sortie l'ensemble des collaborateurs, qui saluèrent Ron avec de chaleureuses démonstrations d'enthousiasme et la promesse de se revoir bientôt.

Quand il fut de nouveau seul avec ses clients, il parut soudain épuisé.

— Écoutez, je sais que c'est beaucoup vous demander. Pardonnez-moi, mais tout le monde est très occupé et c'est un moment capital. Je pensais qu'une seule grosse réunion serait plus fructueuse qu'une série de rendez-vous.

— Pas de problème, réussit à répondre Ron. – Le café faisait son effet.

— Souvenez-vous, cette campagne est la vôtre, reprit Zachary, impassible.

— En êtes-vous certain ? intervint Doreen. Cela ne donne vraiment pas cette impression.

— Ah mais si, Doreen ! J'ai rassemblé la meilleure équipe disponible, mais vous avez toute latitude de refuser tel ou tel. Vous dites un mot, un seul, et je me pends au téléphone jusqu'à ce que je trouve son remplaçant. L'un d'eux vous déplaît ?

— Non, c'est seulement que...

— C'est un peu écrasant, admit Ron. Voilà tout.

— Bien sûr. C'est une campagne majeure.

— Les campagnes majeures n'ont pas à être écrasantes. Je suis un novice, ici, mais je ne suis pas un naïf. Il y a deux ans, avant l'élection de McElwayne, son adversaire avait dépensé environ deux millions de dollars et mené une superbe campagne. Or nous jonglons avec des chiffres bien supérieurs. D'où vient cet argent ?

D'un geste vif, Tony chaussa ses lunettes et tendit la main vers un classeur.

— Eh bien, je croyais que nous avions déjà abordé le sujet, fit-il. Vancona a passé les chiffres en revue.

—Je sais lire, Tony, riposta Ron, de l'autre côté de la table. J'ai vu les noms et les montants. Là n'est pas la question. Je veux savoir pourquoi ces gens acceptent aussi volontiers de miser trois millions de dollars pour soutenir un individu dont ils n'ont jamais entendu parler.

Tony ôta lentement ses lunettes, l'air exaspéré.

— Ron, n'avons-nous pas abordé la question une bonne dizaine de fois ? L'an dernier, Judicial Vision a dépensé presque quatre millions pour faire élire un type dans l'Illinois. Nous en avons déboursé près de six au Texas. Ces sommes sont scandaleuses, mais gagner est devenu coûteux, très coûteux. Qui libelle les chèques ? Les gens que vous avez rencontrés à Washington. Ces mouvements de soutien au développement économique. Les chrétiens conservateurs. Des médecins qui ont été maltraités par le système. Des gens qui réclament du changement, et qui sont disposés à payer pour cela. Ron but encore un peu de café, et regarda Doreen. Il s'écoula un long moment de silence.

Tony changea encore de position, s'éclaircit la gorge et reprit la parole.

— Écoutez, si vous voulez sortir de la partie, il suffit de dire un mot. Il n'est pas trop tard.

— Je ne lâche pas, Tony. Mais c'est trop pour une journée. Tous ces consultants professionnels et...

— Je les gère. C'est mon boulot. Le vôtre, c'est d'arpenter le terrain et de convaincre les électeurs que vous êtes leur homme. Les électeurs, chers Ron et Doreen, ne verront jamais ces gens-là. Ils ne me verront jamais, Dieu merci. Le candidat, c'est vous. C'est votre visage, vos idées, votre jeunesse et votre enthousiasme qui les convaincront. Pas moi. Pas les membres de l'équipe de campagne.

Ils étaient recrus de fatigue et la conversation s'enlisa. Ron et Doreen rassemblèrent leurs volumineux carnets de notes, firent leurs adieux. La route du retour fut silencieuse, mais pas déplaisante. Quand ils entrèrent dans Brookhaven, à cette heure désert, ils avaient retrouvé tout leur enthousiasme, leur ambition et leur appétit.

L'honorable Ronald M. Fisk, juge à la Cour suprême du Mississippi.

16.

En fin de matinée le samedi, la juge McCarthy entra dans son bureau par la petite porte, et le trouva vide. Elle parcourut sa pile de courrier tout en allumant son ordinateur. Dans sa boîte e-mail officielle, c'était le tout-venant des affaires de la Cour. Sur son adresse personnelle, il y avait un mot de sa fille, confirmant leur dîner du soir à son domicile de Biloxi. Il y avait aussi deux messages signés de prénoms masculins. Le premier venait d'un homme avec lequel elle était sortie, le second d'un autre avec lequel une ouverture était possible.

Elle était en jeans, baskets et veste d'équitation en tweed brun, un cadeau de son mari, voici des années. Le week-end, la Cour suprême n'imposait aucun code vestimentaire, car seuls les greffiers se montraient.

Son greffier en chef, Paul, fit son apparition, sans un bruit.

— Bonjour, dit-il.

— Qu'est-ce que vous fabriquez ici ? s'étonna-t-elle.

— Comme d'habitude. Je lis mes dossiers.

— Quoi d'intéressant ?

— Rien. – Il lança un magazine sur son bureau. – Celui-ci ne va pas tarder à se présenter. Cela risque d'être amusant.

— Qu'est-ce que c'est ?

— Le gros verdict de Cancer County. Quarante et un millions de dollars. Bowmore.

— Ah oui ! s'écria-t-elle, en attrapant le magazine.

Tous les avocats et tous les juges de l'État prétendaient connaître quelqu'un sachant quelque chose du verdict Baker.

La presse avait été omniprésente, pendant le procès, et surtout après. Paul et les autres greffiers en avaient souvent discuté entre eux. Ils suivaient déjà l'affaire, anticipant l'arrivée, d'ici à quelques mois, des dossiers d'appel.

L'article couvrait tous les aspects de la procédure. Il y avait des photos de la ville, la désolation de ses rues, de ses portes et fenêtres condamnées, des photos de Mary Grace levant les yeux vers le feuillard, devant l'enceinte de l'usine Krane, et assise à l'ombre d'un arbre avec Jeannette Baker, chacune tenant une bouteille d'eau à la main ; des photos de vingt des victimes supposées – des Noirs, des Blancs, des enfants, des personnes âgées. Le personnage central, pourtant, restait l'avocate, dont l'importance grandissait à chaque paragraphe. C'était son affaire, sa cause. Bowmore était sa ville et c'étaient ses amis qui mouraient.

Sheila acheva l'article, et en eut soudain assez du bureau. Le trajet en voiture jusqu'à Biloxi allait prendre trois heures. Elle repartit sans avoir croisé personne et se dirigea vers le sud, tranquillement. Après s'être arrêtée faire le plein d'essence à Hattiesburg, sur un coup de tête, elle tourna vers l'est, subitement curieuse d'en savoir davantage sur Cancer County.

———

Il n'était pas rare que la juge McCarthy se glisse jusque sur les lieux du litige dont elle aurait à s'occuper. Pour se rendre compte par elle-même, jeter un coup d'œil au décor. Les détails embrouillés d'une collision entre une voiture et un camion-citerne sur un pont encombré étaient devenus bien plus clairs après qu'elle eut passé une heure sur le site, seule, de nuit, à l'heure des faits. Dans une affaire de meurtre, les allégations du défendeur invoquant l'autodéfense furent invalidées après qu'elle s'était aventurée dans la ruelle où l'on avait retrouvé le corps – l'éclairage d'un entrepôt situé en surplomb illuminait l'endroit. S'agissant d'un accident survenu sur un passage à niveau, elle avait emprunté à plusieurs reprises la rue concernée, de nuit comme de jour, s'arrêtant deux fois pour laisser passer des trains, et fini par acquérir la conviction que le conducteur était en faute. Elle gardait ses opinions pour elle, naturellement. Le jury était juge des faits, pas le juge, mais une étrange curiosité l'attirait sur les lieux de l'événement. Elle voulait savoir.

Bowmore était aussi sinistre que l'avait évoqué l'article lu plus tôt. Sheila se gara derrière une église, à deux rues de Main Street. Autant ne pas attirer l'attention – il était peu probable qu'elle croise en ville une autre BMW décapotable rouge.

Pour un samedi, la circulation et le commerce semblaient bien endormis. La moitié des vitrines de magasins étaient condamnées ; restaient une pharmacie, une boutique de vente au rabais, quelques autres détaillants... Elle s'arrêta devant le bureau de Clyde Hardin & Associates. Il était mentionné dans l'article. Tout comme le Babe's Coffee Shop, où elle s'installa au comptoir dans l'espoir d'apprendre quelque chose sur l'affaire. Elle ne fut pas déçue.

Il était presque 14 heures. Seuls autres clients, deux mécaniciens du garage Chevrolet déjeunaient sur le tard dans un box côté rue. Le bistro était calme, poussiéreux. Les murs auraient mérité un coup de peinture, le plancher un coup de ponçage. Apparemment, l'endroit n'avait guère changé depuis plusieurs décennies. Il était tapissé de papiers divers, de calendriers dont le plus ancien remontait à 1961, de photos de classe, de vieilles coupures de presse, d'un peu tout ce que l'on pouvait avoir envie d'afficher. Un grand écriteau annonçait : « Nous n'utilisons que de l'eau en bouteille. »

Babe apparut en personne derrière le comptoir et commença par un cordial :

— Qu'est-ce qui vous ferait plaisir, ma mignonne ?

En blouse blanche amidonnée, pantalon blanc, chaussures blanches et impeccable tablier rouge sombre orné d'un « Babe » brodé en rose, elle sortait tout droit d'un film des années 1950. Elle écumait les lieux depuis cette date, sans aucun doute, en dépit de la couleur agressive qu'arboraient ses cheveux – assortie à son tablier. Elle avait autour des yeux les pattes d'oie de la fumeuse, moins spectaculaires, cependant, que le plâtrage de son fond de teint.

— Juste un peu d'eau, fit Sheila.

Elle était curieuse de cette eau.

Babe accompagnait tous ses gestes d'un long regard triste posé sur la rue, à travers les grandes baies vitrées. Elle attrapa une bouteille.

— Vous n'êtes pas du coin, vous.

— Je passais juste, expliqua Sheila. J'ai de la famille du côté de Jones County. – Et c'était la vérité. Une tante éloignée, sans doute encore de ce monde, vivait depuis toujours à Jones County.

Babe posa devant elle un quart d'eau minérale avec cette simple étiquette : « Mise en bouteille pour Bowmore ». Elle répondit qu'elle aussi, elle avait de la famille à Jones County. Sheila s'empressa de changer de sujet avant qu'elle n'approfondisse le sujet de la généalogie. Dans le Mississippi, tôt ou tard, tout le monde est parent.

— C'est quoi, ça ? demanda-t-elle, en levant la bouteille.

— De l'eau, répondit la patronne, l'air déconcerté.

Sheila observa l'étiquette de plus près, ce qui donna à Babe l'occasion de poursuivre la conversation.

— À Bowmore, toute notre eau est en bouteilles. Livrée par camion de Hattiesburg. On peut pas boire la cochonnerie qu'on pompe par ici. Elle est contaminée. Vous êtes d'où ?

— De la Côte.

— Vous avez pas entendu parler de l'eau de Bowmore ?

— Désolée. – Sheila dévissa le bouchon et en prit une gorgée. – Elle a un goût d'eau, commenta-t-elle.

— Vous devriez goûter l'autre. Une cochonnerie.

— Qu'est-ce qu'elle a de mauvais ?

— Mon Dieu, mon petit cœur ! s'exclama Babe.

Elle lança autour d'elle un regard circulaire en quête de témoins – vous avez entendu la question ? Mais il n'y avait personne à portée de voix. Babe fit donc sauter la capsule d'un soda light et s'accouda au comptoir.

— Vous n'avez jamais entendu parler de Cancer County ?

— Non.

Nouveau regard incrédule.

— C'est nous. Ce comté souffre du taux de cancer la plus élevé de toute l'Amérique, parce que l'eau potable est polluée. Il y a longtemps eu une usine chimique, ici, Krane Chemical, un tas de gars très futés venus de New York. Pendant des années… vingt, trente, quarante, selon qui vous croyez… ils ont balancé toutes sortes de saloperies toxiques… excusez mon langage… dans des ravins, derrière l'usine. Des tonneaux et des tonneaux, des fûts et des fûts, des tonnes et des tonnes de saloperies sont allés dans cette fosse, et ensuite ça s'est infiltré dans l'aquifère souterrain au-dessus duquel la ville… administrée par des ânes, notez… au-dessus duquel la ville avait installé une station de pompage à la fin des années quatre-vingt. L'eau potable a viré du limpide au gris clair, et ensuite au jaune clair. Maintenant, elle est marron. Ça s'est mis à sentir bizarre, et ensuite ça s'est mis à puer. On s'est battus avec la municipalité pendant des années pour qu'ils nettoient ça, mais ils se sont contentés de réponses évasives. Ah ça ! et pas qu'un peu. En tout cas, l'eau est devenue une énorme bataille, et ensuite, mon petit cœur, les sales histoires ont commencé. Il y a eu les premiers morts. Le cancer frappait autour de nous, comme la peste. Que des mourants à droite et à gauche. Et ça continue. Inez Perdue a succombé en janvier. Je crois que c'était la soixante-cinquième. Quelque chose comme ça. Tout est sorti, au procès.

Elle s'interrompit pour suivre du regard deux piétons qui flânaient sur le trottoir.

Sur ses gardes, Sheila but un peu d'eau.

— Il y a eu un procès ? s'enquit-elle.

— Vous n'avez pas non plus entendu parler du procès ?

La juge eut un haussement d'épaules innocent.

— Je suis de la Côte, répéta-t-elle.

— Oh, mon Dieu ! – Babe changea de coude. – Pendant des années, on a parlé de procédures judiciaires. J'ai tous les avocats qui viennent ici pour causer devant un café, et ces garçons-là, personne ne leur a appris à chuchoter. J'ai entendu de tout. J'en entends encore. On a beaucoup causé, pendant longtemps. Ils allaient attaquer Krane Chemical pour ceci et pour cela, mais rien ne se produisait. Je pense que ce procès était tout simplement trop énorme, il fallait s'en prendre à une grosse compagnie chimique avec un tas d'argent et une flopée d'avocats pleins de bagout. La rumeur s'est éteinte, mais pas le cancer. Les gosses mouraient de leucémie. Des gens avec des tumeurs dans les reins, tumeurs du foie, de la rate, de l'estomac, et c'était épouvantable, mon petit cœur. Krane a gagné une fortune avec un pesticide qui s'appelait le Pillamar 5, interdit il y a vingt ans. Interdit ici, mais pas au Guatemala et dans des endroits de ce genre. Donc ils ont stocké le Pillamar 5 ici avant de l'expédier dans ces républiques bananières, qui en ont vaporisé leurs fruits et leurs légumes, et ensuite elles réexpédiaient le tout par ici, pour qu'on les mange. Cette histoire-là aussi, elle est sortie, au moment du procès, et d'après ce que j'ai entendu, elle a vraiment chiffonné les jurés.

— Où s'est déroulé le procès ?

— Vous êtes sûre que vous avez pas de la famille par ici ?

— J'en suis certaine.

— Pas d'amis, ici, à Bowmore ?

— Aucun.

— Et vous n'êtes pas journaliste, non plus ?

— Nan. Je passais juste par là.

Rassurée, Babe respira un bon coup et se lança.

— Ils ont déplacé l'usine de Bowmore, et c'était malin, comme initiative, parce que n'importe quel jury, dans le coin, aurait voté la peine de mort pour Krane et les escrocs qui la dirigent. Alors on a jugé l'affaire là-bas, à Hattiesburg. Le juge Harrison, un de mes préférés. Cary County, c'est son district, et il vient manger ici depuis des années. Il apprécie les dames, mais ça me convient. J'apprécie les hommes. De toute manière, pendant pas mal de temps, les avocats se sont contentés de causer, mais personne n'osait s'attaquer à Krane. Ensuite, une nana du coin, une jeune, notez bien, une nana de chez nous, elle a dit merde et elle a déposé une plainte mastoc. Mary Grace Payton, elle a grandi ici, à la sortie de la ville. Major de sa promotion au lycée de Bowmore. Je me souviens, quand elle était gamine. Son papa, M. Truman Shalby, il vient encore, de temps en temps. J'adore cette fille. Son mari est avocat, lui aussi, ils exercent ensemble, à Hattiesburg. Ils ont porté plainte pour le compte de Jeannette Baker, une brave fille, son mari et son petit garçon sont morts d'un cancer à huit mois d'écart. Le procès a duré des mois et il a bien failli le briser, le couple Payton, d'après ce que j'ai entendu raconter. Mais ils ont gagné. Le jury leur a collé le maximum, à Krane. Quarante et un millions de dollars. Je n'arrive pas à croire que vous ayez raté un machin pareil. Comment on peut manquer ça ? Du coup, Bowmore s'est retrouvé aux premières loges. Je vous sers quelque chose à manger, mon petit cœur ?

— Pourquoi pas un toast au fromage fondu ?

— C'est comme si c'était fait. – Sans perdre une seconde, Babe flanqua deux tranches de pain blanc sur le grill. – L'affaire va en appel, et tous les soirs je prie pour que les Payton gagnent. Et les avocats sont de retour, à renifler partout, à chercher de nouvelles victimes. Jamais entendu parler de Clyde Hardin ?

— Jamais rencontré.

— Vous le trouverez à sept portes d'ici, sur la gauche, il est là depuis toujours. Membre de mon club café de 20 h 30, un ramassis de vantards. Lui, passe encore, mais sa femme c'est une morveuse. Clyde a peur de la cour, alors il s'est mis en tandem avec de vrais escrocs de Philadelphie... en Pennsylvanie, pas Philadelphie dans le Mississippi... et ils ont déposé une plainte collective pour le compte d'une bande de pique-assiettes qui aimeraient bien se joindre à la kermesse. Le bruit court qu'une partie de ces soi-disant clients vivent même pas dans le coin. Tout ce qu'ils veulent, c'est un chèque.

Elle déballa deux tranches de cheddar en tranches et les déposa sur le pain chaud.

— Mayonnaise ?

— Non.

— Quelques frites, non ?

— Non, merci.

— En tout cas, dans la ville, c'est pire que jamais. Les gens qui sont vraiment malades sont en colère contre les simulateurs. Marrant, l'effet que l'argent fait aux gens. Toujours à réclamer l'aumône. Certains avocats pensent que Krane va finir par céder et accepter une transaction. Les gens vont devenir riches. Les avocats encore plus riches. Mais d'autres sont convaincus que Krane n'admettra jamais. Ils n'ont jamais rien admis. Il y a six ans, quand le procès a commencé à faire du bruit, ils ont tout remballé en un week-end, et ils ont filé au Mexique. Je suis sûre que, là-bas, ils sont libres de balancer et de polluer tout ce qu'ils veulent. Sans doute en tuant des

Mexicains à droite et à gauche. C'est criminel, ce que cette compagnie a pu faire. Cette ville, ça l'a tuée.

Quand le pain fut quasi carbonisé, elle réunit les deux tranches, les coupa en deux, et servit le tout avec une rondelle de cornichon à l'aneth.

— Qu'est-il arrivé aux employés de l'usine ?

— Se sont fait entuber. Sur ce plan, pas de surprises. Beaucoup ont quitté la région pour chercher du travail ailleurs. Les emplois se bousculent pas, par ici. Certains étaient des gens bien, d'autres savaient ce qui se préparait et n'ont rien dit. S'ils vendaient la mèche, ils se faisaient virer. Mary Grace en a déniché quelques-uns et les a ramenés au procès. Certains ont dit la vérité. D'autres ont menti, et elle les a taillés en pièces, d'après ce que j'ai entendu raconter. Je n'ai pas suivi le procès, mais je reçois des comptes rendus tous les jours. La ville était sur des charbons ardents. Il y avait un bonhomme, Earl Crouch, qui a dirigé l'usine pendant de nombreuses années. Il a gagné pas mal d'argent, et le bruit a couru que Krane avait acheté son silence, quand ils ont déguerpi. Crouch savait, pour les rejets, mais dans sa déposition, il a nié. Il a menti comme un arracheur de dents. C'était il y a deux ans. On dit qu'il a disparu dans des circonstances mystérieuses. Mary Grace a été incapable de le retrouver. Il est parti. Disparu de la circulation. Même Krane n'a pas pu le dégotter.

Elle laissa cette jolie petite pépite rouler un instant, le temps d'aller voir du côté des mécaniciens de chez Chevrolet si tout se déroulait comme il fallait. Sheila croqua une première bouchée de son sandwich, l'air aussi indifférent que possible.

— Il est comment, mon fromage fondu ? s'enquit la patronne, de retour.

— Délicieux.

Elle but une gorgée d'eau et attendit la suite du récit. Babe se pencha plus près et baissa la voix.

— Il y a une famille du côté de Pine Grove, les Stones. Une bande de durs. Ils enchaînent les séjours en prison pour vol de voiture et autres. Le genre nerveux, auquel on se frotte pas trop. Il y a de cela quatre ans, peut-être cinq, un des Stones a attrapé un cancer, un petit garçon, et il est mort en moins de deux. Ils ont engagé les Payton – leur procès est encore en attente. D'après ce que j'ai entendu, les Stones auraient retrouvé Earl Crouch quelque part au Texas et ils l'ont fait payer. Juste une rumeur. Les gens d'ici n'en parlent pas, mais ça me surprendrait pas. Les Stones, ils en sont capables. Les nerfs sont à vif, vraiment à vif, ici. Vous mentionnez le nom de Krane Chemical, et les gens ont des envies de meurtre.

Sheila n'était pas près de le mentionner. Et elle n'allait pas creuser plus profond non plus. Les mécaniciens se levèrent, s'étirèrent, prirent des cure-dents et se dirigèrent vers la caisse. Babe les y retrouva, et les insulta tout en encaissant leur argent, environ quatre dollars chacun. Pourquoi travaillaient-ils un samedi ? Qu'est-ce que trafiquait leur patron, à leur avis ? Sheila en profita pour engloutir la moitié de son sandwich.

— Vous en voulez un autre ? lui proposa Babe quand elle regagna son tabouret.

— Non merci. Il faut que j'y aille.

Deux adolescents entrèrent d'un pas nonchalant et s'installèrent à une table.

Sheila paya son addition, remercia son interlocutrice pour la conversation, promit de revenir faire un saut. Elle consacra la demi-heure suivante à sillonner la ville en voiture. L'article du magazine évoquait Pine Grove et le pasteur Denny Ott. Elle parcourut lentement le quartier et fut frappée par son état de dépression. Le journaliste avait été modéré, dans ses descriptions. Elle découvrit la zone industrielle à l'abandon, puis l'usine Krane, lugubre et fantomatique, protégée par sa clôture surmontée de feuillards.

Au bout de deux heures passées à Bowmore, elle repartit en espérant ne jamais y revenir. Elle comprenait la colère qui avait inspiré le verdict, mais le raisonnement judiciaire devait exclure toute émotion. Il faisait peu de doute que Krane Chemical avait commis des méfaits ; la question était d'établir si leurs déchets avaient provoqué ou non les cancers en chaîne. Le jury avait répondu oui.

Il incomberait bientôt à la juge Sheila McCarthy et à ses huit collègues de régler l'affaire une fois pour toutes.

———

Ils suivirent ses allées et venues sur la Côte jusqu'à sa résidence personnelle située à trois rues de la baie de Biloxi. Elle s'y attarda une heure et cinq minutes, puis reprit sa voiture pour parcourir les mille cinq cents mètres qui la séparaient de chez ses enfants, dans Howard Street. Après un long dîner en famille, avec sa fille, son gendre et deux petits-enfants en bas âge, elle rentra chez elle, et y passa la nuit, apparemment seule. À dix heures, le dimanche matin, elle prit un brunch au Grand Casino en compagnie d'une femme. Une rapide vérification des plaques d'immatriculation apprit que cette personne était une avocate locale réputée, spécialisée dans les divorces, probablement une vieille amie. Le brunch terminé, McCarthy retourna chez elle, se changea, enfila un blue-jeans, et ressortit avec son sac de voyage. Elle roula sans s'arrêter jusqu'à son appartement de Jackson, où elle arriva à 16 h 10. Trois heures plus tard, un homme, un dénommé Keith Christian (blanc, quarante-quatre ans, divorcé, professeur d'histoire) arriva chargé d'un dîner copieux, de la cuisine chinoise à emporter. Il ne quitta la résidence de McCarthy que le lendemain matin à 7 heures.

Tony Zachary tapait lui-même ces comptes rendus, en dépit du peu d'affection qu'il avait pour les claviers. Piètre dactylo avant l'avènement d'Internet, ses talents ne s'étaient guère améliorés depuis, mais, pour ce genre de détails, on ne pouvait se fier à personne – ni à un assistant ni à une secrétaire. L'affaire réclamait le secret le plus total. Impossible non plus de communiquer par e-mail ni par fax. M. Rinehart insistait pour que les comptes rendus lui soient envoyés en urgence via Federal Express.

Deuxième partie

La campagne

17.

Dans la vieille ville de Natchez, il existe une langue de terre qui s'étire le long du Mississippi, en contrebas d'un promontoire. On l'appelle Under-the-Hill, « Sous la colline ». Son histoire longue et mouvementée débute aux premiers temps des bateaux à aube sur le Mississippi. L'endroit attirait alors toutes sortes de personnages pittoresques – marchands, négociants, capitaines de bateaux, spéculateurs et autres joueurs professionnels –, en route pour La Nouvelle-Orléans. Comme l'argent y changeait de mains, le site attirait aussi des brigands, des vagabonds, des escrocs, des bootleggers, des trafiquants d'armes, des putains, tout ce que le monde de la pègre comptait de paumés. La richesse de Natchez reposait sur le coton, dont le gros des stocks partait depuis Under-the-Hill, le port de la ville. L'argent facile créait des besoins, des bars, des tripots, des bordels et autres asiles de nuit. Le jeune Mark Twain était un habitué des lieux, du temps où il était pilote sur les vapeurs du Mississippi. Puis la guerre de Sécession arriva, qui réduisit à néant le trafic fluvial, les fortunes de Natchez, et sa vie nocturne. Under-the-Hill entra dans une longue période de déclin.

En 1990, l'assemblée parlementaire du Mississippi adopta une loi autorisant le jeu à bord des embarcations de rivière, l'idée étant d'attirer les retraités dans la région, où ils pourraient en toute légalité jouer au black-jack et au bingo enfermés dans de faux bateaux à aube autorisés à labourer le fleuve dans les deux sens. D'un bout à l'autre de l'État, il se trouva des hommes d'affaires pour organiser promptement ces casinos flottants. Une lecture attentive du texte de loi révéla, détail remarquable, que les bateaux n'avaient aucune obligation de s'éloigner de la rive. Il n'était pas obligatoire non plus de les équiper d'un quelconque moteur pour les propulser. Il suffisait qu'ils soient en contact avec le fleuve lui-même ou avec l'eau d'une chute, marécage, bras mort, canal, pour être habilités à recevoir l'appellation d'embarcation de rivière. Under-the-Hill connut alors un retour en grâce.

Malheureusement, après réflexion, les législateurs en vinrent à autoriser également la création de casinos du type de ceux de Las Vegas. En quelques années, cette industrie florissante envahit la côte du golfe du Mexique et Tunica County, non loin de Memphis. Natchez et les autres villes fluviales manquèrent ce boom. Seuls quelques-uns de ces bateaux sans moteur survécurent. Le *Lucky Jack* était de ceux-là.

———

Installé dans les entrailles du *Lucky Jack* à sa table de black-jack préférée, face à son donneur préféré, Clete Coley sirotait un rhum soda, les épaules voûtées sur une pile de jetons de vingt-cinq dollars. Il était à la tête de mille huit cents dollars de gains et il était temps de sortir du jeu. Il regarda la porte ; il attendait son rendez-vous.

Coley était membre du barreau. Titulaire d'un diplôme et d'un permis d'exercer, il avait son nom imprimé dans les pages jaunes, un bureau avec cette mention inscrite sur la porte : « Avocat », une secrétaire qui répondait « Cabinet juridique » quand il arrivait au téléphone de sonner, et des cartes de visite en bonne et due forme. Mais Clete Coley n'était pas pour autant un véritable avocat. Il n'avait pas de clients, ou si peu. Il aurait refusé de rédiger un testament, un contrat ou un acte quelconque même sous la menace d'un pistolet. Il ne mettait jamais les pieds au tribunal, et il éprouvait une sainte aversion pour ses confrères de Natchez. Clete était juste une fripouille. Une immense, bruyante, soiffarde fripouille d'avocat, qui gagnait son argent au casino plutôt qu'au bureau. Jadis, il avait un peu tâté de la politique, et failli être inculpé.

Puis, il avait un peu tâté des contrats avec le gouvernement de l'État, et évité de justesse une deuxième inculpation. Bien avant cela, au sortir du lycée, il s'était essayé au trafic de marijuana. Il avait abandonné quand on avait retrouvé un de ses complices mort – sa conversion avait été si radicale qu'il s'était mis au service de la brigade des stupéfiants à titre d'agent infiltré, tout en étudiant le droit en cours du soir. Il avait réussi l'examen du barreau à sa quatrième tentative.

Il doubla face cachée sur un huit et un trois, tira un black-jack et récolta encore cent dollars. Sa barmaid préférée lui apporta un autre verre. Personne ne passait autant de temps sur le *Lucky Jack* que M. Coley. Tout ce que voudra M. Coley. Il surveillait la porte, consultait sa montre, et continuait de jouer.

— Vous attendez quelqu'un ? s'enquit Ivan, le donneur.

— Je vous le dirais ?

— Je suppose que non.

L'homme qu'il attendait avait lui aussi échappé à quelques inculpations. Ils se connaissaient depuis presque vingt ans, et pourtant, ils étaient tout sauf amis. Ce serait leur deuxième rencontre. La première s'était suffisamment bien déroulée pour en entraîner une autre.

Ivan fit un quatorze, puis il tira une reine et le donneur creva. Encore cent dollars pour Clete. Il respectait ses règles. Dès qu'il avait gagné deux mille dollars, il quittait la table, et dès qu'il en perdait cinq cents, même punition. Tant qu'il restait entre ces deux limites, il continuait de jouer et de boire, éventuellement toute la nuit. Le fisc n'en saurait jamais rien, mais il engrangeait ainsi quatre-vingt mille de bonus par an. En plus, le rhum était servi gratis.

Il lança deux jetons à Ivan et entreprit de dégager son corps massif du siège surélevé – un mètre quatre-vingt-dix pour au moins cent quarante kilos, mais un profil plutôt épais que gras.

— Merci, monsieur Coley, fit le croupier.

— C'est toujours un plaisir.

Clete fourra le reste des jetons dans les poches de son costume marron clair. Toujours un costume, toujours marron, toujours sur des bottes de cow-boy Lucchese étincelantes. Il se dirigea d'un pas lourd vers le bar, où son rendez-vous était arrivé. Marlin était en train de s'asseoir à une table d'angle avec vue sur la salle de jeu. Aucun échange de salutations, aucun échange de regards. Il se laissa tomber sur une chaise et sortit un paquet de cigarettes. Une serveuse leur apporta à boire.

— J'ai l'argent, fit enfin Marlin.

— Combien ?

— Même montant, Clete. Rien n'a bougé. Nous attendons juste que vous nous répondiez oui ou non.

— Et je vais vous reposer la question. Qui est-ce, « nous » ?

— Ce n'est pas moi. Je suis un sous-traitant indépendant, qui perçoit une rémunération au forfait pour un travail bien exécuté. Je n'émarge à aucun registre. J'ai été engagé pour vous recruter dans cette élection et, si vous dites non, je risque fort d'être chargé de trouver quelqu'un d'autre.

— Qui vous paie ?

— C'est confidentiel, Clete. Je vous l'ai déjà expliqué une bonne dizaine de fois, la semaine dernière.

— En effet. Peut-être suis-je un peu borné. Ou alors juste un peu nerveux. Peut-être que je veux des réponses. Sinon, je ne marche pas.

Au souvenir de leur premier rendez-vous, Marlin doutait que Clete Coley finisse par refuser cent mille dollars en liquide et billets non marqués. Marlin les avait pratiquement posés sur la table. Cent plaques pour entrer dans la course et secouer le cocotier. Coley ferait un superbe candidat – grande gueule, scandaleux, pittoresque, capable de dire n'importe quoi sans se soucier des retombées. Un anti-politicien que la presse suivrait telle une colonne de fourmis.

— Voilà ce que je peux vous dire, reprit Marlin en regardant pour une fois Clete droit dans les yeux. Il y a quinze ans, dans un comté lointain, un soir en rentrant de l'église, un jeune homme et sa jeune famille sont rentrés chez eux. Ils ne le savaient pas, mais deux petites frappes, des Noirs, se trouvaient dans leur maison, une très jolie maison, où ils étaient en train de tout saccager. Les petites frappes étaient défoncées au crack, un pistolet dans chaque poche, de vilains cocos. Quand la jeune famille les a surpris, la situation a dégénéré.

Les filles ont été violées, tout le monde a pris une balle dans la tête, et la maison a brûlé. Les flics ont chopé les petites frappes le lendemain. Aveux complets, ADN, le grand jeu. Et l'attente. Dans le couloir de la mort, à Parchman. Il se trouve que la famille des victimes est fortunée. Le patriarche en a fait une dépression nerveuse, il est devenu fou, le pauvre type. Puis il a repris le dessus et, depuis, il est en rogne. Il est furieux que les petites frappes soient encore en vie. Il est furieux que son État bien-aimé n'exécute jamais personne. Il déteste le système judiciaire, surtout les neuf honorables membres de la Cour suprême. C'est de lui, Clete, que vient l'argent.

Tout n'était que mensonges, mais mentir faisait partie du métier.

— Elle me plaît, cette histoire, fit l'avocat, en hochant la tête.

— Cet argent, pour lui, c'est des clopinettes. Il est à vous si vous montez dans le train, et si vous ne parlez que de la peine de mort et rien d'autre. Merde, c'est naturel. Les gens d'ici aiment la peine de mort. Nous avons des sondages qui le démontrent. Ils sont soixante-dix pour cent à y croire et plus encore à être contrariés qu'on ne l'applique pas assez, dans le Mississippi. Vous pouvez en attribuer la responsabilité à la Cour suprême. Un thème de campagne idéal.

Clete opina derechef. Depuis une semaine, il n'avait guère pensé à autre chose. C'était en effet un thème de campagne idéal, et la Cour suprême une cible parfaite. Une compétition électorale, ça pouvait devenir une sacrée partie de rigolade.

— Vous avez mentionné deux groupes, releva-t-il, en s'envoyant une rasade de son double rhum.

— Il y en a plusieurs, mais deux principaux, oui. Le premier, c'est Vigie Victimes, une équipe de gens coriaces qui ont perdu des êtres chers et se sont fait gruger par le système. Ils sont petits mais très engagés. De vous à moi, notre M. X finance aussi ce groupe. L'autre, c'est la Coalition pour l'application de la loi, un groupe tout à fait légitime de défense de l'ordre public, disposant d'une certaine influence. Ces deux structures vont nous rejoindre.

Clete ne cessait plus de sourire en suivant du regard une serveuse qui glissait jusqu'à eux avec un plateau chargé de boissons.

— Quel équilibre ! souffla-t-il, juste assez fort pour qu'elle entende.

— Je n'ai vraiment rien d'autre à ajouter, conclut Marlin, sans insister.

— Où est l'argent ?

L'intermédiaire poussa un profond soupir sans pouvoir cacher sa satisfaction.

— Dans le coffre de ma voiture. La moitié, cinquante mille. Prenez déjà ça tout de suite, et le jour où vous vous déclarerez officiellement, vous aurez les autres cinquante mille.

— Correct.

Ils se serrèrent la main, puis prirent tous deux leur verre. Marlin sortit un trousseau de clefs de sa poche.

— Ma voiture est une Mustang verte avec un toit noir, sur votre gauche en sortant. Prenez les clefs, prenez la voiture, prenez l'argent, je ne veux rien voir. Je vais rester assis ici et jouer au black-jack jusqu'à votre retour.

Clete se saisit des clefs, fit l'effort de se lever, non sans mal, puis tituba jusqu'à la porte.

———

Marlin attendit un quart d'heure, puis appela Tony Zachary sur son portable.

— Il semblerait qu'on vient d'en harponner un beau, fit-il.

— Il a pris l'argent ?

— Le marché est en train de se conclure en ce moment même, mais, oui, vous ne reverrez plus cet argent. Je pense que le *Lucky Jack* va en toucher sa part, mais enfin, il est partant.

— Excellent.

— Ce type va faire un tabac, vous savez. Il va crever l'écran.

— Espérons-le. Je vous vois demain.

Marlin s'installa devant une table à cinq dollars et réussit à en perdre cent en une demi-heure.

Clete revint radieux, le plus heureux des hommes de Natchez. Marlin était certain que son coffre était désormais vide. Ils regagnèrent le bar ensemble et burent jusqu'à minuit.

————

Deux semaines plus tard, Ron Fisk sortait de l'entraînement de base-ball quand son téléphone portable sonna. Il était le principal entraîneur des Raiders, l'équipe de Petite Ligue de son fils Josh, dont le premier match avait lieu une semaine plus tard. Josh était sur la banquette arrière avec deux de ses camarades, en nage, crotté, et heureux.

Ron ignora d'abord l'appel, puis il jeta un œil sur l'identité de son correspondant. C'était Tony Zachary. Ils se parlaient deux fois par jour.

— Allô, Tony, fit-il.

— Ron, vous avez une minute ?

Il lui posait toujours cette question, comme s'il était prêt à le rappeler plus tard, mais Ron Fisk avait rapidement compris qu'il n'était pas vraiment question de le rappeler plus tard. Tous ses appels étaient urgents.

— Bien sûr.

— Une petite contrariété, je le crains. Il semblerait que la compétition soit un peu plus encombrée que nous ne le pensions. Vous êtes là ?

— Oui.

— Je viens d'apprendre de source sûre qu'un fêlé du nom de Clete Coley, de Natchez, je crois, annoncera demain qu'il se présente contre la juge McCarthy.

Ron respira à fond, se gara à côté du complexe de base-ball municipal.

— Bon, je vous écoute.

— Jamais entendu parler de lui ?

— Non – il connaissait plusieurs avocats, à Natchez, mais pas celui-ci.

— Moi non plus. Nous sommes en train de procéder à une vérification de son parcours. Les premiers éléments d'information ne sont pas trop inquiétants. Il exerce en individuel, réputation médiocre, du moins comme avocat. Son habilitation lui a été retirée, voilà huit ans, pendant six mois, pour manquements envers des clients. Deux divorces. Pas de faillite. Un procès-verbal pour conduite en état d'ivresse, mais rien d'autre à son casier judiciaire. C'est à peu près tout ce que nous savons, mais nous creusons.

— Quel rapport avec nous ?

— Aucune idée. Attendons voir. Je vous rappelle dès que j'en sais davantage.

Ron déposa les amis de Josh, puis se précipita chez lui pour en parler à Doreen. Cela les tracassa durant tout le dîner, et ils restèrent longtemps éveillés, ce soir-là, à échafauder des scénarios.

————

À 10 heures, le lendemain matin, la voiture de Clete Coley faisait irruption dans High Street, à Jackson, et se rangeait en face du Carroll Gartin Justice Building. Deux monospaces de location le suivaient. Les trois véhicules étaient stationnés sur des emplacements interdits, mais peu importait, car leurs occupants cherchaient les ennuis. Une demi-douzaine de militants firent irruption des monospaces, et transportèrent de grandes affiches jusque sur le vaste parvis en béton qui entourait le bâtiment. Un autre militant se chargea de dresser une estrade.

Un policier du Capitole de l'État s'approcha d'un pas nonchalant, histoire de se renseigner.

— J'annonce ma candidature à la Cour suprême, expliqua Clete à plein volume.

Il était flanqué de deux jeunes messieurs costauds en costume sombre, un Blanc, un Noir, presque aussi corpulents que Clete lui-même.

— Vous avez un permis ? demanda l'agent.

— Ouais. Du bureau du procureur général.

Le flic s'éclipsa sans hâte excessive. Le panneau d'affichage fut vite monté. Haut de six mètres, large de dix, il ne montrait que des visages. Portraits d'enfants, d'écoliers, d'étudiants, de familles, tous en couleurs et terriblement agrandis. Les visages des morts.

Tandis que les militants s'affairaient en tous sens, les journalistes arrivèrent, un à un. On dressa les caméras sur leurs trépieds. On fixa les micros sur l'estrade. Des photographes se mirent à mitrailler. Clete était aux anges. D'autres militants débarquèrent, certains avec des panneaux improvisés où se lisaient des slogans comme : « Votez contre les libéraux », « Soutenez la peine de mort », « Les victimes ont la parole ».

Le flic était de retour.

— Je ne trouve personne qui soit au courant de votre autorisation, annonça-t-il à Clete.

— Eh bien, vous m'avez trouvé, moi, et je vous dis que j'ai la permission.

— De qui ?

— D'un de ces procureurs généraux adjoints, là-dedans.

— Vous avez son nom ?

— Oswalt.

Le flic repartit à la recherche de M. Oswalt.

Tout ce remue-ménage attira l'attention des occupants du bâtiment, qui cessèrent les tâches en cours. Des bruits circulaient. On racontait qu'un quidam était sur le point d'annoncer sa candidature dans les élections à la Cour suprême. Quand la nouvelle atteignit le quatrième étage, trois des juges se précipitèrent à la fenêtre. Les six autres, dont le mandat expirait bien plus tard, les suivirent à leur rythme, par curiosité.

Le bureau de Sheila McCarthy donnait sur High Street. Aussi ne tarda-t-il pas à se remplir de personnel administratif en émoi.

— Et si vous descendiez voir ce qui se passe ? suggéra Sheila à Paul.

Il fut aussitôt imité par d'autres greffiers de la Cour et du bureau du procureur général, et Clete frétillait de voir toute cette troupe se rassembler devant son estrade. Au moment même où il allait prononcer son discours, le flic revint avec des renforts.

— Monsieur, nous allons devoir vous demander de vous en aller.

— Attendez un peu, jeunes gens, j'ai fini dans dix minutes.

— Non, monsieur. Ce rassemblement est illégal. Dispersez-vous tout de suite, sans quoi…

Clete s'avança vers le flic, poitrine contre poitrine. Le représentant de l'ordre ne faisait pas le poids.

— Ne jouez pas les imbéciles, d'accord ? Vous avez quatre caméras de télévision qui suivent l'événement. Alors restez calme, et je partirai plus vite que vous ne croyez.

— Désolé.

Là-dessus, Clete retourna vers le podium d'un pas tranquille, tandis qu'un mur de militants se fermait derrière lui. Il sourit aux caméras.

— Bonjour, et merci d'être venus. Je m'appelle Clete Coley. Je suis avocat à Natchez, et j'annonce ma candidature à la Cour suprême. Mon adversaire sera le juge Sheila McCarthy, sans aucun doute le membre le plus gauchiste de cette Cour suprême de fainéants qui dorlote les criminels.

Les militants clamèrent leur approbation. Les journalistes sourirent de leur coup de chance. Quelques-uns en rirent, même.

La première volée avait été si cinglante que Paul en eut du mal à déglutir. L'homme, style grande gueule bien de chez nous, se délectait visiblement, savourait chaque goutte de l'attention qu'on lui portait.

Et ce n'était qu'un début.

— Derrière moi, vous voyez les visages de centre trente-huit personnes. Des Noirs, des Blancs, des grand-mères, des bébés, des gens instruits, des illettrés, originaires de tous les coins l'État et de toutes les conditions. Tous innocents, tous morts, tous assassinés. À l'instant où je vous parle, leurs tueurs s'apprêtent à déjeuner tranquillement, à Parchman, dans le couloir de la mort. Tous dûment condamnés par des jurys de cet État, tous envoyés dans le couloir de la mort pour y être exécutés, comme il se doit. – Il marqua un temps de silence et ponctua son discours d'un geste majestueux vers les visages de ces innocents.

— Dans le couloir de la mort, nous avons soixante-huit hommes et deux femmes. Ils y sont en sécurité parce que l'État du Mississippi refuse de les exécuter. D'autres États ne s'y refuseraient pas. D'autres États appliquent leurs propres lois. Depuis 1978, le Texas a exécuté trois cent trente-quatre meurtriers. La Virginie, quatre-vingt-un. L'Oklahoma, soixante-seize. La Floride, cinquante-cinq. La Caroline du Nord, quarante et un. La Georgie, trente-sept. L'Alabama, trente-deux, et l'Arkansas, vingt-quatre. Même des États du Nord comme le Missouri, l'Ohio et l'Indiana. Nom de Dieu, le Delaware a exécuté quatorze de ces assassins. Où en est le Mississippi ? À l'heure actuelle, il occupe la dix-neuvième place. Nous n'avons exécuté que huit tueurs. Voilà, mes amis, pourquoi je me présente à la Cour suprême.

Les forces de police postées devant l'estrade s'élevaient désormais à près de dix hommes, mais ils se contentaient de regarder et d'écouter. La répression des émeutes n'était pas de leur spécialité et, en outre, l'orateur était du genre convaincant.

— Pourquoi ne les exécutons-nous pas ? beuglait Clete à la foule. Je vais vous dire pourquoi. Parce que notre Cour suprême les bichonne, ces voyous, elle leur permet de faire traîner leurs procédures d'appel en longueur, indéfiniment. Bobby Ray Root a tué deux personnes de sang-froid en dévalisant une boutique de vins et spiritueux. Il y a vingt-sept ans de cela. Il est encore dans le couloir de la mort, on lui sert ses repas deux fois par jour, il voit sa mère une fois par mois, sans aucune date d'exécution en vue. Willis Briley a tué sa belle-fille âgée de quatre ans. – Il s'interrompit et désigna du doigt la photo d'une fillette noire, tout en haut de l'affiche. – C'est elle, cette mignonne petite dans sa robe rose. Aujourd'hui, elle aurait trente ans. Son meurtrier, un homme en qui elle avait confiance, est dans le couloir de la mort depuis vingt-quatre ans. Je pourrais continuer ainsi indéfiniment, mais la démonstration est faite. Il est temps de secouer cette Cour, de montrer à tous ceux qui ont commis un meurtre ou qui pourraient en commettre un que, dans cet État, nous prenons l'application des lois au sérieux.

Il s'interrompit, pour laisser retentir une salve trépidante d'applaudissements qui, à l'évidence, l'inspira.

— Le juge Sheila McCarthy a voté plus d'annulations de condamnation pour meurtre que tous les autres membres de cette Cour. Ses arguments légalistes et tatillons ont de quoi réchauffer le cœur de tous les défenseurs des criminels dans cet État. L'Union américaine pour les libertés civiles l'adore. Ses avis dégoulinent de sympathie pour les assassins. Ils déversent l'espoir dans le couloir de la mort. Il est temps, mesdames et messieurs, de lui reprendre sa robe, son stylo, son droit de vote, son pouvoir de fouler aux pieds les droits des victimes.

Paul avait envisagé une seconde de prendre des notes, mais il était maintenant trop pétrifié pour faire un geste. Est-ce que sa patronne avait si souvent voté en faveur de défendeurs condamnés à la peine capitale ? Il n'en était pas persuadé. Il était certain, en revanche, que pratiquement toutes les condamnations à mort recevaient confirmation. Sauf dans les cas d'enquête bâclée, de racisme avéré, de procureur visiblement partial, de jury composé selon une orientation délibérée, de décision aberrante ou de procédure fautive, la Cour suprême revenait rarement sur un jugement. Paul trouvait ce blabla écœurant. La ligne de partage s'établissait en général à six voix contre trois, et, certes, Sheila se trouvait souvent à la tête de la minorité. Cependant, si celle-ci savait se faire entendre, elle finissait toujours par s'incliner. Deux des juges n'avaient jamais voté l'annulation d'une peine capitale. L'un des deux n'avait jamais voté l'annulation d'une condamnation pénale.

Paul savait qu'à titre personnel sa patronne était opposée à la peine capitale, mais elle était attentive au respect des lois de l'État. Les cas de condamnations à mort constituaient l'essentiel de son travail ; or jamais il n'avait vu ses convictions personnelles interférer avec sa stricte application des textes. Si le dossier du jugement était valide, elle n'hésitait pas à se ranger aux côtés de la majorité et à confirmer la décision.

Clete ne céda pas à la tentation de garder la parole trop longtemps. Il avait exposé ses arguments. Son annonce était un succès fabuleux. Il prit des accents de sincérité pour conclure.

— Je conjure tous les habitants du Mississippi un tant soit peu soucieux de l'ordre public, tous ceux qui en ont assez de ces crimes aveugles, insensés, de se joindre à moi pour remettre cette cour d'aplomb. Je vous remercie.

Derniers applaudissements.

Deux policiers, les plus athlétiques, s'approchèrent de l'estrade. Les journalistes lancèrent des questions. « Avez-vous déjà occupé un poste de juge ? De quels soutiens financiers disposez-vous ? Qui sont ces militants ? Avez-vous des propositions précises pour raccourcir la durée des procédures d'appel ? »

Coley était sur le point de répondre quand un policier lui empoigna le bras.

— Ce sera tout, monsieur. La fête est finie.

— Allez vous faire foutre, rétorqua l'avocat en dégageant son bras d'un coup sec.

Le reste de l'escouade se précipita, bousculant les militants, qui se mirent à hurler contre les représentants de l'ordre.

— Allons-y, mon gars, insista l'officier.

— Laissez tomber.

Cette fois, Clete lança aux caméras d'une voix retentissante :

— Regardez-moi ça. Ils sont mous avec les criminels, mais durs avec la liberté d'expression.

— Vous êtes en état d'arrestation.

— D'arrestation ! Vous m'arrêtez parce que je prononce un discours.

Et, tout en parlant, il plaçait les deux mains dans le dos, bien gentiment.

— Vous n'avez pas d'autorisation, monsieur, lui rappela un policier, alors que deux collègues lui bouclaient les menottes.

— Regardez-moi ces gardiens de la Cour suprême, expédiés du quatrième étage par les individus contre lesquels je me présente.

— Allons-y, monsieur.

Tout en s'éloignant de son estrade, Clete Coley continua de brailler :

— Je ne resterai pas longtemps en prison, et, quand j'en sortirai, j'arpenterai les rues en clamant la vérité sur ces enfoirés de gauchistes. Vous pouvez compter sur moi.

Sheila observait la scène depuis sa fenêtre. Un greffier qui se tenait à proximité des journalistes lui transmettait les informations par téléphone portable.

Ce cinglé, là, en bas, venait de faire d'elle une cible.

Paul s'attarda jusqu'à ce que le panneau d'affichage soit démonté et la foule dispersée, puis il monta les marches quatre à quatre jusqu'au bureau de Sheila. Elle était assise dans son fauteuil en compagnie de l'autre greffier et de son collègue, le juge McElwayne. L'atmosphère était pesante, l'humeur sombre. Ils consultèrent Paul du regard comme s'il pouvait apporter quelques bonnes nouvelles.

— Ce type est dingue, lâcha-t-il.

Ils opinèrent.

— Il n'a pas l'air d'être le pion des grandes entreprises, remarqua McElwayne.

— Je n'ai jamais entendu parler de lui, souffla Sheila à voix basse. – Elle paraissait en état de choc. – L'année se présente sous des perspectives plus compliquées que prévu, je crois bien.

La seule idée de devoir démarrer une campagne était atterrante.

— Combien ça vous avait coûté ? s'enquit Paul auprès de McElwayne.

Il venait de rejoindre la cour, deux ans plus tôt, quand le juge avait dû repousser l'attaque de son adversaire.

— Un million quatre cent mille.

Sheila lâcha un gémissement et partit d'un grand rire.

— J'ai six mille dollars sur mon compte de campagne. Ils y sont depuis des années.

— Mais j'avais un opposant légitime, ajouta McElwayne. Ce type est un givré.

— On en élit, des givrés.

———

Vingt minutes plus tard, à quatre rues de là, dans son bureau fermé à clef, Tony Zachary suivait le spectacle filmé par Marlin. Et il était plus que satisfait.

— Nous avons créé un monstre, s'écria-t-il en s'esclaffant.

— Il est bon.

— Peut-être trop bon.

— Vous voulez encore quelqu'un d'autre, dans cette course ?

— Non, je pense que la liste des candidats est complète. Joli travail.

Marlin s'en alla, et Tony tapa le numéro de Ron Fisk. Sans surprise, l'avocat débordé répondit dès la première sonnerie.

— Je crains que l'info ne se vérifie, commença Zachary avec gravité, puis il lui raconta la déclaration de candidature et l'arrestation.

— Ce type doit être toqué, remarqua Ron.

— Absolument. Ma première impression n'est pas tout à fait négative. En fait, cela pourrait nous aider. Ce clown va faire couler de l'encre. Or il a l'air prêt à démolir McCarthy.

— Pourquoi ai-je l'estomac si noué, alors ?

—La politique est une partie coriace, Ron, ce que vous allez apprendre. Je ne suis pas inquiet, pas pour le moment. Nous nous en tiendrons à notre plan. Rien de changé.

— Moi, il me semble qu'un terrain encombré ne peut favoriser que le sortant, observa Fisk.

Il avait raison – en règle générale, c'était vrai.

— Pas nécessairement. Il n'y a aucune raison de paniquer. Et puis, nous ne pouvons pas empêcher d'autres candidats de monter dans le train. Ne vous dispersez pas. La nuit porte conseil, et nous nous reparlerons demain.

18.

Le lancement de Clete Coley tombait à pic. Faute d'actualité digne d'intérêt dans tout l'État, la presse s'en empara et fit un vrai tapage. Comment blâmer les journalistes ? Il n'était pas si fréquent que le citoyen ait l'occasion de voir en direct un avocat se faire menotter et embarquer aux cris de « salauds de gauchistes ». Un avocat monumental et tonitruant, qui plus est. L'étalage obsédant des visages des morts était irrésistible. Les militants, en particulier les parents des victimes, étaient plus que ravis de raconter leurs histoires aux journalistes. Et ce culot – faire son annonce au nez et à la barbe de la Cour suprême ! Il ne manquait pas d'humour, ni de courage.

On le conduisit au siège de la police, en centre-ville. On dressa procès-verbal, on releva ses empreintes digitales et une série de clichés. Il supposait non sans raison que sa photo d'identité judiciaire parviendrait à la presse à brève échéance, et il prit donc la peine de réfléchir au message qu'il souhaitait faire passer avant de poser. Une mine renfrognée confirmerait les soupçons quant à sa santé mentale. Un sourire benêt en ferait naître quant à sa sincérité – qui sourit à son arrivée en prison ? Il opta pour une expression neutre, empreinte d'une curiosité vaguement indignée, celle d'un homme qui pense : « Pourquoi moi ? »

La procédure imposait à tout détenu, avant la séance de pose, de se déshabiller, de se doucher et de revêtir une combinaison orange. Clete n'en voulut rien savoir. Il était accusé d'une infraction simple. Elle l'exposait à une amende de deux cent cinquante dollars assortie d'une caution du double de cette somme. Ses poches gonflées de billets de cent irradiaient suffisamment pour laisser entendre à la puissance publique qu'il avait déjà un pied dans la porte de sortie. Ils firent donc l'impasse sur la douche et la combinaison, et on le photographia dans son meilleur costume marron, sa chemise blanche empesée, sa cravate en soie à motif cachemire au nœud impeccable. Ses cheveux gris et longs étaient bien en place.

Quand il émergea du siège de la police, une heure plus tard, libre, il découvrit avec extase que la plupart des journalistes l'avaient suivi à la trace. Il répondit à leurs questions sur un bout de trottoir, jusqu'à plus soif.

Les unes des journaux du soir lui étaient consacrées, avec tous les rebondissements de la journée. Aux infos de fin de soirée, il était de nouveau là. Il suivit le tout sur écran large, dans un bar à motards des quartiers sud de Jackson où il passa la nuit à payer des verres à tout être humain capable d'en franchir le seuil. La note dépassait les mille quatre cents dollars. Une dépense de campagne.

Les motards, qui l'adoraient, promirent de voter pour lui en masse. Bien entendu, pas un n'était inscrit sur les listes électorales. À la fermeture du bar, il repartit dans une Cadillac Escalade rouge vif qu'on lui avait louée mille dollars par mois le temps de la campagne. Un de ses gardes du corps tout neufs, le Blanc, un jeune type à peine moins ivre que son patron, était au volant. Ils arrivèrent au motel sans nouvelle arrestation.

———

Dans les bureaux de la Société des avocats du Mississippi, sur State Street, Barbara Mellinger, directrice exécutive et lobbyiste en chef, épluchait les journaux avec son assistant Skip Sanchez tout en buvant leur café du matin. Sur la première page de chacun des quatre quotidiens du district sud – Biloxi, Hattiesburg, Laurel et Natchez – s'étalait le visage de M. Coley. Celui de Jackson n'ajoutait pas grand-chose. Le *Times-Picayune* de La Nouvelle-Orléans, qui touchait le lectorat de la Côte, publiait une dépêche de l'Associated Press, avec photo (celle des menottes) en page 4.

— Nous devrions peut-être conseiller à nos candidats de se faire arrêter au moment de déclarer leur candidature, lâcha Barbara d'un ton sec et sans la moindre trace d'humour. Elle n'avait pas souri depuis vingt-quatre heures. Elle vida sa première tasse de café et alla s'en verser une deuxième.

— Mais enfin, qui est ce Clete Coley ? demanda Skip Sanchez sans détacher le regard des photos.

Jackson et Biloxi reprenaient le cliché d'identité judiciaire – l'allure d'un type prêt à balancer un coup de poing et à poser des questions après.

— J'ai appelé Walter hier soir, à Natchez, répondit Barbara. Selon lui, Coley est un type qui a pas mal roulé sa bosse, toujours à la limite de trucs louches, mais assez malin pour ne pas se faire prendre. À une époque, il travaillait dans le pétrole et le gaz. Il y a eu une sale affaire de prêts à des petites entreprises. Maintenant, il se présente comme un joueur professionnel. On ne l'avait jamais vu s'approcher de près ni de loin du siège de la Cour suprême. Un illustre inconnu.

— Plus maintenant.

Barbara se leva et arpenta lentement le bureau. Elle remplit leurs tasses, se rassit et se replongea dans son examen de la presse.

— Ce n'est pas un militant, reprit Skip sans trop de conviction. Il n'entre pas dans le moule. Il a un pedigree trop chargé pour résister à une campagne musclée. Au moins un délit de conduite en état d'ivresse et deux divorces.

— J'ai la même impression, mais puisqu'il ne s'est jamais engagé, pourquoi se met-il soudain à vociférer en faveur de la peine de mort ? D'où lui vient cette conviction ? Cette passion ? En plus, son numéro d'hier était bien organisé. Il a du monde. D'où viennent ces gens ?

— Franchement, qu'est-ce que cela peut nous faire ? Sheila McCarthy le bat à deux contre un. Nous devrions nous réjouir de ce qu'il est... un bouffon. Qui, semble-t-il, n'est même pas financé par la chambre de commerce et les types du monde de l'entreprise. Estimons-nous heureux, non ?

— Nous sommes des avocats civilistes, je vous le rappelle.

La mine de Skip s'assombrit.

— Faut-il organiser une réunion avec la juge McCarthy ? s'enquit Barbara après un long silence pesant.

— Plus tard. Laissons les choses se tasser.

———

La juge McCarthy s'était levée tôt – quoi d'étonnant ? Elle n'avait évidemment pu trouver le sommeil. À 7 h 30, on la vit sortir de sa résidence. On la suivit jusque dans le quartier de Belhaven, à Jackson, un vieux quartier. Elle se gara devant chez l'honorable James Henry McElwayne, juge à la Cour suprême.

Tony Zachary n'en fut guère surpris.

Mme McElwayne l'accueillit avec chaleur, elles traversèrent la salle de séjour et la cuisine jusqu'au bureau de son mari, dans le fond. Jimmy, comme l'appelaient ses amis, terminait justement la lecture des journaux du matin.

McElwayne et McCarthy. Big Mac et Little Mac, le sobriquet dont on les désignait parfois. Ils consacrèrent quelques minutes à discuter de M. Coley et de son succès médiatique, puis en vinrent au fait.

— Hier soir, j'ai parcouru mes dossiers de campagne, lui confia McElwayne en lui tendant une chemise de presque trois centimètres d'épaisseur. La première partie est une liste de contributeurs, ça part des gros calibres et puis ça va en descendant. Tous les gros chèques ont été signés par des avocats.

La partie suivante détaillait les dépenses de campagne du candidat, des chiffres qui laissèrent Sheila perplexe. Ensuite, venaient les rapports de consultants, des spécimens de messages publicitaires, des résultats de sondage, une dizaine d'autres rapports relatifs à la campagne.

— Voilà qui réveille de mauvais souvenirs, avoua-t-il.

— Désolée. Telle n'était pas mon intention, croyez-moi.

— Vous avez toute ma sympathie.

— Qui est derrière ce type ?

— J'y ai réfléchi toute la nuit. Il pourrait s'agir d'un leurre. C'est visiblement un cinglé. Mais qui soit-il, vous ne pouvez le prendre à la légère. S'il reste votre unique adversaire, tôt ou tard les méchants trouveront le moyen d'infiltrer son camp. Ils vont lui apporter leur argent. Et ce type, avec un chéquier bien garni, risque de se révéler dangereux.

McElwayne avait jadis été sénateur de l'État puis juge élu à la cour de chancellerie. Il avait bataillé dans des joutes politiques. Deux ans plus tôt, Sheila l'avait vu, impuissante, se faire violemment maltraiter dans une campagne féroce. Il avait touché le fond quand son adversaire l'avait accusé, dans ses spots télévisés (financés, on l'apprit par la suite, par l'American Rifle Association), d'être favorable au contrôle des armes à feu – un péché mortel, dans le Mississippi. Sheila s'était alors juré de ne jamais, sous aucun prétexte, s'avilir à ce point. Cela n'en valait pas la peine. Elle plierait bagages, regagnerait Biloxi, ouvrirait une petite boutique de droit, verrait ses petits-enfants tous les jours. Qu'un autre prenne le job.

Pourtant, là, elle n'était plus aussi sûre de ce qu'elle ferait. Les attaques de Coley lui inspiraient de la colère. Elle ne bouillait pas encore de rage, mais il s'en fallait de peu. À cinquante et un ans, elle était trop jeune pour démissionner et trop vieille pour repartir de zéro.

Ils parlèrent politique pendant plus d'une heure. McElwayne se perdit en tours et détours, avec des récits d'élections passées et des portraits de politiciens hauts en couleur, et elle dut l'inciter gentiment à revenir à la bataille prochaine. Sa campagne avait été menée de main de maître par un jeune avocat qui s'était mis en congé d'un grand cabinet de Jackson. McElwayne promit de l'appeler plus tard dans la journée et de lui prendre le pouls. Il promit aussi d'appeler les gros donateurs et les acteurs locaux. Il connaissait les rédacteurs en chef des journaux. Il ferait tout son possible pour protéger le siège de McCarthy à la cour.

Elle repartit à 9 h 14, reprit sa voiture, regagna le complexe Gartin sans s'arrêter et se gara.

———

Chez Payton & Payton, on remarqua la déclaration de candidature de Coley, mais sans plus. Les trois événements qui survinrent le lendemain 18 avril firent passer les autres loin au second plan. Le premier fut bien perçu. Les deux autres, non.

L'événement sympathique fut qu'un jeune avocat du bourg de Bogue Chitto se présenta pour conclure un accord avec Wes. Praticien de cabinet sans aucune expérience en matière de dommages corporels, il s'était débrouillé pour devenir le conseil d'une famille dont un des membres, coupeur de bois, était décédé dans un horrible accident sur l'Interstate 55, non loin de la frontière avec la Louisiane. Selon la patrouille autoroutière, l'accident avait été provoqué par la conduite imprudente d'un semi-remorque appartenant à une grande entreprise. Dans sa déposition dûment enregistrée, une femme avait déclaré que le camion l'avait dépassée à une allure folle alors qu'elle-même roulait à « environ cent dix kilomètres-heure ». Le jeune avocat avait conclu une convention d'honoraires avec son client lui garantissant trente pour cent de toutes les sommes recouvrées. Wes et lui s'étaient entendus pour se distribuer l'enveloppe à part égale. Le coupeur de bois avait trente-six ans et gagnait quarante mille dollars annuels. Le calcul était facile. Une décision à un million de dollars était tout à fait envisageable. En moins d'une heure, Wes avait monté un dossier de procédure et était prêt à déposer la plainte. L'affaire était particulièrement gratifiante, car le jeune avocat avait choisi le cabinet Payton pour sa réputation toute récente. Le verdict Baker avait enfin attiré un client digne de ce nom.

En revanche, moins agréable était l'arrivée du dossier de la partie appelante dans le procès Krane. Il faisait cent deux pages – deux fois plus que la limite autorisée – et, à première vue, il résultait d'une recherche documentaire et d'une rédaction impeccables menées par une équipe d'avocats brillants. Il était trop long et en retard de deux mois, mais volume et délai avaient été accordés à la partie adverse par la cour. Jared Kurtin et ses hommes avaient su se montrer persuasifs ; de toute évidence, il ne s'agissait pas d'une affaire de routine.

Mary Grace avait soixante jours pour répondre. Après que le dossier eut passé sous les regards ébahis de ses collaborateurs, elle l'emporta dans son bureau pour une première lecture. Krane pointait pas moins de vingt-quatre erreurs de procédure, toutes méritant d'être rectifiées en appel. Le document débutait assez plaisamment par un examen exhaustif des commentaires et décisions du juge Harrison censé révéler un violent parti pris contre le défendeur. Ensuite, il remettait en cause la sélection des jurés. Il attaquait les experts appelés à témoigner au nom de Jeannette Baker : le toxicologue qui avait attesté des niveaux quasi records de BCL, de cartolyx et d'aklar dans l'eau potable de Bowmore ; le pathologiste qui avait décrit le caractère hautement carcinogène de ces substances chimiques ; le chercheur en médecine qui avait fait état du taux record de cancers à Bowmore et aux alentours ; le géologue qui avait suivi la trace des déchets toxiques dans le sol et la nappe aquifère jusque sous le puits de la ville ; le foreur qui avait effectué les prélèvements d'échantillons ; les médecins qui avaient pratiqué les autopsies de Chad et Pete Baker ; le scientifique qui avait étudié les pesticides, notamment le Pillamar 5, et enfin, l'expert déterminant, le chercheur en médecine qui avait établi un lien entre le BCL, le cartolyx et les cellules cancéreuses prélevées sur les corps des défunts. Quatorze experts avaient témoigné à l'appel des Payton, et chacun d'entre eux était décrit comme non qualifié. Désigné comme charlatan. Le juge Harrison avait eu tort maintes et maintes fois de les autoriser à témoigner. Leurs rapports, enregistrés comme pièces à conviction au terme de longues controverses, étaient décortiqués dans un langage savant, et réunis sous le label « science de bazar ». Le verdict proprement dit prouvait clairement la sympathie excessive du jury pour l'accusation. On usait de propos rudes mais habiles pour attaquer la partie punitive du jugement. Malgré tous ses efforts, la plaignante avait été incapable de démontrer que Krane avait contaminé l'eau potable par négligence flagrante ou par intention délibérée. Les conclusions s'achevaient sur une exhortation vibrante à l'ouverture d'un nouveau procès. « Ce verdict scandaleux et injustifié devrait être annulé et cassé », lisait-on pour finir. En d'autres termes, mettez-le définitivement au rebut.

Ces conclusions étaient bien rédigées, bien pensées, et convaincantes. Au bout de deux heures de lecture ininterrompue, Mary Grace avait un mal de tête atroce. Elle tourna la dernière page, prit trois Advil et alla poser le dossier devant Sherman, qui le considéra avec le regard qu'il aurait eu pour un serpent à sonnettes.

Le troisième événement, et le plus alarmant, leur parvint à la nuit tombée sous la forme d'un coup de téléphone du pasteur Denny Ott. Wes prit l'appel, puis entra dans le bureau de son épouse et ferma la porte.

— C'était Denny, dit-il.

À voir la tête de son mari, Mary Grace pensa qu'un autre de leurs clients venait de décéder. Il y avait eu tant de ces coups de fils poignants en provenance de Bowmore.

— Qu'y a-t-il ?

— Il a vu le shérif. M. Leon Gatewood a disparu.

Ils avaient beau ne nourrir aucune affection particulière envers l'homme, la nouvelle n'en demeurait pas moins troublante. Gatewood était un ingénieur industriel qui avait travaillé à l'usine Krane de Bowmore pendant trente-quatre ans. Il avait pris sa retraite lorsque le groupe s'était enfui au Mexique. À l'audience, dans sa déposition et dans le contre-interrogatoire, il avait reconnu que la compagnie lui avait versé une prime de départ équivalant à trois années de salaire, soit à peu près cent quatre-vingt-dix mille dollars. Krane n'était pas réputé pour ses libéralités. Les Payton n'avaient trouvé aucun autre employé bénéficiaire d'une telle faveur.

Gatewood s'était retiré dans une bergerie, au sud-ouest de Cary County, aussi loin que possible de Bowmore et de son eau, sans pour autant cesser de résider dans le comté. Durant les trois jours de sa déposition, il avait fermement nié l'existence de tout rejet à l'usine. Lors du procès, armé d'une pile de documents, Wes l'avait mis sur le grill sans pitié. Gatewood avait traité les autres employés du groupe Krane de menteurs. Il avait refusé de croire les rapports démontrant que des tonnes de sous-produits toxiques, au lieu d'avoir été transférés hors de l'usine, avaient simplement disparu. Il s'était moqué des photos prises de quelques-uns des six cents fûts de BCL déterrés des ravins, derrière l'usine. « Vous les avez trafiquées », avait-il lancé à Wes. Son témoignage était si manifestement fabriqué que le juge Harrison avait parlé ouvertement, en chambre du conseil, d'inculpation de parjure. Gatewood était arrogant, belliqueux, caractériel. Il ne faisait qu'attirer le mépris du jury sur Krane Chemical. Pour la plaignante, c'était un témoin de poids, même s'il n'était venu faire sa déclaration sous serment que traîné par une citation à comparaître. Jared Kurtin l'aurait volontiers étouffé.

— Quand ? demanda-t-elle.

— Il est parti pêcher, seul, il y a deux jours. Son épouse l'attend encore.

La disparition d'Earl Crouch au Texas, deux ans plus tôt, demeurait inexpliquée. Or Crouch avait été le patron de Gatewood. Les deux hommes avaient défendu Krane avec la même véhémence et nié ce qui finissait par relever de l'évidence. Ils s'étaient tous les deux plaints de harcèlement, et même de menaces de mort. Ils n'étaient pas les seuls. Beaucoup de gens qui avaient travaillé là-bas, qui avaient fabriqué ces pesticides et déversé ces poisons, avaient subi des menaces. La plupart s'étaient éloignés de Bowmore, pour échapper à cette eau, se mettre en quête d'un autre emploi, et puis éviter de se faire happer par la tempête judiciaire qui s'annonçait. Au moins quatre d'entre eux étaient morts d'un cancer.

Certains avaient témoigné et dit la vérité. D'autres, dont Crouch, Gatewood et Buck Burleson, avaient témoigné et menti. Les deux clans se détestaient, Cary County les détestait l'un et l'autre.

— Les Stones ont dû remettre ça, hasarda Wes.

— Tu n'en sais rien.

— Personne n'en saura jamais rien. Une bonne chose qu'ils soient de nos clients.

— Nos clients sont des gens remuants, par ici, lâcha-t-elle. Il est temps de faire le point.

— Il est temps d'aller dîner. Qui se charge de la cuisine ?

— Ramona.

— Tortillas ou enchiladas ?

— Spaghettis.

— Allons nous dégotter un bar et prenons un verre, rien que tous les deux. Il faut qu'on fête ça, mon chou. Cette affaire de Bogue Chitto pourrait bien se transformer en décision rapide à un million de dollars.

— C'est à ça que je vais boire.

19.

Après dix sorties, la tournée des Mortes Figures de
M. Coley prit fin. Elle arriva en bout de course à Pascagoula, la dernière des villes moyennes du district sud.
En dépit de ses tentatives acharnées, Clete n'avait pas
réussi à se faire arrêter de nouveau, mais chaque étape
avait été effervescente à souhait. Il était la coqueluche de la
presse. Ses admirateurs s'arrachaient ses brochures et se
mirent à remplir des chèques – des montants modestes.
Les flics locaux suivaient ses déclarations dans un silence
approbateur.

Au bout de dix jours, Clete eut besoin d'une pause. Il
reprit le chemin de Natchez et du *Lucky Jack*. Il n'avait pas
de véritable stratégie de campagne, pas de plan. Aux
endroits où il s'était arrêté, il n'avait rien laissé derrière lui
qu'une fugace notoriété. Il ne disposait d'aucune organisation, excepté quelques militants qu'il oublierait bien
vite. Il n'était pas question de monter une vraie campagne.
Pas question de toucher à l'argent liquide que lui avait
versé Marlin, en tout cas pas pour des dépenses de campagne. Il y consacrerait les quelques contributions qu'il
recueillait au compte-gouttes, mais ne perdrait certainement pas d'argent dans cette aventure. Accro du podium,
il ne se priverait pas de faire frémir les foules, de lancer un
discours par-ci, une invective par-là, mais sa priorité restait
le jeu et la boisson. Clete Coley ne caressait aucun rêve de
victoire. Bon sang, ce poste, même si on le lui offrait, il

n'en voudrait pas. Il avait toujours détesté les traités de droit.

––––––

Tony Zachary s'envola pour Boca Raton, où vint l'accueillir une voiture avec chauffeur. Il s'était déjà rendu une fois dans les bureaux de M. Rinehart, et attendait impatiemment cette deuxième occasion. Ils allaient passer ensemble l'essentiel des deux journées à venir.

Devant un superbe déjeuner avec vue magnifique sur l'océan, ils se divertirent à passer en revue les bouffonneries de leur faire-valoir, Clete Coley. Barry Rinehart avait lu toutes les coupures de presse et vu tous les reportages télévisés. Ils étaient ravis de leur pantalonnade.

Ensuite, ils analysèrent les résultats de leur premier sondage important. Effectué le lendemain du dernier jour de la tournée de Coley, il couvrait cinq cents électeurs inscrits dans les vingt-sept comtés du district sud. Sans surprise, tout au moins pour Barry Rinehart, soixante-six pour cent d'entre eux étaient incapables de nommer tel ou tel des trois juges à la Cour du district sud. Soixante-neuf pour cent n'avaient d'ailleurs même pas conscience qu'ils étaient élus.

— Quand je pense que nous parlons d'un État où l'on élit les directeurs du réseau autoroutier, les directeurs des services publics, le trésorier général, les commissaires aux assurances et à l'agriculture, les percepteurs du comté, les coroners du comté, bref tout le monde sauf peut-être l'employé de la fourrière ! souligna Barry.

— Les gens du Mississippi sont censés voter tous les ans, confirma Tony avec un regard par-dessus ses lunettes de lecture – il avait cessé de manger et étudiait les graphiques. Absolument tous les ans. Pour des scrutins municipaux, judiciaires, étatiques et locaux, ou fédéraux. Quel gâchis. Pas étonnant que la participation soit faible. Total, les électeurs sont écœurés par la politique.

Sur les trente-quatre pour cent capables de citer le nom d'un juge de la Cour suprême, la moitié seulement avait mentionné Sheila McCarthy. Si l'élection s'était déroulée le jour du sondage, dix-huit pour cent auraient voté pour elle, quinze pour cent pour Clete Coley, le reste se répartissait entre les indécis et les abstentionnistes, trop peu informés pour voter. Après ces quelques questions initiales simples et directes, le sondage révélait son orientation. Voteriez-vous pour un candidat à la Cour suprême qui soit opposé à la peine de mort ? Soixante-treize pour cent répondaient par la négative. Voteriez-vous pour un candidat qui soutient le mariage civil entre deux homosexuels ? Quatre-vingt-huit pour cent répondaient par la négative. Voteriez-vous pour un candidat qui soit favorable au contrôle des armes à feu ? Quatre-vingts pour cent répondaient par la négative. Possédez-vous au moins une arme à feu ? Quatre-vingt-seize pour cent répondaient oui.

Les questions comportaient plusieurs parties et plusieurs relances, visiblement conçues pour amener l'électeur à s'engager sur des sujets controversés. Aucun effort n'était fait pour expliquer que la Cour suprême n'était pas un corps législatif ; qu'elle n'avait pas la responsabilité ni l'autorité de créer des lois traitant de ces problèmes. Aucun effort n'était consenti pour préserver l'équité du raisonnement. Comme beaucoup de sondages, celui de Rinehart virait peu à peu, subtilement, à l'attaque en règle.

Soutiendriez-vous un candidat progressiste à la Cour suprême ? Soixante-dix pour cent s'y refusaient.

Êtes-vous conscient que la juge Sheila McCarthy est considérée comme le membre le plus à gauche de la Cour suprême du Mississippi ? Quatre-vingt-quatre pour cent répondaient non.

Si elle est le membre le plus à gauche de la Cour, voterez-vous pour elle ? Soixante-cinq pour cent répondaient par la négative, mais la plupart des sondés n'appréciaient pas la question. « Si » ? Était-elle ou n'était-elle pas la plus à gauche ? Quoi qu'il en soit, Barry jugeait la question inutile. L'essentiel, c'était le peu de reconnaissance dont jouissait le nom de Sheila McCarthy après neuf années de magistrature, même si, d'après sa propre expérience, le fait n'avait rien d'inhabituel. En privé, il aurait pu soutenir que c'était une autre excellente raison de ne pas soumettre les juges de la Cour suprême au suffrage universel. Ils ne devaient pas être des personnalités politiques. Leurs noms devaient rester anonymes. Le sondage s'écartait ensuite du thème de la Cour suprême. Il enchaînait plusieurs questions sur la religion, la foi, la fréquentation de l'église, le soutien financier à l'Église et ainsi de suite. Et puis il y avait des questions sur des problèmes particuliers – comment vous situez-vous par rapport à l'avortement, à la recherche sur les cellules-souches, etc ? Venaient enfin les renseignements d'usage – l'origine ethnique, le statut marital, le nombre d'enfants s'il y en avait, le niveau de revenu approximatif, et les habitudes de vote. Dans l'ensemble, les résultats confirmaient les soupçons de Rinehart. Conservateurs, issus des classes moyennes, et blancs (à 78 %), les électeurs pourraient facilement se retourner contre un juge situé trop à gauche. L'astuce, à l'évidence, consistait à transformer Sheila McCarthy, de la modérée qu'elle était, en une gauchiste enragée. Les documentalistes de Barry étudiaient ses décisions juridiques, la moindre trace de ses écrits, dans le cadre du tribunal de circonscription comme dans celui de la Cour suprême. Elle ne pourrait nier ses propres mots ; aucun juge n'avait cette latitude, jamais. Rinehart prévoyait de la pendre haut et court à ses propres mots.

Après le déjeuner, ils s'installèrent à la table de conférence, sur laquelle étaient étalées les premières maquettes de la littérature de campagne de Ron Fisk. Il y avait là des centaines de photos toutes fraîches d'une famille Fisk on ne peut plus saine – à l'entrée de l'église, sous sa véranda, au stade de base-ball, le père et la mère ensemble ou séparément, toujours dégoulinant d'amour et d'affection.

Les premières prises de vue étaient en cours de montage, mais Barry voulut en donner à Tony un aperçu. Elles avaient été faites par une équipe envoyée de Washington. Ron Fisk debout, à côté d'un monument de la guerre de Sécession, sur le champ de bataille de Vicksburg, le regard sur l'horizon, comme s'il écoutait les canons au loin. Sa voix chaleureuse venait en commentaire : «Je m'appelle Ron Fisk. Mon arrière-grand-père a trouvé la mort à cet endroit, en juillet 1863. Il était avocat, juge, membre du corps législatif de l'État. Son rêve était de siéger à la Cour suprême. C'est aujourd'hui le mien. Je suis un Mississippien de la septième génération, et je vous demande votre soutien. »

Tony était surpris.

— La guerre de Sécession ?

— Ah oui ! Ça va leur plaire.

— Et que faites-vous du vote noir ?

— Nous en récolterons trente pour cent dans les églises. Il ne nous en faut pas plus.

Le message suivant était tourné au bureau de l'avocat. En bras de chemise, manches remontées, sa table de travail ornée d'un savant désordre. Avec un regard sincère adressé à la caméra, Ron Fisk parlait de son amour du droit, de la poursuite de la vérité, de l'équité exigée de ceux qui siégeaient à la Cour. L'ensemble était fade, mais il en émanait chaleur et intelligence.

Il y avait six messages au total. « Pour ce qui est des consensuels », précisa Barry. Quelques-uns ne survivraient pas au montage, et il y avait des chances que l'équipe soit à nouveau convoquée.

— Et pour ce qui est des agressifs ? s'enquit Tony.

— Au stade de l'écriture. Nous n'en avons pas besoin avant le *Labor Day*, début décembre.

— Combien avons-nous dépensé, jusqu'à présent ?

— Deux cent cinquante mille dollars. Une goutte d'eau.

Ils consacrèrent deux autres heures à un consultant Internet dont le cabinet avait pour seule activité la levée de fonds à but politique. Jusqu'à présent, il avait mis en place un fichier e-mail d'environ quarante mille personnes connues pour des contributions antérieures, leur appartenance à des associations et groupements déjà ralliés, leur engagement politique local et, pour une petite part, national, tous susceptibles d'envoyer un chèque. Cette liste grossirait encore de dix mille noms, prévoyait-il, pour une enveloppe globale jusqu'à cinq cent mille dollars. Plus important, elle était déjà prête, en attente. Au feu vert, il se contenterait d'appuyer sur un bouton, les messages s'envoleraient et les chèques arriveraient.

———

Le feu vert fut le principal sujet d'un long dîner, ce soir-là. Le délai officiel de dépôt des candidatures se situait dans un mois. Malgré les rumeurs habituelles, Tony croyait fermement que le scrutin n'attirerait personne.

— Il n'y aura que trois chevaux en course, affirma-t-il. Et nous sommes propriétaires de deux d'entre eux.

— Que fabrique McCarthy ? s'enquit Rinehart.

Il recevait des mises à jour quotidiennes de son emploi du temps, qui, pour l'heure, n'apportaient rien de neuf.

— Pas grand-chose. Elle a l'air tétanisée. Elle était sans opposition et, du jour au lendemain, la voilà aux prises avec un cow-boy givré qui la traite de gauchiste et fait les délices de la presse. Je suis sûr qu'elle reçoit les conseils de McElwayne, son acolyte, mais il lui reste à constituer une équipe de campagne.

— Réunit-elle des fonds ?

— L'association des avocats a diffusé l'habituel e-mail d'alerte pour mendier des contributions auprès de ses membres. Je n'ai aucune idée des résultats.

— Côté sexe ?

— Un chevalier servant ordinaire. Vous avez vu le rapport. Rien de vraiment croustillant pour le moment.

Peu après avoir ouvert une deuxième bouteille d'un beau pinot noir de l'Oregon, ils prirent la décision de lancer Fisk dans les deux semaines. Le garçon était prêt, il tirait sur sa laisse, il brûlait d'arpenter le terrain. Tout était en place. Il se mettait six mois en congé de son cabinet, et ses associés étaient contents. Il y avait de quoi. Ils venaient de gagner cinq nouveaux clients – deux grosses entreprises dans le bois, un fournisseur de pipe-lines de Houston, et deux compagnies de gaz naturel. La vaste coalition du lobbying était l'arme au pied, avec son argent et ses fantassins. McCarthy avait peur de son ombre, semblait compter sur une autodestruction rapide de Coley.

Ils trinquèrent à la captivante campagne qui s'annonçait.

———

Comme toujours, la réunion se tint dans la salle polyvalente de l'église de Pine Grove. Et, comme d'habitude, plusieurs individus qui ne figuraient pas parmi leurs clients tentèrent de se faufiler pour entendre les dernières nouvelles. Ils furent poliment raccompagnés à la sortie par le pasteur Ott – il leur expliqua qu'il s'agissait d'une réunion très confidentielle entre les avocats et leurs clients.

Hormis l'affaire Baker, les Payton géraient trente dossiers pour Bowmore. Dix-huit d'entre eux portaient les noms de personnes décédées. Les douze autres ceux de malades atteints de cancers à divers stades. Quatre ans auparavant, les Payton avaient pris la décision tactique de plaider une seule affaire d'abord, celle de Jeannette Baker – c'était beaucoup moins cher que de se lancer dans trente et une procédures de front. Ayant perdu sa famille tout entière en l'espace de huit mois, Jeannette était la mieux à même de susciter la compassion. La tactique s'était révélée brillante.

Wes et Mary Grace avaient ces réunions en horreur. Impossible de trouver un groupe d'individus plus triste. Ils avaient perdu un enfant, un mari, une épouse. Ou bien ils étaient en phase terminale et vivaient une souffrance indicible. Ils posaient des questions auxquelles on ne pouvait répondre, qui différaient toutes plus ou moins parce qu'il n'y avait pas deux cas identiques. Certains étaient sur le point d'abandonner, d'autres étaient prêts à se battre pour l'éternité. Certains voulaient de l'argent, d'autres souhaitaient simplement que Krane réponde de ses actes. On versait des larmes, on prononçait des paroles dures, et, pour cette raison, la présence apaisante du pasteur Ott était bienvenue.

Maintenant, avec ce verdict Baker déjà légendaire, les Payton savaient que leurs clients nourrissaient des attentes plus fortes qu'avant. Six mois avaient passé et ils étaient plus impatients que jamais. Ils appelaient le bureau plus souvent. Ils envoyaient davantage de lettres et d'e-mails.

Et cette réunion était encore plus tendue que les précédentes, à cause d'un événement survenu trois jours auparavant, l'enterrement de Leon Gatewood, un homme qu'ils méprisaient tous. On avait retrouvé son corps dans un taillis, à cinq kilomètres en aval de son bateau de pêche, qui avait chaviré. Il n'y avait aucune preuve d'un acte criminel, mais on nourrissait des soupçons. Le shérif avait ouvert une enquête.

La totalité des trente familles était représentée. Le bloc-notes que Wes fit circuler comportait soixante-deux noms, des noms qu'il connaissait bien, notamment celui de Frank Stone, un maçon qui se montrait aussi ironique que silencieux, dans les réunions. Si la mort de Leon Gatewood avait été provoquée par un tiers, pensait-on sans la moindre preuve, Frank Stone avait une idée sur le sujet.

Mary Grace commença par adresser un chaleureux bonjour à tous. Elle les remercia d'être venus, et de leur patience. Elle évoqua l'appel dans l'affaire Baker et, pour témoigner des heures consacrées à la procédure, elle brandit d'un geste quelque peu théâtral l'épais dossier déposé par les avocats de Krane. D'ici au mois de septembre, tous les dossiers de plaidoirie auraient été consignés ; ensuite, soit la Cour suprême les transmettrait pour examen initial à une cour d'échelon inférieur, la cour d'appel, soit elle en conserverait la responsabilité. Cependant, comme une affaire de cette ampleur reviendrait en fin de compte à la Cour suprême, Wes et elle étaient d'avis que celle-ci contournerait la juridiction d'échelon inférieur. Si tel était le cas, les conclusions orales interviendraient en fin d'année, peut-être en début d'année prochaine. Au mieux, une décision finale serait prise d'ici à un an.

Si la Cour confirmait le verdict, plusieurs scénarios étaient possibles. Krane subirait une énorme pression en faveur d'un compromis sur les plaintes subsistantes – solution la plus souhaitable, naturellement. Si Krane se refusait à tout compromis, le juge Harrison regrouperait les autres affaires, selon Mary Grace, et les jugerait dans le cadre d'un seul immense procès. Dans cette éventualité, leur cabinet aurait les ressources nécessaires pour continuer le combat. Elle en profita pour confier à ses clients qu'ils avaient épuisé, et même au-delà, les quatre cent mille dollars empruntés pour l'affaire Baker et qu'ils n'avaient pas les moyens de recommencer, à moins que le premier verdict ne soit maintenu.

Si pauvres que soient leurs clients, ils n'étaient pas aussi fauchés que leurs avocats.

— Et si le verdict Baker est rejeté par la Cour ? s'inquiéta Eileen Johnson.

Elle avait le crâne nu des patients en chimiothérapie, et pesait moins de cinquante kilos. Son mari lui tenait la main.

— C'est une possibilité, admit Mary Grace. Mais nous sommes convaincus du contraire. – Elle montrait plus d'assurance qu'elle n'en avait en réalité. Aussi confiant soit-il, un avocat raisonnable ne pouvait qu'être anxieux en abordant un appel. – Toutefois, continua-t-elle, si cela devait arriver, la Cour renverra l'affaire devant un tribunal pour un nouveau procès, qui concernerait toutes les questions ou simplement les dommages et intérêts. C'est difficile à prévoir.

Elle changea de sujet, pressée de laisser de côté toute évocation d'une défaite possible. Elle assura ses clients que leurs affaires recevaient toujours l'entière attention de leur cabinet. Des centaines de documents étaient traités et classés chaque semaine. De nouveaux experts étaient sollicités. Ils étaient en circuit d'attente, mais travaillaient toujours d'arrache-pied.

— Et qu'en est-il de l'action collective ? s'enquit Curtis Knight, père d'un adolescent mort quatre ans plus tôt.

La question fit de l'effet, sembla-t-il. D'autres, venaient indûment empiéter sur leur territoire.

— N'en tenez aucun compte, fit-elle. Ces plaignants-là sont tout en bas de la pile. Ils ne gagneront que s'il y a compromis, et tout compromis satisfera en priorité vos demandes. Le compromis, nous en avons la maîtrise. Vous n'êtes pas en concurrence avec ces gens.

La réponse était rassurante.

Wes prit la parole avec des propos en forme d'avertissement. À cause du verdict, la pression exercée sur Krane Chemical était plus forte que jamais. Les personnes présentes avaient sans doute reçu la visite d'enquêteurs envoyés pour surveiller les plaignants, en quête d'informations susceptibles de leur porter préjudice. Faites attention à qui vous adressez la parole. Méfiez-vous des étrangers. Informez-nous de tout ce qui sort un tant soit peu de l'ordinaire.

Pour des gens exposés à de longues souffrances, ces informations n'étaient pas bienvenues. Ils avaient déjà suffisamment de motifs d'inquiétude.

Les questions reprirent et se prolongèrent encore plus d'une heure. Les Payton se donnèrent beaucoup de mal pour rassurer, pour faire preuve de compassion et de confiance, pour donner de l'espoir. Le défi le plus grand restait de contenir leurs attentes.

Si quelqu'un dans la salle se souciait de l'élection à la Cour suprême, personne n'en sut rien.

20.

Tandis qu'il s'avançait en chaire pour s'adresser aux membres de sa congrégation présents ce dimanche, Ron Fisk n'imaginait pas le nombre de tribunes identiques qu'il allait fréquenter au cours des six prochains mois. Il l'ignorait encore, mais la chaire deviendrait bientôt l'emblème de sa campagne électorale.

Il remercia son pasteur, puis ses coreligionnaires de l'église baptiste St. Luke pour l'occasion offerte et leur indulgence. Puis il entra dans le vif du sujet.

— Demain, au bout de cette rue, devant le tribunal du comté de Lincoln, je vais annoncer ma candidature à la Cour suprême du Mississippi. Doreen et moi nous avons longuement réfléchi et beaucoup prié à ce sujet, depuis maintenant des mois. Nous avons pris conseil auprès du pasteur Rose. Nous en avons discuté avec nos enfants, nos familles et nos amis. Et nous sommes enfin en paix avec notre décision, nous voulons la partager avec vous, avant ma déclaration de candidature.

Il jeta un œil à ses notes, un peu nerveux, puis continua.

— Je n'ai pas d'expérience politique. Franchement, je n'ai jamais eu de goût pour la chose. Doreen et moi nous sommes créé une vie heureuse, ici, à Brookhaven, à élever nos enfants, à prier avec vous, à prendre part à la vie de notre communauté. C'est une bénédiction, et tous les jours nous remercions Dieu de sa bonté. Nous remercions Dieu de nous avoir donné cette église et des amis comme vous. Vous êtes notre famille.

De nouveau, un silence tendu.

— J'entends servir à la Cour suprême parce que je chéris les valeurs que nous partageons. Des valeurs fondées sur la Bible et notre foi dans le Christ. La sainteté de la famille... de l'homme et de la femme. La sainteté de la vie. La liberté de vivre sans redouter le crime ni l'intervention du gouvernement. Comme vous, je suis contrarié par l'érosion de nos valeurs. Elles subissent l'attaque d'une société, d'une culture dépravée et de quantité de politiciens. Oui, et des cours de justice aussi. Je conçois ma candidature comme le combat d'un homme contre des juges de gauche. Avec votre aide, je peux l'emporter. Je vous remercie.

Les propos de Ron, heureusement brefs – un sermon interminable était prévu –, furent si bien reçus qu'une salve d'applaudissements accompagna son retour vers le banc où l'attendait sa famille.

Deux heures plus tard, selon les habitudes en vigueur à Brookhaven, les fidèles blancs en étaient au déjeuner du dimanche, et les noirs attendaient le sermon de leurs pasteurs. Ron gravit d'un pas alerte les marches tapissées de rouge d'une vaste estrade, à l'église de Dieu en Christ du Mont Pisgah, dans l'ouest de la ville, et prononça une version plus longue de ses réflexions du matin – négligeant le terme « de gauche ». Quarante-huit heures plus tôt, il n'avait encore jamais rencontré le responsable de la plus importante congrégation noire de la ville, mais un ami avait tiré quelques ficelles et organisé l'invitation.

Dans la soirée, au milieu d'une bruyante cérémonie pentecôtiste, il attendit en chaire une accalmie pour se présenter et lancer son appel. Oubliant ses notes, il parla longtemps encore, et s'en prit de nouveau à la gauche progressiste.

Tout en rentrant chez lui, il s'étonna du peu de gens qu'il connaissait véritablement dans sa petite ville. Ses clients étaient des compagnies d'assurances, pas des individus. Il s'aventurait rarement en dehors des limites sûres de son quartier, de son église, de son milieu social. Et franchement, il préférait en rester là.

À 9 heures le mardi matin, la famille Fisk au complet se posta sur les marches du palais de justice entourée d'un vaste groupe d'amis, des employés et des habitués du tribunal, et de la quasi-totalité de son Rotary Club. Là, il annonça sa candidature au reste de l'État du Mississippi. Ce n'était pas planifié pour être un événement médiatique. Seuls quelques journalistes et quelques caméras se montrèrent.

Barry Rinehart avait souscrit à l'idée d'un parcours dont l'apogée serait le jour de l'élection, pas la déclaration de candidature.

Fisk déclina ses arguments en des termes soigneusement choisis qu'il avait répétés au préalable. L'intervention dura une quinzaine de minutes et fut ponctuée de quantité d'applaudissements. Il répondit à toutes les questions des journalistes, puis entra dans une petite salle d'audience déserte, où il accorda volontiers une interview exclusive au journaliste politique d'un périodique de Jackson.

L'ensemble du groupe se rendit ensuite trois rues plus loin, sur le même trottoir, et Ron coupa le ruban tendu devant la porte de son siège officiel de campagne, dans un vieux bâtiment fraîchement repeint et couvert de supports de propagande. Devant un café et des biscuits, il bavarda, posa pour des photos, et prit le temps de s'asseoir pour une autre interview, cette fois avec un journal dont il n'avait jamais entendu parler. Tony Zachary était là, supervisant les festivités et surveillant l'horloge.

Simultanément, un communiqué de presse fut envoyé à tous les journaux de l'État et aux principaux quotidiens du sud-ouest des États-Unis. Un autre fut expédié par e-mail à chaque membre de la Cour suprême, à chaque membre du corps législatif, à tous les autres fonctionnaires élus de l'État, à tous les lobbyistes assermentés, à des milliers d'employés de l'administration étatique, à tous les médecins titulaires d'un permis d'exercer, et à la totalité des avocats inscrits au barreau. Le district sud comptait trois cent quatre-vingt-dix mille électeurs inscrits. Les consultants Internet de Rinehart avaient trouvé les adresses e-mail d'environ un quart d'entre eux, qui reçurent la nouvelle en ligne alors que Ron se trouvait encore au tribunal, en train de prononcer son discours. Au total, cent vingt mille e-mails furent diffusés, en une seule vague.

Quarante-deux mille appels de fonds furent envoyés par ce même canal, accompagnés d'un message vantant les vertus de Ron Fisk tout en attaquant les maux sociaux causés par « des juges de gauche qui substituent leurs opinions politiques à la volonté du peuple ».

Depuis un entrepôt loué dans le sud de Jackson, dont Ron Fisk ne savait rien et sur lequel il ne poserait jamais le regard, trois cent quatre-vingt-dix mille enveloppes furent acheminées vers la poste centrale. Dans chacune d'elles il y avait une plaquette illustrée de photos attendrissantes, une lettre vibrante de Ron, une enveloppe plus petite où l'on pouvait glisser un chèque en retour, et un autocollant de pare-chocs gracieusement offert. Les couleurs étaient rouge, blanc et bleu, et la maquette visiblement l'œuvre de professionnels. Le tout était de la plus haute qualité, jusque dans le moindre détail.

À 11 heures du matin, Tony Zachary déplaça le spectacle vers le sud, à McComb, onzième ville du district par la taille (Brookhaven se rangeait en quatorzième position, avec une population de dix mille huit cents âmes). Installé dans un monospace Chevrolet acquis en crédit-bail, un militant du nom de Guy au volant, un assistant du nom de Monte, tout nouveau mais déjà indispensable, sur le siège passager, et Doreen à côté de lui, Ron Fisk regardait défiler les champs alentour avec un petit sourire satisfait. C'était un moment à savourer. Sa première incursion en politique, et sur quel pied. Tous ces partisans, leur enthousiasme, la presse et les caméras, le poste grisant qui l'attendait, le frisson de la victoire, le tout dès les deux premières heures de campagne. La violente décharge d'adrénaline n'était qu'un aperçu de ce qui allait suivre. Il s'imaginait une grande victoire. Il se voyait jaillir de l'anonymat d'un petit cabinet juridique pour accéder au prestige de la Cour suprême. C'était à portée de main.

Tony, qui le suivait à courte distance, transmettait une rapide mise à jour à Barry Rinehart.

À l'hôtel de ville de McComb, Ron réitéra sa déclaration de candidature. La foule était peu nombreuse, mais bruyante. Hors quelques amis, elle était composée de complets étrangers. Après deux brèves interviews avec photos, on le conduisit à l'aérodrome de McComb, où il embarqua à bord d'un

Lear 55, jet élégant et profilé comme une fusée quoique, cela ne lui échappa pas, plus petit que le G5 qui l'avait emporté à Washington. Doreen, pour qui c'était le premier contact avec ce genre d'appareil, eut du mal à réprimer son excitation. Tony Zachary était à bord. Guy se chargeait de faire suivre le monospace.

Un quart d'heure plus tard, ils atterrissaient à Hattiesburg, population quarante-huit mille habitants, la troisième ville du district. À 13 heures, Ron et Doreen étaient les invités d'un déjeuner prière organisé dans un vieil Holiday Inn par un groupe assez flou de pasteurs fondamentalistes. Tony patienta au bar.

Devant un poulet mal rôti et des haricots blancs, Ron écouta plus qu'il ne parla. Plusieurs prédicateurs, sur la lancée de leurs sermons dominicaux, éprouvèrent le besoin de le gratifier de leurs opinions sur des questions et des maux divers. Hollywood, le rap, le culte de la célébrité, la pornographie rampante, Internet, l'alcool chez les mineurs, et ainsi de suite. Ron opinait avec sincérité, prêt à s'esquiver. Quand il prononça enfin quelques mots, il sut choisir les bons. Doreen et lui avaient prié pour cette campagne, ils avaient senti s'y poser la main du Seigneur. Les lois créées par l'homme devaient s'efforcer d'imiter les lois de Dieu. Seuls des hommes dotés d'une claire vision morale devaient juger des problèmes des autres. Et ainsi de suite. Il reçut leur soutien immédiat et sans équivoque.

Libéré, Fisk s'adressa à une vingtaine de supporters groupés devant l'immeuble du tribunal de circonscription de Forrest County. L'événement était couvert par la chaîne de télévision de Hattiesburg. Après quelques questions, il arpenta Main Street à pied, serra la main à tous et à chacun, distribua ses plaquettes sur papier glacé. Il n'oublia pas de visiter les divers cabinets juridiques pour un rapide salut. À 15 h 30, le Lear 55 décolla et prit le cap de la Côte. À deux mille cinq cents mètres et en montée, il survola la pointe sud-ouest de Cancer County.

Guy attendait dans le monospace, à l'aéroport régional Gulfport-Biloxi. Ron embrassa Doreen, qui repartait pour McComb. Là-bas, un autre chauffeur la conduirait à Brookhaven. Au tribunal de Harrison County, Fisk renouvela sa déclaration de candidature, répondit aux mêmes questions, puis s'installa pour une longue interview accordée au *Sun Herald.*

Biloxi était le pré-carré de Sheila McCarthy. Limitrophe de Gulfport, elle comptait soixante-cinq mille habitants. Biloxi et Gulfport formaient l'épicentre de la Côte, une région composée de trois comtés qui s'étirait le long du Golfe du Mexique, et représentait soixante pour cent des votants. Vers l'est, c'étaient Ocean Springs, Gautier, Moss Point, Pascagoula, et enfin Mobile. Vers l'ouest, Pass Christian, Long Beach, Waveland, Bay St. Louis, et La Nouvelle-Orléans.

Tony Zachary avait prévu que Ron y consacrerait au moins la moitié de son temps de campagne. À 18 heures, le candidat se présenta à sa permanence locale, un ancien fast-food rénové, situé sur la Nationale 90, une quatre-voies menant aux plages. Le périmètre était constellé de panneaux multicolores, et les sympathisants s'étaient rassemblés en masse pour rencontrer leur candidat. Ron Fisk ne connaissait personne. Tony pas davantage. Dans leur quasi-totalité, ces gens étaient des employés des sociétés finançant indirectement l'aventure. La moitié d'entre eux travaillait au bureau régional d'une compagnie d'assurances automobiles de niveau national. En découvrant son quartier général, les panneaux, la foule, le candidat s'émerveilla des talents d'organisateur de Zachary. Le chemin se révélait plus facile qu'il ne l'avait cru.

L'économie de la côte du golfe étant alimentée par les casinos, il mit en sourdine ses commentaires moralisateurs. Il parla de lui, de sa famille, de l'équipe de Petite Ligue de base-ball de son fils Josh, invaincue à ce jour. Et, pour la première fois, il exprima son inquiétude sur le taux de criminalité dans l'État et l'indifférence d'une administration qui répugnait à exécuter les meurtriers condamnés.

Clete Coley aurait été fier.

Une soirée avait été organisée au Biloxi Yacht Club, à mille dollars le plat, au profit de la campagne. L'assistance offrait un mélange de chefs d'entreprise, de banquiers, de médecins et d'avocats spécialisés dans la défense des compagnies d'assurances. Tony dénombra quatre-vingt-quatre participants.

Tard ce soir-là, quand Ron fut profondément endormi dans la chambre voisine, il appela Barry Rinehart pour lui faire un résumé de cette superbe journée. Elle n'avait pas été aussi pittoresque que l'entrée en lice de Clete Coley, mais bien plus productive. Leur candidat s'était bien conduit.

––––––

Le deuxième jour débuta à 7 h 30 par un petit déjeuner prière servi dans un hôtel à l'ombre des casinos. Il était parrainé par un groupement de constitution récente, la Coalition de la Fraternité. La plupart des participants étaient des pasteurs fondamentalistes issus d'une dizaine de confessions chrétiennes. Ron avait compris comment ajuster sa stratégie à l'auditoire, et il se sentait très à son aise à parler de sa foi et de l'influence qu'elle exercerait sur ses décisions à la Cour suprême. Il mit l'accent sur son action au service du Seigneur en qualité de diacre et de catéchiste, et, quand il évoqua le baptême de son fils, sa voix s'étrangla d'émotion. Il reçut un appui immédiat.

La moitié au moins de l'État se réveilla devant une pleine page de publicité à la gloire de Ron Fisk publiée dans son journal du matin. Celle du *Clarion-Ledger* de Jackson était agrémentée d'une jolie photographie légendée en caractères gras : « Réforme judiciaire ». Le texte lui-même livrait des informations biographiques qui soulignaient sa participation à la vie de son église, son adhésion à des organisations civiques et à l'American Rifle Association. Enfin, en caractères encore plus petits, suivait la liste impressionnante de ses soutiens : groupes familiaux, militants chrétiens conservateurs, comités de prêtres et autres associations représentant l'humanité tout entière ou presque : médecins, infirmières, personnels hospitaliers, dentistes, maisons de retraite, pharmaciens, détaillants, agents immobiliers, banques, caisses d'épargne et établissements de prêts, compagnies financières, courtiers en bourse, organismes de crédit hypothécaire, compagnies d'assurances (santé, vie, soins, incendie, décès, négligence), entrepreneurs routiers, architectes, fournisseurs d'énergie, producteurs de gaz naturel et trois groupes de « relations avec le corps législatif » représentant les fabricants d'à peu près tous les produits possiblement vendus en magasin.

En d'autres termes, rien que des gens susceptibles d'être attaqués en justice et qui, par conséquent, acquittaient des primes d'assurance à titre de couverture. Cette liste puait l'argent, et attestait que Ron Fisk, encore inconnu à ce jour, se plaçait dans la course comme un prétendant sérieux.

Cette parution avait coûté douze mille dollars dans le *Clarion-Ledger* de Jackson, neuf mille dollars dans le *Sun Herald* de Biloxi et cinq mille dollars dans le *Hattiesburg American*.

Le coût de ces deux journées de lancement s'élevait donc à quatre cent cinquante dollars, hors les frais de déplacement, le jet et le tir de barrage sur Internet. Le gros de la somme avait été dépensé en publipostage.

La tournée de Ron sur la Côte était programmée à la minute près. D'ordinaire, les campagnes accumulent les retards, mais avec Tony Zachary aux commandes, c'était exclu. Ron prononça ses déclarations devant les tribunaux des comtés de Jackson et Hancock, pria avec les prédicateurs, visita une dizaine de cabinets d'avocats, arpenta quelques rues animées en distribuant des plaquettes, serra des mains à n'en plus finir. Et embrassa son premier bébé. Le tout filmé par l'équipe de tournage.

Le jeudi, le candidat effectua six haltes supplémentaires un peu partout dans le Sud-Mississippi, puis rentra en vitesse à Brookhaven se changer. Le match débutait à 18 heures. Doreen était déjà sur place avec les enfants. Les Raiders s'échauffaient, et Josh était au lancer. L'équipe était rassemblée sous l'abri des joueurs autour d'un assistant, quand l'entraîneur Fisk fit irruption et reprit la main.

Il y avait une jolie affluence, à ce match. Ron se sentait déjà comme une célébrité.

———

Au lieu d'accomplir leurs tâches judiciaires, deux greffiers de Sheila consacrèrent leur journée à constituer un dossier de presse sur le lancement de la campagne Fisk. Ils rassemblèrent des copies des publicités parues en pleine page dans les différents journaux. Ils traquèrent les informations en ligne. Plus le tas de papier montait, plus leur moral baissait.

Sheila tenta bravement de travailler comme si de rien n'était. Le ciel lui tombait sur la tête, mais elle faisait mine de l'ignorer. En privé, c'est-à-dire seule avec Big Mac, elle se révélait abasourdie et totalement accablée. Fisk dépensait, semblait-il, un million de dollars, et elle n'avait pratiquement pas levé un sou.

Les pitreries de Clete Coley l'avaient laissée penser qu'elle n'aurait à affronter qu'une opposition minoritaire. L'embuscade Fisk la prenait de plein fouet, à découvert. Elle se voyait déjà tombée au champ d'honneur.

———

Le conseil d'administration de la Société des avocats du Mississippi tint une réunion d'urgence en fin d'après-midi, ce mardi, à Jackson. Son président en exercice, Bobby Neal, était un vétéran du barreau, avec de nombreux verdicts à son actif et de longs états de service au sein de la SAM. Dix-huit des vingt directeurs étaient présents, le nombre le plus élevé jamais constaté depuis des années.

De par son caractère même, le conseil était composé d'avocats chatouilleux, aux opinions très arrêtées, et soumis à des règles qui leur étaient propres. Rares étaient ceux qui avaient eu un patron un jour. La plupart s'était hissée à la force du poignet depuis les échelons inférieurs de la profession pour atteindre un sommet de respectabilité, du moins à leurs yeux. Selon eux, il n'existait guère de vocation plus noble que la défense des pauvres, des accidentés, des indésirables, les défavorisés.

D'ordinaire, les sessions du conseil étaient déjà longues et bruyantes. Or cette séance-là n'était pas ordinaire. Face à la menace soudaine de perdre un de leurs alliés les plus fiables à la cour suprême, chacun de ses dix-huit membres prétendait prendre la parole illico. Barbara Mellinger et Skip Sanchez étaient assis dans un coin, en silence. On ne servait aucun alcool. Et surtout pas de caféine. Rien que de l'eau.

Après une demi-heure d'anarchie totale, Bobby Neal réussit à imposer un semblant d'ordre parmi ses confrères en les informant qu'il avait passé une heure avec la juge McCarthy, plus tôt dans la journée.

— Elle ne se laisse pas abattre, affirma-t-il avec un des rares sourires émis cet après-midi-là. Elle est en plein travail, elle accomplit sa mission et n'a pas l'intention de s'en laisser détourner. Toutefois, elle connaît la politique. Elle m'a répété plus d'une fois qu'elle livrerait une campagne dure, avec la ferme intention de gagner. Je lui ai promis notre soutien indéfectible.

Il marqua un silence, changea de braquet.

— En fait, j'ai trouvé notre rendez-vous somme toute décourageant. Clete Coley s'est déclaré il y a un mois, et Sheila n'a toujours pas de directeur de campagne. Elle a levé quelques sous, elle refuse de dire combien. J'ai eu l'impression qu'après l'épisode Coley, elle a mis du temps à réagir, avec la conviction qu'elle avait en face d'elle un cinglé pas crédible. Elle a cru pouvoir planer au-dessus de la mêlée. Son attitude doit changer radicalement, désormais. Elle s'est un peu endormie, et maintenant elle court pour se rattraper. Dans notre camp, nous le savons d'expérience, il y a très peu d'argent – en dehors du nôtre.

— Pour battre ce type, il faudra un million de dollars, lança quelqu'un, vite noyé sous un torrent de commentaires railleurs.

Avec un million, on serait loin du compte. Les tenants de la réforme du code de procédure civile en avaient dépensé deux contre le juge McElwayne, et ils s'étaient inclinés de trois mille voix. Cette fois, ils dépenseraient davantage, car ils étaient mieux organisés et prêts à leur casser les reins. En outre, le type qu'ils avaient présenté contre McElwayne était une sorte de réprouvé ; il n'avait jamais plaidé, et il avait consacré les dix années précédentes à enseigner les sciences politiques dans un institut universitaire de premier cycle. Ce type, ce Fisk, c'était un avocat, un vrai.

Ils discutèrent un petit moment de Fisk, et le débat dégénéra en quatre discussions particulières menées de front.

À force de faire tinter son verre, Bobby Neal les ramena peu à peu à l'ordre du jour.

— Nous sommes vingt membres de ce conseil. Si chacun de nous s'engage à hauteur de dix mille dollars, tout de suite, au moins la campagne de Sheila peut-elle commencer de s'organiser.

Silence instantané. Profonds soupirs. Longues gorgées d'eau. Échanges de coups d'œil furtifs, ça et là, en quête de celui qui accepterait ou refuserait l'audacieuse proposition.

Quelqu'un, au bout de la table, s'écria d'une voix tonitruante

— C'est ridicule !

Les lampes vacillèrent. Les bouches d'aération de l'air conditionné firent silence. Tout le monde se tourna, bouche bée, vers Willy Benton, un petit confrère querelleur et irascible originaire de Biloxi. Benton se leva lentement et ouvrit grand les mains. Ils connaissaient ses exposés. Les jurys le trouvaient irrésistible.

— Messieurs, madame, c'est le commencement de la fin. Nous ne pouvons pas nous leurrer. Les forces du mal, qui veulent fermer les portes des tribunaux et priver nos clients de leurs droits, ce même lobby pro-entreprises qui a patiemment, méthodiquement arpenté le pays pour s'acheter les Cours suprêmes les unes après les autres, cette troupe d'enfoirés vient cogner à notre porte. Vous avez vu leurs noms dans les publicités publiées par Fisk. C'est une conjuration d'imbéciles, mais ils ont de l'argent. Nous tous, ici, nous formons le seul groupe capable de lutter contre ces voyous, et nous discutons de combien il faudrait donner. Je vais vous le dire, moi, combien nous devrions donner. Tout ! Sinon, l'exercice du droit tel que nous le pratiquons encore disparaîtra. Nous ne prendrons plus aucun dossier en charge, car nous ne serons plus en mesure de les gagner. La prochaine génération d'avocats sera condamnée à l'inexistence.

« J'ai versé cent mille dollars au juge McElwayne, et cela représentait un maximum. Je ferai de même pour la juge McCarthy. Je ne possède pas d'avion. Je ne gère pas les préjudices de masse et je n'encaisse pas d'honoraires scandaleux. Vous me connaissez, tous. J'appartiens à l'ancienne école, une affaire à la fois, un procès après l'autre. Mais je referai ce sacrifice. Et vous devez m'imiter. Nous avons tous nos jou-joux. Si vous ne pouvez pas promettre cinquante mille cha-cun, alors quittez ce conseil et rentrez chez vous. Vous pouvez vous le permettre, vous le savez. Vendez un apparte-ment, une voiture, un bateau, annulez deux départs en vacances. Mettez les diamants de vos épouses au clou. Vous payez vos secrétaires cinquante mille dollars par an. Sheila McCarthy est beaucoup plus importante que n'importe quelle secrétaire de n'importe lequel de vos associés.

— Willy, la limite est fixée à cinq mille par personne phy-sique, lui rappela quelqu'un.

— Espèce d'enfoiré ! riposta l'autre. J'ai une femme et quatre enfants. Ce qui nous donne tout de suite trente mille. J'ai aussi deux secrétaires et quelques clients contents de moi. Je peux lever cent mille dollars d'ici la fin de la semaine, et tout le monde ici est capable d'en faire autant.

Il se rassit, le visage écarlate. Après un long silence, Bobby Neal se tourna vers Barbara Mellinger.

— Combien avons-nous versé au juge McElwayne ?

— Un million deux, provenant d'à peu près trois cents avocats.

— Combien a-t-il levé ?

— Un million quatre.

— D'après vous, combien faut-il à McCarthy pour l'empor-ter ?

C'était un sujet dont Barbara et Skip Sanchez avaient pas mal discuté depuis trois jours.

— Deux millions, répondit-elle sans hésitation.

Bobby Neal se rembrunit et se remémora les efforts déployés pour collecter ces fonds, deux ans auparavant, pour le compte de Jimmy McElwayne. Il eût été plus facile d'extraire quelques dents sans anesthésie.

— Alors nous allons devoir lever deux millions de dollars, trancha-t-il, sûr de lui.

Ils opinèrent gravement et parurent s'accorder sur le chiffre. Ils en revinrent donc à la question précédente, et un débat acharné s'ouvrit sur le montant à engager par personne. Ceux qui gagnaient beaucoup d'argent en dépensaient beau-coup. Ceux qui se débrouillaient tant bien que mal avaient peur du risque. L'un d'eux admit avoir perdu ses trois dernières affaires et se trouver fauché. Un autre, spécialiste des préjudices de masse, et propriétaire de son jet personnel, promit cent cinquante mille dollars.

Ils levèrent la séance sans s'être entendus sur une enveloppe précise, ce qui ne surprit personne.

21.

Le délai de dépôt des candidatures fut atteint sans autre embardée. Le juge Calligan, du district central, et le juge Bateman, du district nord, échappaient à toute opposition, ce qui les mettait à l'abri pour les huit prochaines années. Tout au long de leur parcours, ils n'avaient témoigné que peu de sympathie aux victimes d'accidents, aux consommateurs lésés et aux accusés d'affaires criminelles, ce qui leur valait la faveur du monde de l'entreprise. À l'échelon local, seuls deux juges de circonscription affrontaient un opposant.

Le juge Thomas Alsobrook Harrison IV était l'un d'eux. Une heure avant l'échéance, une avocate de Hattiesburg spécialisée dans l'immobilier, une certaine Joy Hoover, avait déposé les documents nécessaires et pris quelques clichés destinés à un communiqué de presse. Elle était très active dans la politique locale, bien considérée et bien connue dans le comté. Son mari était un pédiatre réputé qui, à ses heures perdues, exerçait dans un dispensaire gratuit pour mères désargentées.

Mme Hoover avait été recrutée par Tony Zachary et Judicial Vision. C'était un cadeau de Barry Rinehart à Carl Trudeau, qui avait, au détour de quelques conversations à bâtons rompus, exprimé le peu de bien qu'il pensait du juge. Ce magistrat aurait désormais du mal à se mêler d'autres campagnes électorales que la sienne, comme il avait tendance à le faire. Pour cent mille dollars seulement, le montant légal versé à Hoover, sans aucun dessous-de-table, le juge Harrison se trouvait débordé.

———

Rinehart complotait sur plusieurs fronts. Pour l'assaut suivant, il choisit un jour tranquille du mois de juin.

Deux hommes, Al Meyerchec et Billy Spano, homosexuels, étaient arrivés à Jackson trois mois plus tôt, en toute discrétion. Ils avaient loué un petit appartement non loin de Millsaps College, s'étaient inscrits sur les listes électorales, et avaient obtenu des permis de conduire de l'État du Mississippi. Leurs anciens permis étaient enregistrés dans l'Illinois. Ils se présentaient comme deux illustrateurs free-lance. Réservés et discrets, ils ne cherchèrent ni à se lier ni à fréquenter personne.

Le 24 juin, ils entrèrent au greffe du tribunal de circonscription du comté de Hinds et réclamèrent les formulaires nécessaires pour déposer une demande d'autorisation de mariage. La greffière tenta de leur expliquer que les réglementations qu'elle appliquait interdisaient les mariages entre personnes de même sexe. Le ton monta, Meyerchec et Spano se répandirent en propos peu amènes, avant de consentir à quitter les lieux. Ils appelèrent un journaliste du *Clarion-Ledger* et lui livrèrent leur version de l'histoire.

Le jour suivant, accompagnés du journaliste et d'un photographe, ils retournèrent au greffe et réclamèrent de nouveau les formulaires en question. Devant un second refus, ils menacèrent d'intenter un procès. Le lendemain, l'article paraissait en première page, avec un cliché des deux hommes en train d'admonester l'infortunée greffière. Ils prirent un avocat radical, lui versèrent dix mille dollars et tinrent leur promesse de porter l'affaire en justice. L'annonce du procès fit une autre une du *Clarion-Ledger*.

La nouvelle fit sensation. Les histoires d'homosexuels revendicatifs étaient monnaie courante dans des endroits comme New York, le Massachusetts et la Californie, mais inédites dans le Mississippi. Où donc allait le monde ?

On apprit que les deux hommes étaient nouveaux dans la région, inconnus de la communauté gay et sans lien apparent avec une quelconque activité professionnelle, une famille ou rien de cet ordre dans l'État du Mississippi. Des condamnations furent proférées dans les termes les plus crus par ceux dont on pouvait attendre ce style de réaction. Un sénateur siégeant au capitole de l'État expliqua que ces questions étaient régies par les lois du Mississippi et que ces lois ne changeraient pas tant qu'il resterait à son poste. Meyerchec et Spano n'étaient pas disposés à commenter, semblait-il. Leur avocat prétexta plusieurs déplacements professionnels du couple. À la vérité, ils étaient repartis pour Chicago, où l'un travaillait pour un décorateur d'intérieur et l'autre possédait un bar. Ils conservaient leur résidence légale au Mississippi, mais ils n'y retourneraient que lorsque leur conseil l'exigerait.

La ville de Jackson fut ensuite éprouvée par un épisode particulièrement sanglant de son histoire criminelle. Trois individus armés de fusils d'assaut s'attaquèrent à un duplex en location occupé par une vingtaine de clandestins mexicains. De telles agressions n'étaient pas rares, à Jackson et ailleurs dans le Sud. Les immigrés, on le savait, gardaient chez eux jusqu'au moindre cent que leurs dix-huit heures de travail quotidien leur permettaient d'économiser afin de l'envoyer une fois par mois au pays. Mais, cette fois, le hold-up tourna mal. Les truands vociféraient dans un anglais rudimentaire tandis que les clandestins affolés sortaient leur argent des planchers et des cloisons en hurlant des protestations en espagnol, quand un des Mexicains sortit un pistolet et tira. Personne ne fut atteint, mais les assaillants ripostèrent, et la scène déjà délirante devint horrible. Quand les armes se turent, quatre Mexicains étaient morts, trois blessés, et le gang avait filé dans la nuit. Son butin était estimé par la police à environ huit cents dollars.

Barry Rinehart ne pouvait prétendre être l'organisateur de ce chaos, mais il en fut néanmoins ravi.

Une semaine plus tard, se tint un forum parrainé par une association en faveur d'un renforcement de l'application des lois. Y assistaient les trois candidats en campagne. Clete Coley s'empara d'emblée du fait-divers pour marteler ses thèmes habituels, sur la violence non réprimée, l'industrie du crime soutenue par une Cour qui empêchait les sentences capitales d'être exécutées. Il pointa du doigt Sheila McCarthy, présente à la tribune à côté de Ron Fisk, et l'accusa nommément d'être coupable de laxisme. Le public était aux anges.

Ron Fisk n'allait pas se laisser déborder. Il fulmina contre les gangs, la drogue et le non-respect des lois, et critiqua à son tour la Cour suprême. Puis il dévoila un plan en cinq étapes destiné à rationaliser les procédures d'appel dans les jugements pour meurtre et, tandis qu'il s'exprimait, son équipe fit circuler un tract exposant ses propositions précises. La démonstration était impressionnante. Tony Zachary, assis au fond de la salle, était enchanté.

Lorsque le juge McCarthy se leva pour prendre la parole, le public était prêt à la lapider. Elle expliqua calmement les complexités d'une procédure d'appel consécutive à une condamnation à mort, et ajouta que la Cour consacrait une grande partie de son temps à ces cas difficiles. Elle souligna la nécessité de se montrer prudent et minutieux, et de s'assurer que les droits de chaque prévenu soient convenablement défendus. La loi ne connaît pas de plus lourd fardeau que celui de protéger les droits juridiques de ceux que la société a décidé d'exécuter. Elle rappela à l'assistance que, dans l'histoire récente, au moins cent vingt hommes et femmes condamnés au couloir de la mort avaient été complètement disculpés des charges retenues contre eux, dont deux dans le Mississippi. Certaines de ces personnes avaient vécu vingt années dans l'attente de la mort. Depuis neuf ans qu'elle siégeait à la Cour, elle était intervenue dans quarante-huit dossiers de condamnations à mort. Sur ce total, elle avait voté avec la majorité vingt-sept fois pour confirmer les condamnations, mais après avoir eu la certitude que le procès s'était déroulé en toute impartialité. Dans les autres dossiers, elle avait voté l'annulation des condamnations et le renvoi de l'affaire devant un tribunal. Elle ne regrettait pas un seul de ses votes. Elle ne se considérait pas comme une progressiste de gauche, ni comme une conservatrice ou une modérée. Elle était juge à la Cour suprême, elle avait juré d'examiner les dossiers en toute équité et de faire respecter la loi. Oui, à titre personnel, elle était opposée à la peine de mort, mais elle n'avait jamais substitué ses convictions aux lois de l'État.

Quand elle eut terminé, il y eut quelques modestes applaudissements du genre poli. Il était difficile de ne pas admirer son franc-parler et son courage. Ils seraient très peu nombreux, dans cette salle, à voter pour elle, mais la dame savait de quoi elle parlait.

C'était la première fois que les trois candidats faisaient une apparition conjointe, et la première fois que Tony Zachary voyait Sheila McCarthy sous pression.

— Ce ne sera pas une partie de plaisir, rapporta-t-il à Barry Rinehart. Elle connaît son métier et reste droit dans ses bottes.

— Oui, mais elle est à sec, s'exclama l'autre dans un rire. C'est une campagne qui repose sur l'argent.

———

McCarthy n'était pas précisément à sec, mais sa campagne démarrait lamentablement. Elle n'avait pas de directeur de campagne, quelqu'un qui soit capable de coordonner les cinquante priorités et d'évacuer les milliers de détails. Elle avait proposé le poste à trois personnes. Les deux premières avaient refusé après vingt-quatre heures de réflexion. La troisième avait dit oui avant de se raviser une semaine plus tard.

Une campagne est une petite entreprise à l'activité frénétique, que l'on monte sous de fortes contraintes en sachant qu'elle connaîtra une existence très courte. L'équipe travaille à plein temps, les horaires sont harassants, pour un salaire médiocre. Les bénévoles sont précieux, mais pas toujours fiables. Un directeur de campagne énergique et décidé est donc essentiel.

Six semaines après la déclaration de candidature de Fisk, la juge McCarthy était parvenue à ouvrir une permanence à Jackson, à proximité de son immeuble, et une autre à Biloxi, près de sa maison. Les deux bureaux étaient dirigés par des amis de longue date, des bénévoles, qui s'employaient à recruter une équipe et à chercher les donateurs potentiels. Ils avaient accumulé des monceaux d'autocollants et de pancartes, mais l'équipe avait été incapable de s'assurer les services d'une agence convenable pour créer les messages publicitaires, le marketing direct et – il était toujours permis d'espérer –, les spots télévisés. Il existait bien un site Internet, mais sans aucune activité en ligne. Sheila avait encaissé trois cent vingt mille dollars de contributions, dont la totalité (moins trente mille dollars) provenait d'avocats. Bobby Neal et le conseil d'administration lui avaient promis, par écrit, que les membres de la SAM donneraient au moins un million de dollars, et elle ne doutait pas que telle était leur intention. Mais faire des promesses était plus facile que de signer des chèques.

Il lui était d'autant plus compliqué de s'organiser qu'elle avait un métier prenant, qu'elle ne pouvait pas mettre entre parenthèses. Le registre des affaires en retard s'étirait sur un kilomètre, dont certaines auraient dû être tranchées depuis des mois. Ces délais imposaient une tension permanente. Le flux des procédures d'appel ne s'interrompait jamais. Et il y avait des vies en jeu : des hommes et des femmes en attente dans le couloir de la mort ; des enfants ballottés dans des divorces compliqués ; des travailleurs terriblement handicapés qui vivaient dans l'espoir d'un soulagement. Certains de ses collègues étaient assez professionnels pour se détacher des êtres réels cachés sous la paperasse, mais Sheila n'en avait jamais été capable.

Toutefois, c'était l'été, l'emploi du temps était moins serré. Elle prenait le vendredi et passait de longs week-ends sur la route, à visiter son district. Elle travaillait ferme du lundi au jeudi, puis se muait en candidate. Elle prévoyait de consacrer le mois entier à organiser sa campagne.

Son premier adversaire, M. Coley, avait des habitudes inverses. Du lundi au vendredi, il se reposait des rigueurs de la table de black-jack et, le week-end, comme il ne jouait que le soir, il lui restait beaucoup de temps pour faire campagne s'il en avait envie. En général, il s'en abstenait. Il se montrait sur quelques foires de comté et prononçait des discours pittoresques devant des foules enthousiastes. Si ses militants de Jackson étaient d'humeur, ils faisaient une descente armés des Visages des Morts, et Clete donnait de la voix à plein volume. Chaque ville possédait une dizaine de clubs services qui, pour la plupart, étaient en quête d'intervenants. La rumeur se répandait que le candidat Coley pourrait égayer le déjeuner, et il recevait une invitation. En fonction du trajet, et de sa gueule de bois, il envisageait ou non de s'y rendre. À la fin juillet, sa campagne avait reçu vingt-sept mille dollars de donations, plus qu'assez pour couvrir les frais le crédit-bail de son monospace et le salaire de ses gardes du corps à temps partiel. Il avait dépensé six mille dollars en brochures. Tout politicien qui se respecte doit avoir quelque chose à mettre entre les mains des gens.

Le deuxième adversaire de Sheila menait une campagne d'un autre genre, qui tournait comme un moteur bien réglé. Ron Fisk travaillait dur à son bureau les lundi et mardi, puis prenait la route. Seules les bourgades les plus minuscules échappaient à son programme. Grâce au Lear 55 et à un King Air, son équipe itinérante et lui-même écumaient le district. À la mi-juillet, un comité avait été organisé dans chacun des vingt-sept comtés, et Ron avait prononcé au moins un discours dans chacun d'eux. Il prenait la parole dans le cadre des clubs services, des brigades de pompiers volontaires, des salons de thé-bibliothèques, des associations des différents barreaux du comté, des clubs de motards, des festivals de musique bluegrass, des foires de comté et des églises, des églises et des églises. La moitié au moins de ses discours était prononcée en chaire.

Le 18 juillet, Josh jouait son dernier match de base-ball de la saison. Après cela, son père aurait toute liberté de se lancer à fond dans la campagne. L'entraîneur Fisk ne loupait pas un match, mais, depuis l'annonce de sa candidature, il fallait bien admettre que l'équipe allait à vau-l'eau. La majorité des parents, cependant, était prête à affirmer que les deux événements étaient sans rapport.

Dans les zones rurales, le message ne variait pas. À cause de juges gauchistes, nos valeurs étaient attaquées par les partisans du mariage homosexuel, du contrôle des armes à feu, de l'avortement et de l'accès sans restriction à la pornographie sur Internet. Ces juges devaient céder la place. Sa loyauté allait d'abord à la Bible. Les lois élaborées par les hommes venaient ensuite. En tant que juge à la Cour suprême, il serait à même de concilier les deux chaque fois que la nécessité s'imposerait. Il commençait chacun de ses discours par une courte prière.

Dans les régions moins rurales, en fonction de l'auditoire, il s'écartait de l'extrême droite pour insister sur la peine de mort. Il ne lui échappait pas que le public était captivé par les histoires de crimes obscènes commis par des hommes condamnés à mourir vingt ans auparavant. Ses discours en comptaient toujours une ou deux.

Mais où qu'il se trouve, le thème du laxisme des juges restait dominant. Après une centaine d'interventions environ, il avait fini par se convaincre lui-même que Sheila McCarthy était une gauchiste enragée, et la cause des problèmes sociaux de l'État.

Sur le front des finances, Barry Rinehart tirant discrètement les ficelles, les contributions affluaient selon un rythme régulier qui suivait celui des dépenses. Le 30 juin, première date butoir pour le dépôt des comptes officiels, la campagne Fisk avait perçu cinq cent dix mille dollars donnés par deux mille deux cents personnes. Parmi ces contributeurs, seuls trente-cinq avaient versé le maximum autorisé de cinq mille dollars, tous résidents du Mississippi. Quatre-vingt-dix pour cent des donateurs étaient originaires de l'État.

Barry Rinehart savait que les avocats allaient passer la liste au peigne fin dans l'espoir de découvrir des flots d'argent venus de gros intérêts économiques extérieurs à l'État. L'argument avait été utilisé auparavant, lors de campagnes à problèmes, et il veillerait à l'éviter. Il n'écartait pas la possibilité de lever d'énormes sommes d'argent en dehors de l'État, mais il le ferait au moment adéquat, tard dans la campagne, quand les lois du Mississippi, très tolérantes sur la communication des comptes de campagne, le permettraient. En revanche, les comptes de McCarthy révélaient qu'elle était financée par les avocats, et Barry Rinehart savait précisément comment retourner contre elle son arme.

Par ailleurs, il avait reçu les résultats d'un sondage qu'il ne partagerait pas avec son candidat. En date du 25 juin, la moitié des électeurs inscrits était désormais informée qu'une élection se préparait. Sur ce total, vingt-quatre pour cent préféraient Ron Fisk, seize pour cent Sheila McCarthy et dix pour cent Clete Coley. Des chiffres enthousiasmants. En moins de deux mois, Rinehart avait réussi à faire de l'ombre à une adversaire forte de neuf années d'expérience grâce à un avocat inconnu qui n'avait même jamais porté la robe noire. Et ils n'avaient pas encore diffusé une seule annonce télévisée.

———

Le 1ᵉʳ juillet, la Second State Bank fut rachetée par New Vista Bank, une entreprise régionale dont le siège était à Dallas. Huffy appela Wes Payton pour lui annoncer la nouvelle, et se montra globalement optimiste. La succursale de Hattiesburg avait reçu l'assurance que rien ne changerait, à part le nom. Son portefeuille de prêts avait été examiné par les nouveaux propriétaires. Ils l'avaient interrogé sur les Payton, et paraissaient satisfaits des promesses de Huffy, qui leur avait assuré que les remboursements seraient honorés.

Pour le quatrième mois d'affilée, les Payton lui envoyèrent un chèque de deux mille dollars.

22.

Dans une vie antérieure, Nathaniel Lester avait été un ténor du barreau doté du pouvoir mystérieux de gagner les procès pour meurtre. Il lui était arrivé d'enchaîner douze verdicts successifs en faveur du prévenu, pratiquement tous obtenus dans des petites villes du Mississippi, le genre d'endroits où les individus accusés de crimes odieux sont présumés coupables dès l'instant où on les arrête. Sa notoriété lui avait attiré des clients dans le domaine du droit civil, et son cabinet juridique provincial, dans la petite ville de Mendenhall, avait joliment prospéré.

Lester avait remporté de lourds verdicts et négocié des règlements amiables encore plus importants. Il s'était spécialisé dans les préjudices corporels consécutifs à des accidents catastrophiques survenus sur les plates-formes pétrolières off-shore, où beaucoup d'hommes de la région acceptaient des postes très lucratifs. Il était devenu actif au sein de plusieurs groupements d'avocats, versait d'énormes sommes d'argent aux candidats à des postes politiques, s'était fait construire la plus grande maison de la ville, épousé toute une série de femmes et s'était mis à boire plus que de raison. L'alcool, ainsi qu'une série de plaintes d'ordre éthique et des escarmouches juridiques avaient inversé sa trajectoire. Quand il s'était retrouvé finalement coincé, il avait renoncé à son permis d'exercer pour s'éviter une peine de prison. Il avait quitté Mendenhall, trouvé une nouvelle épouse, arrêté de boire. Installé à Jackson, il s'était converti au bouddhisme, au yoga, au végétarisme et à la vie simple. Il vivait grâce à un petit trésor de guerre, mis de côté au temps de sa splendeur.

Durant la première semaine du mois d'août, il harcela Sheila McCarthy jusqu'à ce qu'elle lui accorde un rapide déjeuner. Tous les avocats de l'État connaissaient son parcours mouvementé, et elle se sentait mal à l'aise, ce qui était compréhensible. Devant un plat de tofu et de germes divers, Nat proposa à Sheila de diriger sa campagne gratuitement. Il était prêt à lui consacrer toute son énergie pendant les trois prochains mois. Elle était pleine d'appréhension. Il avait les cheveux longs jusqu'aux épaules. Il portait des boucles d'oreilles, certes petites, mais tout de même très visibles. Il arborait un tatouage au bras gauche et dieu sait en quels autres endroits de son corps. Il était en jeans et en sandales, les poignets ornés d'une collection de bracelets en cuir de couleurs vives.

Nat, cependant, n'avait pas acquis sa renommée passée pour rien. Il restait un avocat persuasif et brillant. Il connaissait le district, ses villes et ses tribunaux, et les gens qui les dirigeaient. Il vouait une sainte haine au monde des grandes entreprises et à son pouvoir de nuisance. En plus, il s'ennuyait, il était en quête d'un combat.

Elle céda. Une fois sortie du restaurant, au volant de sa voiture, elle s'interrogea : avait-elle tout son bon sens ? En même temps, elle avait le sentiment viscéral que Nathaniel Lester pourrait être l'étincelle dont sa campagne avait tant besoin. Son propre sondage la situait derrière Fisk de cinq points, et une impression de désespoir s'installait peu à peu en elle.

Ils se revirent ce soir-là à son siège de campagne de Jackson et, au terme d'une réunion de quatre heures, Nathaniel Lester prit le contrôle des opérations. Avec le mélange d'esprit, de charme et de réprimandes qui lui était propre, il mit l'équipe bancale de Sheila dans un état d'excitation proche de la transe. Pour montrer de quoi il était capable, il appela trois avocats de Jackson, à leur domicile. Après quelques plaisanteries, il demandait pourquoi diable son interlocuteur n'avait pas encore envoyé d'argent à la campagne de McCarthy. Le téléphone branché sur haut-parleur, il lui faisait honte, multipliait les cajoleries, les admonestations. Il ne raccrochait pas avant une promesse ferme de contribution significative, qui l'impliquait lui, sa famille, ses clients et ses amis. N'envoyez pas de chèques par la poste, prévenait-il – il se rendrait personnellement chez eux en voiture dès le lendemain à midi. Les trois engagements totalisaient soixante-dix mille dollars. Nathaniel Lester était aux commandes.

Le lendemain, il passa prendre les chèques et entama sa tournée d'appels des avocats de l'État. Il contacta des mouvements de travailleurs et les hommes d'influence de la communauté noire. Il vira un membre de l'équipe et en embaucha deux autres. Avant la fin de la semaine, Sheila recevait une sortie papier de son programme quotidien tel que le concevait Nathaniel. Elle marchanda un peu, mais pas trop. Il travaillait seize heures par jour ; il en attendait autant de la part de la candidate et de tous les autres.

———

À Hattiesburg, Wes s'arrêta au domicile du juge Harrison pour un déjeuner discret. Avec trente affaires Bowmore inscrites à son rôle des causes, le juge devait éviter de se montrer en public avec l'avocat. Même si le sujet n'était pas les dossiers en cours, leur rencontre aurait semblée mal venue. Mary Grace n'était pas en ville ; elle regrettait de ne pas être des leurs.

Le thème du déjeuner était la politique. Les tribunaux de circonscription du district comprenaient Hattiesburg et Forrest County, ainsi que les trois comtés ruraux de Cary, Lamar et Perry. Les huit dixièmes ou presque des électeurs inscrits se situaient à Hattiesburg, sa ville natale, mais aussi celle de Joy Hoover, son adversaire. Celle-ci obtiendrait de bons résultats dans certains arrondissements électoraux, en ville, mais le juge Harrison était convaincu de réussir à faire mieux. Il ne s'inquiétait pas davantage des plus petits comtés. En fait, au total, il ne craignait guère de perdre. Hoover semblait être correctement financée, sans nul doute avec de l'argent venu de l'extérieur, mais le juge Harrison connaissait son district, et il en appréciait les débats politiques.

Cary County était le moins peuplé des quatre et continuait de décliner, notamment en raison du passage sur son sol de Krane Chemical. Ils évitèrent le sujet, préférant parler de diverses figures politiques de Bowmore et d'ailleurs. Wes l'assura que leur cabinet, leurs amis, le pasteur Denny Ott et la famille de Mary Grace feraient tout leur possible pour le faire réélire.

Puis on parla des autres élections, de celle de Sheila McCarthy en particulier. Venue à Hattiesburg deux semaines plus tôt, elle avait passé deux heures au cabinet Payton, où elle réussit à rassembler des voix sans pour autant mentionner le procès Bowmore. Les Payton avaient avoué n'avoir pas de quoi contribuer financièrement, et promis de l'épauler d'autre manière. Dès le lendemain, un camion entier de pancartes et d'autres supports de campagne avait été livré à leurs bureaux.

Le juge Harrison se lamentait de la politisation de la Cour suprême.

— C'est invraisemblable, expliquait-il, ce qu'ils doivent faire pour mendier des voix. Vous, en tant qu'avocat représentant un client dans une affaire en instance, ne devriez avoir aucune espèce de contact avec un juge à la Cour suprême. Mais en raison du système, l'un d'eux se retrouve dans vos bureaux à quêter de l'argent et des soutiens. Pourquoi ? Parce que certains groupements d'intérêts bien particuliers, bien riches, ont décidé de s'acheter un siège à eux à la Cour suprême. Ils distribuent les dollars, et pour les contrer, il faut aller chercher encore plus de dollars dans l'autre camp. C'est un système pourri, Wes.

— Comment le remettre d'aplomb ?

— Soit en interdisant les financements privés et en subventionnant les élections avec des fonds publics, soit en adoptant le principe des nominations. Onze États ont trouvé le moyen de faire fonctionner correctement le système des nominations. Je ne suis pas sûr que leurs Cours suprêmes soient foncièrement supérieures aux nôtres, en termes de talents juridiques, mais au moins, elles ne sont pas sous la coupe des intérêts particuliers.

— Connaissez-vous Fisk ? s'enquit Wes.

— Il est entré dans ma salle d'audience en une ou deux occasions. Gentil garçon, un blanc-bec sans expérience. Belle allure en costume, l'archétype du défenseur des compagnies d'assurance. Ouvre ses dossiers, dépose ses requêtes, referme ses dossiers, ne se salit jamais les mains. Il n'a jamais entendu une plaidoirie, jamais arbitré un dossier, jamais jugé une affaire, et il n'a jamais témoigné aucun intérêt pour la fonction de juge. Réfléchissez, Wes. Toutes les petites villes ont des avocats qui, à l'occasion, éprouvent le besoin de servir comme juges municipaux, comme magistrats assesseurs ou comme juge d'arbitrage au tribunal des infractions de la route ; et nous avons tous ressenti l'obligation de nous impliquer, quand nous étions plus jeunes. Pas ce type. Tous les petits comtés ont besoin d'avocats pour assurer un remplacement au tribunal des mineurs, devant les juridictions spécialisées dans les affaires de stupéfiants, ou le reste ; ceux d'entre nous qui aspiraient à devenir de vrais juges se sont tous portés volontaires un jour ou l'autre. Je veux dire, il faut bien débuter par quelque chose. Pas ce type. Je parie qu'il n'a jamais fichu les pieds au palais de justice municipal de Brookhaven ou au tribunal des mineurs de Lincoln County. Et le voilà un beau jour qui se réveille, et il décide subitement que le judiciaire le passionne et puis flûte, tiens, pourquoi ne pas commencer par les sommets. C'est une insulte à tous ceux d'entre nous qui sont dans la soute et font tourner le système.

— Je doute que cette candidature soit spontanée.

— Il a été recruté. C'est ce qui rend l'affaire si honteuse. Ils ont regardé autour d'eux, ils ont choisi un bleu bien propre, avec un joli sourire et un passé irréprochable, et ils nous l'ont emballé dans du marketing clinquant. C'est de la politique. Ça ne devrait pas contaminer le judiciaire.

— Il y a deux ans, avec McElwayne, nous les avons battus.

— Donc vous êtes optimiste ?

— Non, monsieur le juge, je suis terrorisé. Depuis la déclaration de candidature de Fisk, je dors mal ; je ne retrouverai un sommeil serein que le jour où il sera battu. Nous sommes sans le sou, et endettés, donc nous ne pouvons pas vous signer de chèque, mais tous les membres de notre cabinet ont accepté de consacrer une heure par jour à frapper aux portes, à distribuer des plaquettes, à planter des pancartes et à passer des coups de téléphone. Nous avons écrit des lettres à nos clients. Nous nous appuyons sur nos amis. Nous avons organisé Bowmore. Nous faisons tout notre possible, parce que, si nous perdons l'affaire Baker, nous n'aurons plus de lendemain.

— Où en est l'appel ?

— Les dossiers de plaidoirie ont été remis. Tout est propre et net. On n'attend plus que la Cour nous dise si elle veut une discussion orale, et quand. Probablement au début de l'année prochaine.

— Aucune chance pour qu'une décision intervienne avant l'élection ?

— Absolument aucune. C'est l'affaire la plus importante du registre des causes, du moins les avocats le sentent tous comme ça. Comme vous le savez, la Cour fonctionne selon un calendrier qui lui est propre. Personne ne peut la pousser.

Ils prirent un café glacé tout en visitant le petit jardin potager du juge. Il faisait trente-sept degrés, et Wes était prêt à partir. Ils se serrèrent la main sur le perron, sous la véranda. Une fois dans sa voiture, Wes ne put s'empêcher de se faire du souci pour le juge. Harrison était trop préoccupé par l'élection de McCarthy et pas assez par la sienne.

————

L'audience examinait une requête en référé déposée par Hinds County. Le tribunal était présidé par le chancelier Phil Singleton. C'était une petite salle d'audience animée, efficace, dont les murs lambrissés de chêne arboraient les vieux portraits de rigueur, ceux de juges oubliés depuis belle lurette. Il n'y avait pas de box pour les jurés, car les procès avec jurés populaires ne se tenaient pas en cour de chancellerie. Il y avait rarement foule, en ces lieux. Pourtant, cette fois, tous les sièges étaient pris.

Meyerchec et Spano, de Chicago, étaient assis à côté de leur avocat radical. À l'autre table étaient installées deux jeunes femmes représentant le comté. Le chancelier Shingleton réclama le silence, souhaita la bienvenue à l'assistance, nota l'intérêt des médias, et consulta le dossier. Deux dessinateurs judiciaires étaient à l'œuvre sur Meyerchec et Spano. Tout le monde attendait impatiemment tandis que Shingleton parcourait les pièces du dossier comme s'il ne les avait jamais vues. En fait, il les avait lues à maintes reprises et avait déjà rédigé sa décision.

— Par simple curiosité, fit-il sans relever les yeux, pourquoi avez-vous déposé cette plainte devant la cour de chancellerie ?

L'avocat radical se leva.

— Une question d'équité, Votre Honneur. Et nous savions qu'ici, nous pouvions espérer un procès équitable.

Si l'explication était un trait d'humour, elle manqua sa cible.

La vraie raison était qu'il s'agissait d'obtenir un référé le plus rapide possible. Une audience devant un tribunal de circonscription aurait réclamé plus de temps. Une procédure devant une cour fédérale serait partie dans la mauvaise direction.

— Continuez, fit Shingleton.

L'avocat radical ne se fit pas prier, et se lança dans une diatribe contre le comté, l'État et la société au sens large. Le débit était haché, rapide, il parlait bien trop fort pour cette petite salle et d'une voix trop stridente pour qu'elle soit supportable plus de dix minutes. Et il ne s'arrêtait plus. Les lois de l'État étaient rétrogrades, injustes et discriminatrices envers ses clients, auxquels on refusait la possibilité de se marier. Pourquoi deux homosexuels adultes, mûrs et consentants, qui s'aiment et souhaitent endosser toutes les responsabilités, toutes les obligations, tous les engagements et tous les devoirs du mariage ne se verraient-ils pas accorder les mêmes privilèges et les mêmes droits juridiques que deux hétérosexuels ? Il réussit à poser cette question de huit manières différentes.

La raison, expliqua l'une des deux jeunes dames au nom du comté, était que les lois de l'État ne le permettaient pas. Purement et simplement. La constitution de l'État confère au pouvoir législatif le droit de créer des lois concernant le mariage, le divorce et ainsi de suite, et personne d'autre ne détient cette autorité. Si un jour le pouvoir législatif approuvait les mariages entre personnes du même sexe, alors

M. Meyerchec et M. Spano seraient libres de réaliser leurs désirs.

— Croyez-vous que le corps législatif soit susceptible de prendre bientôt une telle décision ? s'enquit Shingleton, pince-sans-rire.

— Non.

La réponse avait été immédiate, et elle s'attira quelques rires enjoués.

L'avocat radical la réfuta en arguant que le corps législatif, surtout « le nôtre », adoptait tous les ans des lois invalidées par les tribunaux. C'était le rôle de l'instance judiciaire ! Après avoir martelé cette vérité d'une voix forte, il en imagina plusieurs variantes qu'il exposa tour à tour.

Au bout d'une heure, Shingleton en eut assez. Sans suspension d'audience, après un bref regard sur ses notes, il prononça une décision succincte. Sa mission consistait à respecter les lois de l'État, et si les lois prohibaient le mariage entre deux hommes ou deux femmes, ou entre deux hommes et une femme, ou n'importe quelle combinaison autre que un homme-une femme, eh bien lui, en qualité de chancelier, n'avait pas d'autre choix que de débouter les plaignants.

Une fois sorti du tribunal, encadré de Meyerchec et Spano, l'avocat radical reprit ses piaillements devant la presse. Il était mécontent. Ses clients étaient mécontents. En fait, de l'avis des spectateurs, ils avaient surtout l'air de s'ennuyer ferme.

Quoi qu'il en soit, ils allaient immédiatement interjeter appel auprès de la Cour suprême du Mississippi. Le vrai but du voyage. Tous frais payés par le mystérieux cabinet Troy-Hogan de Boca Raton, ils y étaient presque.

23.

Durant les quatre premiers mois, la compétition électorale entre Sheila McCarthy et Ron Fisk était restée d'une insigne civilité. Clete Coley avait répandu son lot de calomnies, mais compte tenu de son allure et de sa personnalité désordonnée, les électeurs l'imaginaient mal à la Cour suprême. Il avait beau recueillir encore dix pour cent des suffrages dans les sondages commandés par Rinehart, il faisait de moins en moins campagne. Nathaniel Lester lui accordait cinq pour cent des voix, mais son enquête d'opinion n'était pas aussi fine que celle de Rinehart.

Après le Labor Day, à deux mois de l'élection et à l'entrée de la dernière ligne droite, la campagne de Fisk mit pour la première fois le pied dans le caniveau. Une fois sur cette pente, elle ne ferait pas marche arrière – personne ne pouvait inverser le mouvement.

La tactique était de celles que Barry Rinehart avait peaufinées lors de scrutins antérieurs. On envoya un gigantesque publipostage à tous les électeurs inscrits, émanant d'une structure baptisée Les Victimes de la Justice pour la Vérité. On y lançait cette question en gros caractères : « Pourquoi les avocats financent-ils Sheila McCarthy ? » La philippique de quatre pages n'essayait pas de répondre ; elle se contentait de fustiger la corporation des avocats dans leur ensemble.

Premier chef d'accusation, la santé. Les avocats et leurs procédures abusives sapaient le système. Les médecins, qui travaillaient dans la crainte du procès, étaient contraints d'acquitter des primes d'assurance exorbitantes et multipliaient les examens de précaution dispendieux. Dans certains États, certains médecins étaient chassés de la profession, privant ainsi leurs patients de soins. Les propos d'un praticien anonyme étaient cités : « Je n'avais plus les moyens de payer les primes, j'étais fatigué de gaspiller mon temps en dépositions et procédures. Donc j'ai tout simplement cessé d'exercer. Mais je me fais encore du souci pour mes patients. » Un hôpital de Virginie avait été obligé de fermer à la suite d'un verdict scandaleux. La faute en incombait à la cupidité d'un avocat.

Deuxième chef d'accusation, le renchérissement de la vie. Selon une étude, les conséquences des procédures rampantes lancées par les avocats à travers le pays coûtaient à un ménage moyen mille huit cents dollars annuels. Cette dépense incluait les augmentations de primes d'assurances automobiles et de domicile, celles du prix d'un millier de produits de consommation courante pour lesquels les fabricants étaient constamment attaqués en justice. Les médicaments, en particulier. Leur prix serait de quinze pour cent moins élevé si les avocats ne matraquaient pas les laboratoires d'écrasantes procédures en recours collectifs.

Le propos était illustré d'exemples de verdicts parmi les plus loufoques relevés dans le pays, piochés dans une liste fiable et bien connue qui suscitait à coup sûr l'indignation. Trois millions de dollars contre une chaîne de restauration rapide pour un café chaud renversé ; cent dix millions de dollars contre un constructeur automobile pour une peinture de carrosserie défectueuse ; quinze millions contre le propriétaire d'une piscine fermée par une clôture et un cadenas. Le monde devient fou et des avocats retors mènent la danse.

Le pamphlet s'achevait sur un coup de maître. Cinq ans auparavant, le Mississippi avait été qualifié par un groupement de défense des entreprises d'« enfer judiciaire ». Seuls quatre autres États méritaient cette distinction, un classement passé inaperçu sans la chambre de commerce. Cette dernière en avait étalé les résultats dans des encarts publicitaires. L'argument valait la peine d'être réutilisé. Selon les Victimes de la Justice pour la Vérité, les avocats avaient tellement abusé du système que le Mississippi était devenu une sorte de décharge pour grands procès. Certains plaignants n'y habitaient pas. Leurs défenseurs non plus. Ils écumaient les tribunaux en quête de celui qui serait le plus favorable à leur cause, trouvaient un comté accueillant doté d'un juge bien disposé. Il en résultait des verdicts écrasants. L'État en avait tiré une réputation douteuse si bien que beaucoup d'entreprises évitaient le Mississippi. Des dizaines d'usines avaient plié bagage et vidé les lieux. Des milliers d'emplois avaient disparu.

Tout cela grâce à tous ces avocats, qui naturellement adoraient Sheila McCarthy et ses décisions. Ils ne reculeraient devant aucune dépense pour la maintenir à la Cour.

Le nom de Ron fisk n'avait pas été mentionné une seule fois.

Un e-mail en nombre suivit l'envoi postal, adressé aux soixante-cinq mille adresses du district. Quelques heures plus tard, un avocat tomba dessus et le transmit à la totalité des huit cents membres de la SAM.

———

Cette publicité électrisa Nathaniel Lester. En sa qualité de directeur de campagne, il préférait un soutien d'origine multiple, mais s'agissant de McCarthy, seuls les avocats étaient susceptibles de faire des dons importants. Il était bon qu'ils soient en colère, qu'ils crachent le feu, l'écume aux lèvres, qu'ils soient prêts à se battre à mains nues. Jusqu'à présent, à eux tous, ils avaient versé un peu moins de six cent mille dollars. Nathaniel avait besoin du double, et le seul moyen de l'obtenir était de balancer quelques grenades.

Il envoya un e-mail dans lequel il expliquait l'urgente nécessité de répondre à cette propagande. La publicité négative, tant dans la presse écrite qu'à la télévision, appelait des réactions immédiates. Les mailings étaient coûteux, mais très efficaces. Il estimait celui des Victimes de la Justice pour la Vérité à trois cent mille dollars (le coût réel était de trois cent vingt mille dollars). Comme il avait prévu de renouveler ce genre d'appel, il limita sa demande à cinq cent mille dollars, et insista pour recevoir des promesses de dons par retour de courriel. Il publierait sur une adresse e-mail d'accès réservé le total mis à jour des nouvelles contributions provenant des avocats, sachant que tant qu'il n'aurait pas atteint l'objectif de cinq cent mille dollars, la campagne resterait pratiquement paralysée. Le procédé confinait à l'extorsion de fonds, mais enfin, il demeurait un avocat, et l'espèce n'avait pas de secrets pour lui. L'annonce provoqua chez ses destinataires des poussées de tension inquiétantes, mais après tout, ils adoraient se battre, et les promesses de don affluèrent.

Dans le même temps, il s'évertuait à calmer Sheila. Jamais elle n'avait essuyé de telles attaques. Elle était désemparée, mais aussi très en colère. M. Nathaniel Lester se délectait. En deux heures de temps, il avait conçu et rédigé une réponse, vu l'imprimeur, et commandé les fournitures nécessaires. Vingt-quatre heures après l'envoi par e-mail de la profession de foi des Victimes de la Justice pour la Vérité, trois cent trente avocats s'étaient engagés à hauteur de cinq cent quinze mille dollars.

Lester se tourna ensuite vers la Société des avocats d'Amérique, dont plusieurs membres avaient gagné des fortunes dans le Mississippi. Les invectives des Victimes de la Justice pour la Vérité furent communiquées à quatorze mille de ses membres.

———

Trois jours plus tard, Sheila McCarthy lançait la contre-offensive. Dédaignant de se cacher sous de dérisoires groupuscules fantoches, elle (ou plutôt, Nathaniel) décida d'envoyer sa correspondance dans le cadre de sa campagne. La lettre portait une photo flatteuse de la candidate sortante. Elle remerciait chaque électeur, chaque électrice de son soutien, et résumait rapidement son expérience et ses qualifications. Elle affirmait éprouver du respect pour ses adversaires, mais rappelait que ni l'un ni l'autre n'avait jamais porté la robe noire. En fait, ni l'un ni l'autre n'avait jamais manifesté jusque-là le moindre intérêt pour l'univers judiciaire.

Ensuite, elle posait la question : « Pourquoi le monde des affaires finance-t-il Ron Fisk ? » Parce que, répondait-elle sans faux-fuyants, à l'heure actuelle, le monde des affaires veut s'offrir des sièges au sein des Cours suprêmes, un peu partout sur le territoire des États-Unis. Il prend pour cible des juges comme elle-même, des juristes humains et modérés, qui prêtent une oreille favorable aux droits des travailleurs, des consommateurs, des citoyens victimes de la négligence d'autrui, des défavorisés et des accusés. Le principe même de la loi était de protéger les membres les plus faibles de notre société. En règle générale, les riches ont de quoi se prendre en charge.

Le monde des affaires, par le truchement d'innombrables organisations, coordonne une vaste conspiration en vue de modifier radicalement notre système judiciaire. Pourquoi ? Pour protéger ses intérêts. Comment ? En barrant l'entrée des salles d'audience, en limitant la responsabilité des entreprises malhonnêtes, des médecins négligents, des hospices indignes, des compagnies d'assurances arrogantes... La triste liste n'avait pas de fin.

Le message se terminait sur un appel aux électeurs à ne pas se laisser abuser par un marketing superficiel. En règle générale, les campagnes conduites par ces grands intérêts prenaient une sale tournure. La boue était leur arme favorite. Des publicités agressives allaient être bientôt lancées, et elles se révéleraient impitoyables. Les milieux d'affaires dépenseraient des millions pour battre Sheila McCarthy, mais elle avait confiance dans les électeurs.

———

Barry Rinehart fut impressionné. Ravi, aussi, de voir les avocats se rallier si vite et dépenser de telles sommes. Il souhaitait les voir brûler leur argent. La fourchette haute de ses projections situait le camp McCarthy à deux millions de dollars, dont les neuf dixièmes venus des avocats.

Son poulain, Fisk, pourrait aisément doubler ce chiffre.

Le message publicitaire suivant, là encore envoyé par publipostage, recelait le coup bas qui donnerait la couleur dominante du reste de la campagne. Rinehart attendit une semaine, le temps que les conséquences du premier échange de flèches s'apaisent.

La lettre émanait de Ron Fisk en personne. Rédigée sur papier à en-tête, une photo de la jolie famille Fisk imprimée en haut de la page. L'accroche annonçait : « La Cour suprême du Mississippi va statuer sur le mariage homosexuel. »

Après de chaleureuses mais courtes salutations, le candidat ouvrait le débat. L'affaire Meyerchec et Spano contre Hinds County concernait deux homosexuels déterminés à se marier, et serait jugée dans un an par la Cour suprême. Chrétien, époux, père, et avocat farouchement opposé au mariage entre personnes du même sexe, Ron Fisk apporterait sa conviction avec lui, au sein de la Cour suprême. Il jugeait de telles unions anormales, pécheresses, contraires aux enseignements très clairs de la Bible, et nuisibles à la société à plus d'un titre.

La voix bien connue du révérend David Wilfong, personnage hautement médiatique, venait ensuite se joindre à celle de Ron Fisk. Wilfong condamnait toute perversion des lois au profit des pulsions de quelques individus immoraux. Il dénonçait les juges permissifs qui entachaient leurs décisions de croyances personnelles. Il appelait le peuple croyant du Mississippi, « le cœur et l'âme de la *Bible Belt* américaine », à épouser la cause d'hommes comme Ron Fisk et, ce faisant, à protéger les lois sacrées de leur État.

Le thème du juge permissif se développait jusqu'à la fin de la lettre, que Ron Fisk terminait sur une nouvelle promesse teintée d'un conservatisme de bon sens d'être la voix du peuple.

———

Sheila McCarthy lut cette prose avec Nathaniel, en se demandant quelle devait être l'étape suivante. Son nom n'était jamais mentionné, mais ce n'était pas vraiment nécessaire. Fisk n'accusait certainement pas Clete Coley d'être un libéral.

— C'est mortel, lâcha Lester, exaspéré. Il s'est approprié la question comme si c'était la sienne et, pour la lui reprendre, même en partie, vous allez devoir pulvériser les homosexuels.

— Je m'y refuse.

— Je le sais.

— C'est tellement déplacé, pour un membre de la Cour, ou pour quiconque aspire à le devenir, d'annoncer comment il ou elle tranchera dans une affaire à venir. Épouvantable, même.

— Ce n'est que le début, ma chère.

Ils se trouvaient dans le cagibi encombré qu'il avait baptisé son bureau. La porte était fermée, personne n'écoutait. Une dizaine de bénévoles s'affairaient dans la pièce voisine. Les téléphones sonnaient sans relâche.

— Je ne suis pas convaincu que nous allons y répondre, trancha-t-il.

— Et pourquoi non ?

— Qu'allez-vous dire ? « Ron Fisk devient méchant. » « Ron Fisk fait des déclarations qu'il serait inspiré d'éviter. » Vous allez finir par passer pour fielleuse, ce qui convient à un candidat masculin, mais pas à une femme.

— C'est déloyal.

— La seule réaction efficace serait un démenti de votre soutien aux mariages entre personnes du même sexe. Cela vous oblige à prendre position, chose...

— Chose à laquelle je me refuse. Je ne suis pas favorable à ces mariages, mais je considère qu'il manque un contrat spécifique susceptible de régler le problème. Le débat est ridicule, d'ailleurs, parce que c'est le corps législatif qui est chargé d'édicter les lois. Pas la Cour.

Nathaniel en était à sa quatrième épouse. Sheila cherchait un deuxième mari.

— Entre nous, comment les homosexuels pourraient-ils entacher la sainteté du mariage plus gravement que les hétérosexuels ?

— Promettez-moi de ne jamais déclarer cela en public. S'il vous plaît.

— Je m'en abstiendrai, vous le savez.

Il se frotta les mains, puis plongea les doigts dans sa longue chevelure grisonnante. L'indécision ne faisait pas partie de ses défauts.

— Il faut agir, là, tout de suite, insista-t-il. Sans perdre de temps. La riposte la plus intelligente est un mailing.

— Quel est le coût ?

— En le réduisant un peu, je dirais deux cent mille.

— Nous pouvons nous le permettre ?

—À l'heure où nous parlons, je dirais que non. Revenons sur le sujet dans dix jours.

— D'accord, mais ne pourrions-nous pas lancer une vague d'e-mails, au moins ?

— Je l'ai déjà rédigé.

La réponse tenait en deux paragraphes, expédiés le jour même à quarante-huit mille adresses. Le juge McCarthy reprochait à Ron Fisk de dévoiler quel serait son vote dans une affaire que l'on était encore loin de juger. S'il avait été membre de la Cour, il aurait reçu un rappel à l'ordre. La dignité impose aux juges de préserver la confidentialité des dossiers, et de s'interdire tout commentaire sur des affaires en instance. Dans le cas qu'il mentionnait, aucun recours n'avait encore été déposé en appel. Aucune conclusion orale n'avait été entendue. À cette date, rien n'avait encore été soumis à la Cour. Sans connaître les faits ou la loi, comment M. Fisk ou qui que ce soit d'autre, pouvait-il trancher et prendre une décision définitive ?

C'était là un nouvel exemple de l'inexpérience déplorable de M. Fisk en matière judiciaire.

———

Les pertes de Clete Coley à la table du *Lucky Jack* s'accumulaient, il l'avoua à Marlin tard un soir, dans un saloon de Under-the-Hill. Ce dernier passait par là pour vérifier l'état de son candidat, qui semblait avoir tout oublié de la compétition électorale.

— J'ai une grande idée, dit Marlin pour aborder plus directement la raison véritable de sa visite. Il y a quatorze casinos sur la côte du golfe du Mexique, de grands et beaux établissements, dans le style de Las Vegas...

— Je les ai vus.

— Parfait. Je connais le type qui possède le Pirate'Cove. Il va vous héberger trois nuits par semaine, durant tout le mois prochain, dans une suite avec vue sur le golfe. Les repas sont à la charge de la maison. Vous pourrez jouer aux cartes toute la nuit et, dans la journée, vous aurez la possibilité de faire un peu campagne. Les gens de là-bas ont besoin d'entendre votre message. Bon dieu, c'est là qu'elles sont, les voix. Je peux vous réunir un public. Vous vous chargez de la politique de terrain. Vous avez un discours magnifique, et les gens adorent.

Clete était visiblement séduit.

— Trois nuits par semaine, hein ?

— Ou davantage si vous voulez. Vous devez être fatigué de cet endroit.

— Seulement quand je perds.

— Allez-y, Clete. Écoutez, les types qui ont misé leur argent sur vous aimeraient voir un peu d'activité. Ils savent que c'est risqué, mais ils tiennent vraiment à diffuser leur message.

Clete Coley admit que l'idée était splendide. Il commanda encore un rhum et songea déjà à ces beaux casinos tout neufs, là-bas dans le Sud.

24.

Mary Grace et Wes sortirent de l'ascenseur au vingt-sixième étage de l'immeuble le plus haut de tout le Mississippi, et entrèrent dans le hall d'accueil du premier cabinet juridique de l'État. Elle fut la première à remarquer le papier peint, le mobilier, les fleurs, toutes ces choses qui comptaient tant, jadis.

La femme élégante qui tenait la réception se montra relativement polie. Un collaborateur en costume bleu marine et souliers noirs, l'uniforme de rigueur, les escorta jusqu'à la salle de conférence, où une secrétaire leur demanda s'ils voulaient boire quelque chose. Non, ils n'avaient pas envie. Par les baies vitrées, on voyait tout Jackson, le dôme du capitole, l'immeuble Gartin... Là-bas, sur un bureau inconnu, il y avait le dossier Jeannette Baker contre Krane Chemical.

La porte s'ouvrit et Alan York fit son apparition, large sourire et poignée de main chaleureuse. La fin de la cinquantaine, petit, épais, un peu voûté. Chemise froissée, pas de veste, souliers éraflés, chose inhabituelle pour l'associé d'un cabinet connu pour son état d'esprit obtus. Le même collaborateur fut de retour, lesté de deux grandes chemises à soufflet. Après des salutations et quelques propos badins, ils prirent place autour de la table.

La procédure intentée par les Payton en avril au nom de la famille du coupeur de bois décédé avait franchi promptement les premières étapes, celles des échanges de pièce et autres significations. Aucune date d'audience n'était fixée, et le délai éventuel serait encore d'un an au moins. La responsabilité était claire : le chauffeur du camion roulait à une allure excessive, au moins vingt-cinq kilomètres à l'heure de plus que la limite autorisée. Deux témoins oculaires avaient fait leurs dépositions, fourni des détails et des témoignages accablants. Dans sa déposition, le camionneur reconnaissait une longue série d'infractions au code de la route. Avant d'entrer dans le métier, il avait été licencié de son emploi précédent de poseur de tuyaux pour avoir fumé de l'herbe sur son lieu de travail. Wes avait retrouvé les traces de deux interpellations pour conduite en état d'ivresse, et le chauffeur croyait se rappeler qu'il en existait une troisième. En résumé, l'affaire était destinée à n'être jamais traitée par un jury populaire, ni de près ni de loin. Un compromis était inévitable. Quatre mois avaient passé et M. Alan York était prêt à entamer les négociations. Selon lui, son client, Eastern Casualty, était impatient de clore le dossier.

Wes commença par décrire la famille de la victime : une veuve âgée de trente-trois ans sans bagage universitaire ni aucune véritable qualification professionnelle, et trois jeunes enfants dont le plus âgé avait douze ans. Inutile de le préciser, la perte de leur père et mari était pour eux désastreuse à tous égards.

Tandis qu'ils dialoguaient, York prenait des notes en lançant de brefs regards à Mary Grace. Ils s'étaient parlé au téléphone, sans jamais s'être rencontrés. C'était Wes qui traitait le dossier, mais York savait qu'elle n'était pas là seulement parce qu'elle était agréable à regarder. Il avait parmi ses proches amis Frank Sully, l'avocat de Hattiesburg embauché par Krane Chemical pour faire nombre à la table de la défense. Sully avait été relégué au dernier rang par Jared Kurtin, ce dont il concevait encore de l'amertume. Il avait communiqué à York quantité d'histoires autour du procès Baker, et mentionné qu'à son avis le tandem Payton était à son meilleur quand Mary Grace s'adressait au jury. Lors des contre-interrogatoires, elle était coriace, rapide, réactive, et savait comment toucher ses interlocuteurs. Ses observations finales étaient brillantes, puissantes et, à l'évidence, très persuasives.

York défendait les compagnies d'assurances depuis trente et un ans. Il avait gagné plus souvent qu'il n'avait perdu, mais il avait vécu quelques-uns de ces moments horrifiants où l'on se révèle impuissant à faire partager ses vues au jury, qui inflige alors un verdict douloureux. Cela faisait partie du métier. Toutefois, il n'avait jamais approché les quarante et un millions de dollars de dommages et intérêts. Ce verdict-là était entré dans la légende des milieux juridiques. Grâce à la note dramatique donnée par les risques incommensurables pris par les Payton, dépouillés de leur maison, de leur bureau, de leurs voitures, et couverts de dette, la légende était en passe de se changer en mythe. Leur équipée était souvent évoquée lors des soirées dans les bars, les tournois de golf et les cocktails. Si le verdict était maintenu, les honoraires seraient colossaux. Une annulation, et leur survie serait compromise.

Tout en écoutant Wes Payton, York ne pouvait s'empêcher d'admirer.

Après un rapide bilan des responsabilités, Wes récapitula l'ensemble des dommages. Il en rajouta une couche pour la négligence de la société de transport routier et conclut :

— Nous considérons que deux millions de dollars seraient un juste compromis.

— Allons donc ! lâcha York en affichant la réaction typique de l'avocat de la défense, les sourcils levés en signe d'incrédulité.

Secouant lentement la tête, il se prit le visage dans la main, s'empoigna les joues, atterré. Son sourire s'était effacé depuis longtemps.

Wes et Mary Grace réussirent à simuler l'apathie malgré leur sang qui se figeait.

— Pour obtenir deux millions, commenta York en étudiant ses notes, vous devez prendre en compte une part de dommages et intérêts punitifs et, franchement, mon client n'a tout simplement aucune intention d'en verser.

— Mais si, rétorqua froidement Mary Grace. Votre client paiera ce que le jury lui ordonnera de payer.

Ce style de fanfaronnade faisait aussi partie du métier. York avait entendu ce genre de propos un millier de fois, mais il est vrai qu'ils semblaient plus menaçants dans la bouche d'une femme qui, lors de son dernier procès, avait arraché des dommages et intérêts carrément gigantesques.

— D'ici au procès, il va s'écouler au moins douze mois, remarqua-t-il en consultant du regard son collaborateur, comme si l'on pouvait projeter une date d'audience aussi loin dans le futur. – Consciencieux, le collaborateur confirma.

– En d'autres termes, si cette affaire va devant un tribunal, plus d'un an va passer avant que vous ne perceviez dix cents d'honoraires. Or, ce n'est pas un secret, votre cabinet croule sous les dettes et se débat pour survivre. Tout le monde sait que vous avez besoin d'un compromis de grand format, et vite. Votre client ne peut pas attendre aussi long-temps.

— Nous venons de vous indiquer un chiffre, Alan, répliqua Wes. Vous avez une contre-proposition ?

Soudain, York referma son dossier avec un claquement, laissa échapper un sourire forcé et rétorqua :

— Écoutez, en réalité, c'est simple. Eastern Casualty sait s'y prendre pour limiter ses pertes, et ce dossier est une affaire perdante. J'ai mandat pour un compromis à un million de dollars. Pas un penny de plus. J'ai un million, et mon client m'a prié de ne pas aller au-delà. Un million de dollars, à prendre ou à laisser.

L'avocat correspondant toucherait la moitié de trente pour cent des honoraires prévus en cas de victoire. Les Payton per-cevraient l'autre moitié. Quinze pour cent, soit cent cinquante mille dollars. Un rêve.

Ils échangèrent un regard, le visage fermé, mourant l'un et l'autre d'envie de sauter par-dessus la table pour embrasser Alan York. Wes secoua la tête, et Mary Grace nota quelque chose dans son bloc-notes.

— Il faut que nous appelions notre client, fit Wes.

— Bien sûr.

D'un bond, York sortit de la pièce, le collaborateur dans son sillage.

— Eh bien, souffla Wes, comme si la pièce était truffée de micros.

— Je retiens mes larmes, avoua-t-elle.

— Pas de quoi pleurer. Et pas de quoi rire non plus. Pressurons-le encore un peu.

Au retour de York, Wes reprit gravement.

— Nous avons parlé à Mme Nolan. Son dernier mot, c'est un million deux.

York soupira, ses épaules se voûtèrent et les traits de son visage s'affaissèrent.

— Je ne les ai pas, Wes, protesta-t-il. J'ai été d'une parfaite franchise avec vous.

— Vous pouvez toujours réclamer davantage. Si votre client veut bien payer un million, alors il peut sortir deux cent mille dollars de plus. Au procès, cette affaire vaut deux fois plus.

— Eastern Casualty, des types au cuir épais, Wes.

— Un coup de fil. Essayez. Qu'avez-vous à perdre ?

York ressortit et, dix minutes plus tard, fit irruption dans la salle, le visage réjoui.

— Vous les avez ! Félicitations.

———

Le choc les laissa hébétés. D'ordinaire, les négociations traînaient des semaines, voire des mois, les deux parties se chamaillant, se menaçant, et jouant à toutes sortes de petits jeux. Ils avaient espéré quitter les bureaux de York avec une idée approximative du compromis vers lequel on risquait de s'acheminer. Au lieu de quoi, ils arpentaient les rues du centre de Jackson étourdis et muets. Ils s'arrêtèrent un petit moment devant le Capitol Grill, un restaurant plus connu pour sa clientèle que pour sa cuisine. Les lobbyistes appréciaient de s'y faire voir, réglant l'addition de repas fins partagés avec des poids lourds de la politique. Les gouverneurs avaient toujours eu un faible pour cet endroit.

Pourquoi ne pas s'offrir une folie, entrer déjeuner là avec les grosses pointures ?

En fin de compte, ils préférèrent un petit traiteur, deux portes plus loin, où ils commandèrent un thé glacé. Ils n'avaient aucun appétit, ni l'un ni l'autre. Wes finit par formuler l'évidence.

— Nous venons de gagner cent quatre-vingt mille dollars, n'est-ce pas ?

— Oui-oui, fit-elle en sirotant son thé avec une paille.

— C'est bien ce que je pensais.

— Un tiers repart en impôts, calcula-t-elle.

— Tu essaies de gâcher la fête ?

— Non, je suis juste pratique.

Sur une serviette en papier blanc, elle nota la somme de cent quatre-vingt mille dollars.

— Nous sommes déjà en train de les dépenser ?

— Non, nous sommes en train de les partager. Soixante mille pour les impôts ?

— Cinquante.

— Impôt sur le revenu, impôt d'État, impôt fédéral. Charges salariales, sécurité sociale, assurance-chômage, je ne sais plus quoi d'autre, mais cela fait au moins le tiers.

— Cinquante-cinq, rectifia-t-il, et elle écrivit soixante mille dollars.

— Primes ?

— Pourquoi pas une nouvelle voiture ? demanda-t-il.

— Nan. Primes pour nos cinq employés. Ils n'ont pas touché une seule augmentation en cinq ans.

— Cinq mille dollars chacun.

Elle nota vingt-cinq mille dollars.

— La banque, ajouta-t-elle ensuite.

— Une nouvelle voiture.

— La banque ? La moitié de nos honoraires se sont déjà envolés.

— Deux cents dollars.

— Allons, Wes. Tant que nous aurons la banque sur le dos, nous ne connaîtrons pas de répit.

— J'essayais de l'oublier, cet emprunt.

— Combien ?

— Je n'en sais rien. Tu dois avoir les chiffres, j'en suis sûr.

— Cinquante mille pour Huffy, et dix mille pour Sheila McCarthy. Cela nous laisse trente-cinq mille.

Ce qui, en cet instant, leur paraissait une fortune. Ils fixaient la serviette en papier du regard, tout en remaniant les chiffres et les priorités sans oser suggérer de modification, ni l'un ni l'autre. Elle signa de son nom au bas de la serviette, Wes l'imita. Elle la rangea dans son sac à main.

— Puis-je au moins tirer un costume neuf de cette opération ? demanda-t-il.

— Cela dépend du prix. Je pense qu'on devrait appeler le bureau.

— Ils doivent être plantés à côté du téléphone.

Trois heures plus tard, les Payton entraient dans leurs locaux, et la fête commença. On verrouilla la portée d'entrée, on débrancha les téléphones, le champagne coula. Sherman et Rusty, les deux juristes, improvisèrent d'interminables discours. Après deux coupes, Tabby et Vicky avouèrent leur état d'ébriété, et même Olivia, la digne comptable, envoya promener ses escarpins en riant de tout et de rien.

L'argent fut dépensé, re-dépensé, sur-dépensé, jusqu'à ce que tout le monde soit riche.

————

Quand on fut à court de champagne, on ferma les bureaux et tout le monde s'en alla. Les Payton, les joues empourprées par les bulles, rentrèrent chez eux, se changèrent et allèrent à l'école chercher Mack et Liza. Ils avaient mérité une soirée de détente en famille, même si les enfants étaient trop jeunes pour comprendre le sens du compromis obtenu. Ils n'y feraient d'ailleurs pas allusion.

Quand Mack et Liza virent leurs parents là où ils attendaient Ramona, leur journée s'illumina. Wes leur expliqua qu'ils en avaient tout bonnement eu assez de travailler, et décidé de s'amuser, pour une fois. Le premier arrêt fut chez Baskin-Robbins, pour prendre une glace. Dans une galerie marchande, un magasin de chaussures attira leur attention. Chacun des Payton choisit une paire en solde, Mack se montrant le plus audacieux, avec une paire de bottes de combat des marines. Au centre de la galerie, il y avait un cinéma, où ils attrapèrent la séance de dix-huit heures du dernier Harry Potter. Pour le dîner, ce fut une pizzeria avec espace de jeu et rires d'enfant. Ils rentrèrent à la maison vers dix heures, et trouvèrent Ramona en train de regarder la télévision, profitant du calme. Les enfants lui tendirent une part de pizza et se mirent à raconter le film en même temps. Ils promirent de terminer leurs devoirs le lendemain matin. Mary Grace céda, et la famille au complet s'installa dans le canapé et regarda une émission de télé-réalité, une histoire de sauvetage. Le coucher fut repoussé jusqu'à onze heures.

Quand l'appartement fut tranquille et les enfants bordés, Wes et Mary Grace s'allongèrent sur le canapé tête-bêche, les jambes entrecroisées, l'esprit flottant à la dérive, très loin. Ces quatre dernières années, alors que leurs finances étaient aspirées dans une spirale descendante, perte après perte, une humiliation succédant à une autre, la peur était devenue leur compagne de chaque jour. La peur de perdre leur maison, puis leurs bureaux, puis leurs voitures. La peur de ne pas être en mesure de pourvoir aux besoins de leurs enfants. La peur d'une urgence médicale grave dépassant la couverture de leur assurance. La peur de perdre le procès Baker. La peur de la faillite, si la banque y allait trop fort.

Depuis le verdict, cette peur était devenue davantage une plaie qu'une menace permanente. Elle restait présente, mais ils avaient lentement pris de l'ascendant sur elle. Depuis six mois, ils avaient versé deux mille dollars mensuels à la banque, un argent durement gagné, le reliquat, après que toutes les autres factures et dépenses avaient été payées. Cela couvrait à peine les intérêts, et leur rappelait à quel point leur dette était insurmontable. Mais le symbole était fort. Ils s'extrayaient des décombres et entrevoyaient la lumière.

Ce soir-là, pour la première fois depuis des années, ils avaient un filet de sécurité, quelque chose qui les retiendrait s'ils devaient tomber encore plus bas. Ils toucheraient leur part du compromis conclu aujourd'hui, ils la cacheraient, et quand ils auraient de nouveau peur, ce trésor enfoui les réconforterait.

———

À 10 heures, le lendemain matin, Wes fit un saut à la banque et trouva Huffy à son bureau. Il l'adjura de se taire avant de lui chuchoter la bonne nouvelle. Huffy faillit l'embrasser. Il avait M. Tête-de-Nœud sur le dos de 9 heures à 17 heures, qui exigeait une initiative.

— L'argent devrait être là d'ici à deux semaines, précisa Payton non sans fierté. Je te rappelle dès qu'il débarque.

— Cinquante mille, Wes ? répéta le banquier, comme s'il venait de sauver son poste.

— Tu l'as dit.

De là, Wes reprit le volant et se rendit au cabinet. Tabby lui tendit un message téléphonique d'Alan York. Des précisions de pure routine, sans doute quelques détails à régler.

Mais la voix de York n'avait plus sa tonalité chaleureuse habituelle.

— Wes, il y a un accroc, lui annonça-t-il. Le débit était lent, comme s'il cherchait ses mots.

— Que se passe-t-il ? fit Payton. – Il sentait déjà son ventre se nouer.

— Je n'en sais rien, Wes, je suis vraiment contrarié, et confus. Cela ne m'était jamais arrivé, mais, enfin, quoi qu'il en soit, sur ce compromis, Eastern Casualty a piqué une crise. Ils reviennent dessus, en totalité. Ils tirent l'échelle. Je ne sais trop quels corneculs… Je leur ai beuglé dessus toute la matinée. Ils m'ont beuglé dessus. Notre cabinet représente leur entreprise depuis dix-huit ans sans jamais avoir rencontré un problème de cet ordre. En tout cas, depuis une heure, ils se cherchent un autre cabinet d'avocats. J'ai viré ce client. Je vous ai donné ma parole, et mon client me laisse en plan. Je suis désolé, Wes. Je ne sais pas quoi vous dire d'autre.

Wes se pinça l'arête du nez, et se retint de pousser un gémissement. S'y reprenant à deux fois, il dit :

— Eh bien, Alan, c'est un coup dur.

— Et comment. Mais, en toute honnêteté, pour le procès, ce n'est pas plus mal. Heureusement que ce n'est pas arrivé la veille de l'audience. Il y a de vrais salauds, chez eux.

— Le jour de l'audience, ils joueront moins les gros durs.

— Très juste, Wes. J'espère que vous les coincerez, ces salauds, avec un verdict en béton.

— Comptez sur nous.

— Je suis désolé, Wes.

— Ce n'est pas votre faute, Alan. Nous survivrons, et nous allons pousser la procédure.

— Allez-y, oui.

— On se reparle.

— Bien sûr. Dites, Wes, vous avez un téléphone portable sous la main ?

— Il est là.

— Voici mon numéro de portable. Raccrochez et rappelez-moi.

Quand les deux hommes eurent quitté leurs lignes fixes respectives, York compléta.

— Ce que je vais vous dire ne vient pas de moi, d'accord ?

— D'accord.

— Le principal conseil juridique, chez Eastern Casualty, s'appelle Ed Larrimore. Pendant vingt ans, il a été associé dans un cabinet de New York, Bradley & Backstrom. Son frère est encore un associé de ce même cabinet. Bradley & Backstrom s'occupe pas mal des grosses sociétés de la côte, et il compte parmi ses clients KDN, le producteur de gaz naturel dont le plus gros actionnaire est Carl Trudeau. Le voilà, le lien. Je n'ai jamais discuté avec Ed Larrimore, je n'en ai aucune raison. Mais l'avocat chargé du suivi du dossier avec qui j'ai traité m'a laissé entendre qu'une décision a été prise au sommet pour écarter ce compromis.

— En guise de menues représailles, hein ?

— Ça m'en a tout l'air. Ça n'est rien d'illégal ou de contraire à l'éthique. La compagnie d'assurances décide de ne pas accepter le protocole d'accord et va en justice. Ça se présente tous les jours. Vous n'y pouvez rien, sauf les descendre en flammes au tribunal. Eastern Casualty possède vingt milliards d'actifs, donc affronter un jury à Pike County, dans le Mississippi, ça ne les inquiète pas trop. À mon avis, ils vont faire traîner jusqu'à ce que vous alliez en justice, et ensuite ils accepteront un compromis.

— Je ne sais trop quoi répondre, Alan.

— Je suis désolé, Wes. Je suis hors circuit, maintenant, et ce n'est pas de moi que vous tenez tout ceci.

— Bien sûr.

Wes fixa le mur du regard, un long moment, puis rassembla toute son énergie pour se lever, sortir de son bureau, et marcher jusqu'à celui de sa femme.

25.

Réglé comme une horloge, Ron Fisk embrassa Doreen devant leur porte d'entrée, à 6 heures ce matin-là, puis tendit son sac de voyage et sa serviette à Monte. Guy attendait dans le monospace. Les deux assistants eurent un signe de la main vers Mme Fisk, puis s'éloignèrent à vive allure. C'était le dernier mercredi de septembre, vingt et unième semaine de sa campagne, et vingt et unième mercredi consécutif qu'il embrassait sa femme sur le pas de la porte à six heures du matin. Tony Zachary n'aurait pu trouver candidat plus discipliné.

Sur la banquette arrière, Monte remit à Ron le briefing du jour. Un adjoint de Tony, à Jackson, le préparait dans la nuit et l'envoyait par e-mail à Monte à cinq heures très exactement, tous les matins. La page 1 donnait le programme. La page 2 présentait les trois groupes auxquels il s'adresserait ce jour-là, ainsi que les noms des personnalités importantes qui y participeraient.

La page 3 l'informait de l'évolution des campagnes de ses rivaux. Des ragots, le plus souvent, mais ils restaient sa partie préférée du briefing. La dernière apparition de Clete Coley avait été pour un petit groupe de shérifs adjoints, à Hancock County, et aussitôt suivie d'une nuit aux tables de black-jack du Pirate's Cove. Aujourd'hui, McCarthy était attendue à son bureau ; elle n'avait prévu aucune intervention électorale.

La page 4 présentait la situation financière. À ce jour, les contributions totalisaient un million sept cent mille dollars, dont soixante-quinze pour cent provenant de l'intérieur même de l'État. Les dépenses s'élevaient à un million huit cent mille. Le déficit n'était pas préoccupant. Tony Zachary savait que le gros des troupes financières arriverait en octobre. McCarthy avait perçu un million quatre cent mille, la quasi-totalité émanant des avocats civilistes. Elle en avait dépensé la moitié. L'idée dominante, dans le camp Fisk, c'était que les avocats étaient en bout de course.

Le King Air décolla à 6 h 30, alors que Fisk était au téléphone avec Tony Zachary, qui appelait depuis Jackson. C'était leur premier entretien de la journée. Tout se déroulait sans heurt. Fisk en était au point de croire que toutes les campagnes étaient aussi faciles. Il était toujours prompt, frais, préparé, reposé, financé et fin prêt à aborder l'épisode suivant. Il entretenait peu de contacts avec la vingtaine de personnes qui, sous la houlette de Zachary, transpiraient sur les détails.

Du côté de la juge McCarthy, la journée commençait par un jus d'orange pris en compagnie de Nathaniel Lester, à son siège de campagne de Jackson. Elle s'organisait pour y être à 8 h 30 tous les matins, et se montrait assez ponctuelle. Nathaniel était déjà sur le pont depuis deux heures à hurler sur ses troupes.

Ni lui ni Sheila ne s'intéressaient aux faits et gestes de leurs deux adversaires. Ils consacraient peu de temps aux résultats des sondages. Leurs infos plaçaient Sheila McCarthy à égalité avec Fisk, ce qui était déjà assez perturbant. Ils passaient rapidement en revue leurs derniers projets en matière de collecte de fonds, et discutaient des donateurs potentiels.

— Il se peut que j'aie un nouveau souci, avoua-t-elle ce matin-là.

— Rien qu'un ?

— Vous vous souvenez de l'affaire Frankie Hightower ?

— À l'instant même, non.

— Il y a cinq ans, un policier a été abattu dans le comté de Granada. Il avait arrêté un véhicule pour excès de vitesse. À l'intérieur de la voiture, il y avait trois hommes, trois Noirs. Plus un adolescent, Frankie Hightower, noir lui aussi. Quelqu'un a ouvert le feu avec une arme d'assaut, et le policier a été atteint de huit projectiles. Ils l'ont laissé au beau milieu de la nationale 51.

— Laissez-moi deviner la suite. La Cour a rendu une décision.

— Elle s'en approche. Six de mes collègues sont prêts à confirmer la condamnation.

— Laissez-moi deviner. Vous souhaitez formuler une opinion divergente.

—Je vais formuler une opinion divergente. Le gamin n'a pas été correctement défendu. Son avocat était un crétin sans expérience, et apparemment très peu intelligent. Le procès, une plaisanterie. Les trois autres voyous ont chargé Hightower pour avoir la vie sauve. Ce gamin avait alors seize ans et se trouvait sur la banquette arrière, sans arme. Oui, je vais émettre une opinion divergente.

Les sandales de Nathaniel vinrent frapper le sol, et il se mit à faire les cent pas. Débattre du pour et du contre, dans cette affaire, serait une perte de temps. Discuter de ses aspects politiques eût requis certains talents.

— Coley va monter sur ses grands chevaux.

—Je me moque de Coley. C'est un clown.

— Les clowns recueillent aussi des voix.

— Il n'entre pas en ligne de compte.

— Pour Fisk, ce sera un don du Ciel. Une preuve supplémentaire que sa campagne est d'inspiration divine. Une manne. Je vois ses messages d'ici.

—Je suis d'une opinion divergente, Nat. C'est aussi simple que cela.

— Ce n'est jamais aussi simple que cela. Certains électeurs peuvent comprendre votre geste et admirer votre courage. Ils seront peut-être trois ou quatre. Le reste verra la pub de Fisk, le visage souriant de ce jeune et beau policier, et le cliché d'identité judiciaire de Frankie machin chose.

— Hightower.

—Je vous remercie. Sa prochaine lettre va se référer au moins une dizaine de fois aux juges laxistes, et elle montrera sûrement votre visage. Un message fort. Vous pourriez aussi bien démissionner tout de suite, là…

La phrase resta en suspens, mais son amertume était sensible. Pendant un long moment, ils se turent. Ce fut Sheila qui rompit le silence.

— Ce n'est pas une mauvaise idée. Démissionner. Je me suis surprise à me demander, en lisant le dossier : « Que penseront les électeurs si je rends une décision dans tel sens, dans tel autre ? » Je ne suis plus un juge, Nat, je suis une politicienne.

— Vous êtes un juge formidable, Sheila. L'un des trois qui nous restent.

— Dans tout cela, il n'est plus question que de politique, maintenant.

— Vous n'allez pas démissionner. Vous l'avez rédigée, votre opinion divergente ?

— J'y travaille.

— Écoutez, Sheila, l'élection est dans cinq semaines. Pouvez-vous rédiger lentement ? Nom de Dieu, la Cour est réputée pour drôlement prendre son temps. Enfin, quoi, rien ne vous empêche de vous asseoir sur ce dossier en attendant le lendemain de l'élection. C'est quoi, cinq semaines ? Ce n'est rien. Le meurtre remonte à cinq ans.

Il arpentait la pièce d'un pas lourd, en fendant l'air de ses bras.

— Nous avons tout de même un calendrier.

—Des conneries. Vous pouvez le bricoler.

— Pour des raisons politiques…

— Et comment, Sheila. Accordez-moi un peu de répit, là. On se casse le cul pour vous, et vous agissez comme si vous étiez trop bien pour vous salir les mains. C'est un métier de crasses, d'accord ?

— Baissez d'un ton.

Il baissa le ton de plusieurs octaves, mais continua de déambuler. Trois pas vers un mur, puis trois autres vers le mur opposé.

— Votre opinion divergente ne changera rien de rien. La cour va encore vous écraser six voix contre trois, peut-être sept contre deux, pourquoi pas huit contre une. Les chiffres ne comptent pas réellement. La condamnation sera confirmée, et Frankie Machintruc restera exactement là où il est, où il sera encore dans dix ans d'ici. Ne soyez pas stupide, Sheila.

Elle termina son jus de fruits sans répondre.

— Je n'aime pas ce petit sourire narquois, lâcha-t-il. – Il pointa sur elle un index long et osseux. – Écoutez-moi. Si vous déposez votre opinion divergente avant l'élection, je sors par cette porte.

— Ne me menacez pas.

— Je ne menace pas. Je promets. Vous connaissez dix façons différentes de vous asseoir sur ce dossier pendant encore cinq semaines. Nom de Dieu, vous seriez capable de l'enterrer pendant six mois.

Elle se leva.

— Je vais aller travailler, fit-elle.

— Je ne plaisante pas ! hurla-t-il. Je laisse tomber !

Elle ouvrit la porte d'un coup sec.

— Allez donc nous trouver de l'argent.

———

Trois jours plus tard, une avalanche habilement déclenchée se déversa sur les écrans de télévision. Seule une poignée d'initiés avait su ce qui se préparait.

Ron Fisk lui-même n'avait pas saisi à quel point il était omniprésent. Il était intervenu devant les caméras, avait enfilé plusieurs tenues chaque jour, s'était plié aux scénarios en entraînant à sa suite sa famille et ses amis. Il avait conscience du budget consacré aux achats d'espaces, et des parts de marchés des différentes chaînes de télévision du Sud-Mississippi. S'il était resté de l'autre côté de la barrière, il se serait inquiété du financement d'un marketing aussi onéreux.

Mais la machine qui portait son nom comportait des rouages invisibles.

Les premiers spots furent consensuels – des clins d'œil chaleureux destinés à ouvrir les portes à ce charmant jeune homme. Ron en boy-scout, avec la voix off d'un acteur tenant le rôle de son chef : « L'un des meilleurs boy-scouts que nous ayons jamais eus. En moins de trois ans, il a intégré la patrouille des aigles. » Ron en robe, lors de sa remise des diplômes du secondaire, Ron étudiant vedette, Ron avec Doreen et les enfants, et une autre voix, la sienne, qui déclarait : « La famille est notre plus grand atout. » Au bout de trente secondes, le message s'achevait sur ce slogan prononcé d'une voix grave comme tombée du ciel : « Ron Fisk, un juge qui partage nos valeurs. »

Pas la moindre allusion conflictuelle, rien sur la campagne, pas un soupçon de coup bas, aucune indication de la férocité qui allait suivre. Juste le bonjour charmant d'un jeune croyant incroyablement sain.

Ces messages couvrirent tout le Sud-Mississippi, et le centre aussi, parce que Tony Zachary acceptait de payer les tarifs vertigineux pratiqués par les médias de Jackson.

———

Sur le calendrier de Barry Rinehart, le 30 septembre était une date cruciale. La totalité des contributions versées au cours du mois d'octobre ne serait pas officiellement enregistrée avant le 10 novembre, soit six jours après le scrutin. Le flot d'argent qu'il était sur le point de déverser, qui cette fois provenait de l'extérieur de l'État, ne serait examiné que trop tard. Les perdants pousseraient des cris d'orfraie, en vain.

Le 30 septembre donc, Rinehart et son entreprise enclenchèrent la vitesse supérieure. Ils commencèrent par leur liste d'interlocuteurs les plus solvables : les groupements pour la réforme de la procédure civile, les organisations religieuses de droite, les lobbyistes du monde des affaires, les unions patronales et des centaines d'organisations conservatrices, depuis la très célèbre American Rifle Association jusqu'à l'obscure Zero Future Tax, une officine militant pour l'abolition de l'impôt sur le revenu. Mille cent quarante groupements répartis dans la totalité des cinquante États américains. Rinehart envoya à chacun d'entre eux un mémo détaillé et une demande de don immédiat à la campagne Fisk d'un montant de deux mille cinq cents dollars, maximum autorisé pour une personne morale. Son objectif était d'atteindre cinq cent mille dollars.

Pour les individus – un don limité à un montant maximal de cinq mille dollars –, Rinehart possédait une liste de mille cadres dirigeants d'entreprises et de directeurs de sociétés actifs dans des secteurs susceptibles d'être la cible de procédures intentées par des avocats civilistes. Les compagnies d'assurance figuraient en tête de liste. Un million de dollars était attendu de ces contacts. Carl Trudeau lui avait fourni les noms de deux cents dirigeants de sociétés contrôlées par le Groupe Trudeau – au sein de Krane Chemical, personne ne signerait aucun chèque ; accepter l'argent de Krane, c'était l'assurance d'une dénonciation publiée en première page. Fisk pouvait se sentir obligé de se désister – un désastre que Rinehart n'osait envisager.

Il espérait un autre million de dollars des gars de Trudeau, une somme qui n'entrerait pas directement dans les comptes de la campagne. Pour tenir leurs noms à l'écart des journalistes les plus fouineurs, et rendre invisible toute implication de M. Trudeau, Rinehart transférerait l'argent sur les comptes bancaires des Victimes de la Justice pour la Vérité et des Propriétaires d'Armes à Feu (PAF).

Sa deuxième liste de cibles solvables contenait un millier de noms de donateurs ayant déjà accordé leur soutien à des candidats favorables au monde des affaires pour un niveau inférieur à cinq mille dollars. Il en attendait cinq cent mille dollars supplémentaires.

Trois millions, tel était son objectif, et il ne doutait pas un instant de l'atteindre.

26.

Dans l'excitation du moment, Huffy avait commis une faute lamentable. L'attente d'un versement conséquent, allant de pair avec la pression constante imposée par M. Tête-de-Nœud, lui avait fait commettre une erreur de jugement.

Peu après la visite de Wes avec sa promesse d'un versement de cinquante mille dollars, le banquier était entré au pas de charge dans le grand bureau de son patron pour lui annoncer que la dette des Payton était sur le point d'être réduite. Deux jours plus tard, ayant reçu la mauvaise nouvelle qu'elle ne le serait pas, il tremblait d'en informer qui que ce soit.

Il en perdit le sommeil durant une semaine, puis il se résolut à retourner affronter le démon. Il s'avança vers le bureau massif, la gorge nouée, et prit la parole.

— Une mauvaise nouvelle, monsieur.

— Où est l'argent ? lança M. Kirkhead.

— Le versement n'aura pas lieu, monsieur. Le protocole d'accord est tombé à l'eau.

Réprimant une bordée d'injures, M. Tête-de-Nœud rétorqua :

— Clôturez le prêt. Tout de suite.

— Quoi ?

— Vous m'avez entendu.

— Nous ne pouvons pas faire ça. Ils ont remboursé deux mille dollars tous les mois.

— Super. Cela ne couvre même pas les intérêts. Clôturez le prêt. Tout de suite.

— Pourquoi ?

— Pour deux minuscules raisons, Huffy. Premièrement, ils sont en défaut de paiement depuis au moins un an. Deuxièmement, cet emprunt est garanti par un nantissement nettement insuffisant. En tant que banquier, vous êtes certainement à même de comprendre.

— Mais ils font des efforts.

— Clôturez-moi ce prêt. Tout de suite. Si vous refusez, ce sera la mutation, ou le licenciement.

— C'est honteux.

— Ce que vous pensez m'est égal. – Là dessus, il se radoucit un peu, et consentit à lui faire un aveu. – Cette décision ne vient pas de moi, Huffy. Nous avons été rachetés, et j'ai reçu l'ordre de clôturer ce prêt.

— Mais pourquoi ?

Kirkhead décrocha le téléphone et lui tendit le combiné.

— Vous voulez avoir notre interlocuteur à Dallas ?

— Cela va les mettre en faillite.

— Ils le sont depuis longtemps. Maintenant, ils peuvent rendre leur faillite officielle.

— Fils de pute.

— C'est à moi que vous parlez, fiston ?

Huffy lança un regard rageur au crâne chauve.

— Pas vraiment. Plutôt à l'autre, le fils de pute, à Dallas.

— Nous en resterons là, d'accord ?

Huffy regagna son bureau, claqua la porte et contempla les murs, laissant une heure s'écouler. Tête-de-Nœud allait bientôt faire un détour par là, pour s'enquérir de la suite.

———

Wes était occupé à recueillir une déposition en centre-ville. Mary Grace était à son bureau. Elle prit l'appel.

Elle admirait Huffy pour le courage qu'il avait eu de leur accorder une ligne de crédit dépassant l'imaginable, mais le son de sa voix la déstabilisait à coup sûr.

— Bonjour, Tom, dit-elle d'un ton enjoué.

— On n'est franchement pas dans un bon jour, Mary Grace, commença-t-il. On est dans une sale journée, une journée épouvantable, une des pires que j'aie jamais vécues.

Un lourd silence.

— J'écoute.

— La banque, pas la banque avec laquelle vous avez traité, mais l'autre qui, à partir de maintenant, est la propriété de gens que j'ai rencontrés une fois et que je n'ai aucune envie de revoir, a décidé que les remboursements ne pouvaient plus attendre. La banque, pas moi, clôture le prêt.

Elle lâcha un son étrange, guttural, pas réellement un mot, plutôt un borborygme. Sa première pensée fut pour son père. Hormis les signatures du couple, le prêt était adossé à la seule garantie des quatre-vingts hectares environ de terres cultivées que son père possédait. Elles étaient situées près de Bowmore, et n'incluaient pas la quinzaine d'hectares entourant la maison de famille. La banque saisirait cette propriété.

— Une raison en particulier, Huffy ? s'enquit-elle, froidement.

— Aucune, à ma connaissance. La décision n'a pas été prise à Hattiesburg. Si vous vous rappelez, Second State s'est vendu au diable.

— Cela n'a aucun sens.

— Je suis d'accord.

— Vous allez nous contraindre au dépôt de bilan, et la banque ne récupérera rien.

— Sauf la ferme.

— Donc vous allez saisir la ferme ?

— Quelqu'un, oui. Pas moi. Enfin, j'espère.

— Habile manœuvre, Huffy, parce que s'ils viennent opérer la saisie sur les marches du tribunal de Bowmore, il pourrait bien y avoir un massacre.

— Peut-être qu'ils enverront le vieux Tête-de-Nœud.

— Vous êtes au bureau ?

— Oui, avec la porte fermée à clef.

— Wes est en ville. Il sera de retour d'ici un quart d'heure. Déverrouillez votre porte.

— Ah ça, non.

———

Un quart d'heure plus tard, Wes prenait d'assaut le bureau de Huffy, les joues écarlates de colère, prêt à l'étrangler de ses mains.

— Où est Tête-de-Nœud ? lança-t-il.

Huffy se leva d'un bond, derrière son bureau, les deux mains levées.

— Du calme, Wes.

— Où est Tête-de-Nœud ?

— Pour le moment, il est dans sa voiture, il se rend à une importante réunion imprévue et urgente décidée il y a tout juste dix minutes. Asseyez-vous, Wes.

Wes respira profondément en se laissant tomber sur une chaise. Huffy l'observa, puis retourna s'asseoir dans son fauteuil.

— Ce n'est pas sa faute, Wes, reprit Huffy. Dans la pratique, le prêt est en défaut de paiement depuis presque deux ans. Il aurait pu prendre cette décision depuis des mois, mais il ne l'a pas fait. Je sais que vous ne l'appréciez guère. Je ne l'apprécie pas non plus. Sa femme ne l'apprécie pas. Mais il a été très patient. Cette décision a été prise au siège.

— Donnez-moi un nom, au siège.

Huffy glissa vers lui une lettre qu'il avait reçue par télécopie. Elle était adressée aux Payton sur papier à en-tête de la New Vista Bank, et signée par un M. F. Patterson Duvall, vice-président.

— Elle est arrivée il y a une demi-heure, précisa-t-il. Je ne connais pas M. Duvall. J'ai appelé son bureau deux fois, mais il participe à une importante réunion, lui aussi, du genre qui va se prolonger jusqu'à ce que nous cessions d'appeler, j'en suis convaincu. C'est une perte de temps, Wes.

La lettre exigeait le paiement total de l'encours, soit 414 656, 22 dollars, avec cumul des intérêts à raison de 83,50 dollars par jour. Conformément aux termes du contrat de prêt, les Payton avaient quarante-huit heures pour payer, ou les procédures de recouvrement et de saisie débuteraient. Naturellement, les honoraires d'avocat et les frais juridiques viendraient s'ajouter au montant dû.

Wes lut la lettre lentement en reprenant peu à peu son calme. Il la reposa sur le bureau.

— Mary Grace et moi, nous en parlons tous les jours, de cet emprunt, Huffy. Il a fini par faire partie intégrante de notre couple. Nous parlons des enfants, du bureau, de cette dette à la banque, de ce qu'il y a pour le dîner. C'est constamment là, et on s'est crevé le cul pour liquider toutes nos autres obligations, histoire de pouvoir se crever le cul pour rembourser la banque. La semaine dernière, on a été vraiment pas loin de vous rembourser cinquante mille. Nous nous sommes juré de nous épuiser à la tâche jusqu'à ce que la banque soit sortie de nos existences. Et maintenant, cette combine. Et maintenant, un débile, à Dallas, a décidé qu'il était fatigué de voir ce prêt en souffrance revenir s'inscrire tous les jours à son casier judiciaire, et il veut s'en débarrasser. Vous savez quoi, Huffy...

— Quoi ?

— La banque vient de se tirer une balle dans le pied. Nous allons déposer le bilan, et quand vous essaierez de saisir la propriété de mon beau-père, je le mettrai lui aussi en faillite. Et quand nous serons parvenus à nous sortir de la faillite, quand nous serons de nouveau sur pied, devinez un peu qui n'arrivera pas à se faire payer.

— Le débile de Dallas ?

— Vous avez pigé. La banque n'aura rien. Ce sera merveilleux. Les quatre cent mille dollars, quand on les aura gagnés, on pourra se les garder.

———

En fin d'après-midi, le couple Payton convoqua une réunion du cabinet, à La Mine. Mis à part l'humiliation d'un dépôt de bilan, qui semblait n'embêter personne, les soucis étaient finis, presque. En fait, les agissements de la banque permettraient au cabinet de respirer. Les versements mensuels de deux mille dollars allaient être suspendus, des liquidités très utiles ailleurs.

Leur vrai motif d'inquiétude, évidemment, concernait la terre dont M. Shelby, le père de Mary Grace, était le propriétaire.

Wes avait un plan. Il allait trouver un acheteur amical qui se présenterait lors de la saisie et signerait un chèque. Il y aurait transmission du titre de propriété, qui serait détenu en toute confiance, « sur la foi d'une poignée de main », jusqu'à ce que les Payton puissent la racheter, peut-être même dans l'année, avec un peu de chance. Ni lui ni son épouse n'envisageaient de demander à M. Shelby de se joindre à eux devant le tribunal de commerce.

Quarante-huit heures s'écoulèrent sans paiement. Fidèle à sa parole, la banque porta plainte. Son avocat, un confrère très convenable que les Payton connaissaient bien, les appela pour leur présenter par avance ses excuses. Il représentait la banque depuis des années et ne pouvait se permettre de la perdre comme client. Mary Grace accepta ses excuses et sa plainte, et donna sa bénédiction en prime.

Le lendemain, les Payton déposaient leur bilan, à titre individuel et au nom de Payton & Payton, avocats à la cour. Ils inscrivirent la liste de leurs biens détenus en commun, à hauteur de trente-cinq mille dollars – deux véhicules hors d'âge, du mobilier, des équipements de bureau –, le tout constituant des actifs protégés. Ils inscrivirent aussi leurs dettes, pour un montant de quatre cent vingt mille dollars. Le dépôt de bilan enrayait efficacement la procédure juridique et, au bout du compte, la rendrait inutile. Le *Hattiesburg American* reprit la nouvelle en deuxième page, dans son édition du lendemain.

Carl Trudeau l'apprit en consultant la presse en ligne, et il éclata de rire.

— Revenez donc m'intenter un procès, lâcha-t-il, extrêmement satisfait.

En moins d'une semaine, trois cabinets juridiques de Hattiesburg informaient le vieux Tête-de-Nœud qu'ils lui retiraient leurs fonds, clôturaient leurs comptes et transféraient leurs affaires dans un autre établissement, plus loin dans la rue. Il y avait huit autres banques en ville.

Un avocat fortuné du nom de Jim McMay appela Wes et lui proposa son aide. Amis de longue date, les deux hommes avaient collaboré à deux reprises dans des affaires de produits défectueux. McMay représentait quatre familles de Bowmore dans la procédure Krane, sans pousser ses dossiers de façon très agressive. Comme les autres avocats qui avaient poursuivi Krane, il attendait l'issue du dossier Baker en espérant tirer le gros lot quand on aboutirait à un règlement, si l'on y parvenait.

Ils se retrouvèrent au petit déjeuner chez Nanny's et, devant des biscuits et un jambon de pays, McMay accepta volontiers de sauver les quatre-vingts hectares de la saisie en conservant le titre de propriété jusqu'à ce que les Payton puissent le lui racheter. La terre agricole, à Cancer County, ne se vendait pas au prix fort ; Wes estimait que la propriété de M. Shelby partirait autour de cent mille dollars, le seul argent que la banque récolterait de sa manœuvre imbécile.

27.

Sheila McCarthy était sur son tapis de marche, bouche bée, devant son poste de télévision. Il était 7 h 29, et le spot passait pile au milieu des infos locales. S'ouvrant sur le baiser provocant qu'échangeaient deux jeunes hommes élégants devant un pasteur tout sourire, il était accompagné d'une voix-off qui susurrait : « Les mariages entre personnes du même sexe se répandent dans le pays. Dans des endroits comme le Massachusetts, New York, la Californie, les lois sont contestées. Les défenseurs des mariages gay et lesbiens font pression pour imposer leur mode de vie au reste de la société. » Une photo de mariage ordinaire remplaçait la précédente, profanée d'une croix noire au trait épais. « Les juges de gauche, disait la voix off, sont favorables à ce droit au mariage homosexuel. » La photo cédait la place à une vidéo. Un groupe de lesbiennes célébrant des noces collectives. « Nos familles subissent les attaques des militants homosexuels et des juges de gauche qui les soutiennent. » Ensuite, c'était un enchaînement d'images d'actualités d'une foule brûlant le drapeau américain. La voix poursuivait : « Les juges de gauche ont approuvé que l'on mette le feu à notre drapeau. » Suivait un gros plan sur un présentoir de magazines où s'empilaient des exemplaires du magazine *Hustler*. « Les juges de gauche ne voient rien de mal à la pornographie. » Enfin, photo d'une famille souriante, la mère, le père et leurs quatre enfants. « Les juges de gauche vont-ils détruire nos familles ? » demandait le commentateur d'une voix à présent menaçante. Subitement, le visage beau mais grave de Ron Fisk apparaissait à l'écran. Il fixait la caméra d'un regard franc et répondait : « Pas dans le Mississippi. Ici, un homme, une femme. Je m'appelle Ron Fisk, candidat à la Cour suprême. Et j'ai donné mon accord à ce message publicitaire. »

Dégoulinante de sueur, le cœur battant la chamade, Sheila s'assit par terre et tâcha de réfléchir. Le présentateur de la météo jacassait, mais elle n'entendait rien. Elle s'allongea sur le dos, étira les bras et les jambes, et respira plusieurs fois, à fond.

Dans le Mississippi, le mariage homosexuel était dans l'impasse, et il y resterait. Personne, parmi ceux qui jouissaient d'une certaine audience ou de certains soutiens, n'avait osé suggérer de modifier les lois, de lever l'interdiction. On pouvait attendre des membres du corps législatif de l'État qu'ils se répandent en injures contre l'idée même. Dans tout l'État, seul un juge, Phil Shingleton, avait abordé le sujet, et l'avait bouclé en déboutant sans une hésitation le tandem Meyerchec/Spano. La Cour suprême traiterait le cas d'ici environ un an, mais Sheila McCarthy s'attendait à un examen succinct suivi d'un scrutin rapide, neuf contre zéro, confirmant la décision du juge Shingleton.

Comment, au juste, pouvait-on la cataloguer comme magistrat de gauche soutenant le mariage homosexuel ?

La pièce tournoyait devant elle. Un intermède publicitaire commençait… Elle se raidit dans l'attente d'un nouvel assaut, mais rien ne vint, rien d'autre que les braillements d'un vendeur de voitures et les recommandations pressantes d'un marchand de meubles discount.

Un quart d'heure plus tard, nouvelle diffusion du spot. Elle releva la tête et revit, toujours aussi incrédule, les mêmes images accompagnées par la même voix.

Son téléphone sonna. Le numéro qui s'afficha la convainquit de ne pas répondre. Elle se doucha et s'habilla en vitesse. À 8 h 30, elle pénétra dans sa permanence de campagne avec un grand sourire et un « bonjour » plein de chaleur. Les quatre bénévoles avaient perdu tout entrain. Les trois postes de télévision étaient allumés, mais réglés sur des chaînes différentes. Nathaniel était dans son bureau. Il interrompit brutalement son coup de fil tapageur, lui fit signe d'entrer et de refermer la porte derrière elle.

— Vous avez vu ça ?

— Deux fois, fit-elle à voix basse.

Elle se montrait impassible. Tout le monde était secoué, et il était important de conserver au moins l'apparence de la sérénité.

—Saturation totale, reprit-il. Jackson, la côte du golfe, Hattiesburg, Laurel, tous les quarts d'heure, sur toutes les chaînes. Plus la radio.

— Vous avez quel genre de jus, vous, ici ?

— Carotte, répondit-il, et il ouvrit son petit réfrigérateur. Ils brûlent leur argent sans compter, ce qui, bien entendu, veut dire qu'ils en ramassent des charretées. L'embuscade type. Ils attendent le 1er octobre, ils appuient sur un bouton et font tourner la planche à billets. Ils ont procédé de la même manière l'an dernier dans l'Illinois et dans l'Alabama. Il y a deux ans, c'était dans l'Ohio et au Texas.

Tout en parlant, il remplissait deux gobelets.

— Asseyez-vous et détendez-vous, Nathaniel, lui conseilla-t-elle.

Ce qu'il ne fit pas.

— Aux pubs agressives, il faut répondre sur le même ton, décréta-t-il. Et vite.

—Je ne suis pas sûre que ce soit de la publicité agressive. Il ne mentionne jamais mon nom.

— Pas besoin. Combien de juges de gauche se présentent contre M. Fisk ?

— Pas un seul, à ma connaissance.

— À partir de ce matin, ma chère, vous êtes une juge de gauche.

— Vraiment ? Eh bien, moi, je ne me sens pas du tout changée.

— Il faut leur répondre, Sheila.

—Je ne vais pas me laisser entraîner dans cette campagne de dénigrement du mariage gay.

Lester finit par se poser dans son siège en se trémoussant, et se tut. Il but son jus de carotte, regarda fixement le sol, et attendit que sa respiration se calme.

Elle avala une gorgée de jus de carotte, puis reprit la parole avec le sourire.

— C'est mortel, non ?

— Ce jus ?

— Ce message.

— Potentiellement, oui. Mais j'étais en train de travailler à quelque chose. – Il tendit la main vers une pile de fatras posée à côté de son bureau, et en tira une mince chemise. Il l'ouvrit et leva trois feuilles de papier retenues par un trombone. – Écoutez-moi ça. M. Meyerchec et M. Spano ont loué un appartement le 1er avril de cette année. Nous détenons une copie du bail. Ils ont attendu trente jours, comme requis par la loi, puis ils se sont inscrits sur les listes électorales. Le lendemain, le 2 mai, ils ont introduit une demande de permis de conduire dans le Mississippi ; ils ont passé l'examen, avec succès. Le Département de la Sécurité publique a émis leurs permis le 4 mai. Deux mois se sont écoulés, durant lesquels on ne trouve aucune trace d'un emploi ni d'un numéro de registre de commerce, rien d'officiel indiquant qu'ils travailleraient ici. Souvenez-vous : ils prétendent être illustrateurs indépendants, sans qu'on sache trop ce que cela signifie. – Il feuilletait ses papiers en vérifiant ses informations ici et là. – Un petit coup de sonde auprès des illustrateurs existants nous a révélé que personne ne connaissait messieurs Meyerchec et Spano. Leur appartement se trouve dans un grand ensemble, quantité de logements, quantité de voisins, aucun ne se souvient de les avoir vus là-bas. Dans les milieux gays, pas une seule des personnes contactées ne les a rencontrés.

— Contactées par qui ?

— Minute. Ensuite, ils essaient d'obtenir une autorisation de se marier, et l'histoire paraît dans les journaux.

— Contactés par qui ?

Nathaniel rangea ses documents dans leur chemise et la referma.

— C'est là que cela devient intéressant. La semaine dernière, j'ai reçu un coup de téléphone d'un jeune homme qui se décrivait lui-même comme un gay, étudiant en droit à Jackson. Il m'a donné son nom et le nom de son partenaire, un autre étudiant en droit. Sans être précisément partants pour la Gay

Pride, ce ne sont pas non plus deux refoulés planqués. L'affaire Meyerchec/Spano les a intrigués. Quand c'est devenu un thème de campagne, elle a éveillé leurs soupçons et ceux d'autres individus dotés d'un peu de cervelle. Ils connaissent pas mal de gays ici, en ville, et ils se sont mis à poser des questions au sujet de ce Meyerchec et de ce Spano. Personne ne les connaît. En fait, du jour où la plainte a été déposée, ils ont suscité la méfiance de la communauté gay. Qui sont ces types ? D'où venaient-ils ? Les étudiants en droit ont décidé de découvrir les réponses. Ils ont appelé le numéro de téléphone de Meyerchec et Spano cinq fois par jour, à des heures différentes. Ça ne répondait jamais. Depuis trente-six jours maintenant, ils téléphonent. Jamais de réponse. Ils ont parlé aux voisins. Qui ne les ont jamais croisés. Ils ont frappé à la porte, regardé par les fenêtres. L'appartement est à peine meublé, rien sur les murs. Pour se transformer en citoyens véritables, Meyerchec et Spano se sont acheté une Saab d'occasion à trois mille dollars immatriculée à leurs deux noms, comme un vrai couple marié, puis ils ont acheté des plaques dans le Mississippi. La Saab est garée devant leur appartement. En trente-six jours, personne ne l'a jamais bougée de là.

— Et ceci est censé nous mener où ?

— J'y viens. Nos deux étudiants en droit les ont finalement retrouvés, à Chicago, où Meyerchec gère un bar gay et Spano travaille comme décorateur d'intérieur. Moyennant un peu de liquide, les étudiants s'envoleraient volontiers pour Chicago, pour aller traîner dans ce bar, s'infiltrer, réunir des informations.

— Des informations dans quel but ?

— Des informations qui, avec un peu de chance, prouveront qu'ils ne sont pas résidents de cet État, que leur présence était une supercherie, que quelqu'un se sert d'eux pour exploiter une affaire de mariage gay. Peut-être qu'ils ne forment même pas un couple, à Chicago. Si nous réussissons à le prouver, alors j'irai au *Clarion-Ledger*, au *Sun Herald* de Biloxi, et dans toutes les autres rédactions des journaux de l'État leur livrer la nouvelle. Nous ne remporterons pas le combat sur cette histoire, ma chère, mais cela nous fournira sûrement de quoi alimenter la riposte.

Elle vida son verre et secoua la tête, incrédule.

— Vous pensez que Fisk est retors à ce point ?

— Fisk est un pion. Oui, ses manipulateurs sont malins à ce point. Le procédé est cynique et brillant. Personne ne songe au mariage gay, par ici, parce que le cas ne s'est jamais présenté, et voilà que, subitement, tout le monde se met à en parler. Les gros titres partout. La peur. Les mères cachent leurs enfants. Les politiciens bavardent à tort et à travers.

— Mais pourquoi utiliser deux homos de Chicago ?

— Je ne suis pas sûr que vous puissiez dénicher dans tout le Mississippi deux hommes, même gays, qui accepteraient ce genre de publicité. Même ceux qui sont favorables à la tolérance comprennent la réaction brutale de l'univers hétéro. La dernière chose qu'ils feraient, c'est exactement ce que Meyerchec et Spano ont tenté de faire.

— Si Meyerchec et Spano sont gays, pourquoi commettre un acte susceptible de nuire à leur cause ?

— Pour deux raisons. D'abord, ils ne vivent pas ici. Ensuite, pour l'argent. Quelqu'un paie les factures… le loyer de l'appartement, la voiture d'occasion, l'avocat, et quelques milliers de dollars versés pour le temps et le dérangement.

Sheila en avait entendu assez. Elle jeta un œil à sa montre.

— Combien leur faut-il ?

— De l'argent pour leurs frais… billets d'avion, hôtel, l'essentiel. Deux mille.

— Nous les avons ?

— J'en serai de ma poche. Nous ne les consignerons pas dans la comptabilité. Je veux juste que vous sachiez ce que nous fabriquons.

— Vous avez mon accord.

— Et votre opinion dissidente concernant Frankie Hightower ?

— J'y travaille dur. Cela devrait me prendre encore deux mois.

— Voilà, maintenant vous vous exprimez comme un vrai juge à la Cour suprême.

———

Denny Ott obtint un carton d'invitation grâce à un ami qui l'avait averti de la réunion, un matin, chez Babe's. Tous les prêtres de la ville n'étaient pas conviés. Deux d'entre eux, issus d'églises méthodistes, et le pasteur presbytérien en étaient nommément exclus. Les autres étaient les bienvenus. Il n'y avait pas d'église épiscopale à Bowmore, et si la ville comptait un catholique, il ou elle lui restait à se faire connaître.

La réunion se tint un jeudi après-midi dans la salle polyvalente d'une congrégation fondamentaliste intitulée le Tabernacle de la Moisson. Le modérateur était le pasteur de l'église, un fougueux jeune homme connu sous le nom de frère Ted. Après une brève prière, il accueillit ses homologues, au nombre de seize, dont trois Noirs. Il posa un regard prudent sur Denny Ott, sans oser commenter sa venue.

Frère Ted en vint vite au fait. Il avait rejoint la Coalition de la Fraternité, une nouvelle entité de prêtres fondamentalistes, présente dans tout le Sud-Mississippi. Leur but était d'œuvrer sereinement, méthodiquement et suivant la volonté du Seigneur, en faveur de l'élection de Ron Fisk, et tuer ainsi dans l'œuf tout risque de voir un jour des mariages entre personnes de même sexe célébrés dans le Mississippi. Il tempêta contre le Mal homosexuel et son acceptation par la société américaine. Il cita la Bible chaque fois qu'il le jugea approprié, éleva la voix avec indignation chaque fois que c'était nécessaire. Il insista sur l'urgence d'élire des hommes de Dieu à tous les postes publics, et promit que la Fraternité constituerait une force pour les années à venir.

Denny écoutait, le visage impassible, mais l'esprit en alerte. Il avait eu plusieurs conversations avec les Payton et connaissait les véritables enjeux de la compétition électorale. La manipulation et le marketing l'écœuraient. Tout en parcourant du regard l'assistance, il récapitula le nombre de victimes de Krane Chemical qu'il avait enterrées. Cary County était bien le dernier endroit où un candidat comme Ron Fisk avait des chances de gagner.

Frère Ted aborda le sujet Sheila McCarthy avec une belle hypocrisie. Elle était catholique et originaire de la Côte, ce qui, dans les milieux chrétiens ruraux, signifiait qu'elle était une créature à la morale relâchée. Elle était divorcée. Elle aimait faire la fête, et il circulait des rumeurs d'amants de cœur. C'était une progressiste de gauche, irrécupérable, opposée à la peine de mort, à laquelle on ne pouvait se fier dès lors qu'elle serait confrontée à des questions comme le mariage homosexuel, l'immigration illégale et autres.

Quand il eut terminé son sermon, quelqu'un suggéra que les Églises ne devaient peut-être pas s'impliquer dans les questions politiques. Il s'attira la désapprobation générale. Frère Ted sauta sur l'occasion de faire une courte leçon sur la guerre des cultures et sur le courage qu'il leur faudrait manifester dans le combat au service de Dieu. Le propos déboucha sur une discussion virulente au sujet de l'érosion des valeurs. On en attribua la faute à la télévision, à Hollywood, à Internet. La liste des coupables ne cessait de s'allonger.

Quelle était la stratégie à suivre ? demanda quelqu'un.

L'organisation ! Dans le Sud-Mississippi, les croyants dépassaient en nombre les païens, et il fallait mobiliser les troupes. Les employés de la campagne, les démarcheurs, les surveillants des bureaux de vote. Diffuser le message d'église en église, de maison en maison. On était plus qu'à trois semaines de l'élection. Leur mouvement se propageait comme un feu de forêt.

Denny Ott ne pouvait en supporter davantage. Il s'excusa, prit sa voiture, regagna son bureau à l'église, et appela Mary Grace.

––––––

Deux jours après le lancement du message anti-gay par la campagne Fisk, les directeurs de la SAM convoquèrent une session d'urgence. L'humeur était sombre. La question, évidente : comment ce thème pouvait-il venir occuper le devant de la scène ? Que ferait la direction de campagne de McCarthy pour contrer cette attaque ?

Nathaniel Lester était présent. Il leur dressa un résumé de leurs projets pour les trois ultimes semaines. Dans ce combat, McCarthy disposait de sept cent mille dollars, bien moins que

Fisk. La moitié de son budget était déjà consacrée à des spots télévisés dont la diffusion commencerait dans vingt-quatre heures. Le reste était réservé aux publipostages et à des spots de dernière minute. Après quoi, ils seraient à court de capitaux. Des petites donations leur parvenaient de mouvements syndicaux, environnementaux et quelques organisations de lobbying modérées, mais quatre-vingt-douze pour cent des fonds de McCarthy étaient expédiés par des avocats.

Nathaniel récapitula le dernier sondage. La compétition plaçait les deux favoris ex æquo à trente pour cent, avec le même nombre d'indécis. Coley stagnait autour de dix pour cent. Toutefois, le sondage avait été effectué une semaine auparavant, et ne reflétait aucun changement consécutif aux annonces sur le mariage homosexuel. Lester allait débuter un nouveau sondage ce week-end.

Sans surprise, les avocats avaient les avis les plus divers et les idées les plus extravagantes sur la suite des opérations. Toutes étaient onéreuses, ne cessait de leur rappeler Nat. Il les écouta argumenter. Certains formulaient des propositions sensées, d'autres jouaient les radicaux. Presque tous étaient sûrs d'en savoir davantage que le voisin, et tenaient pour acquis que leur choix stratégique serait aussitôt adopté par la direction de campagne de McCarthy.

Lester préféra taire certaines rumeurs déprimantes. Un journaliste d'un quotidien de Biloxi avait appelé ce matin pour poser quelques questions. En vue d'un article, il explorait la question des mariages entre personnes de même sexe, qui, disait-il, faisait rage. Au cours d'un entretien de dix minutes, il lui avait expliqué que la principale chaîne de télévision de la Côte avait vendu à la campagne Fisk pour un million de dollars de temps d'antenne en *prime time*. Le plus gros marché publicitaire jamais recensé dans un scrutin politique, de source sûre.

Un million de dollars sur la Côte, cela signifiait au moins autant sur les autres marchés.

La nouvelle était si décourageante que Nat hésitait à en parler à Sheila. Et n'hésitait pas à la taire aux avocats. De tels montants étaient capables de démoraliser les hommes et les femmes qui formaient la base la plus solide de la candidate.

Le président de la SAM, Bobby Neal, finit par échafauder un plan pas trop onéreux. Il enverrait à leurs huit cents membres un e-mail urgent détaillant par le menu la situation désastreuse et les priant d'agir. Chaque avocat recevrait pour instruction de 1) dresser une liste d'au moins dix clients en mesure de signer un chèque de cent dollars, et 2) fournir une seconde liste, celle-là de clients et d'amis susceptibles de faire du porte-à-porte et de suivre les bureaux de vote le jour du scrutin. Le soutien de la base était crucial.

Les participants allaient se disperser quand Willy Benton, à l'autre bout de la table, se leva et réclama l'attention. Il tenait une feuille de papier imprimée en petits caractères, recto-verso.

— C'est un billet à ordre sur une ligne de crédit à la Gulf Bank de Pascagoula, annonça-t-il.

Ses auditeurs songèrent un instant à plonger sous la table ; Benton n'était pas un simple d'esprit, et il était connu pour son goût du mélodrame. On pouvait s'attendre au pire.

— Un demi-million de dollars, reprit-il en détachant ses mots, et les chiffres se répercutèrent dans la salle. Payables à la campagne pour la réélection de Sheila McCarthy. Je l'ai déjà signé, et je vais le faire circuler autour de cette table. Nous sommes douze, ici présents. Pour devenir effectif, il requiert dix signatures. Chacun d'entre nous sera redevable de cinquante mille dollars.

Silence de mort. Regards furtifs, visages évasifs. Certains avaient déjà contribué pour plus de cinquante mille dollars, les autres pour beaucoup moins. Certains dépenseraient cinquante mille dollars pour leur jet le mois suivant, d'autres croulaient sous les dettes. Mais quel que soit le solde de leur compte bancaire, tous rêvaient d'étrangler l'orateur, ce salaud.

Benton tendit le billet à ordre au benêt assis à sa gauche, qui ne possédait pas de jet. Heureusement que dans une carrière de tels moments sont rares. Signe-moi ça, et tu seras un homme, un vrai. Fais-le suivre sans le signer, et tu peux aussi bien démissionner et te lancer dans l'immobilier.

Les douze signèrent, tous.

28.

Le nom du pervers : Darrel Sackett. La dernière fois qu'il avait été aperçu, il avait trente-sept ans et logeait dans une prison du comté dans l'attente d'un nouveau procès : il était accusé d'avoir fait du mal à de très jeunes enfants. Il avait certes l'air coupable : le front fuyant, les yeux exorbités et grossis par d'épais verres de lunettes, une barbe d'une semaine, une épaisse cicatrice au menton – le genre de faciès capable d'effrayer n'importe quel parent, et même n'importe quel citoyen. Un pédophile patenté, arrêté pour la première fois à l'âge de seize ans. Condamné à quatre reprises au moins, dans quatre États différents.

Sackett, avec son visage épouvantable et son casier judiciaire répugnant, fut présenté aux électeurs inscrits du Sud-Mississippi dans une lettre envoyée par une nouvelle organisation, encore une, baptisée Victimes Debout. Le texte de deux pages était à la fois la biographie d'un criminel pathétique et l'inventaire des misérables lacunes du système judiciaire.

« Pourquoi cet homme est-il libre ? » s'indignait la lettre. Réponse : parce que la juge Sheila McCarthy a fait annuler sa condamnation pour seize chefs d'accusation de sévices à enfants. Huit ans plus tôt, un jury avait déclaré Sackett coupable, et le juge l'avait condamné à la peine de réclusion à perpétuité sans liberté conditionnelle. Son avocat – l'un de ces avocats payés avec les deniers du contribuable – avait fait appel de la sentence devant la Cour suprême, et « là, Darrel Sackett avait bénéficié de l'accueil chaleureux de la juge Sheila

McCarthy ». Cette dernière s'en était prise aux inspecteurs de police honnêtes et travailleurs qui avaient soutiré des aveux complets à Sackett. Elle les avait pris en faute pour ce qu'elle considérait comme des méthodes répréhensibles. Elle avait étrillé le juge, un magistrat respecté et connu pour sa fermeté envers les criminels, coupable selon elle d'avoir accepté comme pièce à conviction les aveux en question et le matériel saisi dans l'appartement de Sackett – le jury avait été secoué par le spectacle de la pile de pornographie pédophile saisie chez l'accusé au cours d'une perquisition menée « dans les règles ». Tout en prétendant n'éprouver que dégoût pour le défendeur, elle avait annulé sa condamnation et renvoyé l'affaire devant un tribunal, pour y être de nouveau jugée.

Sackett avait quitté la prison d'État pour réintégrer celle du comté de Lauderdale, d'où il s'était évadé une semaine plus tard. Depuis, on ne l'avait plus revu. Il était dehors, « en homme libre », et continuait sans nul doute de perpétrer ses violences contre des enfants innocents.

Le dernier paragraphe offrait la diatribe habituelle contre les juges laxistes. Imprimé en petits caractères, figurait la mention que le document recevait l'approbation de Ron Fisk.

Certains faits étaient omis. Premièrement, la Cour avait voté par huit voix contre une pour casser la condamnation de Sackett. La manière d'agir de la police avait été telle que, outre Sheila, quatre juges avaient rédigé des avis négatifs, encore plus cinglants que les siens, sur les aveux forcés et la perquisition sans mandat, en infraction avec la constitution. Le seul dissident, le juge Romano, esprit peu clairvoyant, n'avait jamais voté une seule fois l'annulation d'un verdict en matière criminelle, et avait fait vœu, en privé, de ne jamais le faire.

Deuxièmement, Sackett était mort, à ce jour. Quatre ans auparavant, il avait trouvé la mort lors d'une bagarre dans un bar d'Atlanta. La nouvelle de son décès n'avait pas atteint le Mississippi et, quand son dossier avait été retiré des archives du comté de Lauderdale, pas un journaliste ne s'en était aperçu. Barry Rinehart l'avait découvert au terme de recherches approfondies – ce qui ne comptait plus guère.

La campagne Fisk trafiquait la vérité, désormais, mais le candidat était trop occupé pour percevoir ce genre de détails, et Tony Zachary avait toute sa confiance. La course électorale s'était muée en croisade au service d'un ordre supérieur. Si les faits étaient déformés, eh bien, c'était pour la bonne cause. En politique, il fallait se salir les mains, et ceux d'en face ne s'en privaient certainement pas.

Barry Rinehart ne s'était jamais laissé déranger par la vérité. Son seul souci était de ne pas se faire prendre à ses propres mensonges. L'histoire était bien plus forte avec un fou dangereux en cavale et bien vivant. Un Sackett mort avait de quoi rassurer, or Rinehart préférait un Sackett qui fait peur. Et il savait que McCarthy n'avait pas les moyens de réagir. Elle avait annulé la condamnation de ce criminel voilà tout. Dans le monde des spots publicitaires de trente secondes et des petites phrases croustillantes, toute tentative d'explication était vaine.

Après le choc, elle essaierait d'effacer Sackett de son esprit.

———

Après le choc, pourtant, il fallait bien que Sheila revoie l'affaire. Elle avait regardé la publicité sur le site Web des Victimes Debout, après un appel affolé de Lester. Paul, son greffier, avait retrouvé le dossier, et ils l'avaient relu en silence. Elle en conservait un vague souvenir. Au cours des huit années écoulées depuis, elle avait lu un millier de rapports et rédigé des centaines d'avis.

—Vous avez agi comme il fallait, fit Paul quand il eut terminé.

— Oui, mais, avec le recul, pourquoi cela donne-t-il tellement l'impression d'une erreur ? remarqua-t-elle.

Elle avait travaillé d'arrache-pied, comme son bureau couvert de papiers en témoignait. Elle était abasourdie, décontenancée.

Il ne répondit pas.

—Je me demande ce qui va suivre, ajouta-t-elle, en fermant les yeux.

— Probablement une affaire de peine de mort. Avec un tri savant des faits, encore une fois.

— Merci. Rien d'autre ?

— Si. Ces volumes regorgent de matière. Vous êtes juge. Chaque fois que vous prenez une décision, il y a un perdant. Ces types se moquent de la vérité, donc tout sera bon à prendre.

— Taisez-vous, je vous en prie.

———

Les premiers spots furent diffusés, qui allégèrent quelque peu l'atmosphère. Lester avait choisi de commencer par une image directe de Sheila en robe noire, siégeant à la cour, souriant à la caméra. Elle évoquait son expérience – huit années au poste de juge des tribunaux de Harrison County, neuf ans à la Cour suprême. Elle détestait se lancer des fleurs, mais, à deux reprises, ces cinq dernières années, elle avait reçu la note la plus élevée dans le cadre de l'enquête menée annuellement par le barreau de l'État auprès de l'ensemble des juges de cour d'appel. Elle n'était magistrat ni de gauche ni de droite. Elle refusait de se laisser étiqueter. Sa mission consistait à respecter les lois du Mississippi, non à en créer de nouvelles. Les meilleurs juges sont ceux qui ne nourrissent aucune arrière-pensée, aucune idée préconçue quant à leur manière de rendre une décision. Les meilleurs juges sont ceux qui possèdent de l'expérience. Aucun de ses deux adversaires n'avait jamais présidé de tribunal, jamais rendu de jugement, jamais étudié de dossiers de plaidoirie complexes, jamais entendu de conclusions orales, jamais rédigé de décision finale. Jusqu'à présent, aucun de ses deux adversaires n'avait manifesté le moindre intérêt pour la fonction de juge. Et pourtant, l'un et l'autre demandaient aux électeurs de les propulser au sommet de la carrière judiciaire. Elle finissait sur cette déclaration, cette fois sans sourire : « J'ai été nommée à ce poste par le gouverneur il y a neuf ans, j'ai été réélue par vous, le peuple. Je suis un juge, pas un politicien, et je n'ai pas l'argent que certains dépensent pour s'acheter ce siège. Je vous demande, à vous, qui êtes les électeurs, de m'aider à transmettre un message : un siège à la Cour suprême du Mississippi n'est pas à vendre. Je vous remercie. »

Nathaniel dépensa peu d'argent avec les chaînes de Jackson, et beaucoup sur la Côte. McCarthy ne serait jamais en mesure de saturer les ondes comme Fisk. Selon ses calculs, leur adversaire et ses riches commanditaires engloutissaient deux cent mille dollars par semaine rien que pour les messages sur le mariage homosexuel.

La première série de spots de Sheila représentait la moitié de cette somme, et l'accueil fut assez tiède. Le film lui-même fut qualifié de « non créatif » par son coordinateur pour le comté de Jackson. Un avocat fort en gueule, sans nul doute expert en politique, s'en prit à Nathaniel Lester par e-mail interposé pour sa mollesse. Il fallait combattre le feu par le feu et répondre à ces publicités agressives par d'autres du même bois. Il rappela à Lester que son cabinet juridique avait contribué à hauteur de trente mille dollars, et pourrait s'abstenir de toute contribution supplémentaire si McCarthy ne prenait pas le taureau par les cornes.

Le message, cependant, plaisait aux femmes. Les hommes se montraient plus critiques. Après avoir lu quelques dizaines d'e-mails, Lester comprit qu'il perdait son temps.

———

Barry Rinehart avait attendu impatiemment les initiatives télévisuelles des stratèges de McCarthy. Quand il vit le premier message, il éclata de rire. Démodé, lamentable, pitoyable – un juge en robe noire, à la barre, avec d'épais recueils juridiques pour accessoires, et même un marteau pour compléter l'attirail. Elle avait l'air sincère, mais elle restait un juge, pas une présence à l'écran. On voyait ses yeux suivre son texte sur le téléprompteur. Le porte de tête était raide – une biche prise dans le faisceau des phares.

Une réaction faiblarde, mais qui méritait une réponse. Il fallait l'enterrer. Rinehart tendit la main vers son arsenal – sa vidéothèque –, et choisit la prochaine grenade.

Dix heures après sa première diffusion, le message de McCarthy, elle fut balayée des petits écrans par une publicité si agressive qu'elle stupéfia même les plus cyniques des politiciens. Le film commençait par le claquement sec d'un coup de fusil, puis apparaissait une photo en noir et blanc du juge McCarthy, un cliché issu du site Internet de la Cour suprême. Une voix puissante annonçait : « La juge McCarthy n'aime pas les chasseurs. Il y a sept ans, elle écrivait : "Dans cet État, les chasseurs ne sont guère réputés pour se soucier de la sécurité." » La citation s'étalait en travers de son visage. La photo s'effaça devant celle tirée d'un journal – Sheila serrant les mains lors d'une réunion publique. La voix continuait : « Et la juge Sheila McCarthy n'aime pas les propriétaires d'armes à feu. Il y a cinq ans, elle écrivait : "On peut compter sur le lobby des armements, toujours vigilant, pour attaquer tout texte de loi susceptible de restreindre, d'une manière ou d'une autre, l'emploi des armes à feu dans les zones sensibles. La loi proposée aura beau être raisonnable, le lobby des armes s'y attaquera en force." » Aussitôt, la déclaration s'inscrivait à son tour à l'écran, mot pour mot. Ensuite, il y eut une seconde détonation, cette fois celle d'un fusil pointé sur un ciel bleu. Ron Fisk faisait son apparition, dans son plus beau costume de chasseur. Il abaissait son fusil et bavardait quelques secondes avec les électeurs – des souvenirs de son grand-père, les parties de chasse dans les bois, enfant, son amour de la nature, sa promesse de protéger les droits sacrés des chasseurs et des propriétaires d'armes à feu. Le message s'achevait sur le candidat marchant en lisière d'un bois, une meute de chiens endiablés dans son sillage.

Une mention en petits caractères remerciait fugacement une organisation, les Propriétaires d'armes à feu (PAF), pour sa générosité.

Qu'en était-il ? La première affaire mentionnée dans le message publicitaire concernait un chasseur abattu accidentellement lors d'une chasse au chevreuil. Sa veuve avait attaqué en justice l'homme qui lui avait tiré dessus, et le jury de Calhoun County lui avait accordé six cent mille dollars de dommages et intérêts, les plus élevés jamais attribués par ce tribunal. Le procès avait été aussi sordide qu'une procédure de divorce, avec des allégations d'alcoolisme, de consommation de drogue douce et d'écarts de comportement. Membres d'un club de chasseurs, les deux hommes se trouvaient dans la réserve depuis une semaine. À l'audience, la question litigieuse avait été la sécurité. Plusieurs experts avaient apporté leur témoignage sur les textes réglementant les armes à feu et la formation des chasseurs. Les pièces à conviction avaient fait l'objet d'âpres discussions, mais, d'après le dossier, l'essentiel des témoignages tendait surtout à démontrer que la place du Mississippi dans le palmarès de la sécurité situait l'État loin derrière les autres.

La seconde affaire traitait des conséquences d'une fusillade survenue dans une cour de collège, dans la ville de Tupelo : la municipalité avait pris un arrêté interdisant la détention d'une arme à feu dans un périmètre de cent mètres autour des établissements scolaires publics. Les partisans du port légal des armes à feu avaient porté plainte, et l'American Rifle Association (l'ARA) s'était invitée dans la controverse. En qualité d'« amie de la cour », cette organisation avait prononcé un discours pontifiant destiné à peser sur les débats avec toute l'influence d'une autorité prétendument extérieure. La cour avait révoqué l'arrêté en se fondant sur le Deuxième Amendement de la Constitution, mais Sheila McCarthy avait émis une opinion dissidente. Et n'avait pu résister à la tentation de décocher au passage une flèche à l'ARA.

Elle lui revenait en plein front. Elle découvrit le spot dans son bureau, seule, avec la sensation angoissante que ses chances de gagner se réduisaient à zéro. Sur le terrain, elle avait eu le temps d'expliquer ses votes et de souligner la déloyauté qu'il y avait à extraire des propos de leur contexte. Mais, à la télévision, elle disposait de trente secondes. C'était impossible, et les manipulateurs habiles du candidat Ron Fisk ne l'ignoraient pas.

———

En un mois passé dans le Pirate's Cove, Clete Coley avait su se rendre indésirable. Le propriétaire en avait assez de céder pour rien sa meilleure suite, et il en avait assez de satisfaire l'appétit sidérant du personnage. Le candidat se faisait servir trois repas par jour, presque tous dans ses appartements. Aux tables de black-jack, il buvait du rhum comme si c'était de l'eau, et essuyait de lourdes pertes. Il importunait les donneurs, insultait les joueurs, et pelotait les serveuses. Le casino avait empoché à peu près vingt mille dollars émanant de M. Coley, mais ses dépenses devaient être au moins équivalentes.

Marlin le trouva au bar, un soir, tôt, où il prenait un verre pour se préparer à une autre longue soirée aux tables de jeu. Après quelques propos badins, Marlin en vint au fait.

— Nous aimerions que vous laissiez tomber l'élection, lui annonça-t-il. Et que, en passant la main, vous déclariez votre soutien à Ron Fisk.

Clete plissa les yeux. Des rides profondes lui creusèrent le front.

— Que je déclare quoi ?

— Vous m'avez entendu.

— Je ne suis pas sûr.

— Nous vous demandons de vous retirer et de vous prononcer en faveur de Ron Fisk. C'est simple.

Coley avala son rhum sans quitter Marlin du regard.

— Continuez, fit-il.

— Il n'y a pas grand-chose à ajouter. Vos chances sont minces, c'est le moins que l'on puisse dire. Vous avez fait du bon travail, mais il est temps de déclarer forfait et de contribuer à l'élection de Fisk.

— Et si je n'apprécie pas Fisk ?

— Je suis convaincu qu'il ne vous apprécie pas non plus. Cela n'a aucune importance. La fête est finie. Vous vous êtes bien amusé, vous vous êtes offert quelques gros titres, vous avez rencontré pas mal de gens intéressants en chemin, mais votre dernier discours est derrière vous.

— Les bulletins de vote ont été imprimés. Mon nom figure dessus.

— Cela veut dire qu'une poignée de vos admirateurs ignorera la nouvelle. La belle affaire.

Une autre longue gorgée de rhum, et Coley reprit la parole.

— D'accord, cent mille pour entrer dans la course, et combien pour en sortir ?

— Cinquante.

Il secoua la tête et lança un coup d'œil aux tables de blackjack, dans le fond.

— Pas suffisant.

— Je ne suis pas ici pour négocier. C'est cinquante mille en liquide. La même valise que la première fois, mais pas aussi lourde.

— Désolé. Mon chiffre à moi, c'est cent mille.

— Je reviens ici demain, même heure, même adresse.

Et là-dessus, Marlin s'éclipsa.

À 9 heures le lendemain matin, deux agents du FBI frappaient à la porte de la suite. Clete finit par s'approcher en titubant.

— Mais qui est là, nom de Dieu ?

— FBI. Ouvrez.

Il entrouvrit et risqua un œil, sans détacher la chaîne de sécurité. Des jumeaux. Mêmes costumes sombres. Même coiffeur.

— Qu'est-ce que vous voulez ?

— Nous aimerions vous poser quelques questions, si possible de votre côté de la porte.

Clete ouvrit et, d'un geste, les invita à entrer. Il portait un T-shirt et un vaste short style championnat de basket NBA qui lui pendouillait sur ses fesses. En les regardant s'asseoir à la petite table, il creusa sa cervelle embrumée, s'efforçant de se remémorer quelle loi il avait enfreint. Rien de récent ne lui vint à l'esprit, mais enfin, à une heure aussi glauque, on ne pouvait jurer de rien. Il réussit à loger sa panse dans un siège – combien de kilos avait-il pris, ce dernier mois ? – et jeta un coup d'œil à leurs insignes.

— Le nom de Mick Runyun vous rappelle quelque chose ? demanda l'un des agents.

En effet, mais il n'était pas disposé à l'admettre, ni ça ni autre chose, d'ailleurs.

— Cela se pourrait.

— Un dealer de méthadone. Vous l'avez défendu, il y a trois ans, devant un tribunal fédéral. Il a plaidé pour dix ans, coopéré avec le gouvernement, un vrai gentil garçon.

— Oh ! ce Mike Runyun-là.

— Oui, celui-là. Il vous a versé des honoraires ?

— Mes archives sont à mon bureau de Natchez.

— Parfait. Nous avons un mandat de perquisition pour les examiner. Nous pouvons vous retrouver sur place, demain ?

—Je serais ravi.

— De toute manière, nous sommes prêts à parier que vos archives ne nous renseigneront pas beaucoup sur les honoraires versés par M. Runyun. Nous disposons d'une source fiable selon laquelle il vous aurait payé en liquide, vingt mille dollars, une somme que vous n'auriez jamais déclarée.

— Continuez, je vous en prie.

— Et si c'est vrai, cela constitue une violation de la loi RICO contre le racket et le crime organisé et de quelques autres réglementations au passage.

— Cette bonne vieille loi RICO. Sans elle, vous autres, vous seriez au chômage.

— À quelle heure, demain ?

— Demain, je prévoyais de faire campagne. L'élection est dans deux semaines.

Ils considérèrent le spécimen, avec ses yeux chassieux, ses cheveux en bataille et sa gueule de bois, et trouvèrent comique de l'imaginer en candidat à la Cour suprême.

— Nous serons à votre bureau de Natchez à midi demain. Si vous ne vous présentez pas, nous aurons un mandat d'arrestation contre vous. Voilà qui devrait faire bonne impression sur les électeurs.

Ils sortirent de la pièce au pas de charge et claquèrent la porte derrière eux.

Tard cet après-midi-là, Marlin refit son apparition, comme promis. Il commanda un café auquel il ne toucha pas. Clete commanda un rhum soda – à en juger par son haleine, ce n'était pas le premier de la journée.

— Pouvons-nous nous mettre d'accord sur cinquante, Clete ? lui demanda-t-il après avoir consacré un long moment à suivre les allées et venues des serveuses.

—Je réfléchis encore.

— Ce tandem du FBI, ce matin... ils ont été gentils avec vous ?

Clete accusa le coup sans le moindre tressaillement de surprise. En fait, il n'était pas surpris du tout.

— Sympas, comme garçons, lâcha-t-il. Si je ne me trompe, c'est encore le sénateur Rudd qui se mêle de ce qui ne le regarde pas. Il veut que Fisk gagne parce qu'ils appartiennent à la même tribu. Naturellement, nous savons que Rudd est l'oncle du procureur fédéral du coin, un complet imbécile qui a décroché ce boulot grâce à ses relations. Il était incapable de se dégotter un poste ailleurs, ça, c'est certain. Rudd s'appuie sur son neveu, qui fait intervenir le FBI pour me coincer. Si je lâche la rampe en chantant les louanges de Ron Fisk, il clame que c'est une grande victoire. Il est content. Rudd est content. Les grands patrons sont contents. Elle est pas merveilleuse, la vie ?

— Vous n'êtes pas loin du compte, admit Marlin. Mais vous avez aussi encaissé vingt mille dollars d'honoraires en espèces d'un trafiquant de drogue, et vous ne les avez pas déclarés. Assez stupide, mais pas non plus la fin du monde. Rien que M. le sénateur ne puisse arranger. Maintenant, vous rentrez dans le rang, vous prenez votre argent, vous vous désistez gracieusement, et vous n'entendrez plus jamais parler de ce tandem du FBI. Affaire classée.

Les yeux rouges de Clete se posèrent sur les yeux bleus de Marlin.

— Juré ?

— Juré. On tope là, tout de suite, et vous pouvez oublier le rendez-vous de demain midi à Natchez.

— Où est l'argent ?

— Dehors, sur la droite. La même Mustang verte.

Marlin posa délicatement les clefs sur le bar. Clete les attrapa et disparut.

29.

À seulement quinze jours du scrutin, Barry Rinehart fut invité à dîner dans la cambuse vietnamienne de Bleeker Street. M. Trudeau voulait être tenu informé.

Installé à bord de son jet, il jubilait en compulsant le dernier sondage. Fisk affichait seize points d'avance, un avantage qu'il ne pouvait plus perdre. Le thème du mariage homosexuel avait dopé son score de quatre points. Les attaques du PAF contre McCarthy en avaient ajouté trois. Les adieux piteux de Clete Coley lui en avaient encore valu trois. La campagne proprement dite se déroulait sans anicroche. Ron Fisk était une bête de somme qui faisait exactement ce que Tony Zachary lui demandait de faire. L'argent coulait à flots. Leurs spots étaient diffusés sur toutes les chaînes, atteignaient tous les publics avec une parfaite régularité. Les réactions aux publipostages étaient rien moins que stupéfiantes. Ils avaient levé trois cent vingt mille dollars auprès de petits donateurs perturbés par les gays et les armes à feu. McCarthy se démenait pour rattraper son retard, et ne faisait que reculer encore plus.

M. Trudeau était mince et bronzé, et les derniers rapports l'électrisèrent. Cette avance de seize points domina la conversation du dîner. Il n'arrêtait pas d'interroger Rinehart sur ces chiffres, sans relâche. Pouvait-on s'y fier ? Comment en était-on arrivé là ? Comment se situaient-ils par rapport à d'autres élections dans lesquelles était intervenu Barry ? Que faudrait-il pour réduire cette avance à néant ? Barry avait-il déjà vu s'effacer pareille position dominante ?

Barry le lui assura : la victoire était garantie.

———

Pour les trois premiers trimestres de l'année, Krane Chemical avait annoncé des ventes moroses et des bénéfices médiocres. La compagnie était assaillie de difficultés de production au Texas et en Indonésie. Trois usines avaient fermé en raison de travaux de réparations majeurs et imprévus. Une autre, au Brésil, avait fermé pour des motifs non divulgués, laissant ses deux mille employés au chômage. D'énormes commandes n'avaient pas été honorées. Exaspérés, des clients de longue date lui avaient tourné le dos. Les commerciaux étaient incapables d'obtenir la livraison des produits. Les concurrents réduisaient leurs tarifs et venaient braconner leurs parts de marché. Le moral était en berne et des rumeurs de coupes claires et de licenciements circulaient.

Carl Trudeau orchestrait habilement le chaos. Il ne commettait rien d'illégal – truquer les livres comptables était un art qu'il maîtrisait depuis de nombreuses années. Quand l'une de ses sociétés avait besoin de mauvais chiffres, il était en mesure de les lui procurer. Durant l'année, Krane avait inscrit au titre de pertes et profits d'énormes budgets de recherche et développement, comptabilisé des sommes d'argent inhabituelles en provisions de couverture juridique, lourdement ponctionné ses lignes de crédit, asphyxié les ventes en sabotant la production, gonflé les dépenses, vendu deux départements bénéficiaires et réussi à s'aliéner nombre de ses clients. Le tout alimentait les fuites organisées vers la presse écrite. Depuis le verdict, Krane s'inscrivait dans le collimateur des journalistes économiques, qui adoraient les mauvaises nouvelles. Naturellement, tous les articles se référaient aux problèmes juridiques écrasants auxquels l'entreprise était confrontée. La possibilité d'un dépôt de bilan avait été évoquée à plusieurs reprises, après que Carl Trudeau eut pris soin de semer quelques informations ici et là.

Le titre avait débuté l'année à 17 dollars. Neuf mois plus tard, il végétait à 12,50 dollars. L'élection étant imminente, Carl se tenait prêt à livrer un dernier assaut contre les actions déjà meurtries de Krane Chemical Corporation.

L'appel téléphonique de Jared Kurtin lui fit l'effet d'un rêve. Wes écouta ses paroles et ferma les yeux. Ce ne pouvait pas être vrai.

Kurtin expliqua qu'il avait reçu instruction de la part de son client d'explorer les possibilités d'un compromis dans la procédure Bowmore. Krane Chemical était en perdition et, tant que les procédures juridiques se poursuivaient, l'entreprise ne parviendrait pas à retrouver sa cohésion. Sa proposition consistait à réunir tous les avocats dans une même pièce, et à lancer le processus. Ce serait compliqué, car il y avait tellement de plaignants, avec tant de motifs. Ce serait difficile, avec tous ces juristes à maîtriser. Il insistait pour que Wes et Mary Grace agissent en qualité de principaux conseils des avocats des plaignants, mais ils pourraient régler ces détails lors de la première séance. Subitement, les délais devenaient primordiaux. Kurtin avait déjà réservé une salle de conférence dans un hôtel de Hattiesburg ; il voulait que la réunion commence vendredi et se poursuive tout le week-end si nécessaire.

— Nous sommes demain mardi, remarqua Wes, agrippé au combiné, les phalanges blêmes.

— Oui, je sais. Comme je vous l'ai dit, mon client est impatient d'entamer le processus. Cela peut prendre des semaines ou des mois, mais nous sommes prêts à nous asseoir autour de la table.

Wes était prêt, lui aussi. Il avait une déposition prévue pour vendredi, qu'il était facile de reporter.

— Quelles seront les règles du jeu ? s'enquit-il.

Kurtin avait eu des heures pour planifier son affaire. Wes, lui, réagissait sous le coup de la surprise et de l'excitation. Et Kurtin était rodé. Il avait négocié des compromis collectifs en plusieurs occasions. Pour Wes, la perspective était encore du domaine du rêve.

— J'envoie une lettre à tous les conseils identifiés des plaignants, répondit Kurtin. Vérifiez la liste, et dites-moi si j'oublie quelqu'un. Comme vous le savez, il continue d'en surgir de partout. Tous les avocats sont conviés, mais le moyen le plus simple de foutre en l'air une conférence de compromis comme celle-ci est de leur confier le micro. Mary Grace et vous-même prendrez la parole au nom des plaignants. Je m'exprimerai au nom de Krane. Le premier défi consistera à enregistrer toutes les personnes qui ont formulé une réclamation, quelle qu'elle soit. D'après les dossiers, nous en dénombrons six cents, et cela va des cadavres aux saignements de nez. Dans mes lettres, je demande aux avocats d'inscrire les noms des clients, qu'ils aient déposé une plainte ou non. Une fois que nous saurons qui espère une part du gâteau, le défi suivant sera de classer les réclamations. À l'inverse de certains compromis établis dans des affaires de préjudice de masse comptant dix mille plaignants, celle-ci demeure gérable, dans la mesure où nous pouvons parler de réclamations individuelles. Nos chiffres, à ce jour, font état de soixante-huit morts, cent quarante-trois personnes atteintes et probablement mourantes, et le reste souffrant d'affections diverses qui, selon toute probabilité, ne font peser aucune menace grave sur leur existence.

Kurtin transmettait ces statistiques comme un correspondant de guerre sur un champ de bataille. Wes ne put s'empêcher de grimacer, et ne put réprimer non plus une autre pensée vengeresse contre Krane Chemical.

— De toute manière, nous allons devoir nous astreindre à revoir tous ces chiffres. L'objectif est de parvenir à un montant, puis de le comparer avec les sommes que mon client est disposé à dépenser.

— Et quel pourrait être ce montant ? s'enquit Wes avec un rire nerveux.

— Pas maintenant, Wes, plus tard peut-être. Je demande à chaque avocat de remplir un formulaire standardisé pour chacun de ses clients. Si nous pouvions les récupérer d'ici vendredi, ce serait déjà un bon point de départ. J'amène une équipe au complet, Wes. Mes avocats-conseils, mon personnel administratif, des experts, des comptables et j'aurai même avec nous un type de chez Krane qui aura un certain répondant. Plus, bien sûr, la délégation habituelle des compagnies d'assurances. Vous voudrez peut-être réserver une grande salle pour votre équipe administrative.

La réserver avec quoi ? faillit demander Payton. Kurtin était forcément au courant du dépôt de bilan.

— Bonne idée, dit-il.

— Et puis, Wes, mon client tient vraiment à la confidentialité. Il n'y a aucune raison de crier ceci sur les toits. Si la nouvelle se répand, alors les plaignants, leurs avocats, toute la ville de Bowmore vont s'exciter. Que se passera-t-il si les négociations ne débouchent nulle part ? Maintenons tout cela sous le boisseau.

— Bien sûr.

C'était ridicule. Kurtin était sur le point d'envoyer sa lettre à pas moins de vingt cabinets juridiques. Babe, dans son café-restaurant de Bowmore, serait au courant de cette conférence de compromis avant même d'avoir commencé de servir ses repas de midi.

———

Le lendemain matin, le *Wall Street Journal* publiait un article en première page au sujet des ouvertures de Krane Chemical en direction d'un règlement amiable. Une source anonyme qui travaillait pour l'entreprise confirmait la véracité des rumeurs. Des experts y ajoutaient leur grain de sel, avec des avis variés, mais la démarche était généralement considérée comme positive. Les vastes compromis de ce type sont calculables. Les responsabilités peuvent être limitées. Wall Street comprend les chiffres, et déteste l'imprévisible. La liste est longue des entreprises malmenées consolidant leur avenir financier grâce à de vastes règlements qui, en dépit de leur coût, se sont révélés efficaces, en apurant une procédure.

Le titre Krane cota 12,75 dollars à l'ouverture et progressa de 2,75 dollars, dans un volume étoffé.

En milieu d'après-midi, ce mercredi, les téléphones sonnèrent sans relâche, chez Payton & Payton et dans beaucoup d'autres cabinets. La nouvelle du compromis était dans l'air, dans la rue, et circulait partout sur Internet.

Denny Ott s'entretint avec Mary Grace. Un groupe de riverains de Pine Grove s'était réuni à l'église pour proposer des prières, échanger des commérages et attendre un miracle. C'était une sorte de veille, disait-il. Il existait plusieurs versions des faits, ce qui n'était pas surprenant. Un règlement avait déjà été négocié, et l'argent était en route. Non, le compromis n'interviendrait que vendredi, mais il ne faisait aucun doute qu'il allait aboutir. Non, il n'existait aucun compromis, juste une réunion entre avocats. Mary Grace expliqua ce qui se préparait et demanda à Denny de leur transmettre avec précision la vérité. Il devint vite clair que Wes ou elle-même allait devoir se rendre en vitesse à l'église pour rencontrer leurs clients.

Babe's café était bondé, rempli de consommateurs pleins de verve, tous en quête des dernières nouvelles. Krane serait-il contraint de nettoyer sa décharge toxique ? Quelqu'un, qui se prétendait compétent, soutint que oui, que ce serait l'une des conditions de l'accord. À combien s'élèveraient les indemnités de décès ? Quelqu'un d'autre avait entendu prononcer le chiffre de cinq millions par personne disparue. Les arguments fusaient. Les experts se levaient et, sous les hurlements, ne tardaient pas à se rasseoir.

Clyde Hardin fit un saut depuis son cabinet, et occupa aussitôt le devant de la scène. Son recours collectif avait été tourné en ridicule par ceux qui lui reprochaient de s'être engouffré dans le sillage des Payton avec une bande de clients opportunistes. Son bon copain Sterling Bintz de Philadelphie et lui revendiquaient presque trois cents inscrits souffrant de « lésions graves et permanentes ». Depuis le dépôt de la plainte, en janvier, cela n'avait abouti nulle part. Mais Clyde venait de gagner une nouvelle stature. Tout compromis se devrait d'inclure « ses gens ». Il aurait un siège à la table, vendredi, expliqua-t-il à la cohue silencieuse. Il s'assiérait aux côtés de Wes et Mary Grace Payton.

Jeannette Baker se tenait derrière la caisse d'une épicerie de quartier, à la limite sud de Bowmore, quand elle reçut le coup de fil de Mary Grace.

— Ne t'emballe pas, la prévint son avocate, sur un ton assez austère. Le processus pourrait se révéler très long, et l'éventualité d'un règlement reste lointaine.

Jeannette avait des questions, mais ne savait par où commencer. Mary Grace serait à l'église de Pine Grove à sept heures ce soir, pour une discussion approfondie avec tous ses clients. Jeannette promit d'y être.

Avec un verdict de quarante et un millions de dollars à la clef, l'affaire de Jeannette Baker serait la première sur la table.

La nouvelle avait de quoi tournebouler Bowmore. Dans les petits bureaux du centre-ville, les secrétaires, les agents immobiliers et les courtiers en assurances ne parlaient de rien d'autre. La fréquentation de Main Street, déjà languissante, se figea net, les amis et les voisins ne pouvant résister, dès qu'ils croisaient quelqu'un, à l'envie de confronter les rumeurs. Les employés du tribunal de Cary County récoltaient les commérages, et les modifiaient avant de les remettre en circulation, en amplifiaient certains, en minimisaient d'autres. Dans les écoles, les enseignants se retrouvaient à la cafétéria pour échanger les dernières nouvelles. Pine Grove n'était pas la seule église où les fidèles et les optimistes se réunissaient pour prier et pour recevoir les conseils de leurs avocats. Beaucoup de pasteurs de la ville passèrent l'après-midi au téléphone à écouter les victimes de Krane Chemical.

En refermant le chapitre le plus terrible de l'histoire de Bowmore, un compromis serait le point de départ de la renaissance. De l'argent dédommagerait ceux qui avaient souffert. Cet argent serait dépensé et re-dépensé, et il requinquerait une économie locale en dépérissement. Krane se verrait certainement contraint de nettoyer ses rejets polluants et, une fois que tout aurait été effacé, l'eau redeviendrait peut-être saine. Bowmore avec une eau propre – un rêve. Le nom de Cancer County effacé à jamais.

Un compromis, c'était la fin du cauchemar, rapide et définitive. En ville, personne ne voulait d'une procédure interminable. Personne ne voulait d'un autre procès comme celui de Jeannette Baker.

———

Nathaniel Lester harcelait les rédacteurs en chef et leurs journalistes depuis un mois. Il était furieux de la publicité mensongère sous laquelle on avait noyé le Sud-Mississippi, et encore plus en colère que la presse ne s'insurge pas contre la désinformation. Il élabora un compte rendu dans lequel il reprenait les messages publicitaires de Fisk – imprimés, publipostage, radio, Internet et télévision – et les disséquait. Il relevait chaque mensonge, chaque demi-vérité, chaque manipulation. Sur la base des achats de support de publipostage, il délivrait une estimation des liquidités qui se déversaient dans la campagne du candidat. Il arrivait à trois millions de dollars au minimum, dont la plus grande partie, prédisait-il, se révélerait d'origine extérieure à l'État. Il n'y avait aucun moyen de vérifier la chose avant le scrutin. Son compte rendu fut expédié par e-mail à tous les journaux du district, et suivi de coups de téléphone énergiques. Il réactualisait son envoi tous les jours, puis le réexpédiait et reprenait son téléphone, toujours plus insistant. L'acharnement finit par payer.

À son grand étonnement, et non sans satisfaction, les trois plus importants journaux du district l'informèrent, chacun séparément et de manière tout à fait officieuse, qu'ils prévoyaient de publier des éditoriaux mordants sur la campagne de Fisk dans leurs prochaines éditions dominicales.

La veine de Nathaniel ne s'arrêtait pas là. L'affaire du mariage homosexuel avait attiré l'attention du *New York Times*, dont un journaliste arriva à Jackson, afin d'en savoir plus. Gilbert, c'était son nom, ne tarda pas à trouver le chemin du siège de campagne de Sheila McCarthy, où Lester le gava de potins – en toute confidentialité. Il lui fournit aussi les numéros de téléphone des deux étudiants en droit qui traquaient MM. Meyerchec et Spano.

Toujours à titre officieux, les deux étudiants ouvrirent leur dossier à Gilbert. Ils avaient passé quatre jours à Chicago, où ils avaient appris beaucoup de choses. Ils avaient rencontré Meyerchec dans son bar, près d'Evanston, lui avaient raconté qu'ils venaient d'arriver en ville et se cherchaient des amis. Ils étaient restés des heures sur place, s'étaient saoulés comme des bourriques avec les habitués sans jamais entendre personne évoquer une seule fois une quelconque procédure judiciaire dans le Mississippi. Sur les photos du journal de Jackson, Meyerchec avait les cheveux blonds et des lunettes branchées. À Chicago, il était châtain et ne portait pas de lunettes. Son visage souriant figurait sur l'un des clichés qu'ils avaient pris au bar. Quant à Spano, ils lui avaient rendu visite au centre de design où il travaillait comme consultant spécialisé dans les maisons bas de gamme. Ils s'étaient présentés comme deux nouveaux locataires d'un vieil immeuble voisin, et ils étaient restés avec lui des heures. À un certain moment, remarquant leur accent, Spano leur avait demandé d'où ils venaient. Ils lui avaient répondu : de Jackson, Mississippi – mais le nom de l'endroit l'avait laissé sans réaction.

— Jamais été là-bas ? lui avait demandé l'un des deux garçons.

— J'y suis passé deux ou trois fois, leur avait-il avoué.

Difficile de croire que cette réponse émanait d'un électeur inscrit dans le Mississippi, d'un conducteur détenteur d'un permis de cet État et d'un plaignant ayant fait appel auprès de la Cour suprême. Si Spano ne s'était jamais montré au bar de Meyerchec, il semblait que les deux hommes formaient bien un couple. Ils avaient la même adresse, un pavillon dans Clark Street.

Les étudiants en droit avaient continué d'appeler et de se rendre à l'appartement quasi vide de Jackson, sans réaction. Quarante et un jours plus tôt, ils avaient glissé un prospectus entre la porte et le mur, à hauteur de la poignée. Il y était encore ; cette porte n'avait jamais été ouverte. La vieille Saab n'avait jamais bougé de sa place. Elle avait un pneu dégonflé.

Gilbert se captiva pour cette histoire et il la creusa, avec obstination. Cette demande de mariage déposée dans le Mississippi fleurait la machination cynique, la volonté froide de pousser le débat sur l'avant-scène de la compétition McCarthy-Fisk. La seule à en pâtir, c'était Sheila McCarthy.

Le journaliste harcela l'avocat radical qui représentait Meyerchec et Spano, en vain. Pendant deux jours, il fit le siège de Tony Zachary sans plus de résultat. Ses coups de téléphone chez Ron Fisk et à son siège de campagne demeurèrent sans réponse. Il parla avec Meyerchec et Spano au téléphone, mais quand il insista sur leurs liens avec le Mississippi, il fut vite interrompu. Il réunit quelques citations de choix auprès de Nathaniel Lester et vérifia les faits exhumés par les étudiants en droit.

Gilbert boucla son enquête et envoya son article.

30.

La première querelle tourna autour de la question de savoir qui serait autorisé à entrer dans la pièce. Pas du côté de la défense, où Jared Kurtin tenait parfaitement ses troupes, mais dans l'autre camp.

En avance sur l'horaire, Sterling Bintz était arrivé escorté de plusieurs jeunes messieurs dont certains semblaient être des avocats et d'autres des casseurs. Il prétendait représenter plus de la moitié des victimes de Bowmore, raison pour laquelle il méritait de tenir un rôle éminent dans ces négociations. Il s'exprimait d'une voix pincée, nasillarde, et un accent très étranger au Sud-Mississippi. Il concentra aussitôt sur sa personne le mépris de tous les participants. Wes réussit à le calmer, mais cela ne dura pas. Clyde Hardin surveillait la scène, retranché dans son coin, et se délectait de la controverse, non sans prier pour un dénouement rapide. Les impôts s'étaient mis à lui envoyer des courriers recommandés.

Une star nationale des préjudices civils en matière de nuisances toxiques, originaire de Melbourne Beach, en Floride, arriva avec son équipe administrative pour se joindre au débat. Il revendiquait lui aussi la défense de plusieurs centaines de personnes ayant subi divers préjudices et, comme il était un vétéran des compromis dans le domaine des recours collectifs, il estimait devoir piloter les débats, dans le camp des plaignants. Lui et Bintz ne tardèrent pas à se prendre de bec au sujet des clients qu'on leur aurait dérobés.

Il y avait là dix-sept autres cabinets d'avocats, chacun manœuvrant pour se positionner. Quelques-uns d'entre eux étaient des entités réputées, spécialisées dans les dommages corporels, mais la majorité n'étaient que des experts de l'accident de voiture qui avaient repéré une ou deux affaires en venant flairer autour de Bowmore.

Avant même le début de la réunion, la tension était à son comble. Après quelques échanges, on ne fut pas loin d'en venir aux mains. Jared Kurtin réclama alors l'attention et annonça que Wes et Mary Grace Payton décideraient de la place de chacun autour de la table. Si cette organisation posait un problème, précisa-t-il, son client, la compagnie d'assurances de celui-ci et lui-même franchiraient la porte, et tout l'argent avec eux. Cela suffit à calmer les esprits.

Ensuite, il y eut la question de la presse. Trois correspondants au moins étaient venus couvrir cette réunion « secrète » et, quand on les pria de s'en aller, ils se montrèrent réticents. Heureusement, Kurtin avait prévu des vigiles armés. Les journalistes furent finalement reconduits hors de l'hôtel.

Kurtin avait préalablement suggéré la présence d'un arbitre rémunéré par ses soins, une personne désintéressée et versée dans les questions de procédures et de compromis. Wes avait accepté. L'avocat de Krane avait donc trouvé un juge en retraite de Fort Worth qui travaillait à temps partiel comme médiateur. Après que les avocats se furent assagis, le juge Rosenthal prit la main. Il lui fallut une heure pour négocier le placement des protagonistes. Lui-même occuperait un siège au bout de la longue table. À sa droite, en milieu de table, s'installerait M. Kurtin, flanqué de ses associés, de ses collaborateurs, de Frank Sully, l'avocat de Hattiesburg, de deux cadres supérieurs de chez Krane, et d'un autre de sa société d'assurances en responsabilité civile. Au total, pour la défense, onze personnes se trouvaient autour de la table, et vingt autres massées derrière elles.

À sa gauche, le juge avait les Payton, assis en face de Jared Kurtin, épaulés par Jim McMay, l'avocat de Hattiesburg qui traitait quatre cas de décès extérieurs à Bowmore même. McMay avait gagné une fortune dans la procédure sur les pilules amaigrissantes au fen-phen et participé à plusieurs conférences de résolution de procédures civiles. Il fut rejoint par un avocat de Gulfport possédant une expérience similaire. Les autres sièges étaient occupés par des avocats du Mississippi qui défendaient des dossiers fondés. Les tenants du recours collectif furent repoussés à l'arrière-plan. Quand Sterling Bintz contesta la place qui lui était attribuée, Wes lui répondit de la fermer. Les casseurs de Bintz eurent l'air de vouloir réagir. Jared Kurtin annonça alors que les actions collectives figuraient tout en bas de la liste des priorités de Krane et si lui, Bintz, voulait espérer récolter dix cents, il avait intérêt à se taire.

— Nous ne sommes pas à Philadelphie, ajouta le juge Rosenthal. Ces gens sont des gardes du corps ou des avocats ?

— Les deux, répliqua sèchement Bintz.

— Arrangez-vous pour qu'ils se tiennent à carreau.

Bintz se rassit en grommelant quelques jurons.

Il était 10 heures, et Wes était déjà épuisé. Son épouse, en revanche, était prête à entamer la séance.

———

Pendant trois heures, sans interruption, ils brassèrent du papier. Le juge Rosenthal dirigeait les échanges tandis que les récapitulatifs des clients étaient présentés, photocopiés dans la pièce voisine, examinés, puis classés suivant le système de notation proposé par le juge : la mort constituait la Classe Un, un diagnostic de cancer confirmé la Classe Deux, tous les autres se rangeaient en Classe Trois.

Mary Grace suggéra que Jeannette Baker se voie accorder la priorité et, en conséquence, le plus gros dédommagement puisqu'elle était allée en justice, mais là, ce fut l'impasse. Pourquoi son affaire vaudrait-elle plus que les autres affaires de décès ? s'étonna un avocat.

— Parce qu'elle est allée en justice, riposta Mary Grace avec un regard dur.

En d'autres termes, les avocats de Mme Baker avaient eu le cran de s'en prendre à Krane, alors que leurs confrères avaient préféré rester en retrait et suivre les débats. Au cours des mois précédant le procès, les Payton avaient approché au moins cinq autres confrères présents dans cette salle, y compris Jim McMay, pour les supplier de leur venir en aide. Tous avaient refusé.

— Nous admettons que l'affaire Baker vaut davantage, fit Jared Kurtin. Franchement, je me verrais mal ne tenir aucun compte d'un verdict de quarante et un millions de dollars.

Pour la première fois depuis des années, Mary Grace sourit à cet homme. Elle aurait pu le serrer dans ses bras.

À 13 heures, ils se séparèrent pour le déjeuner. Les Payton et Jim McMay allèrent se cacher dans un coin du restaurant de l'hôtel pour tenter d'analyser le déroulement de la réunion. Une question les tenaillait : les avocats de Krane envisageaient-ils sérieusement ce compromis ? Et si ce n'était-ce qu'un rideau de fumée spectaculaire destiné à accompagner des manœuvres plus discrètes ? Le fait que les journaux d'affaires nationaux en sachent autant sur ces pourparlers secrets éveillaient les soupçons des avocats. Cependant, jusqu'à présent, M. Kurtin avait clairement laissé entendre qu'il était investi d'une mission sans s'attirer les petits sourires des cadres supérieurs de Krane ni des types des assurances – peut-être était-ce un signe qu'ils étaient sur le point de délier les cordons de la bourse.

————

À 15 heures, à New York, Carl Trudeau laissa se propager la nouvelle que les négociations, là-bas, dans le Mississippi, progressaient gentiment. Krane était optimiste quant à l'issue d'un règlement.

Le titre acheva la semaine à 16,50 dollars, en hausse de quatre dollars.

À 15 heures, à Hattiesburg, les négociateurs reprirent leurs places, et le juge Rosenthal relança la machine à paperasse. Trois heures plus tard, le décompte initial était terminé. On avait mis sur la table les revendications de sept cent quatre personnes. Soixante-huit étaient mortes d'un cancer, et leurs familles en imputaient la responsabilité à Krane. Cent quarante-trois étaient atteintes du même mal. Le reste souffrait de toute une panoplie d'affections moins graves censément causées par l'eau potable contaminée de la station de pompage de Bowmore.

Le juge Rosenthal félicita les deux parties pour cette rude journée, chargée mais productive, leva la séance et fixa la prochaine réunion à samedi matin 9 heures.

Wes et Mary Grace rejoignirent directement le bureau en voiture et informèrent leur équipe. Sherman, resté en salle de négociation toute la journée, fit part de ses observations personnelles : Jared Kurtin était vraiment revenu à Hattiesburg dans le but de régler la procédure Bowmore, et son client semblait s'engager dans ce sens. Wes prévint qu'il était bien trop tôt pour se réjouir. Ils avaient simplement réussi à identifier les parties. On n'avait pas encore vu le premier dollar sur la table, ni de près ni de loin.

Mack et Lisa les supplièrent de les emmener au cinéma. À mi-parcours de la séance de huit heures, Wes commença de piquer du nez. Mary Grace regardait l'écran, l'œil vide. Tout en mâchonnant ses pop-corns, elle calculait des montants relatifs à des dépenses médicales, à la douleur et à la souffrance, à la perte d'un compagnon ou d'une compagne, à la perte de revenus, à la perte de tout. Elle n'osait même pas songer aux honoraires d'avocats.

———

Le samedi matin, il y avait déjà moins de costumes et de cravates autour de la table. Même le juge Rosenthal avait l'air tout à fait décontracté, en polo noir sous sa veste sport. Quand les avocats, toujours remuants, furent à leur place et calmés, il annonça, de sa voix belle et vieille qui avait dû s'imposer à quantité de salles d'audience : « Je suggère que nous commencions par les cas de décès, et que nous les passions tous en revue. »

S'agissant d'un règlement de compromis, il n'y avait pas deux cas semblables. Les enfants valaient beaucoup moins que les adultes, parce qu'ils n'avaient pas encore de revenus. Les jeunes pères valaient davantage en raison de la perte engendrée sur des salaires futurs. Certaines des personnes décédées avaient souffert pendant des années, d'autres avaient disparu rapidement. Pour les factures de soins, tout le monde avait des chiffres différents. Le juge Rosenthal présenta encore une autre échelle, arbitraire, mais constituant au moins un point de départ, dans laquelle chaque cas serait noté selon sa valeur. Les dossiers situés vers le haut de l'échelle seraient notés 5, et les moins coûteux (les enfants) obtiendraient la note 1. Il fallut plusieurs fois suspendre les débats, les avocats des plaignants se chamaillant sur ce point. Quand on atteignit enfin un accord, on débuta par Jeannette Baker. Elle se vit octroyer une note de 10. L'affaire suivante concernait une femme âgée de cinquante-quatre ans qui travaillait à temps partiel dans une boulangerie, morte après avoir lutté trois années contre une leucémie. Elle reçut une notation 3.

À mesure qu'ils avançaient laborieusement dans cette liste, chaque avocat était autorisé à présenter son cas particulier et à plaider pour obtenir une note plus élevée. Dans tout cela, rien n'indiquait quels montants Jared Kurtin était disposé à débourser pour tel ou tel de ces cas mortels. Mary Grace le surveillait attentivement, tandis que les avocats s'exprimaient. Son visage et ses gestes ne révélaient rien d'autre qu'une profonde concentration.

À 14 h 30, ils achevaient la Classe Un et abordaient la liste plus longue des plaignants vivants, mais malades. La notation était plus délicate. Personne ne savait combien de temps ils survivraient ni quelle serait l'étendue de leurs souffrances. Personne ne pouvait prédire le degré de probabilité de leur mort. Les plus chanceux s'affranchiraient du cancer. La discussion se délita en plusieurs débats animés au point que le juge Rosenthal se trouva par moments incapable d'accorder les parties. En fin de journée, Jared Kurtin commença de montrer des signes d'épuisement et de contrariété.

Vers les 19 heures, alors que la séance, par bonheur, tirait à sa fin, Sterling Bintz ne put se contenir.

— Je ne sais pas combien de temps je vais encore supporter de rester assis ici à observer ces petites manœuvres, s'exclama-t-il d'un ton fort grossier, tout en s'approchant du bout de la table, à l'opposé du juge Rosenthal. Je veux dire, je suis ici depuis deux jours, et je n'ai pas encore été autorisé à prendre la parole. Ce qui signifie, bien entendu, que l'on n'a tenu aucun compte de mes clients. Trop, c'est trop. Je représente une action en recours collectif de plus de trois cents personnes ayant subi des préjudices corporels, et vous semblez tous déterminés à les envoyer se faire foutre.

Wes allait réfuter le propos, mais il se ravisa. Laissons-le discourir dans le vide. Et, de toute manière, ils étaient sur le point de lever la séance.

— Mes clients ne se laisseront pas écarter de la sorte, reprit-il en hurlant, et tout le monde se tut. – Une pointe de folie perçait dans sa voix et plus encore dans ses yeux ; sans doute valait-il mieux le laisser divaguer un peu. – Mes clients ont énormément souffert, et souffrent toujours. Et vous, mesdames et messieurs, vous ne vous souciez pas du tout d'eux. Je ne peux m'éterniser ici indéfiniment. Je dois être à San Francisco demain dans le cadre d'un autre règlement amiable. J'ai huit mille dossiers contre Schmeltzer, pour des comprimés laxatifs. Donc, comme tout le monde ici m'a l'air de se contenter de bavarder à propos de tout sauf d'argent, laissez-moi vous expliquer un peu où je me situe.

Il avait su retenir leur attention. Jared Kurtin et les messieurs des finances dressèrent l'oreille et se raidirent. Mary Grace observa le visage de Kurtin, en scruta la moindre ride. Elle voulait voir sa réaction au cas où le cinglé lui lancerait un chiffre à la figure.

— Je ne solderai pas ces dossiers pour moins de cent mille dollars chacun, reprit Bintz avec un sourire grimaçant. Peut-être davantage, cela dépend de chaque client.

Le visage de Kurtin resta de glace, mais, après tout, c'était son habitude. L'un de ses collaborateurs secouait la tête, un autre sourit, un petit sourire sot. Les deux cadres dirigeants de Krane se rembrunirent et changèrent de position sur leur chaise, l'air de juger cette revendication absurde.

Alors que l'idée de ces trente millions flottait dans la pièce, Wes effectua un calcul tout simple. Bintz allait sans doute en rafler le tiers, lâcherait quelques miettes à Clyde Hardin, puis passerait rapidement à la prochaine manne, la procédure en préjudice de masse suivante.

Clyde était tapi dans son coin, depuis des heures maintenant. Le gobelet en carton qu'il tenait en main était rempli de jus d'orange, de glace pilée et de quatre mesures de vodka. Après tout, il était presque sept heures du soir, un samedi. L'opération était si simple qu'il aurait pu l'effectuer en dormant. Sa part s'élevait à cinq pour cent sur le total des honoraires, cinq cent mille dollars, en vertu de l'arrangement si raisonnable et suggéré avec tant d'audace par son conseil associé. Il avait aussi été prévu de verser à Clyde cinq cents dollars par client, soit, pour trois cents clients, cent cinquante mille dollars qu'il aurait déjà dû déjà percevoir. Or il n'en était rien. Bintz lui avait versé à peu près le tiers de cette somme, mais semblait peu enclin à discuter du reste. C'était un avocat très pris, difficile à obtenir au téléphone. Enfin, il honorerait certainement ses promesses.

Clyde avala son verre d'un trait, pendant que les propos de Bintz se répercutaient dans la pièce.

— Nous n'allons pas ramasser des nèfles et rentrer chez nous, menaça-t-il. À un certain stade de ces négociations, le plus tôt sera le mieux, je veux voir les dossiers de mes clients sur la table.

— Demain matin, à 9 heures, aboya soudain le juge Rosenthal. Pour l'heure, la séance est levée.

――――

« Une campagne pitoyable », titrait l'éditorial de l'édition dominicale du *Clarion-Ledger*. Reprenant le compte rendu de Nathaniel Lester, les rédacteurs en chef condamnaient la campagne de Ron Fisk pour sa publicité sordide. Ils accusaient Fisk de toucher des millions du monde des affaires et de s'en servir pour égarer l'opinion. Ses spots étaient remplis de vérités tronquées et de déclarations coupées de leur contexte. La peur était son arme – peur des homosexuels, peur du contrôle des armes à feu, peur des prédateurs sexuels. L'éditorialiste le condamnait pour avoir qualifié Sheila McCarthy de « gauchiste » ; son passé professionnel, que les rédacteurs en chef avaient étudié, incitait plutôt à la considérer comme une modérée. Ils éreintaient Fisk pour avoir promis de voter dans tel sens ou tel autre dans des affaires sur lesquelles il ne s'était même pas encore penché en qualité de membre de la Cour.

L'éditorial décriait le processus dans son entier. On avait levé et dépensé de telles sommes d'argent, chez les deux candidats, que cela mettait en péril toute prise de décision équitable et impartiale. Comment pouvait-on attendre de Sheila McCarthy, qui avait reçu jusqu'à présent un million et demi de dollars de la part des avocats, ses soutiens, qu'elle n'en tienne aucun compte quand ces mêmes avocats viendraient se présenter devant la cour suprême ?

L'article s'achevait sur un appel à la suppression des élections judiciaires au profit d'une nomination des juges sur la base de leurs mérites par un comité indépendant des partis.

Le *Sun Herald* de Biloxi était plus virulent encore. Il accusait la campagne Fisk de franche escroquerie, et citait pour principal exemple le publipostage sur Darrel Sackett. Sackett était mort, pas en cavale, pas en rôdaille. Il était mort depuis quatre ans, ce que Nathaniel Lester avait pu apprendre en passant deux rapides coups de téléphone.

Le *Hattiesburg American* mettait la campagne Fisk au défi de retirer ses messages publicitaires négatifs et trompeurs, et de révéler, avant le jour du scrutin, les noms de ses gros donateurs extérieurs à l'État. Il pressait les deux candidats de rendre cette campagne plus digne des hautes fonctions de cour suprême.

Dans le *New York Times*, on trouvait les révélations de Gilbert, avec des photos de Meyerchec et Spano, ainsi que de Fisk et McCarthy. L'article couvrait l'élection au sens large, puis se concentrait sur le thème du mariage homosexuel, monté de toutes pièces et introduit dans la campagne par les deux hommes venus de l'Illinois. Gilbert avait effectué un travail minutieux, en accumulant les preuves que les intéressés habitaient de longue date à Chicago et n'avaient aucun lien avec le Mississippi. Il n'émettait aucune supposition quant aux buts de la supercherie. C'était inutile. Les propos de Nathaniel Lester, cités au dernier paragraphe, étaient fort clairs : « Ces types sont un tandem de comparses utilisés par Ron Fisk et ses soutiens pour créer de toutes pièces un problème inexistant. Leur but est d'échauffer les chrétiens de droite et de les pousser à se rendre aux urnes. »

———

Ron et Doreen Fisk étaient à la table de la cuisine, boudant leur premier café du matin et fulminant. Ils lisaient l'éditorial de Jackson. La campagne se déroulait si bien, ils étaient en tête de tous les sondages. Encore neuf jours à courir, et ils avaient la victoire en vue. Pourquoi donc le principal quotidien de l'État décrivait-il subitement Ron comme un personnage « mensonger » et « malhonnête » ? C'était une gifle, douloureuse, humiliante, qu'ils n'avaient pas vue venir. Et qui n'était certes pas méritée. Ils étaient honnêtes, ils étaient des gens très bien, très soignés, des chrétiens. Pourquoi cette haine ?

Le téléphone sonna et il s'en empara. La voix fatiguée de Tony se fit entendre :

— Avez-vous lu le journal de Jackson ?

— Nous sommes en train.

— Avez-vous vu celui de Hattiesburg et le *Sun Herald* ?

— Non. Pourquoi ?

— Lisez-vous le *New York Times* ?

— Non.

— Consultez-les en ligne. Rappelez-moi dans une heure.

— C'est grave ?

— Oui.

Ils lurent et fulminèrent encore une heure, puis ils décidèrent de manquer l'église. Ron se sentait trahi, mal à l'aise, et n'avait plus envie de sortir de chez lui. Selon les derniers chiffres de l'institut de sondage d'Atlanta, il jouissait d'une avance confortable. Mais, à présent, il sentait la défaite inévitable. Aucun candidat ne pouvait survivre à une telle correction. Il en rejetait la responsabilité sur la presse de gauche. Il en rejetait la responsabilité sur Tony Zachary et ceux qui contrôlaient cette campagne. Et il s'en voulait d'avoir été si naïf. Pourquoi avoir placé une telle confiance en des gens qu'il connaissait à peine ?

Doreen lui assura que ce n'était pas sa faute. Il s'était dédié corps et âme à cette campagne, il avait eu peu de temps pour surveiller tout le reste. Toutes les campagnes sont chaotiques. Personne ne peut suivre les faits et gestes de l'ensemble des permanents et des bénévoles.

Au cours d'une conversation téléphonique longue et tendue, Ron se déchargea sur Tony.

— Vous m'avez mis dans une situation embarrassante, lui dit-il. Vous m'avez humilié, moi et ma famille, au point que je n'ai même plus envie de sortir de chez moi. J'envisage d'abandonner.

— Vous ne pouvez pas abandonner, Ron, vous avez trop investi, lui répondit l'autre, tentant de maîtriser sa panique et de rassurer son poulain.

— C'est le problème, Tony. Je vous ai laissé lever trop d'argent et, à vous tous, vous n'êtes pas capable de le gérer. Arrêtez toutes les publicités à la télévision, immédiatement.

— C'est impossible, Ron. Elles sont déjà dans les tuyaux.

— Donc je ne contrôle même pas ma propre campagne, c'est ce que vous êtes en train de me raconter, Tony ?

— Ce n'est pas si simple.

— Je ne sors pas de ma maison, Tony. Retirez toutes les publicités, tout de suite. Arrêtez tout, et j'appelle les rédacteurs en chef de ces journaux. Je vais reconnaître mes erreurs.

— Ron, allons.

— Je suis le patron, Tony, cette campagne est la mienne.

— Oui, et vous avez course gagnée. Ne faites pas tout capoter à neuf jours de l'arrivée.

— Saviez-vous que Darrel Sackett était mort ?

— Enfin, je ne peux pas vraiment…

— Répondez à ma question, Tony. Saviez-vous qu'il était mort ?

— Je n'en suis pas sûr.

— Vous saviez qu'il était mort et vous avez délibérément diffusé une publicité mensongère, n'est-ce pas ?

— Non, je…

— Vous êtes viré, Tony. Vous êtes viré, et moi je démissionne.

— Pas de réaction excessive, Ron. Calmez-vous.

— Vous êtes viré.

— J'arrive dans une heure.

— Faites donc, Tony. Arrivez ici le plus vite possible, et d'ici là vous êtes viré.

— Je pars tout de suite. Ne faites rien tant que je ne suis pas là.

— J'appelle les rédacteurs en chef tout de suite.

— Ne faites pas ça, Ron. Je vous en prie. Attendez que j'arrive.

———

Les avocats avaient peu de temps à consacrer aux journaux de ce samedi matin. Dès 8 heures, ils étaient réunis à l'hôtel pour ce qui serait sûrement la journée la plus importante. Ils n'avaient reçu aucune indication de la part de Jared Kurtin sur le temps qu'il accorderait à la négociation avant de repartir pour Atlanta, mais on supposait que le premier round s'achèverait le dimanche après-midi. Mis à part la suggestion des trente millions formulée par Sterling Bintz la veille au soir, il n'avait pas été question d'argent. Dimanche, il faudrait y venir. Wes et Mary Grace étaient déterminés à repartir ce jour-là avec une évaluation de la valeur attribuée aux affaires de Classe Un et de Classe Deux.

À 8 h 30, les avocats des plaignants étaient en place, pour la plupart plongés dans des conversations particulières, ignorant tous la présence de Sterling Bintz qui, à son tour, ignora la leur. Son entourage était inchangé. Il n'adressait pas la parole à l'autre avocat en charge d'une action collective, originaire celui-là de Melbourne Beach. Le juge Rosenthal arriva à 8 h 45 et remarqua l'absence de la défense. Les avocats finirent par le remarquer aussi. En face d'eux, il n'y avait pas âme qui vive. Wes composa le numéro de portable de Jared Kurtin, mais tomba sur sa messagerie.

— Nous étions convenus de 9 heures, n'est-ce pas ? s'enquit Rosenthal, cinq minutes avant l'heure. On confirma à l'unanimité que neuf heures était bien l'horaire du miracle. Ils attendirent, et le temps s'écoula subitement avec beaucoup plus de lenteur.

À 9 h 02, Frank Sully, avocat correspondant de Krane, entra dans la salle et déclara, l'air embarrassé :

— Mon client a décidé de se retirer de ces négociations jusqu'à nouvel ordre. Je suis tout à fait désolé de ce désagrément.

— Où est Jared Kurtin ? s'étonna le juge Rosenthal.

— En ce moment ? Dans un avion en route vers Atlanta.

— Quand votre client a-t-il pris cette décision ?

—Je ne sais pas. J'en ai été informé il y a environ une heure. Je suis vraiment désolé, monsieur le juge. Je tiens à présenter mes excuses, à tous.

La salle parut prendre de la gîte sous l'effet d'un effondrement soudain. Des avocats laissèrent tomber leurs crayons et leurs stylos, d'autres échangèrent des regards éberlués. On laissa échapper de lourds soupirs. On grommela des jurons, juste assez fort pour être entendu. Des épaules se voûtèrent. Ils auraient voulu s'en prendre à Sully, mais il n'était que le correspondant local ; ils avaient compris, depuis longtemps déjà, qu'il ne pesait d'aucun poids.

Clyde Hardin essuya la sueur de son visage et tenta vaillamment de ne pas vomir.

Il y eut une soudaine envie précipitée de partir, de vider les lieux. C'était à devenir fou, de rester assis là, à fixer du regard ces chaises vides, des chaises occupées il y a peu par des hommes qui auraient pu les rendre riches. Les avocats rassemblèrent rapidement leurs piles de papiers, garnirent de nouveau leurs serviettes en lâchant de brusques au revoir.

Wes et Mary Grace regagnèrent leur appartement sans se dire un mot.

31.

Le lundi matin, le *Wall Street Journal* publiait la nouvelle.
L'article, publié en page 2, était écrit par un journaliste s'appuyant
sur des sources internes à Krane Chemical, dont l'une imputait
la responsabilité de l'échec des négociations aux avocats des plaignants. « Leurs exigences étaient tout simplement irréalistes.
Nous sommes allés là-bas en toute bonne foi, et nous n'avons
abouti nulle part. » Une autre source anonyme précisait :
« C'est sans espoir. À cause de ce verdict, n'importe quel avocat
civiliste se figure que son affaire vaut quarante millions de dollars. » M. Watts, le PDG de Krane, déclarait : « Nous sommes
très déçus. Nous voulions mettre cette procédure derrière nous et
aller de l'avant. Maintenant, notre avenir est tout à fait incertain. »

Carl Trudeau lut l'article en ligne, à 4 h 30 ce matin-là, à
son domicile. Il rit et se frotta les mains dans la perspective
d'une semaine très rentable.

Wes appela Jared Kurtin tout au long de la matinée, mais le
grand homme était en déplacement, injoignable. Son téléphone
portable était sur messagerie. Sa secrétaire finit par se montrer
grossière, mais Payton ne fut pas en reste. Mary Grace et lui
doutaient sérieusement que les folles exigences de Sterling Bintz
aient fait fuir Krane. En termes relatifs, ses trente millions de
dollars ne constituaient qu'une partie d'un accord viable.

Quand la nouvelle finit par atteindre Bowmore, elle fut
reçue comme un nouveau fléau.

Au siège de campagne de Sheila McCarthy, Nathaniel Lester avait travaillé la nuit entière. À l'arrivée de la candidate, à 8 h 30, il était encore sous tension. Il avait transmis par e-mail l'article du *New York Times* à tous les journaux du district, et se chargeait d'appeler les responsables des rédactions quand elle entra et, avec un sourire reposé, lui demanda un jus d'ananas.

— Nous avons mis ces clowns en déroute ! lui annonça-t-il d'un ton jubilatoire. Leurs tours de cochon se sont retournés contre eux.

— Félicitations. C'est magnifique.

— Nous envoyons ces éditoriaux et l'article du *Times* à tous les électeurs inscrits.

— Qu'est-ce que ça coûte ?

— Quelle importance ? Avec une semaine à courir, on ne va pas pinailler. Vous êtes prête ?

— Je pars dans une heure.

Les sept prochaines journées allaient la conduire dans vingt comtés différents en trente-quatre étapes, grâce à l'emploi d'un King Air emprunté à un avocat, et un petit jet à un autre. Ce tir de barrage coordonné par Nathaniel se déroulerait avec l'aide d'enseignants, de dirigeants syndicaux, de leaders d'opinion issus de la communauté noire et, bien entendu, des avocats. Elle ne rentrerait à Jackson qu'après l'élection. Pendant qu'elle serait sur le terrain, sa dernière série de messages télévisés inonderait le district.

Lorsqu'on en serait au décompte des voix, elle n'aurait plus dix cents devant elle. Elle priait même pour ne pas être débitrice.

———

Ron Fisk quitta finalement son domicile, en ce lundi matin, mais sans effectuer son habituel crochet par le bureau. Au lieu de quoi, Doreen et lui se rendirent à Jackson en voiture, dans les locaux de Judicial Vision, pour une autre longue et pénible réunion avec Tony Zachary. Après un dimanche après-midi passé en conversations douloureuses dans le petit salon des Fisk, ils avaient résolu peu de choses. Ron suspendait toutes ses activités de campagne tant qu'il n'avait pas recouvré son honorabilité. Il avait révoqué Zachary au moins quatre fois en quatre heures de conversation, mais ils se parlaient encore.

Tout au long de ce même dimanche et jusque dans la soirée, Tedford, à Atlanta, avait multiplié les sondages. Les premiers résultats arrivèrent le lundi en fin de matinée. En dépit des accusations dont il était la cible, Ron Fisk conservait des points d'avance sur Sheila McCarthy. La question du mariage homosexuel avait captivé les électeurs qui, pour la plupart, favorisaient encore le candidat le plus conservateur.

Un candidat qui n'était pas certain de pouvoir se fier à ceux qui travaillaient pour sa campagne, mais néanmoins déridé par la nouvelle.

— Vous avez course gagnée, Ron, lui répétait Tony sans relâche. Ne gâchez pas tout.

Ils finirent par conclure un accord, que Fisk insista pour coucher sur le papier, comme un contrat. Primo, le candidat restait dans la course. Deuxio, Tony conservait son poste de directeur de campagne. Tertio, Ron Fisk rencontrait les rédacteurs en chef des journaux, admettait ses erreurs et promettait une compétition propre, pour les huit jours restants. Quarto, aucune littérature de campagne, pas une parution publicitaire, pas un spot télévisé, pas un publipostage, pas un message à la radio, rien ne serait diffusé sans l'approbation préalable de Ron.

Redevenus bons amis, ils s'accordèrent un rapide déjeuner au Capitol Grill, puis Ron et Doreen rentrèrent chez eux. Ils étaient fiers d'avoir tenu tête, et impatients de reprendre la campagne. Ils pouvaient déjà humer comme un parfum de victoire.

———

Barry Rinehart arriva à Jackson le lundi à midi, et installa ses quartiers dans la suite la plus spacieuse d'un hôtel du centre-ville. Il ne quitterait le Mississippi qu'après l'élection.

Il attendait impatiemment que Tony arrive avec la nouvelle qu'ils conservaient leur cheval dans la course. Ces dernières vingt-quatre heures avaient été très éprouvantes pour les nerfs, même pour un homme qui se targuait de rester de marbre en toutes circonstances. Il avait peu dormi. Si Fisk jetait l'éponge, cela porterait gravement atteinte à sa carrière, la compromettrait, même.

Tony Zachary entra dans la suite avec un sourire radieux, et les deux hommes purent en rire ensemble. Ils s'attelèrent aussitôt à élaborer la fin de leur plan média. Ils disposaient des liquidités nécessaires pour saturer le district de messages télévisés, et si M. Fisk ne voulait que de la publicité positive, ainsi soit-il.

———

La réaction du marché à l'échec du compromis fut rapide et assassine. À l'ouverture, le titre Krane cotait 15,25 dollars et, à midi, il s'échangeait à 12,75 dollars. Carl Trudeau observa la chute avec jubilation, la valeur nette de sa fortune fondant de minute en minute. Pour ajouter à la peur et à la frénésie, il organisa une réunion des principaux cadres dirigeants de Krane et des avocats de la compagnie spécialisés dans les mises en règlement judiciaire, puis organisa les fuites.

Mardi matin, le cahier Économie du *New York Times* publiait un article dans lequel un avocat maison de l'entreprise déclarait : « Nous allons sans doute nous placer dès cette semaine sous la protection de la loi sur les faillites. » Pour la première fois en vingt ans, l'action tomba sous le plancher des dix dollars, autour de 9,50 dollars.

À midi, mardi, Meyerchec et Spano arrivèrent à Jackson en jet privé. Ils furent accueillis par une voiture avec chauffeur et conduits au bureau de leur avocat, où ils rencontrèrent un journaliste du *Clarion-Ledger* de Jackson. En une heure d'interview, ils réfutèrent la thèse de Gilbert, réaffirmèrent leur citoyenneté dans leur nouvel État, et évoquèrent longuement l'importance de la procédure entamée, désormais en instance devant la cour suprême du Mississippi. Ils passèrent l'entretien la main dans la main, à poser pour le photographe du journal.

Pendant ce temps, Barry Rinehart et Tony Zachary épluchaient les résultats de leur tout dernier sondage. L'avance de seize points dont jouissait leur poulain avait bel et bien rétréci à cinq points, la chute la plus spectaculaire que Rinehart ait jamais vue en soixante-douze heures. Mais il était trop aguerri pour céder à la panique.

Ils remanièrent les publicités télévisées. Ils écartèrent le spot agressif sur Darrel Sackett et un autre montrant des clandestins franchissant la frontière. Pendant les trois prochains jours, ils s'en tiendraient au mariage homosexuel et aux armes à feu. Au cours du week-end, ils reviendraient aux messages consensuels, de façon à laisser aux électeurs des impressions vagues et chaleureuses. Ce jeune Fisk, avec son allure si saine et si équilibrée.

Dans l'intervalle, les postiers du Sud-Mississippi crouleraient sous le poids de quelques nouvelles tonnes de propagande à distribuer, jusqu'à ce que la campagne soit enfin terminée – Dieu merci.

Le tout avec l'aval du candidat, comme de juste.

————

Après plusieurs brouillons, Denny Ott acheva sa lettre et demanda à sa femme de la lire. Quand elle l'eut approuvée, il alla la déposer au bureau de poste. Il avait écrit :

Cher Frère Ted,

Dimanche dernier, j'ai écouté un enregistrement de votre sermon diffusé sur la station de radio WBMR, lors de votre émission liturgique d'une heure. J'hésite à appeler cela un sermon. Cela évoquait plutôt un discours électoral. Je suis convaincu que la condamnation des homosexuels est le pain quotidien de votre sacerdoce, mais je ne formulerai pas de commentaire à ce sujet. En revanche, votre attaque contre les juges progressistes, formulée neuf jours avant le scrutin, n'était rien d'autre qu'une diatribe contre Sheila McCarthy qui, bien entendu, n'était jamais citée nommément. En vous attaquant à elle, vous apportiez votre appui à son adversaire.

Un tel discours politique est expressément interdit par la loi, et spécifiquement prohibé par les réglementations de l'administration fiscale. En tant qu'organisation à but non lucratif visée par le titre 501 (C) (3), le Tabernacle de la Moisson ne peut s'engager dans une activité politique. Ce faisant, vous risquez de perdre votre statut, une éventualité catastrophique pour n'importe quelle Église.

J'ai appris à bonne source que d'autres pasteurs locaux, tous membres de votre Coalition de la Fraternité, s'impliquent personnellement, et impliquent leurs Églises dans cette campagne. Je suis certain que cela s'inscrit dans le contexte d'une initiative coordonnée en vue de l'élection de Ron Fisk, et je ne doute pas que ce dimanche, vous et les autres, vous utiliserez la chaire pour influer sur le vote de vos congrégations.

M. Fisk est utilisé par une conspiration d'intérêts de grandes entreprises afin d'investir les cours suprêmes avec des juges qui protégeront les méfaits de ces entreprises en limitant leur responsabilité. Seules les petites gens en souffriront – vos ouailles et les miennes.

Sachez qu'en ce dimanche je vais tendre l'oreille et ouvrir l'œil. Et si vous persistez dans vos activités illégales, je n'hésiterai pas à en informer l'administration fiscale.

Avec mes sincères salutations, dans le respect du Christ,

Denny Ott

————

À midi, jeudi, le cabinet juridique Payton se réunit autour d'un rapide déjeuner pour une ultime répartition des actions de campagne. Sur le placoplâtre de La Mine, Sherman avait affiché les annonces de Fisk par ordre chronologique : six appels en pleine page publiés dans des journaux et cinq publipostages. Cette collection devait être désormais mise à jour quotidiennement, car les imprimeurs de Fisk accumulaient les heures supplémentaires.

C'était un étalage impressionnant, et déprimant.

Se servant d'un plan de Hattiesburg et d'une liste d'électeurs inscrits, Sherman formait les équipes. Il ferait du porte-à-porte avec Tabby, Rusty avec Vicky, Wes avec Mary Grace. Ils avaient deux mille adresses à couvrir au cours des cinq prochaines journées dans les environs de l'université.

Olivia avait accepté de rester répondre au téléphone. Ses vieux os lui interdisaient de passer plusieurs jours d'affilée à arpenter les rues.

D'autres équipes, pour la plupart issues des bureaux des avocats civilistes locaux, ratisseraient le reste de Hattiesburg et ses périphéries éloignées. On adjoindrait aux tracts McCarthy ceux du juge Thomas Harrison.

Cette dépense d'énergie était la bienvenue, au moins pour Wes et Mary Grace. L'atmosphère était funèbre, au cabinet. Le fiasco de la négociation les avait éteints. La rumeur d'une inscription de Krane au Chapitre 11 de la loi sur les faillites les effrayait. Ils étaient à cran, ils avaient besoin de se changer les idées.

Ce dernier coup de reins était orchestré par Nathaniel Lester. Chaque circonscription, dans la totalité des vingt-sept comtés, s'était vue attribuer un responsable dont Lester avait le numéro de portable. Il s'était mis à les appeler dès le jeudi après-midi, et il les harcèlerait jusque tard dans la soirée de lundi.

———

La réponse de Frère Ted lui fut remise en mains propres, à l'église de Pine Grove.

Cher Pasteur Ott,

Vos préoccupations me touchent, et je suis ravi que mes sermons aient suscité votre intérêt. Écoutez-les attentivement, un jour peut-être vous finirez par reconnaître en Jésus-Christ votre sauveur personnel. D'ici là, je continuerai de prier pour vous et pour tous ceux que vous détournez du droit chemin.

Dieu a bâti notre lieu de culte voilà quatorze ans, puis Il en a payé l'emprunt hypothécaire. Il m'a conduit à monter en chaire, et chaque semaine, par ma bouche, Il s'adresse à Ses ouailles bien-aimées.

Quand je prépare mes sermons, je n'écoute personne d'autre que Lui. Il condamne l'homosexualité, ceux qui la pratiquent, et ceux qui la soutiennent. Ses volontés sont dans la Bible. Je vous suggère de consacrer davantage de temps à la lire.

Ne perdez pas votre temps à vous soucier de moi et de mon Église. Vous avez sans nul doute amplement de quoi vous occuper, à Pine Grove.

Je prêcherai ce qu'il me plaira. Envoyez-moi le gouvernement fédéral. Avec Dieu à mes côtés, je n'ai rien à redouter.

Loué soit-Il,

Frère Ted

32.

À midi, vendredi, Barry Rinehart avait consolidé les résultats de ses sondages au point de pouvoir appeler M. Trudeau en toute tranquillité. Fisk avait sept points d'avance, et avait retrouvé son élan. Il n'eut aucun scrupule à arrondir le chiffre à la hausse, histoire que le grand chef se sente rassuré. De toute manière, il lui avait menti toute la semaine. M. Trudeau ne saurait jamais qu'ils avaient failli gâcher une avance de seize points.

— Nous sommes en hausse de dix points, lui annonça un Barry très sûr de lui depuis sa suite à son hôtel.

— Alors, c'est plié ?

— Je ne connais aucune élection dans laquelle le favori a chuté de dix points au cours du dernier week-end. Avec tout l'argent que nous dépensons en médias, je pense au contraire que nous progresserons.

— Beau travail, Barry, fit Carl, et il referma son téléphone.

Alors que Wall Street attendait les nouvelles du dépôt de bilan de Krane Chemical, Carl Trudeau rachetait à titre privé cinq millions de titres de la société. Le vendeur était un gestionnaire chargé du fonds de pension des employés des administrations du Minnesota. Carl le surveillait depuis des mois. Enfin, l'homme venait de se laisser convaincre que Krane était en situation désespérée ; il avait liquidé le titre pour onze dollars l'action en se trouvant chanceux.

Ensuite, dès l'ouverture du marché, Carl lança un programme de rachat de cinq autres millions de parts. Son identité ne serait dévoilée que lorsqu'il aurait déposé un formulaire 13D auprès de la Commission des opérations de bourse, dans dix jours.

D'ici là, naturellement, l'élection serait jouée.

Dans l'année écoulée depuis le verdict, il avait ainsi secrètement et méthodiquement accru sa participation dans la compagnie. En recourant à des sociétés d'investissement offshore, des banques panaméennes, deux sociétés fictives basées à Singapour, et les conseils d'experts d'un banquier suisse, le Groupe Trudeau possédait maintenant soixante pour cent de Krane. En s'emparant soudainement de dix millions de titres supplémentaires, Carl porterait sa participation majoritaire à soixante-dix-sept pour cent.

À 14 h 30, vendredi, Krane publia un bref communiqué de presse annonçant que l'éventualité d'une « mise en liquidation était repoussée *sine die* ».

———

Barry Rinehart ne suivait pas les nouvelles sur Wall Street. Il s'intéressait peu à Krane Chemical et à ses transactions financières. Il avait au moins une trentaine de questions importantes à surveiller au cours de ces dernières soixante-douze heures, dont aucune ne devait être négligée. Toutefois, enfermé depuis cinq jours dans une suite d'hôtel, il éprouvait le besoin de bouger.

Tony au volant, ils quittèrent Jackson à destination de Hattiesburg. Pour commencer, une visite guidée : le bâtiment du tribunal de circonscription de Forrest County, lieu du verdict historique, la supérette désaffectée que les Payton avaient baptisée bureau – un Kenny's Karate d'un côté, un marchand de whisky de l'autre – et deux quartiers de la ville où les pancartes Ron Fisk fleurissaient, deux fois plus nombreuses que celle de McCarthy. Ils dînèrent dans un restaurant du centre-ville, 206 Front Street et, à 19 heures, se garèrent devant le Reed Green Coliseum, sur le campus de l'université du Sud-Mississippi. Ils restèrent une demi-heure assis dans la voiture à regarder la foule. Elle arrivait dans des camionnettes, des bus scolaires et des autocars fantaisie, tous pavoisés aux couleurs d'une Église ou l'autre. Ils venaient de Purvis, de Poplarville, de Lumberton, de Bowmore, de Collins, de Mount Olive, de Brooklyn et de Sand Hill.

— Certains de ces patelins sont à une heure d'ici, expliqua Tony avec satisfaction.

Les fidèles se déversaient sur les parkings autour du Reed Green Coliseum, où ils se dépêchaient d'entrer. Beaucoup portaient les mêmes pancartes bleu et rouge : « Sauvez la famille. »

— Où avez-vous déniché ce matériel ? demanda Tony.

— Au Vietnam.

— Au Vietnam ?

— Nous les avons eues pour un dollar dix chacune, cinquante mille au total. Le fournisseur chinois en voulait un dollar trente.

— C'est bon d'entendre que nous économisons de l'argent.

À 19 h 30, Rinehart et Zachary entrèrent dans le Coliseum et grimpèrent jusqu'aux derniers rangs, aussi loin que possible de la foule surexcitée, massée en contrebas. Une scène avait été dressée à une extrémité, devant d'immenses banderoles « Sauvez la famille ». Un quartette réputé de gospel blanc (quatre mille cinq cents dollars la soirée, quinze mille dollars pour le week-end) chauffait la foule. Le parterre était couvert de rangées bien alignées de chaises pliantes, plusieurs milliers au total, toutes occupées par de bonnes gens d'humeur joyeuse.

— Combien de places assises ? s'enquit Rinehart.

— Huit mille pour le basket-ball, répondit Tony en parcourant du regard le stade. – Seuls quelques emplacements, derrière la scène, étaient vides. – En comptant les sièges du parterre, je dirais pas loin de neuf mille.

Barry sembla satisfait.

Le maître de cérémonie, un prédicateur local, fit taire l'assistance avec une longue prière qui se termina par une levée spontanée de bras tendus vers le ciel. Marmonnements et chuchotements – ils priaient tous avec ferveur. Barry et Tony, eux, se contentaient de regarder.

Le quartette lança son dernier chant, et un groupe de gospel noir (cinq cents dollars la soirée) secoua la foule d'une version déchaînée de « I'll Fly Away ». Le premier orateur fut Walter Utley, de l'Alliance pour la Famille Américaine, à Washington. Quand il fut à la tribune, Zachary se rappela leur première rencontre, dix mois auparavant. à l'aube du lancement de Ron Fisk. Des mois qui semblaient des années. Utley n'était pas un prêcheur, et n'était pas non plus un orateur. Il ennuya la foule avec la liste effarante de tous les maux qui s'emparaient de Washington. Il tempêta contre les cours de justice, les politiciens et quantité d'autres méchantes gens. Quand il eut fini, la foule applaudit et agita ses pancartes.

À nouveau de la musique. À nouveau de la prière. La star de ce rassemblement, l'activiste chrétien David Wilfong, avait le chic pour s'immiscer dans toutes les querelles médiatiques où le nom de Dieu avait une chance d'être prononcée. Vingt millions d'individus écoutaient son émission de radio quotidienne. Ils étaient nombreux à lui envoyer de l'argent. Ils étaient nombreux à acheter ses livres et ses cassettes. C'était un prêtre en bonne et due forme, instruit et cultivé, à la voix flamboyante, électrique. En cinq minutes, il avait dressé la foule sur ses pieds, pour une *standing ovation*. Il condamnait l'immoralité sur tous les fronts, mais réserva ses propos les plus durs aux gays et aux lesbiennes tentés par le mariage. La foule était incapable de tenir en place ni de garder le silence. C'était l'occasion pour ces gens d'exprimer leur indignation en public. Toutes les trois phrases, Wilfong devait attendre que les applaudissements refluent.

Il était payé cinquante mille dollars pour le week-end, un argent puisé des mois plus tôt quelque part dans les entrailles mystérieuses du Groupe Trudeau, et dont aucun être humain ne serait jamais capable de suivre la trace.

Vingt minutes après le début de sa prestation, il s'interrompit pour laisser place à ses invités surprise. Quand Ron et Doreen Fisk firent leur apparition sur la scène, le stade trembla sur ses fondations. Fisk parla cinq minutes. Il exhorta la foule à prier pour lui, et à bien voter le mardi suivant. Doreen et lui traversèrent la scène sous le tonnerre d'une nouvelle *standing ovation*. Tout en répondant d'un poing levé, geste de triomphe, ils gagnèrent l'autre bout du plateau, et la foule tapait des pieds.

Barry Rinehart parvint à contenir son amusement. De toutes ses créations, Ron Fisk était la plus parfaite.

———

On s'employa encore à sauver la famille à travers tout le sud du Mississippi, le lendemain et jusqu'au dimanche. Utley et Wilfong attiraient des foules immenses et, bien sûr, ces foules adoraient Ron et Doreen Fisk.

Ceux qui s'abstenaient de monter dans un bus pavoisé furent bombardés sans relâche de spots télévisés. Et puis il y avait le facteur, qui n'était jamais loin, toujours à décharger des tombereaux de propagande sur ces foyers assiégés.

Tandis que la campagne publique poursuivait sa trajectoire lumineuse, le côté obscur se mettait en place. Sous la direction de Marlin, une dizaine d'intervenants se déployèrent dans tout le district et sollicitèrent de vieux contacts. Des contremaîtres dans leur ferme, des prédicateurs noirs dans leur église, et des notables dans leurs cabanes de chasse. On passa en revue les listes électorales. On s'accorda sur des chiffres. Des sacs d'argent liquide changèrent de main. Le tarif était fixé à vingt-cinq dollars la voix. Certains appelaient ça de « l'argent de poche », comme s'il en devenait plus légitime.

Ces intervenants travaillaient pour le compte de Ron Fisk, et pourtant, celui-ci n'en saurait jamais rien. Des soupçons lui viendraient quand il constaterait qu'il avait recueilli un pourcentage imprévu dans les quartiers noirs – mais Tony lui assurerait que ces gens avaient finalement compris les enjeux, et rien d'autre.

———

Le 4 novembre, deux tiers des inscrits du district sud glissèrent leur bulletin dans l'urne.

Quand les bureaux fermèrent, à 19 heures, Sheila McCarthy se rendit tout droit au Riviera Casino de Biloxi, où ses militants préparaient une fête. Pas un journaliste n'était admis. Les premiers résultats étaient quelque peu rassurants. Elle remportait Harrison County, son comté, avec cinquante-cinq pour cent des voix.

Quand Nathaniel Lester, au siège de Jackson, eut ce chiffre en main, il comprit qu'ils étaient foutus. Fisk remportait presque la moitié des voix dans le comté le plus ouvert d'esprit du district. Ça allait mal.

Ron et Doreen croquaient une pizza dans leur permanence de Brookhaven pendant que, au bout de la rue, on était en train de décompter les bulletins de Lincoln County. La nouvelle arriva que leurs voisins leur avaient accordé soixante-quinze pour cent des voix, et la fête commença. À Pike County, juste à côté, Fisk rassemblait soixante-quatre pour cent des électeurs sur son nom.

Sheila perdit Hancock County, sur la Côte, et sut que, pour elle, tout était terminé – la soirée et sa carrière à la cour suprême. Dix minutes plus tard, elle avait encore perdu Forrest County (Hattiesburg), Jones County (Laurel) et Adams County (Natchez).

À 23 heures, tous les arrondissements avaient rendu leurs résultats. Ron Fisk l'emportait avec cinquante-trois pour cent des voix. Sheila McCarthy obtenait quarante-quatre pour cent, et Clete Coley conservait assez d'admirateurs pour qu'ils lui accordent les trois pour cent restants. C'était une correction sévère, Fisk ne perdant que les comtés de Harrison et de Stone.

Il battait McCarthy même à Cancer County. Pas dans les quatre arrondissements situés à l'intérieur de la commune de Bowmore, mais dans les zones rurales où les pasteurs de la Fraternité avaient arpenté les champs sans relâche. Là, on avait donné presque quatre-vingts pour cent des voix au vainqueur.

En découvrant les chiffres définitifs de Cary County, Mary Grace pleura : Fisk, 2 238 ; McCarthy, 1 870 ; Coley, 55.

La seule bonne nouvelle, c'était que le juge Harrison en avait réchappé, mais de justesse.

————

Puis la poussière retomba.

Dans les interviews accordées les jours suivants, McCarthy se présenta sous les dehors d'une perdante élégante, sans oublier de s'interroger, toutefois : « Il sera intéressant de savoir combien d'argent M. Fisk aura récolté et dépensé au total. » Le juge Jimmy McElwayne se montra moins affable. Les propos cités dans la presse étaient sans nuances : « Je ne suis pas enchanté de servir aux côtés d'un homme qui a déboursé trois millions de dollars pour un siège à la cour. »

En fait, après le dépôt des comptes de campagne, le chiffre de trois millions se révéla en deçà de la réalité. La campagne Fisk déclara des recettes totales s'élevant à quatre millions cent de dollars, dont deux millions neuf collectés au cours du seul mois d'octobre. Quatre-vingt-onze pour cent de cette dernière somme venait de l'extérieur de l'État. Le document ne mentionnait aucune contribution émanant ou versée à des entités comme Victimes de la Justice pour la Vérité, Victimes Debout et le PAF. Ron Fisk signa le procès-verbal, comme requis par la loi, mais il avait beaucoup de questions à poser sur ces financements. Il pressa Tony de répondre sur ses méthodes de collecte de fonds. Quand les réponses restaient vagues, les propos échangés devenaient plus acerbes. Fisk l'accusait de dissimuler de l'argent et d'avoir tiré avantage de son inexpérience. Tony rétorquait que des financements illimités lui avaient été annoncés d'emblée, et qu'il était mal venu de s'en plaindre après coup. « Vous devriez me remercier, au lieu de récriminer », lui lança-t-il, haussant le ton.

Devant les assauts des journalistes, ils ne tardèrent pas à devoir accorder leurs violons, cependant, pour présenter un front uni.

La campagne McCarthy avait levé un million neuf, et les avait dépensés jusqu'au dernier penny. Il faudrait des années pour que le billet à ordre de cinq cent mille dollars produit par Willy Benton et signé par les douze directeurs de la SAM soit acquitté.

Une fois les chiffres définitifs disponibles, la tempête éclata dans les médias. Une équipe de journalistes d'investigation du *Clarion-Ledger* traqua Tony Zachary, Judicial Vision, Ron Fisk et quantité de donateurs extérieurs à l'État. Les groupements d'entreprises et les avocats échangèrent des propos acérés par journaux interposés. Les éditoriaux insistaient sur la nécessité d'une réforme. Le secrétaire d'État du Mississippi poursuivit Victimes de la

Justice pour la Vérité, Victimes debout et le PAF sur des détails tels que l'identité de leurs membres et leurs dépenses de communication. Mais ces investigations se heurtèrent à une ferme résistance des avocats de Washington, forts de leur vaste expérience des questions électorales.

Barry Rinehart suivait tout cela depuis ses splendides bureaux de Boca Raton. Les singeries de troisième mi-temps étaient la règle, nullement une exception. Les perdants glapissaient contre le manque d'équité. D'ici à deux mois, le juge Fisk siégerait en majesté, et la plupart de ces gens auraient oublié la campagne qui l'avait placé là.

Barry allait de l'avant, déjà occupé à négocier avec d'autres clients. Depuis de nombreuses années, un juge d'une cour d'appel de l'Illinois avait rendu plusieurs décisions contraires aux intérêts du secteur des assurances ; il était temps de l'évincer. Mais ses interlocuteurs pinaillaient sur ses tarifs qui, après la victoire de Ron Fisk, avaient augmenté de façon spectaculaire.

Des huit millions de dollars acheminés par divers canaux de Carl Trudeau à Barry Rinehart et ses « entités » annexes, presque sept millions demeuraient encore intacts, et cachés.

Dieu bénisse la démocratie, se répétait-il plusieurs fois par jour.

— Que vote le peuple !

Troisième partie

L'avis

33.

Ron Fisk prêta serment en qualité de juge associé à la Cour suprême du Mississippi au cours de la première semaine de janvier. Ce fut une cérémonie brève, célébrée dans l'intimité, à laquelle assistèrent Doreen et les trois enfants, quelques amis de Brookhaven, Tony Zachary, les huit autres membres de la Cour et une partie de l'administration. Le président, détenteur du grade le plus élevé au sein de cette institution, prononça un bref discours de bienvenue, puis on servit du punch et des cookies. Le juge Jimmy McElwayne évita les rafraîchissements et regagna son bureau. Il s'était attendu à ne pas apprécier Ron Fisk, et il n'était pas déçu. Le nouvel élu avait déjà commis un vilain faux pas en licenciant les greffiers et la secrétaire de Sheila McCarthy sans même avoir la courtoisie de les recevoir au préalable. Il en avait commis un autre quand, début décembre, il avait insisté auprès du président de la Cour pour consulter le registre des causes et jeter un œil aux affaires en instance. Du haut de ses quarante ans, il était de loin le plus jeune membre de l'institution, et son zèle irritait déjà ses pairs.

Après la prestation de serment, il était en droit de prendre part à toutes les affaires n'ayant pas encore fait l'objet d'une décision, quelle que soit l'ancienneté du dossier, avant leur examen par la cour. Il s'immergea, et ses journées ne tardèrent pas à s'étirer en longueur. Dix jours après son arrivée, il votait avec une majorité de sept autres membres (y compris McElwayne) pour annuler un jugement rendu dans le comté de DeSoto sur une affaire d'aménagement du territoire, puis, avec trois de ses collègues, émit une opinion dissidente dans un litige concernant des zones humides à Pearl River County. Il se contentait de voter, sans commentaire.

Chaque juge peut rédiger son propre avis, qu'il marque son accord avec la majorité ou sa divergence. Ron avait hâte de rédiger, mais il préférait commencer par un silence prudent. Mieux valait ne pas précipiter le mouvement.

À la fin janvier, la population du Mississippi eut un premier aperçu de la nouvelle cour dans sa version post-McCarthy. L'affaire impliquait une femme âgée de quatre-vingts ans souffrant de la maladie d'Alzheimer. Dans la maison de retraite où elle était placée, son fils l'avait découverte prostrée sous son lit, nue et crasseuse. Dans une colère noire, il avait attaqué l'établissement au nom de sa mère. En dépit de témoignages divers et de procès-verbaux incomplets, les dépositions enregistrées à l'audience prouvaient que cette femme avait été laissée à elle-même pendant au moins six heures, et qu'elle n'avait pas été alimentée depuis neuf heures. La maison de retraite, établissement bas de gamme, était la propriété d'une chaîne dont le siège était en Floride ; ses antécédents en matière de sécurité et de règles sanitaires étaient aussi lamentables que chargés. Le jury, dans le comté rural de Covington, avait accordé des dommages réels de deux cent cinquante mille dollars à la victime, sans pouvoir évaluer les dommages corporels. Il y avait bien des hématomes au front, mais la vieille dame avait perdu la tête depuis déjà une décennie. La partie intéressante de l'affaire, c'étaient les dommages et intérêts punitifs fixés à deux millions de dollars, un record pour Covington County.

Le juge Calligan s'était vu confier le dossier. Il réunit trois autres voix autour de la sienne et rédigea un avis annulant l'indemnité de deux cent cinquante mille dollars et imposant que l'affaire soit rejugée – d'autres éléments de preuves étaient nécessaires sur la question des dommages et intérêts. Quant aux dommages punitifs, ils « heurtaient la conscience de la cour » ; ils furent annulés et le jugement cassé – rejeté une fois pour toutes. Le juge McElwayne émit un avis divergent par lequel il maintenait le verdict dans son intégralité. Il détaillait par le menu la gestion de la maison de retraite – le manque d'effectifs, la sous-qualification du personnel, l'insalubrité des chambres et du linge, le défaut de climatisation, la surpopulation et ainsi de suite. Il fut rejoint par trois autres membres, et donc l'ancienne cour se trouva divisée en deux parties égales. La voix du nouvel entrant se révélerait décisive.

Le juge Fisk n'hésita pas. Lui aussi, il trouvait les preuves médicales insuffisantes, et se déclara choqué par les indemnités punitives. Il avait consacré les quatorze années de sa carrière de défenseur à repousser les requêtes en dommages punitifs les plus insensées, avancées par des plaignants fort mal conseillés. La moitié au moins des procédures qu'il avait plaidées comprenait une plainte infondée, et une réclamation exorbitante du seul fait de la « conduite scandaleuse et irresponsable » du défendeur.

Par un vote de quatre voix contre cinq, la cour afficha sa nouvelle orientation, et l'affaire fut renvoyée à Covington County en plus mauvaise forme qu'elle n'en était partie.

Le fils de la victime, âgé de cinquante-six ans, était éleveur. Il était aussi diacre d'une église de campagne, à quelques kilomètres de Mount Olive. Son épouse et lui avaient été de fermes partisans de Ron Fisk, parce qu'ils le considéraient comme un homme pieux qui partageait leurs valeurs et protégerait leurs petits-enfants.

Pourquoi M. Fisk prenait-il une décision en faveur d'une entreprise hors-la-loi venue d'un autre État ?

———

Chacun des dossiers acceptés pour examen par la Cour suprême est attribué par le greffier à l'un des neuf juges, qui n'exercent aucune maîtrise sur la procédure. Chacun d'eux sait qu'une affaire sur neuf atterrira sur son bureau. Ils travaillent dans le cadre d'un collège de trois juges pendant six semaines, après quoi les triumvirats sont recomposés.

Dans la quasi-totalité des affaires soumises à la Cour suprême, les avocats réclament de pouvoir procéder à des conclusions orales, mais cela leur est rarement accordé. Le collège des juges entend les avocats dans moins de cinq pour cent des appels.

L'affaire Jeannette Baker contre Krane Chemical Corporation était considérée comme suffisamment importante pour que soit accordée aux avocats une audience devant le collège de trois juges qui lui était assigné. Ils furent convoqués le 7 février – Jared Kurtin et sa troupe, et le cabinet Payton & Payton en son entier.

L'affaire avait été confiée quelques mois plus tôt au juge Albritton. Ron Fisk n'avait rien à faire dans la salle d'audience ce jour-là, aussi n'était-il pas présent. Tony Zachary y fit un saut par curiosité, mais resta au dernier rang et n'adressa la parole à personne. Il prit des notes, pour le compte rendu qu'il ferait à Barry Rinehart dès la fin de l'audience. Un vice-président de Krane, assis sur le même banc, prenait lui aussi des notes.

Chaque partie se vit allouer vingt minutes, temps contrôlé par un minuteur digital. Un greffier se chargeait d'avertir les intervenants. Les avocats prolixes n'étaient pas tolérés. Jared Kurtin intervint le premier, et aborda rapidement le fond de l'appel introduit par son client. Krane avait toujours soutenu qu'il n'existait aucun lien médical crédible et rationnel entre le BCL et le cartolyx retrouvés dans l'enceinte de son usine et les cancers qui frappaient tant d'habitants de Bowmore. Même dans l'hypothèse inconcevable où Krane admettrait avoir rejeté illégalement des déchets toxiques, il n'existait pas de « lien causal médical » entre ces produits chimiques et ces cancers. Oh, les spéculations allaient bon train, certes ! Regardez le taux de cancers, à Bowmore. Regardez ces amas cancéreux. Mais il se trouve que les taux de cancers varient fortement d'une région à une autre. On constate la présence de milliers de carcinogènes dans l'air, les aliments, les boissons, les produits ménagers, la liste est interminable. Qui pouvait affirmer que le cancer qui a tué le petit Chad Baker venait de l'eau, et pas de l'air ? Pourquoi, dans ce cas, disculper les carcinogènes retrouvés dans l'alimentation industrielle que, Mme Baker l'a reconnu, sa famille avait consommée pendant des années ? C'était impossible.

Kurtin était en verve. Les trois juges lui laissèrent la bride sur le cou pendant dix minutes. Deux des magistrats étaient déjà de son côté. Le juge Albritton non ; il posa donc des questions.

— Monsieur Kurtin, je vous prie de m'excuser, mais y avait-il d'autres usines ou d'autres installations dans cette zone qui fabriquaient des pesticides ou des insecticides ?

— Pas à ma connaissance, Votre Honneur.

— Cela signifie-t-il autre chose que « non » ?

— La réponse est non, Votre Honneur. Il n'y avait pas d'autres fabricants à Cary County.

— Merci. Et vous-même, avec tous vos experts, auriez-vous découvert une autre usine ou une autre installation où l'on fabriquait et/ou rejetait du bichloronylène, du cartolyx ou de l'aklar ?

— Non, Votre Honneur.

— Merci. Et quand vous soutenez que d'autres régions des États-Unis ont pu souffrir de taux de cancers très élevés, suggérez-vous que l'une de ces autres régions se situerait quinze fois au-dessus de la moyenne nationale ?

— Non, je ne laisse rien entendre de tel, mais nous contestons ce quinze.

— Très bien, donc vous vous arrêterez sur un taux de cancers douze fois supérieur à la moyenne nationale ?

— Je ne suis pas certain que...

— C'est ce que votre expert a déclaré au procès, monsieur Kurtin. Le taux constaté à Bowmore est douze fois supérieur à la moyenne nationale.

— Oui, je crois que c'est exact, Votre Honneur.

— Merci.

Il y eut d'autres interruptions, et Kurtin acheva quelques secondes après la sonnerie.

Mary Grace avait une allure inouïe. Si les messieurs étaient tenus de rester dans les noirs tristes et les bleus ternes, les dames n'avaient aucune règle à respecter. Mary Grace portait une robe éclatante avec veste assortie à manches trois-quarts. Les escarpins étaient noirs, à talons aiguilles. La jambe était libre jusqu'au-dessus du genou, ce que les trois juges purent constater, avant que le pupitre où Mary Grace avait pris place ne leur masque le spectacle.

Reprenant le raisonnement là où le juge Albritton l'avait laissé, elle se lança à l'assaut. Pendant au moins vingt ans, la compagnie avait illégalement rejeté des tonnes de carcinogènes de classe un dans la terre. Conséquence directe de ces rejets, l'eau de Bowmore était polluée avec ces mêmes substances carcinogènes. Aucune d'entre elles n'était produite ou rejetée, et n'avait été retrouvée en quantités significatives ailleurs dans le comté. Les gens de Bowmore buvaient l'eau du robinet, de la même manière que chaque membre de ce collège en avait bu chez lui, le matin même.

— Vous vous êtes rasés, vous vous êtes brossé les dents, douché, vous vous êtes servi de l'eau de la ville dans votre café ou votre thé. Vous en avez bu à la maison et vous en avez bu ici, à votre bureau. Avez-vous remis cette eau en cause ? D'où vient-elle ? Est-elle saine ? Vous êtes-vous demandé une seule seconde, ce matin, si votre eau contenait des substances carcinogènes ? Sans doute pas. Pour les gens de Bowmore, il n'en allait pas autrement.

Conséquence directe de la consommation de cette eau, les gens étaient tombés malades. La ville avait été frappée par une vague de cancers comme on n'en avait jamais vu auparavant aux États-Unis.

Et, comme de juste, cette belle entreprise de New York – et là, elle se retourna et, de la main, désigna Jared Kurtin – a tout nié. Nié les rejets, la dissimulation, nié les mensonges, et même nié ses propres dénégations. Plus important, elle a nié toute relation de cause à effet entre ses produits carcinogènes et les cancers. Au lieu de quoi, comme nous venons de l'entendre, Krane Chemical en attribue la responsabilité à l'air, au soleil, à l'environnement, et même au beurre de cacahuètes et aux escalopes de dinde que Jeannette Baker servait à sa famille.

Cette partie-là du procès a vraiment plu au jury, lâcha-t-elle à son auditoire réduit au silence. Krane a rejeté des tonnes de produits chimiques toxiques dans notre sol et notre eau, mais, bon, hein, on accusera le beurre de cacahuètes.

Peut-être sensibles à tant de passion, peut-être simplement courtois, les trois juges ne posaient pas de questions.

Mary Grace termina par une courte dissertation sur la lettre et l'esprit de la loi. Les textes n'exigeaient pas d'eux qu'ils prouvent que le BCL prélevé dans les tissus cellulaires de Pete Baker provenait directement des installations de Krane. L'exiger, ce serait ériger la démonstration en preuve claire et convaincante. La loi ne requérait que la prépondérance de la preuve, un critère de niveau inférieur.

Arrivée au bout du temps imparti, elle alla se rasseoir à côté de son mari. Les juges remercièrent les avocats, puis appelèrent l'affaire suivante.

———

La réunion hivernale de la SAM se déroula dans un climat lugubre. La participation avait grimpé en flèche. Les avocats étaient inquiets, profondément préoccupés, ils avaient même peur. La nouvelle cour avait annulé les deux premiers verdicts figurant à son rôle des causes pour l'année. Était-ce le début d'une série noire ? Était-il temps de paniquer, était-il déjà trop tard ?

Un avocat de Georgie assombrit encore l'atmosphère avec un tableau désolant de la situation en vigueur dans son État. La Cour suprême de Géorgie comptait aussi neuf membres ; huit d'entre eux étaient dévoués au monde des affaires et rejetaient régulièrement les verdicts dans les affaires dont les plaignants étaient morts ou victimes de dommages corporels. Vingt-deux des vingt-cinq derniers verdicts avaient été annulés. En conséquence, les compagnies d'assurances n'étaient plus guère enclines à accepter des compromis. Pourquoi négocier ? Elles ne redoutaient plus les jurys populaires, puisqu'elles étaient devenues propriétaires de la Cour suprême. Naguère, la plupart des litiges se réglaient avant le procès. Pour un avocat civiliste, cela supposait une charge de travail encore acceptable. Maintenant que rien ne se réglait à l'amiable, l'avocat des plaignants devait porter toutes les affaires devant la justice. Et même s'il obtenait un verdict, celui-ci ne tenait pas en appel. Les avocats en arrivaient à accepter moins de dossiers, et donc les victimes étaient de moins en moins dédommagées. « Les portes des tribunaux sont en train de se fermer », conclut-il.

Il n'était que 10 heures du matin, mais ils furent nombreux, dans l'assistance, à chercher le bar le plus proche.

L'orateur suivant allégea l'atmosphère, un peu. Accueillie avec chaleur, l'ex-juge Sheila McCarthy remercia les avocats de leur soutien sans faille, puis laissa entendre qu'elle n'en avait peut-être pas fini avec la politique. Elle s'insurgea contre ceux qui avaient conspiré pour la vaincre. Et leur annonça qu'exerçant désormais dans le cadre d'un cabinet privé, elle avait la fierté de cotiser à la Société des avocats du Mississippi. Ils se levèrent pour l'applaudir.

———

La Cour suprême de l'État est, en moyenne, sollicitée dans un cas sur deux cent cinquante par an. La plupart des litiges sont sans complications, routiniers. Certains concernent des questions que la cour n'a encore jamais eu à examiner. La quasi-totalité se tranche dans le calme et le respect mutuel. Toutefois, de temps à autre, il arrive qu'un dossier déclenche une guerre.

L'affaire concernait une tondeuse à gazon vendue dans le commerce de détail, ce que l'on appelle communément une tondeuse rotative. L'engin en question était fixé à un tracteur John Deere quand il heurta une plaque d'égout désaffectée, dissimulée dans les mauvaises herbes d'un terrain vague. Une pièce d'acier déchiquetée, longue d'une dizaine de centimètres fut arrachée par les lames de la tondeuse. Une fois projetée en l'air, elle parcourut exactement soixante-douze mètres cinquante avant de frapper un garçonnet de six ans à la tempe gauche. Le petit garçon s'appelait Aaron. Il tenait la main de sa mère, qui pénétrait à cet instant dans une agence bancaire de la ville de Horn Lake. Aaron fut grièvement blessé, faillit plusieurs fois perdre la vie et, au cours des quatre années qui s'étaient écoulées depuis l'accident, subit onze opérations. Ses factures médicales dépassaient largement le plafond des cinq cent mille dollars accordé par la police d'assurance santé de la famille. Les dépenses de soins à venir étaient estimées à sept cent cinquante mille dollars.

Les avocats d'Aaron avaient établi que la tondeuse rotative, bien que vieille de quinze ans seulement, n'était pas équipée des carénages latéraux, grilles anti-débris et autres dispositifs de sécurité équipant ce type de machine depuis au moins trente ans. Ils avaient porté plainte. Un jury du comté de DeSoto avait accordé à Aaron sept cent cinquante mille dollars de dommages et intérêts. Le juge avait augmenté ces indemnités pour y inclure la totalité des frais médicaux. Le principe était que, puisque le jury avait établi certaines responsabilités, Aaron méritait de percevoir un supplément indemnitaire.

Le choix auquel était confrontée la Cour suprême était celui-ci : 1) confirmer les dommages et intérêts votés par le jury à hauteur de sept cent cinquante mille dollars ; 2) confirmer la décision du juge d'y ajouter un million trois à titre d'indemnités ; 3) annuler la décision, soit sur la responsabilité, soit sur les dommages, et renvoyer l'affaire devant un tribunal ; 4) annuler et casser le jugement, mettant ainsi un terme à toute procédure. La responsabilité paraissait clairement fondée, donc la question touchait surtout à l'argent.

L'affaire fut confiée au juge McElwayne. Sa note préliminaire allait dans le sens du juge, pour une indemnité accrue. S'il en avait eu l'occasion, il aurait plaidé pour que le montant en soit encore supérieur. Aucune somme ne pouvait compenser les souffrances atroces qu'avait endurées Aaron et celles auxquelles il serait confronté dans l'avenir. Et aucune indemnité ne pourrait le dédommager de ses futures pertes de revenus. Ce petit garçon qui tenait sagement la main de sa mère avait été handicapé à vie par un appareil intrinsèquement dangereux et fabriqué avec négligence.

Le juge Romano, du district central, avait un point de vue différent. Il était rare qu'il ne mette pas en cause un verdict lourd, et celui-ci constituait un vrai défi. Il décida qu'en réalité la tondeuse avait été convenablement conçue et correctement assemblée en usine, mais qu'au cours des années écoulées ses propriétaires successifs en avaient retiré dispositifs et accessoires de sécurité. En fait, l'historique de l'engin n'était pas clair. C'est dans la nature même des appareils de ce type. Ce ne sont pas des machines d'une sécurité infaillible. Elles sont conçues pour remplir une fonction – couper les herbes hautes et les taillis au moyen d'une rangée de lames rotatives lancées à grande vitesse. Ce sont des machines dangereuses, qui n'en sont pas moins efficaces et nécessaires.

Le juge McElwayne finit par réunir trois voix. Le juge Romano travailla au corps ses pairs pendant plusieurs semaines pour obtenir les siennes. Une fois de plus, la décision dépendrait du nouveau venu.

Le juge Fisk peina sur le dossier. Il avait lu les conclusions peu après son investiture, et changé d'avis chaque jour. Il n'avait aucun mal à penser que le fabricant aurait dû s'attendre à devoir modifier un produit aussi dangereux qu'une tondeuse rotative. Mais l'historique n'établissait pas clairement si, en usine, le fabricant avait respecté toutes les réglementations fédérales. Ron éprouvait beaucoup de compassion pour l'enfant, mais refusait de laisser ses émotions entrer en ligne de compte.

D'un autre côté, il avait été élu pour limiter les responsabilités civiles. Il avait été attaqué par les avocats civilistes et soutenu par les gens que ceux-ci adoraient attaquer en justice.

La cour attendait ; une décision était indispensable. Ron fit tant de volte-face qu'il finit par avoir le tournis. Il vota dans le sens de Romano, puis, l'appétit coupé, quitta son bureau de bonne heure.

Le juge McElwayne révisa son avis. En termes cinglants, il accusa la majorité d'avoir réécrit les faits, modifié les critères juridiques et circonvenu la décision du jury, tout cela pour se placer sous la bannière d'une réforme de la procédure civile. La majorité en question riposta (sauf Ron), et quand l'avis de la cour fut rendu public, il apparut qu'il traitait davantage des perturbations internes à l'institution que de la situation critique du petit Aaron.

Une telle acrimonie entre des spécialistes du droit civil était extrêmement rare, et les blessures d'amour-propre ne firent qu'aggraver les choses. Il n'y avait pas de moyen terme, pas place pour le compromis.

Les compagnies d'assurances pouvaient désormais envisager les verdicts lourds en toute sérénité.

34.

Jusqu'au printemps, le juge McElwayne enchaîna les opinions dissidentes les plus mordantes. Mais, après son sixième échec d'affilée, un autre partage par cinq voix contre quatre, son courage faiblit. L'affaire concernait une négligence flagrante commise par un médecin incompétent ; quand la cour cassa le verdict, McElwayne comprit que la dérive de ses pairs vers la droite était telle qu'il n'y aurait plus de retour en arrière.

Un chirurgien orthopédique de Jackson avait bâclé une opération de routine, une intervention sur une hernie discale. Au bout du compte, son patient, sorti de là paraplégique, avait intenté une action en justice. Le médecin avait déjà fait l'objet de cinq plaintes ; il avait perdu sa licence de praticien dans deux autres États ; il avait été traité à trois reprises au moins pour accoutumance à des médicaments antalgiques. Le jury avait accordé au paraplégique un million huit de dollars de dommages et intérêts réels, puis infligé au médecin et à l'hôpital cinq millions de dommages punitifs.

Dans son avis écrit destiné à la majorité de la cour, le juge Fisk déclara les dommages réels excessifs et l'indemnité punitive inadmissible. La décision renvoyait l'affaire pour un nouveau procès, et sur la base des seuls dommages réels. Avec abandon pur et simple des dommages punitifs.

Le juge McElwayne était au bord de l'apoplexie. Son opinion dissidente multipliait les allusions aux intérêts particuliers qui, au sein de l'État, influaient davantage sur les décisions de la Cour suprême que ses membres eux-mêmes – du moins quatre d'entre eux. La phrase finale frisait la diffamation : « L'auteur de l'avis majoritaire feint d'être scandalisé par le montant des dommages punitifs. Pourtant, cette somme de cinq millions de dollars ne devrait nullement le gêner. C'est le prix du siège qu'il occupe désormais. » Histoire de rire, il envoya par e-mail un exemplaire de son brouillon à Sheila McCarthy. Elle rit, en effet, mais le supplia de retirer la dernière phrase. Après réflexion, il obtempéra.

McElwayne se déchaînait sur quatre pages. Albritton prit trois pages de plus pour émettre une opinion convergente. En privé, ils se demandaient s'ils pourraient se satisfaire de rédiger ce style de textes inutiles pendant le reste de leur carrière.

———

La vaine dissidence était une douce musique aux oreilles de Barry Rinehart. Il lisait avec attention toutes les décisions rendues dans le Mississippi. Son équipe analysait les opinions, les causes en instance, et les récentes procédures soumises à un jury populaire et susceptibles de renvoyer un jour un verdict devant la haute cour. Comme toujours, Barry était consciencieux.

Faire élire un juge favorablement disposé constituait bel et bien une victoire, mais celle-ci ne serait complète qu'après le bouquet final. Jusqu'à présent, côté votes, le juge Fisk affichait un bilan parfait. Baker contre Krane Chemical était mûr pour une décision.

À bord d'un jet en route vers New York, où il devait revoir M. Trudeau, Barry décida que leur poulain avait besoin d'être conforté.

———

Le dîner se tint à l'University Club, au dernier étage du plus haut immeuble de Jackson. Ce fut une fête discrète, presque secrète. Quatre-vingts personnes environ avaient été invitées par téléphone pour une soirée privée donnée en l'honneur du juge Ron Fisk. Doreen avait l'insigne honneur d'être assise à côté du sénateur Myers Rudd, venu tout droit de Washington par avion. On servit du steak et du homard. Le premier orateur était le président de l'association des médecins de l'État, un digne chirurgien de Natchez qui, au bord des larmes, évoqua le soulagement perceptible du milieu médical. Depuis des années, les praticiens avaient courbé l'échine. Ils avaient versé d'énormes primes d'assurance. Ils avaient été la cible de procès abusifs. Ils avaient été maltraités, lors des dépositions et à l'audience. À présent, tout avait changé. Grâce à la nouvelle orientation de la Cour suprême, ils pouvaient traiter convenablement leurs patients sans crainte des procédures judiciaires. Il remercia Ron Fisk de son courage, de sa sagesse et de sa promesse de protéger les médecins, les infirmières et les hôpitaux de l'État du Mississippi.

Le sénateur Rudd en était à son troisième scotch. D'expérience, la puissance invitante savait que le quatrième était synonyme de tracas. Il convia donc M. le sénateur à ne pas attendre pour prononcer quelques mots. Rudd ne préparait jamais ses discours ; il comptait sur sa présence seule pour électriser son public. Une demi-heure plus tard, ayant triomphé de terribles ennemis surgis sur tous les fronts sauf celui du Moyen-Orient, il finit par se rappeler la raison de sa venue. Ah oui, Ron Fisk ! Il rapporta leur première entrevue à Washington, un an plus tôt, et l'appela Ronnie à trois reprises. Quand il vit la puissance invitante pointer du doigt le cadran de sa montre, il se rassit et commanda son quatrième scotch.

L'orateur suivant était le directeur exécutif de la chambre de commerce, vétéran des guerres menées contre les avocats civilistes. Il parla avec éloquence du changement radical survenu dans le contexte du développement économique de l'État. Subitement, des entreprises, jeunes et vieilles, osaient prendre des risques sans crainte d'un éventuel litige judiciaire. Des sociétés étrangères s'intéressaient à l'implantation de leurs installations sur le territoire de l'État. Merci, Ron Fisk.

La réputation du Mississippi – enfer judiciaire, décharge de milliers de procédures abusives, refuge des avocats irresponsables, – avait évolué du jour au lendemain. Merci, Ron Fisk.

Beaucoup d'entreprises percevaient les premiers signes d'une stabilisation de leurs primes d'assurances en responsabilité civile. Rien encore de très net, mais l'évolution était prometteuse. Merci, Ron Fisk.

À ce stade de la soirée, le nouveau juge était sur le point d'étouffer sous la masse des éloges déversés. On le pria de prononcer à son tour quelques mots. Il remercia les convives du soutien apporté durant la campagne. Il se déclara satisfait de ses trois premiers mois à la cour, et convaincu que la majorité de la juridiction saurait rester unie sur les questions de la responsabilité civile et des dommages et intérêts. (*Applaudissements nourris.*) Ses collègues étaient intelligents et travailleurs, il était enchanté du défi intellectuel que représentaient ces affaires. Il ne se sentait nullement désavantagé par son inexpérience.

En son nom et en celui de Doreen, il les remerciait de cette merveilleuse soirée.

———

Ils rentrèrent ce vendredi soir à Brookhaven encore tout étourdis de tant d'admiration. À leur arrivée, les enfants étaient endormis. Il était minuit.

Six heures plus tard, Ron se réveilla pris de panique. Il devait dégotter un attrapeur. La saison de base-ball commençait, et les épreuves de sélection des onze et douze ans débutaient à 9 heures. À tout juste onze ans, Josh grimpait d'une catégorie ; il serait l'un des nouveaux venus les mieux notés de la ligue. À cause de ses nouvelles fonctions, Ron ne pouvait conserver la place d'entraîneur de tête. Cependant, s'il n'était pas en mesure de participer à tous les entraînements, il était déterminé à ne pas manquer un seul match. Il s'occuperait des lanceurs et des attrapeurs. Un ancien collègue prendrait le titre de premier entraîneur. Un autre père se chargerait d'organiser les entraînements.

C'était le premier samedi d'avril, une matinée glaciale dans tout l'État. Un groupe de joueurs, de parents et, surtout, d'entraîneurs nerveux se rassembla dans le stade municipal pour l'ouverture de la saison. Les neuf et dix ans furent envoyés sur un terrain, les onze et douze ans sur un autre. Les joueurs allaient tous être évalués, puis notés, et enfin incorporés.

Les entraîneurs se regroupèrent derrière le marbre pour s'organiser. Il y eut les discussions habituelles, quelques tirs médiocres et une bordée d'insultes enjouées. La plupart d'entre eux avaient entraîné les joueurs dans la même ligue, l'année précédente. Ron était alors un entraîneur réputé, un jeune père comme un autre qui, d'avril à juillet, consacrait toutes ses heures de loisir au terrain de base-ball. Maintenant, il se sentait un peu au-dessus de la mêlée. Il avait remporté une joute politique importante, avec des résultats records. Cela le distinguait de ses pairs, lui conférait une position unique. Après tout, à Brookhaven, il n'y avait qu'un seul citoyen juge à la Cour suprême de l'État. Cela mettait entre lui et les autres une distance qu'il n'appréciait pas particulièrement, sans être certain qu'elle lui déplaise non plus, d'ailleurs.

On l'appelait déjà « juge ».

Le juge Fisk tira un nom du chapeau. Il héritait de l'équipe des Rockies.

———

Leur appartement était si exigu qu'ils éprouvaient le besoin de s'échapper, les week-ends.

Les Payton sortirent Mack et Liza de leur lit en proposant un petit déjeuner dans une crêperie voisine. Puis ils quittèrent Hattiesburg pour Bowmore, où ils arrivèrent avant dix heures. Mme Shelby, la mère de Mary Grace avait promis un long déjeuner sous le chêne – de la brème, et une glace maison. M. Shelby avait préparé le bateau. Wes et lui allaient emmener les enfants sur un petit lac, où ça mordait.

Mary Grace et sa mère restèrent à bavarder sous la véranda, évitant d'aborder ce qui pouvait avoir le moindre lien avec le juridique. Des nouvelles de la famille, les commérages à l'église, les mariages et les enterrements, mais pas le cancer.

Un bon moment avant le déjeuner, Mary Grace prit la voiture pour se rendre en ville, à Pine Grove, où elle retrouva le pasteur Denny Ott. Elle lui parla de la nouvelle Cour suprême, triste récapitulatif. Et elle prévint Denny – ce n'était pas la première fois – qu'ils allaient sans doute perdre. Il y préparait ses ouailles. Il savait qu'ils surmonteraient la chose. Ils avaient déjà tellement perdu.

Elle reprit la voiture, continua deux rues plus loin et se gara dans l'allée gravillonnée de la caravane de Jeannette. Elles s'assirent à l'ombre d'un arbre, burent de l'eau en bouteille et discutèrent des hommes. Le petit ami actuel de Jeannette était un veuf de cinquante-cinq ans avec un bon métier, et qui lui parlait peu de son procès – un procès qui, d'ailleurs, n'éveillait plus tant d'intérêt. Le verdict remontait maintenant à dix-sept mois. Pas un sou n'avait changé de mains, et on n'attendait rien.

— Nous nous attendons à une décision ce mois-ci, lui annonça l'avocate. Ce sera un miracle si nous gagnons.

— Je prie pour un miracle, fit Jeannette, mais quoi qu'il arrive, je suis prête. Je veux juste en finir.

Après une longue discussion et une brève étreinte, Mary Grace s'en alla. Elle emprunta les rues de sa ville natale, dépassa le collège et les maisons de ses amis d'enfance, les boutiques de Main Street, puis déboucha dans la campagne. Elle s'arrêta à l'épicerie Treadeway, où elle s'acheta un soda et salua une dame qu'elle connaissait depuis toujours.

En prenant la direction de la maison familiale, elle passa devant la caserne des pompiers volontaires de Barrysville, un simple bâtiment de tôle avec un vieux camion d'incendie que les gars sortaient et lavaient les jours d'élection. La caserne servait aussi de commissariat de quartier et c'est là que, cinq mois plus tôt, soixante-quatorze pour cent des braves gens de Barrysville avaient voté pour Dieu et les armes à feu, contre les gays et les gauchistes. À moins de huit kilomètres des limites de la ville de Bowmore, Ron Fisk avait convaincu ces gens qu'il serait leur protecteur.

———

Peut-être l'était-il. Peut-être sa seule présence à la Cour suffisait-elle à en intimider certains.

L'appel de Meyerchec et Spano fut rejeté par le greffier pour vice de forme : ils avaient omis de remplir les formulaires requis. Informé du fait, leur avocat répondit ne pas souhaiter poursuivre plus avant. Les intéressés refusèrent tout commentaire, et leur conseil ne prit pas les appels téléphoniques des journalistes.

Le jour même où l'appel de Meyerchec et Spano fut rejeté, la Cour suprême franchit un nouveau pas dans la limitation des responsabilités civiles. Un laboratoire pharmaceutique privé, Bosk, avait conçu et largement diffusé un antidouleur puissant, le Rybadell, qui s'était révélé provoquer une terrible accoutumance. En quelques années, Bosk se trouva criblé de procédures judiciaires. Au cours d'un des premiers procès, ses dirigeants avaient été pris en flagrant délit de mensonge. Un procureur fédéral de Pennsylvanie avait ouvert une enquête selon laquelle le laboratoire avait découvert les effets secondaires du Rybadell, mais tenté d'étouffer l'information. Cet antalgique était extrêmement lucratif.

Un ancien policier de Jackson nommé Dillman, blessé dans un accident de moto avait contracté pendant sa convalescence une accoutumance au Rybadell. Il lui avait fallu deux années pour se désintoxiquer – pendant lesquelles il avait été arrêté deux fois pour vol à la tire. Une fois guéri, il avait attaqué Bosk devant le tribunal de circonscription de Rankin County. Le jury avait jugé la compagnie responsable et attribué deux cent soixante-quinze mille dollars à Dillman, le moins lourd de tous les verdicts ayant sanctionné le Rybadell à travers les États-Unis.

En appel, la Cour suprême annula le jugement par cinq voix contre quatre. La raison principale de la décision, avancée dans l'avis majoritaire du juge Romano, était que Dillman ne méritait pas de se voir accorder de dommages et intérêts puisqu'il était toxicomane.

Dans une opinion dissidente retentissante, le juge Albritton défia la majorité de produire la moindre parcelle de preuve attestant que le plaignant était toxicomane « avant son exposition au Rybadell ».

Trois jours après la décision, quatre dirigeants de Bosk plaidèrent coupable d'avoir dissimulé des informations à la Food and Drugs Administration, et d'avoir menti aux enquêteurs fédéraux.

35.

Les résultats du premier trimestre de Krane Chemical étaient bien meilleurs qu'espéré. En fait, ils stupéfièrent les analystes, qui s'étaient attendus à un bénéfice maximal de 1,25 dollar par action. Quand Krane annonça un bénéfice de 2,05 dollar par titre, la compagnie et son sidérant retour en force attirèrent encore une fois l'attention des publications financières.

La totalité des quatorze usines tournait à plein régime. Les prix avaient été revus à la baisse, afin de reconquérir des parts de marché. Les commerciaux faisaient des heures supplémentaires pour honorer les commandes. La dette avait fortement diminué. La plupart des problèmes qui avaient entravé l'entreprise tout au long de l'année précédente avaient subitement disparu.

L'action avait réalisé une ascension régulière et impressionnante, quittant la zone de cotation de la dizaine simple pour s'échanger autour de vingt-quatre dollars, après que la nouvelle des bénéfices se fut répandue. Puis elle bondit à trente dollars. La dernière fois qu'on l'avait vue à ce niveau, c'était la veille du verdict de Hattiesburg.

Le Groupe Trudeau possédait maintenant quatre-vingts pour cent de Krane, soit environ quarante-huit millions de parts. Depuis les rumeurs de faillite, juste avant l'élection, en novembre dernier, la fortune nette de M. Trudeau avait augmenté de huit cents millions. Et il était très impatient de doubler ce chiffre.

Avant qu'une décision finale ne soit rendue par la Cour suprême, les juges consacrèrent des semaines à lire leurs mémos et leurs avis préliminaires respectifs. Ils eurent des prises de bec à huis clos. Ils rivalisèrent d'influence pour réunir des voix en faveur de leur position. Ils s'appuyaient sur leurs greffiers pour recueillir les bavardages de couloir susceptibles de leur être utiles. De temps à autre, il se présente des impasses. Elles mettent des mois à se résoudre.

Le dernier document que le juge Fisk lut ce vendredi après-midi fut l'opinion dissidente de McElwayne dans le dossier Jeannette Baker contre Krane Chemical Corporation. On supposait généralement que son avis était étayé par trois autres allant dans le même sens. L'avis majoritaire avait été rédigé par le juge Calligan. Romano travaillait sur un avis convergent, et il était possible qu'Albritton écrive sa propre opinion dissidente. Tout n'était pas bouclé, mais il faisait peu de doute que la décision finale aboutirait à une annulation du verdict par cinq voix contre quatre.

Fisk lut l'opinion dissidente, la trouva ridicule, et décida de joindre sa voix à Calligan dès la première heure le lundi matin. Ensuite il se changea – le juge Fisk devenait l'entraîneur Fisk. Il était temps de se rendre au match.

La saison des Rockies commençait ce week-end. Il y avait un grand rassemblement dans la ville de Russburg, sur le delta du Mississippi, à une heure au nord-ouest de Jackson. Ils joueraient un match ce vendredi soir, au moins deux le samedi, et peut-être encore un le dimanche. Les matchs ne comptaient que quatre manches ; chaque joueur était encouragé à jouer et à lancer à différents postes. Il n'y avait ni trophée ni championnat – juste une série de rencontres de poule, une compétition amicale pour démarrer la saison. Trente équipes s'étaient inscrites dans la division des onze et douze ans, notamment deux autres de Brookhaven.

Le premier adversaire des Rockies était une équipe de la petite ville de Rolling Fork. La soirée était fraîche, l'air limpide, le complexe sportif rempli de joueurs et de parents, et l'atmosphère électrique – cinq matchs étaient menés de front.

Doreen était restée à Brookhaven avec Clarissa et Zeke, qui jouait un match à 9 heures, le samedi matin.

Lors de la première manche, Josh jouait deuxième base, son père étant en position d'entraîneur sur la troisième base. Quand son fils eut manqué la balle sur quatre lancers de suite, il lui rappela en hurlant qu'il ne pourrait jamais frapper la balle s'il gardait la batte sur l'épaule. Dans la deuxième manche, Josh se plaça au monticule et fit son affaire des deux premiers batteurs auxquels il fut confronté. Le troisième était un garçon râblé de douze ans, l'attrapeur, qui frappait au septième rang. Il arma le bras et flanqua son premier lancer hors du terrain, mais très fort.

« Maintiens-la bas et loin du corps », beugla Ron depuis l'abri des joueurs.

Le deuxième lancer n'était ni bas ni loin du corps. C'était une balle rapide en plein milieu du marbre, et le frappeur la gifla à toute violence. La balle ricocha sur le fût de la batte en aluminium et décolla du marbre plus vite qu'elle n'y était arrivée. L'espace d'une fraction de seconde, Josh resta figé et, le temps qu'il réagisse, il prenait la balle dans la figure. En plein dans la tempe droite, très exactement. Il eut un léger sursaut, puis le projectile dévia au-dessus de l'arrêt-court et roula dans le champ gauche.

Quand son père arriva à sa hauteur, Josh gisait effondré à la base du monticule. Mais il avait les yeux bien ouverts.

— Dis quelque chose, Josh, fit Ron en palpant délicatement la blessure.

— Où est la balle ?

— Ne t'en fais pas pour la balle. Tu arrives à me voir ?

— Je crois.

Des larmes lui coulaient des yeux, et il serrait les dents pour s'empêcher de pleurer. La peau était éraflée, et il avait un peu de sang dans les cheveux. La tempe enflait.

— Allez chercher de la glace, dit quelqu'un.

— Appelez les secouristes.

Les autres entraîneurs et les arbitres approchèrent, hésitants. Le gamin qui avait frappé ce coup en flèche se tenait à proximité, sur le point de fondre en larmes, lui aussi.

— Ne ferme pas les yeux, conseilla Ron.

— OK, OK, répéta Josh, la respiration haletante.

— Dis un peu, qui joue troisième base pour les Braves ?

— Chipper.

— Et champ central ?

— Andruw.

— C'est ça, mon garçon, bravo.

Au bout de quelques minutes, Josh se redressa en position assise et les spectateurs applaudirent. Puis il se leva et se rendit à l'abri des joueurs, aidé par son père, et là, il s'allongea sur le banc. Ron, le cœur encore battant, plaça doucement un sac de glace contre la bosse. Le jeu reprit, lentement.

Un médecin arriva et examina le garçon, qui semblait réagir parfaitement. Il pouvait voir, entendre, se souvenir du moindre détail, et envisageait même de retourner dans la partie en cours. Le toubib refusa, comme l'entraîneur Fisk. « Demain, peut-être », fit Ron pour la forme. Il avait lui aussi une grosseur, dans le fond de la gorge, et il avait du mal à retrouver un peu de sérénité. Il prévoyait de le ramener à la maison après le match.

— Ça m'a l'air d'aller, conclut le médecin. Mais vous devriez lui faire passer une radio.

— Tout de suite ?

— Pas d'urgence, mais je serais vous, dès ce soir.

À la fin de la troisième manche, Josh, tout à fait éveillé, plaisantait avec les camarades de son équipe. Son père retourna à son poste d'entraîneur en troisième base. Il chuchotait des conseils à un coureur quand l'un des Rockies hurla depuis l'abri des joueurs :

— Il y a Josh qui vomit !

Les arbitres arrêtèrent de nouveau la partie, et les entraîneurs dégagèrent l'abri des Rockies. Josh avait la tête qui tournait, il transpirait abondamment, et il avait de violentes nausées. Le médecin était resté à proximité et, quelques minutes plus tard, une civière et deux secouristes arrivaient. Ron tenait la main de son fils, tandis qu'ils l'évacuaient vers le parking. « Ne ferme pas les yeux », répétait sans arrêt son père. Et aussi : « Parle-moi. »

— Ma tête, j'ai mal, papa.

— Ça ira. Seulement, ne ferme pas les yeux.

Ils hissèrent la civière dans l'ambulance, verrouillèrent les roulettes, et autorisèrent Ron à s'accroupir à côté de son fils. Cinq minutes plus tard, ils le poussaient dans la salle des urgences du Tyler County General Hospital. Josh était mieux. Il n'avait plus vomi depuis le stade.

Un carambolage de trois voitures était survenu une heure plus tôt, et les urgences étaient sens dessus dessous. Le premier médecin qui examina Josh demanda un scanner et expliqua à son père qu'il ne serait pas admis à aller plus loin dans l'enceinte de l'hôpital.

— Je pense que ça ira, commenta-t-il, et Ron partit chercher une chaise dans la salle d'attente surpeuplée. Il appela Doreen – une conversation difficile qu'il surmonta tant bien que mal. Les minutes s'étiraient en longueur. Le temps s'immobilisait.

Un homme fit irruption dans la salle. C'était l'entraîneur principal des Rockies, l'ancien collègue de Ron. Il avait quelque chose à lui montrer, dehors, sur le parking. De la banquette arrière de sa voiture, il sortit une batte en aluminium.

— Ça, dit-il sur un ton grave.

C'était une Screamer, une batte très répandue, fabriquée par Win Rite Sporting Goods, une parmi tant d'autres que l'on trouvait sur tous les stades du pays.

— Regarde un peu ça, insista l'entraîneur en frottant le fût là où une étiquette autocollante avait été partiellement effacée avec du papier de verre. C'est une moins sept. Elle est interdite depuis des années.

« Moins sept » désignait le rapport entre le poids et la longueur de la batte. Elle mesurait soixante-treize centimètres cinq, mais ne pesait que six cent vingt-cinq grammes. Autrement dit, elle était bien plus facile à manier que d'autres battes, sans rien céder en force de frappe au moment du contact avec la balle. Les règles en vigueur prohibaient tout rapport supérieur à quatre. La batte avait cinq ans d'âge.

Ron la contempla, interdit, comme si c'était un pistolet encore fumant.

— Comment tu l'as dégottée ?

— Quand le gamin est revenu au marbre, je l'ai contrôlée. Je l'ai montrée à l'arbitre, qui l'a balancée et s'en est pris à l'entraîneur. Je lui suis tombé dessus, moi aussi, mais, pour être honnête, il n'en savait absolument rien. Il m'a confié ce foutu truc.

D'autres parents arrivèrent, puis quelques joueurs. Ils se massèrent autour d'un banc, près de la sortie des urgences, et attendirent. Une heure s'écoula avant que le médecin ne revienne faire son compte rendu à Ron Fisk.

— Le scanner est vierge, annonça-t-il. Je pense que ça ira, juste une légère commotion.

— Dieu merci.

— Où habitez-vous ?

— Brookhaven.

— Vous pouvez le ramener à la maison, mais il doit rester au calme pendant quelques jours. Aucun sport d'aucune sorte. S'il souffre de vertiges, de migraines, d'un dédoublement de la vue, si sa vision est floue, s'il a les pupilles dilatées, des bourdonnements dans les oreilles, un mauvais goût dans la bouche, des sautes d'humeur, des moments de somnolence, vous le conduisez immédiatement chez votre médecin de famille.

Ron opina. Il aurait voulu prendre des notes.

— Je vous marque tout ça dans la feuille de décharge, et je vous laisse le scanner.

— Parfait, d'accord.

Le médecin marqua un silence, observa Fisk attentivement.

— Qu'est-ce que vous faites, dans la vie ?

— Je suis juge à la Cour suprême.

Le docteur sourit et lui tendit la main.

— Je vous ai envoyé un chèque, l'an dernier. Merci pour tout ce que vous avez changé, là-bas.

— Merci, docteur.

Une heure plus tard, dix minutes avant minuit, ils repartaient de Russburg. Josh était assis devant, avec une poche de glace plaquée contre le crâne, et il écoutait le match entre les Braves et les Dodgers à la radio. Toutes les dix secondes, son père lui glissait un regard, prêt à faire demi-tour au moindre signe suspect. Il n'y en eut pas, du moins jusqu'à ce qu'ils abordent la périphérie de Brookhaven.

— Papa, ma tête me fait un peu mal, lui dit son fils.

« — L'infirmière m'a prévenu : une petite migraine, c'est normal ; une très forte, non. Sur une échelle de un à dix, tu la situes où ?

— À trois.

— Bon, si ça grimpe à cinq, je veux le savoir. »

Doreen attendait à la porte avec au moins dix questions à poser. Assise à la table de la cuisine, elle lut la décharge médicale pendant que Ron et Josh s'attaquaient à un sandwich. Au bout de deux bouchées, Josh déclara qu'il en avait assez. À leur départ de Russburg, il mourait de faim. Il s'énerva. Est-ce qu'on pouvait le dire irritable ? Il avait dépassé depuis si longtemps l'heure d'aller dormir. Quand Doreen entama à son tour son examen physiologique, il la rembarra et passa aux toilettes.

— Qu'est-ce que tu en penses ? demanda Fisk.

— Il m'a l'air d'aller bien, lui répondit-elle. Juste un peu grincheux et endormi.

Ils se disputèrent comme des chiffonniers sur l'organisation du coucher. Josh, qui avait onze ans, refusait de dormir avec sa mère. Son père lui expliqua d'un ton ferme que, vu les circonstances, Doreen resterait auprès de lui. Ron dormirait dans un fauteuil installé à côté du lit.

Sous les regards vigilants de ses deux parents, Josh s'endormit assez vite. Ron finit par s'assoupir dans le fauteuil et, vers trois heures et demie du matin, sa femme réussit enfin à fermer les yeux.

Elle les rouvrit une heure plus tard. Josh poussait un cri. Il avait encore vomi, et sa tête le lançait. Il avait des vertiges, tenait des propos incohérents, il pleurait, disait voir flou.

Calvin Treet, le médecin de famille, était un ami intime. Ron l'appela pendant que Doreen courait chercher une voisine. Moins de dix minutes plus tard, ils entraient aux urgences de l'hôpital de Brookhaven, Josh dans les bras de Ron, Doreen avec la décharge et le scanner. Le médecin des urgences procéda à un rapide examen. Tout allait mal – rythme cardiaque lent, pupilles de taille inégale, somnolence. Le docteur Treet arriva pour prendre les choses en main, et l'urgentiste se pencha sur le rapport de décharge.

— Qui a lu ce scan ? s'enquit Treet.

— Le médecin de Russburg, répondit Ron.

— Quand ?

— Vers 20 heures, hier soir.

— Il y a huit heures ?

— Quelque chose comme ça.

— On ne voit rien, constata-t-il. On va en refaire un.

Le médecin des urgences et une infirmière conduisirent Josh en salle d'examen. Treet prévint les parents.

— Il va falloir attendre dehors, là. Je reviens tout de suite.

Ils se dirigèrent comme deux somnambules vers la salle d'attente et, pendant quelques instants, restèrent assommés. La salle était déserte, mais on y voyait partout les restes d'une nuit difficile : cannettes vides, magazines chiffonnés, emballages de bonbons. Combien d'autres personnes s'étaient-elles posées là, hébétées, en attendant que les médecins reviennent annoncer le pire ?

La main dans la main, ils prièrent un long moment, en silence d'abord, puis en échangeant de courts versets récités à voix basse. Après cela, ils se sentirent un peu mieux. Doreen téléphona à la maison, discuta avec la voisine qui gardait les petits, et promit de rappeler dès qu'ils sauraient quelque chose.

Quand Calvin Treet entra dans la pièce, ils comprirent que les choses n'allaient pas bien. Il s'assit en face d'eux.

— D'après notre scanner, Josh a une fracture du crâne. Le scanner que vous avez rapporté de Russburg n'est pas très utile, parce qu'il appartient à un autre patient.

— Nom de Dieu ! s'exclama Fisk.

— Le médecin, là-bas, a examiné le mauvais scan. Le nom inscrit en bas du film est à peine lisible, mais ce n'est pas Josh Fisk.

— Je n'y crois pas…, souffla Doreen.

— Nous nous soucierons de cela plus tard. Écoutez-moi attentivement ; voici où nous en sommes. La balle a frappé Josh ici, reprit-il, en pointant sa tempe droite. C'est la zone du crâne la plus mince, autrement dit l'os temporal. Il s'agit d'une fracture linéaire qui mesure environ cinq centimètres. À l'intérieur du crâne, il y a une membrane qui enveloppe le cerveau, alimentée par l'artère méningée moyenne. Cette artère traverse l'os. Du fait de la fracture, l'artère a subi une lacération, ce qui a entraîné une accumulation du sang entre la paroi osseuse et la membrane. Cette poche a comprimé le cerveau. Le caillot sanguin, que l'on appelle un hématome épidural, a grossi et accru la pression à l'intérieur de la boîte crânienne. Le seul traitement possible, maintenant, c'est une craniotomie, c'est-à-dire la suppression de l'hématome par ouverture du crâne.

— Oh, mon Dieu ! s'écria Doreen, et elle se masqua les yeux.

— Écoutez-moi, je vous en prie, poursuivit Treet. Il faut le conduire à Jackson, à l'unité de traumatologie du centre hospitalier universitaire. Je suggère que nous les appelions et que nous le transportions là-bas en hélicoptère.

Le médecin des urgences débarqua alors dans la pièce, et s'adressa au docteur Treet.

— L'état du patient se détériore. Il faut que vous veniez.

Le docteur Treet s'éloignait déjà quand Ron se leva et lui saisit le bras.

— Calvin, parlez-moi. C'est grave ?

— C'est très grave, Ron. Cela met sa vie en danger.

———

Josh fut embarqué à bord de l'hélicoptère, qui décolla aussitôt. Doreen et Calvin Treet étaient montés avec lui, tandis que Ron fonçait à la maison. Il s'enquit de Zeke et Clarissa, fourra l'indispensable dans un sac de voyage et sauta dans sa voiture. Il prit l'Interstate 55 à cent soixante, prêt à empêcher n'importe quel flic de l'intercepter. Quand il ne négociait pas avec Dieu un allégement de la sentence, il maudissait le médecin de Russburg qui s'était trompé de scanner. Chaque coup d'œil jeté dans le rétroviseur lui rappelait l'existence de la batte défectueuse, et excessivement dangereuse, restée sur la banquette arrière.

Il n'avait jamais aimé les battes en aluminium.

36.

À 8 h 10 le samedi matin, treize heures après avoir été frappé par la balle de base-ball, Josh subit une intervention chirurgicale au Centre médical universitaire du Mississippi, à Jackson.

Ron et Doreen attendaient dans la chapelle de l'hôpital en compagnie d'amis venus de Brookhaven, dont leur pasteur. À l'église St Luke, se tenait une veillée de prière. Le frère de Ron était arrivé à midi avec Zeke et Clarissa, aussi atterrés, aussi anéantis que leurs parents. Des heures s'écoulèrent sans un mot des chirurgiens. Le docteur Treet s'éclipsait de temps à autre pour s'enquérir de l'avancement de l'opération, mais les informations qu'il rapportait n'étaient jamais très claires. Quand des amis repartaient, d'autres venaient les remplacer. Des grands-parents, des oncles, des tantes et des cousins arrivaient, patientaient, priaient, puis ils s'en allaient errer dans l'enceinte tentaculaire de l'hôpital.

Quatre heures après que les Fisk eurent vu leur fils pour la dernière fois, le chirurgien chef fit son apparition. D'un geste, il les invita à le suivre. Le docteur Treet les rejoignit tandis qu'ils s'éloignaient dans le couloir, à l'écart. Ils s'arrêtèrent près d'une porte de toilettes. Ron et Doreen s'étreignirent, s'apprêtant au pire. Le chirurgien s'exprimait d'une voix grave et lasse :

— Il a survécu à l'opération et il va aussi bien qu'il était permis de l'espérer. Nous avons réduit un gros hématome qui comprimait le cerveau. La pression a été diminuée, mais il y a eu un important gonflement cérébral, tout à fait exceptionnel, pour être franc. Il subsistera certainement des lésions permanentes.

La « vie » et la « mort » sont des notions faciles à comprendre, mais l'idée de « lésions » est chargée de craintes difficiles à définir.

— Il ne va pas mourir, fit Doreen.

— À l'heure où je vous parle, il est en vie et ses fonctions vitales sont bonnes. Il a neuf chances sur dix de survivre. Les soixante-douze heures à venir seront cruciales.

— Quelle étendue, ces lésions ? demanda Ron, venant au fait.

— Là, tout de suite, il n'y a aucun moyen de le dire. Avec le temps et moyennant une thérapie, une partie de ces lésions peuvent être réversibles, mais en vérité, c'est une conversation à reprendre plus tard. Pour l'instant, continuons juste à prier pour que son état s'améliore, ces trois prochains jours.

———

Tard dans la soirée de samedi, alors que Josh se trouvait en unité de soins intensifs, Ron et Doreen furent autorisés à le voir dix minutes. alors qu'il était placé sous coma artificiel. Il avait la tête emmaillotée, l'allure d'une momie, et un tube lui sortait de la bouche. Il était sous assistance respiratoire. Quand ils le découvrirent ainsi, ses parents furent incapables de maîtriser leur émotion. Ils avaient peur de le toucher, ne serait-ce que sur le bout du pied.

Une fois leurs amis renvoyés chez eux, Ron et Doreen se préparèrent pour la nuit. Une infirmière compréhensive accepta de placer une chaise devant la chambre pour qu'ils puissent s'y asseoir à tour de rôle. Il était exclu de dormir ; jusqu'à l'aube ils arpentèrent les couloirs, du service des soins intensifs à la salle d'attente.

Au matin, les médecins se montrèrent rassurants. Après leur compte rendu, Ron et Doreen trouvèrent un motel à proximité. Ils se douchèrent et réussirent à s'accorder un petit somme avant de regagner leurs places respectives, à l'hôpital. Le rituel de l'attente reprit, tout comme celui des prières, là-bas, chez eux. Finalement, le flux incessant des visiteurs devint en soi un calvaire. Ron et Doreen n'avaient qu'une envie : être seuls, dans la chambre, avec leur fils.

Tard le dimanche soir, alors que Doreen se trouvait dans l'unité de soins intensifs, Ron partit faire un tour dans les couloirs de l'hôpital, histoire de se dégourdir les jambes et de se garder éveillé. Il trouva une autre salle d'attente, destinée aux familles des patients qui n'étaient pas dans un état critique. L'endroit était plus accueillant, avec un mobilier plus agréable et une plus vaste panoplie de distributeurs automatiques. Il prit en guise de dîner un sachet de bretzels accompagné d'un soda light et se mit à mâcher bêtement, les yeux dans le vide. C'est alors qu'un petit garçon s'approcha de lui, prêt à lui poser la main sur le genou.

— Aaron, cria sèchement sa mère depuis l'autre bout de la salle. Viens ici.

— Il ne me dérange pas, fit Ron, souriant à l'enfant qui repartait en courant.

Aaron. Ce nom réveillait un souvenir. Aaron, c'était le petit garçon qui avait été blessé à la tête par un morceau de métal éjecté d'une tondeuse. Une lésion cérébrale, une infirmité permanente, la détresse financière de la famille. Le jury avait jugé le fabricant responsable. Le procès ne présentait aucun vice de procédure. Le juge Fisk était incapable de se rappeler pourquoi il avait si facilement voté avec la majorité pour annuler le verdict.

À l'époque, il y avait à peine deux mois de cela, il n'avait jamais ressenti la douleur de voir son enfant blessé. Ni la peur de le perdre.

À présent, au milieu du cauchemar, il voyait Aaron sous un autre angle. Quand il avait lu les comptes rendus médicaux, il était dans le confort de son bureau, très loin de la réalité. Le gamin était gravement atteint, mais des accidents, c'était malheureux, il en arrivait tous les jours. Celui-ci aurait-il pu être évité ? Il le pensait, alors, et il le pensait encore, certainement.

Le petit Aaron était de retour, il fixait du regard le sachet de bretzels. Le sachet tremblait.

— Aaron, laisse ce monsieur tranquille, cria sa mère.

Ron baissa les yeux sur les bretzels.

L'accident aurait pu être évité, et il aurait dû l'être. Si le fabricant avait respecté les réglementations en vigueur, la tondeuse rotative aurait été bien plus sûre. Pourquoi s'était-il empressé à ce point de protéger le fabricant ?

L'affaire était classée, close pour toujours par cinq hommes censément avisés, et aucun d'eux n'avait jamais témoigné beaucoup de compassion pour ceux qui souffrent. Il était forcé de se demander si les autres, Calligan, Romano, Bateman, Ross, avaient jamais erré de la sorte dans les couloirs sépulcraux d'un hôpital dans l'attente qu'un enfant vive ou meure.

Non, jamais. Sinon, ils ne seraient pas ce qu'ils étaient.

————

Le dimanche céda lentement la place au lundi. Une nouvelle semaine commençait, mais elle était profondément différente de toutes celles qui l'avaient précédée. Ron et Doreen refusaient de quitter l'hôpital plus d'une heure ou deux de suite. Josh ne réagissait pas bien, et ils redoutaient chaque fois que leur visite soit la dernière. Des amis leur apportaient des vêtements, de quoi manger, des journaux, et leur proposaient d'attendre à leur place, s'ils souhaitaient rentrer chez eux quelques heures. Mais le couple conservait obstinément la même attitude, tels deux zombies, dans leur conviction que Josh s'en tirerait mieux s'ils restaient à proximité. Fatigués, hagards, agacés par le défilé des visiteurs, ils se cachaient en divers endroits de l'hôpital pour lui échapper.

Ron appela sa secrétaire pour lui apprendre qu'il ne savait pas quand il serait de retour. Doreen annonça à son patron qu'elle prenait un congé exceptionnel. Son patron lui répondit avec délicatesse qu'il n'était pas dans la politique de l'entreprise d'autoriser de tels congés. Elle l'informa poliment qu'il était temps de modifier ladite politique. Il accepta d'y réfléchir.

Comme l'hôpital était à un quart d'heure de l'immeuble Gartin, Ron fit une halte à son bureau tôt le mardi matin, pour un rapide tour d'horizon. De nouvelles piles de dossiers s'accumulaient sur son bureau. Son greffier en chef parcourut avec lui la liste des affaires en instance, mais Fisk avait du mal à écouter.

— Je songe à prendre un congé exceptionnel. Transmettez au président de la cour, signifia-t-il au greffier. Pendant un mois, peut-être deux. Je suis incapable de me concentrer sur ces histoires pour le moment.

— Bien sûr, je m'en charge. Vous aviez prévu de vous joindre à la majorité, ce matin, dans le dossier Baker contre Krane.

— Cela peut attendre. Tout peut attendre.

Il parvint à quitter le bâtiment sans croiser aucun membre de la cour.

———

L'édition de mardi du *Clarion-Ledger* publiait un article sur Josh et sa blessure. Le juge Fisk, injoignable, n'avait pas fait de commentaire, mais une source non identifiée détenait les éléments. Les médecins avaient supprimé un gros caillot sanguin qui exerçait une pression sur son cerveau. Sa vie n'était plus en danger. Il était trop tôt pour avancer des hypothèses sur d'éventuelles séquelles. Il n'était fait aucune mention du médecin qui s'était trompé dans la lecture du scanner.

Toutefois, les forums sur Internet se chargèrent de combler les manques. On évoquait une batte de base-ball non réglementaire, des lésions cérébrales graves, et les propos d'une employée du Tyler County General Hospital, selon laquelle les médecins, là-bas, s'étaient fourvoyés. Les théories les plus folles commençaient à circuler sur un retournement radical du juge Fisk en matière judiciaire. On le disait même sur le point de démissionner.

Wes Payton suivait l'affaire avec attention, depuis son bureau. Mary Grace préférait s'occuper l'esprit en travaillant d'arrache-pied, mais Wes était obsédé par l'histoire de Josh. Il était lui aussi le père de jeunes enfants, et il osait à peine imaginer le calvaire que les Fisk enduraient. Et, bien sûr, il ne pouvait s'empêcher de se demander en quoi cette tragédie allait affecter l'affaire Baker. Il ne s'attendait guère à une soudaine volte-face de Ron Fisk, mais la possibilité n'était pas totalement exclue.

Il priait pour que survienne un miracle. Se pouvait-il qu'il soit là, le miracle ?

Ils attendaient. La décision devait tomber d'un jour à l'autre, maintenant.

———

En début d'après-midi, le mardi, Josh commença de montrer des signes d'amélioration. Il était éveillé, vif, et capable d'obéir à des instructions. Il ne pouvait pas parler, à cause du tube respiratoire, mais il paraissait plutôt remuant, ce qui était bon signe. La pression, à l'intérieur de son cerveau, avait été ramenée à des niveaux presque normaux. Les médecins avaient expliqué à plusieurs reprises qu'il faudrait des jours, peut-être des semaines, pour établir un pronostic à long terme.

Une fois Josh réveillé, les Fisk décidèrent de retourner passer la nuit chez eux, fortement encouragés par les médecins et les infirmières. La sœur de Doreen accepta de rester dans le service des soins intensifs, à moins de cinq mètres du lit de son neveu.

Ils quittèrent Jackson, soulagés de s'éloigner de l'hôpital et impatients de revoir Zeke et Clarissa. Ils eurent une conversation où il n'était question que de plats mijotés à la maison, de longues douches et de leur lit si confortable. Ils se jurèrent de savourer les dix prochaines heures, car l'épreuve ne faisait que débuter.

Mais il leur fut difficile de se détendre. À la sortie de Jackson, le téléphone portable de Ron sonna. C'était le juge Calligan. Il entama la conversation par une série de questions laborieuses sur l'état de Josh, se chargea de transmettre la sympathie de tous, à la cour, et promit de faire un saut à l'hôpital dès que possible. Fisk lui en savait gré, mais ne tarda pas comprendre que l'appel allait devenir bientôt professionnel.

—Juste deux questions, Ron, continua Calligan, je sais que vous êtes préoccupé, pour le moment.

—Je le suis, en effet.

— Il n'y a rien d'extraordinairement urgent, en l'occurrence, sauf pour deux affaires. Il semble que le dossier des produits toxiques de Bowmore soit partagé quatre contre

quatre. Rien de surprenant. J'espérais que vous vous range-
riez à mon avis, dans cette affaire.

— Je croyais que Romano rédigeait, lui aussi.

— Il rédigeait, oui, mais il a terminé, tout comme Albritton. Tous les avis sont prêts, et nous avons besoin de votre
accord.

— Accordez-moi un peu de recul, jusqu'à demain.

— Parfait. L'autre urgence concerne cette affaire de maison
de retraite à Webster County. Encore un partage quatre
contre quatre.

— C'est vraiment une histoire affreuse, fit Ron, à la limite
du dégoût.

Encore une histoire de maison médicalisée. Un patient
avait été retrouvé gisant dans ses propres déjections, couvert
d'escarres, sans médicaments, en proie au délire. La chaîne
propriétaire de l'établissement avait fait état d'énormes bénéfices, ce qui avait surpris le jury, au vu de la faiblesse des
dépenses consacrées aux soins. Les affaires de sévices commis
dans les maisons de retraite devenaient si fréquentes que Ron
en était malade rien qu'à l'idée de lire le dossier.

— Oui, tout à fait. Franchement tragique, acquiesça Calligan, comme s'il était capable de compassion.

— Et je suppose que vous voulez annuler le jugement ?

— Je ne vois pas où est la responsabilité, et les dommages
et intérêts sont exorbitants.

Depuis trois mois et demi qu'il siégeait à la cour, le juge
Calligan n'était jamais parvenu à déceler la moindre responsabilité dans aucune affaire impliquant un décès ou des dommages corporels. Il pensait les jurés stupides et tout prêts à se
laisser abuser par des avocats retors. Depuis le confort de son
poste lointain, il estimait de sa responsabilité solennelle de
réparer les erreurs judiciaires, à savoir les verdicts à l'avantage des plaignants.

— Accordez-moi un peu de recul, jusqu'à demain, répéta
Fisk.

Ce coup de téléphone commençait à irriter Doreen.

— Oui, c'est toujours préférable. Si nous pouvions boucler
ces deux dossiers, Ron, ensuite, un bref congé exceptionnel
pourrait se concevoir.

Un congé exceptionnel, qu'il soit bref ou très long, en l'occurrence, était à l'entière discrétion du juge concerné. Ron n'avait pas besoin de Calligan pour qu'il soit approuvé. Il remercia quand même et raccrocha.

La cuisine des Fisk était garnie des provisions apportées par leurs amis, surtout des cakes, des tartes et des plats mijotés, disposés en buffet sur un des plans de travail. Ils dînèrent avec Zeke, Clarissa, deux voisins, et les parents de Doreen, dormirent six heures, puis repartirent en voiture pour l'hôpital.

À leur arrivée, Josh était en pleine crise de convulsions, la deuxième au cours de la dernière heure écoulée. Elle s'acheva, ses signaux vitaux s'améliorèrent, mais c'était tout de même une rechute dans sa lente rémission. Le jeudi matin, il était de nouveau vif et alerte, mais irritable, agité, incapable de se concentrer, incapable de se rappeler l'accident. L'un des médecins leur expliqua que son état était symptomatique d'un syndrome post-commotion.

Le jeudi soir, l'entraîneur des Rockies, l'ancien collègue de Ron, vint à Jackson pour une nouvelle visite. Ron et lui dînèrent à la cantine de l'hôpital et, devant une soupe et une salade, il sortit ses notes.

— J'ai effectué quelques recherches, expliqua-t-il. Win Rite a cessé de fabriquer ces battes légères depuis six ans, sans doute en réaction à des plaintes pour blessures. En fait, tout le secteur est passé en norme moins quatre, jamais au-delà. Avec les années, les alliages d'aluminium sont devenus plus légers, mais aussi plus solides. En fait, au moment du contact, le fût de la batte amortit la balle, puis la propulse quand la paroi en alu retrouve son galbe originel. Le résultat, c'est une batte plus légère, mais aussi beaucoup plus dangereuse. Les partisans de la sécurité protestent depuis dix ans, et quantité d'études ont été menées. Lors d'un test, une machine a propulsé une balle à cent quarante-cinq kilomètres à l'heure, et la balle a ricoché sur la batte à cent quatre-vingt-quinze. Deux cas de décès, un dans un lycée, un autre à l'université, plus des centaines de blessures, dans toutes les classes d'âges. Donc, la Petite Ligue et d'autres organisations de jeunesse se sont entendues pour proscrire tout ce qui se situe au-dessus de moins quatre. Mais le problème est évident. Win Rite et les autres fabricants de battes ont encore un million d'exemplaires de ces modèles qui se promènent dans la nature, et nous avons fini par en voir une en action pendant le match de vendredi dernier.

— Il n'y a jamais eu de rappel de ces battes ? s'étonna Fisk.

— Jamais aucun. Pourtant, ils savent que ces foutus machins sont dangereux. Leurs propres tests le prouvent.

Ron mordillait un biscuit salé, sachant fort bien où la conversation le menait et peu enclin à pousser dans cette direction.

— L'équipe des Rolling Fork est probablement responsable, mais cela ne vaut pas la peine de s'embêter. La municipalité de Russburg pourrait aussi être tenue pour responsable parce que l'arbitre, un employé de la ville, a omis de vérifier les équipements. Le gros poisson, naturellement, c'est Win Rite. Deux milliards de dollars d'actifs. Des tonnes d'assurances en couverture. Un très bon cas de responsabilité civile. Des dommages et intérêts indéterminés, mais substantiels. Somme toute, un dossier très costaud, à part un petit problème. Notre Cour suprême.

— Tu parles comme un avocat.

— Les avocats n'ont pas toujours tort. Si tu veux mon avis, tu devrais envisager de porter plainte sur la responsabilité du fabricant.

— Je n'ai pas souvenir de t'avoir demandé ton avis. Et je ne peux pas déposer plainte. On m'expulserait de cet État sous les quolibets.

— Qu'en sera-t-il du prochain gamin, Ron ? Qu'en sera-t-il de la prochaine famille qui traversera le même cauchemar ? Ces procédures nous ont débarrassés de pas mal de mauvais produits, et elles ont protégé beaucoup de gens.

— Il n'en est pas question.

— Et pourquoi devriez-vous, l'État du Mississippi et toi, vous retrouver avec des millions de dollars en factures de soins sur les bras ? Win Rite pèse plusieurs milliards. Ils ont fabriqué un produit infect. Qu'on les fasse payer.

— Tu es un avocat.

— Non. Je suis ton ancien associé. Nous avons exercé ensemble pendant quatorze ans, et le Ron Fisk dont je garde le souvenir avait le plus grand respect de la loi. Le juge Fisk m'a l'air plutôt déterminé à la changer.

— OK. J'en ai assez entendu.

— Je suis désolé, Ron. Je n'aurais pas dû...

— Ça ira. Allons voir comment se porte mon fils...

———

Tony Zachary revint à Jackson le vendredi et apprit aussitôt la nouvelle. Il se rendit droit à l'hôpital, où il finit par trouver Ron assoupi dans le sofa d'une salle d'attente. Ils se parlèrent pendant une heure, évoquèrent l'accident, l'opération, mais aussi les vacances de Tony à Belize.

Zachary était profondément inquiet pour le jeune Josh. Il espérait de tout cœur que l'enfant se rétablisse complètement, et vite. Mais ce qu'il voulait surtout savoir sans pouvoir se résoudre à le lui demander, c'était ceci : « Quand pensez-vous en avoir fini avec la procédure en appel de Krane ? »

Dès qu'il fut dans sa voiture, il appela Barry Rinehart pour lui annoncer ces nouvelles perturbantes.

———

Une semaine après son admission à l'hôpital, Josh fut transféré du service des soins intensifs vers une chambre individuelle, qui fut immédiatement inondée de fleurs, d'animaux en peluche, de cartes signées des camarades de la classe de cours moyen deuxième année ; il y avait assez de bonbons pour alimenter une école entière. Un lit d'appoint fut installé de sorte que l'un des deux parents pouvait dormir à son chevet.

Si l'aspect de la chambre allégea d'abord quelque peu l'atmosphère, la situation ne tarda pas à la plomber. L'équipe de neurologues ne constatait aucune paralysie, mais un déclin marqué des capacités motrices et de coordination, ainsi qu'une grave perte de mémoire et une inaptitude à se concentrer. Josh se laissait facilement distraire et il était lent à reconnaître les objets. Les tubes avaient disparu, mais l'élocution était notablement plus lente. Une forme de rémission était vraisemblable dans les mois à venir, mais le risque était gros que certaines lésions soient définitives.

L'épais bandage avait été remplacé par d'autres, bien plus minces. Josh était autorisé à marcher jusqu'aux toilettes, un spectacle à vous briser le cœur, quand il avançait en traînant les pieds, de façon maladroite, un pas hésitant après l'autre. Ron l'aidait, et refoulait ses larmes.

Sa petite star du base-ball avait livré son dernier match.

37.

Le docteur Calvin Treet fit le trajet en voiture jusqu'à Russburg et convint d'un rendez-vous avez le médecin urgentiste qui avait examiné le mauvais scanner. Ils étudièrent ensemble les deux clichés, celui de Josh et celui de l'autre patient, puis une brève dispute éclata avant que le praticien n'admette que la salle des urgences, ce soir-là, avait été chaotique et en sous-effectif, et que, oui, il arrivait que l'on commette des erreurs. Le fait que le petit patient soit le fils d'un juge à la Cour suprême ajoutait à son accablement.

— La famille va-t-elle intenter une procédure ? s'enquit-il, visiblement secoué.

— Je l'ignore, mais vous devriez notifier le problème à votre compagnie d'assurances.

Treet emporta le dossier à Jackson, et en discuta avec Ron et Doreen. Il leur exposa le protocole de scanner standard, puis leur rapporta la teneur de son entretien avec le médecin urgentiste.

— Qu'est-ce qui aurait dû être fait ? demanda Doreen.

Treet savait que cette question allait lui être posée. Il savait que ses amis allaient lui demander de juger la prestation d'un confrère. Il avait décidé depuis plusieurs jours déjà d'être aussi honnête que possible.

— L'amener ici en urgence et retirer le caillot sanguin. C'est de la chirurgie du cerveau, mais ce n'est pas une intervention compliquée. Josh aurait été de retour à la maison deux jours après l'opération, complètement guéri, sans la moindre séquelle.

— Il est passé au scanner vers 20 heures le vendredi soir, observa Ron. Vous avez vu Josh à Brookhaven environ neuf heures plus tard, exact ?

— Quelque chose de cet ordre.

— Donc pendant neuf heures, la pression a continué d'augmenter à l'intérieur de son crâne ?

— Oui.

— Et la compression du cerveau par un caillot sanguin endommage le cerveau ?

— Oui.

Il y eut un long silence, tandis qu'ils tournaient autour de la conclusion qui s'imposait. Ron finit par poser sa question.

— Calvin, si c'était votre gamin, que feriez-vous ?

— J'attaquerais ce salaud. Il y a eu négligence flagrante.

— Je ne peux pas l'attaquer, Calvin. Je me rendrais ridicule.

———

Après une partie de squash, une douche et un massage au gymnase du Sénat, Myers Rudd s'engouffra dans une limousine et supporta, comme tout un chacun, les embouteillages de cette fin d'après-midi. Une heure plus tard, il arrivait au terminal de l'aéroport Dulles, et là, il embarquait à bord d'un Gulfstream 5, le dernier-né de la flotte dont M. Carl Trudeau était le propriétaire. Le sénateur ignorait ce détail et n'avait jamais rencontré M. Trudeau ce qui, dans d'autres cultures, paraîtrait curieux, Rudd ayant perçu tellement d'argent de cet homme. Mais, à Washington, l'argent chemine par des canaux particulièrement tortueux. Dans le meilleur des cas, ceux qui le touchent n'ont qu'une vague idée de sa provenance ; le plus souvent, elle leur reste totalement inconnue. Dans la plupart des démocraties, le transfert de tels volumes d'argent liquide serait considéré comme de la corruption en bonne et due forme, mais à Washington, la corruption a été légalisée. Le sénateur Rudd ne savait pas et se moquait de savoir qu'il était la propriété d'un tiers. Il possédait plus de onze millions de dollars en banque, un argent qu'il pourrait finalement garder, s'il n'était pas forcé de le gâcher dans une quelconque campagne, avec son cortège de frivolités. En échange, Rudd affichait un parcours sans faute, dans tous ses votes sur les questions touchant aux industries pharmaceutique, chimiques, pétrolière, énergétiques, aux secteurs de l'assurance, des banques, et ainsi de suite.

Mais à part ça, il était l'homme du peuple.

Ce soir-là, il voyageait seul. Les deux stewards lui servirent des cocktails, du homard et du vin, un repas à peine terminé quand le Gulfstream entama sa descente vers l'aéroport de Jackson International. Une autre limousine l'attendait. Vingt minutes après l'atterrissage, elle déposait M. le sénateur à l'entrée du centre médical universitaire. Dans une chambre du troisième étage, il retrouva Ron et Doreen qui contemplaient, l'œil vide, un écran de télévision tandis que leur fils dormait.

— Comment va le garçon ? demanda-t-il avec chaleur, alors qu'ils se levaient et se rendaient tant bien que mal un peu présentables.

Ils étaient stupéfaits. Le grand homme en personne faisait son apparition sans crier gare, à 21 h 30, un mardi soir, surgi de nulle part. Doreen était incapable de retrouver ses chaussures.

Ils bavardèrent à voix basse de Josh et de ses progrès. M. le sénateur prétendit être venu en ville pour affaires, il passait en coup de vent avant de regagner Washington, mais il avait appris la nouvelle et avait éprouvé le besoin de venir leur dire un rapide bonjour. Ils étaient touchés. En fait, ils étaient surtout décontenancés, ils avaient du mal à y croire.

Une infirmière vint leur signaler qu'il était l'heure d'éteindre. Le sénateur étreignit Doreen, l'embrassa sur la joue, serra ses mains dans les siennes, promit de faire tout ce qui était en son pouvoir, puis entraîna Ron vers la sortie. Dans le couloir, il n'y avait personne. Pas un garde du corps, pas un collaborateur, pas un coursier, pas de chauffeur. Personne.

Le sénateur était venu leur rendre visite seul. Le geste n'en était que plus impressionnant, aux yeux de Ron.

Ils marchèrent jusqu'au bout du couloir, et Rudd offrait le même sourire plastifié accompagné d'un « Bonjour, comment ça va ? » à tous ceux qu'il croisait. Ces gens étaient ses gens, et ils l'adoraient, il le savait. Tandis qu'il déblatérait à propos d'une autre de ses batailles ordinaires, au Congrès, Ron s'efforçait de paraître captivé tout en souhaitant que le bonhomme en finisse et s'en aille. Devant les portes, Rudd lui souhaita le meilleur, promit de prier pour la famille et lui offrit de l'aider sur tous les fronts.

Ils se serrèrent la main. Et il laissa tomber, comme si l'idée venait juste de lui traverser l'esprit :

— Au fait, juge, ce ne serait pas mal de boucler cet appel avec Krane.

Ron se sentit la main molle et la mâchoire pendante. Il essaya de penser à une réponse. Alors qu'il pataugeait, M. le sénateur lui décocha sa flèche du Parthe.

— Je sais que vous ferez ce qu'il faut. Ces verdicts sont la mort de notre État.

Il lui empoigna l'épaule, le gratifia d'un autre sourire plastifié, puis franchit les portes et disparut.

De retour dans sa limousine, Rudd ordonna au chauffeur de se diriger vers la périphérie nord de Jackson. Là, il passerait la nuit avec la maîtresse qu'il avait dans la ville, puis il s'envolerait vers Washington à bord du Gulfstream, tôt dans la matinée.

————

Ron était allongé sur le lit de camp pour une longue nuit de plus. Le rythme de sommeil de Josh était devenu si erratique que chacune d'elles était une nouvelle aventure. Quand l'infirmière effectua sa ronde, à minuit, le père et le fils étaient tout à fait éveillés. Doreen, heureusement, était au motel, profondément endormie grâce aux petites pilules vertes que les infirmières lui glissaient en douce. Ron en prit une, et l'infirmière administra à Josh son propre sédatif.

Dans l'obscurité épouvantable de cette chambre, le juge Fisk se débattait avec la visite du sénateur Rudd. Était-ce l'initiative d'un politicien arrogant venu de son propre chef aider un gros donateur ? Rudd avait reçu tant d'argent depuis toujours et de tout le monde, en toute légalité, il n'était pas surprenant qu'il en ait accepté une liasse ou deux de Krane.

Ou était-ce plus compliqué que cela ? Krane n'avait pas donné dix cents à la campagne de Fisk. Ce dernier avait épluché les comptes, après l'élection, choqué, lui aussi, des sommes dépensées. Il s'était disputé, battu avec Tony Zachary sur l'origine de cet argent. Tout est dans le dossier, lui avait répété Tony sans varier. Et Ron avait étudié les rapports. Ses donateurs étaient des dirigeants d'entreprise, des médecins, des avocats et des groupes de lobbying, tous partisans d'une limitation de la responsabilité civile. Il le savait, dès le début de sa campagne.

Il flairait une conspiration, mais il finit par sombrer, vaincu par la fatigue.

———

Quelque part dans la profonde opacité d'un sommeil médicamenteux, il perçut un cliquetis régulier qu'il était incapable d'identifier. Clic, clic, clic, clic, le même bruit se répétait sans relâche, à une cadence très rapide. Tout près de lui.

Il tendit la main dans le noir, sentit les montants du lit de Josh, et se leva d'un bond. Dans la faible lumière de la salle de bains, il vit son fils aux prises avec des convulsions monstrueuses. Son corps tout entier tremblait violemment. Le visage tordu, la bouche béante, les yeux hagards. Le cliquetis et les secousses métalliques étaient de plus en plus assourdissants. Ron appuya sur le bouton d'appel, puis il empoigna Josh par les épaules et tenta de le calmer. Il était abasourdi de la férocité de la crise. Deux infirmières arrivèrent en trombe et prirent les choses en main. Une troisième arriva, puis un médecin. Il y avait peu de chose à faire, si ce n'est introduire un abaisse-langue dans la bouche du garçon pour éviter qu'il ne se blesse.

Ron fut incapable de regarder davantage, il recula dans un coin pour éloigner de lui cette image irréelle de son enfant abîmé, détruit, perdu au milieu d'une foule de mains secourables, avec ce lit qui continuait de trembler et le cliquetis des rambardes. La crise finit par refluer, et les infirmières en furent à lui rafraîchir le visage en lui chuchotant d'une voix de bébé des mots de réconfort. Ron se faufila hors de la chambre pour s'en aller une fois de plus errer stupidement dans les couloirs.

Les crises se répétèrent, plus ou moins violentes, pendant vingt-quatre heures, puis s'interrompirent brusquement. À ce stade, Ron et Doreen étaient trop las, trop épuisés pour rien faire d'autre que dévisager leur fils et prier pour qu'il demeure calme. D'autres médecins arrivèrent, tous sinistres, qui se perdirent dans une discussion incompréhensible. On ordonna d'autres examens. Josh fut emmené au loin pendant des heures, puis ramené.

Les jours passèrent, se fondirent les uns dans les autres. Le temps ne signifiait plus rien.

———

Un samedi matin, Ron entra en catimini dans son bureau de l'immeuble Gartin. Ses deux greffiers étaient là, à sa demande. Il y avait douze dossiers à trancher. Il avait lu leurs brefs résumés et leurs recommandations. Les greffiers avaient préparé leur propre registre des causes et se tenaient prêts à ce passage en revue.

Une condamnation pour meurtre, à Rankin County. Confirmée, avec une cour unanime.

Un litige électoral à Bolivar County. Confirmé, avec sept autres juges.

Une histoire extrêmement ennuyeuse de transaction sécurisée à Panola County. Confirmée, avec une cour unanime.

Et ainsi de suite. Le désintérêt de Ron aidant, les dix premiers dossiers furent clos en vingt minutes.

— Baker contre Krane Chemical, annonça l'un des deux greffiers.

— Où va le vent ? s'enquit Ron.

— Quatre contre quatre, et tout le monde à couteaux tirés. Calligan et compagnie sont très inquiets à votre sujet. McElwayne et son camp sont curieux. Tout le monde observe, et attend.

— Ils s'imaginent que j'ai craqué ?

— Personne n'en est sûr. Ils pensent que vous êtes sous le coup d'un très gros stress, et on s'interroge sur une grande volte-face cathartique, à cause de ce qui est arrivé.

— Qu'ils se noient dans leurs conjectures. J'attendrai, et sur cette affaire de maison de retraite aussi.

— Envisagez-vous de voter pour confirmer ces deux verdicts ? s'enquit l'autre greffier.

Fisk avait déjà compris que la plupart des rumeurs de la Cour prenaient naissance dans le réseau des greffiers.

— Je n'en sais rien, dit-il.

Une demi-heure plus tard, il était de retour à l'hôpital.

38.

Huit jours plus tard, par un dimanche après-midi pluvieux, Josh Fisk fut embarqué dans une ambulance pour Brookhaven. Il allait être placé dans l'hôpital situé à cinq minutes du domicile des Fisk. Il resterait sous étroite surveillance pendant une semaine ou deux, puis, avec un peu de chance, on le laisserait sortir.

Doreen était avec lui dans l'ambulance.

Ron se rendit en voiture à l'immeuble Gartin et monta à son bureau du quatrième étage. Il n'y avait pas âme qui vive, et c'était précisément ce qu'il souhaitait. Pour la troisième ou la quatrième fois, il relut l'avis de Calligan annulant le verdict dans le dossier Baker contre Krane Chemical. Il avait désormais des doutes. Cet avis aurait pu être rédigé par Jared Kurtin en personne. Calligan jugeait fautives quasiment toutes les dépositions des experts du procès Baker. Il critiquait le juge Harrison pour en avoir entériné la quasi-totalité. Il condamnait dans les termes les plus virulents l'expert qui liait les sous-produits carcinogènes aux cas de cancers, estimant ses conclusions « hypothétiques, au mieux ». Il imposait une norme impossible à respecter, qui exigerait une preuve claire que les toxines présentes dans l'eau de Bowmore avaient provoqué les cancers qui avaient tué Pete et Chad Baker. Comme toujours, il poussait les hauts cris devant l'ampleur même du verdict, et il en rendait responsable la passion mal venue des avocats de Baker, qui avaient enflammé les jurés.

Ron lut l'avis de McElwayne. Le ton était très différent.

Il était temps de voter, de prendre sa décision. Mais il avait si peu le cœur à ça. Il était fatigué de cette affaire, fatigué de cette pression, fatigué et en colère d'avoir été le pion de puissances qu'il aurait dû savoir identifier. Il était épuisé des tortures endurées par Josh. Il n'avait qu'une envie, rentrer chez lui. Il n'avait pas confiance en sa capacité de décider de ce qui était juste, et il n'était plus sûr de savoir ce qui l'était ou pas. Il avait prié jusqu'à être fatiguer de prier. Il avait essayé de faire part de ses doutes à Doreen, mais elle était aussi perturbée et instable que lui.

S'il annulait ce verdict, il trahirait ses sentiments véritables. Mais ses sentiments s'étaient transformés, n'est-ce pas ? Pouvait-il changer de camp du fait d'une tragédie familiale ? Le juriste impartial et serein qu'il était supposé être se devait de répondre non.

S'il maintenait le verdict, il trahirait ceux qui l'avaient élu. Cinquante-trois pour cent des gens avaient voté pour Ron Fisk parce qu'ils croyaient en sa plate-forme électorale. Vraiment ? Peut-être l'avaient-ils élu parce qu'on l'avait très bien vendu.

Serait-ce équitable, envers tous les Aaron de la terre, que Ron modifie sa philosophie judiciaire à cause de son fils ?

Il avait ces questions en horreur. Elles l'épuisaient encore plus. Il arpentait son bureau, plus confus que jamais, et songeait de nouveau à démissionner. Cours, c'est tout, se dit-il. Mais il était fatigué de courir et d'arpenter et de parler aux murs.

Il rédigea son propre avis : « Je rejoins le juge Calligan et marque mon accord, mais non sans certains doutes graves. Cette cour, avec ma complicité et du fait de ma présence, est devenue le protecteur aveugle de ceux qui souhaitent restreindre la responsabilité civile dans tous les domaines touchant au droit des préjudices corporels. C'est là une orientation dangereuse. »

Il rédigea un second avis, dans l'affaire de la maison de retraite. « Je rejoins le juge Albritton et maintiens le verdict rendu par le tribunal de circonscription de Webster County. Dans sa manière d'agir, la maison de retraite ne se montre pas à la hauteur des critères d'exigences requis par nos lois en matière de soins. »

Puis il saisit une note à l'intention de la cour : « Pour le mois à venir, je me mets en congé exceptionnel des travaux de la cour. Ma présence est nécessaire chez moi. »

———

La Cour suprême du Mississippi affichait ses décisions sur son site Internet chaque jeudi à midi.

Et, chaque jeudi à midi, les avocats concernés s'installaient devant leur ordinateur, pleins d'appréhension. À quelques exceptions près. Ce jeudi-là, Jared Kurtin avait chargé un collaborateur de faire ça à sa place. Sterling Bintz gardait l'œil braqué sur son *smartphone*. Resté à l'âge des cavernes, Clyde Hardin s'était assis dans la pénombre de son bureau fermé à clef, et buvait. Tous les autres avocats parties prenantes de l'affaire Bowmore montaient la garde. D'autres attendaient, qui n'étaient pas des juristes. Tony Zachary et Barry Rinehart étaient convenus de se téléphoner au moment où les avis tomberaient. Carl Trudeau comptait les minutes. Dans le bas et le centre de Manhattan, des dizaines d'analystes boursiers surveillaient le site Internet de la cour. Denny Ott et sa femme prirent un sandwich à l'église ; le presbytère n'avait pas d'ordinateur.

Nulle part cette heure surnaturelle n'était plus redoutée et plus attendue que dans l'enceinte miteuse de Payton & Payton. Le cabinet tout entier s'était réuni pour le déjeuner autour de la table de travail tandis que Sherman scrutait son écran de portable. Le premier jeudi de mai, à 12 h 15, il annonça : « Ça y est. » On écarta la nourriture. L'air se raréfia, respirer devint plus difficile. Wes refusait de croiser le regard de Mary Grace, et elle refusait de croiser le sien. En fait, personne dans la pièce n'osait soutenir le regard de personne.

— L'avis a été rédigé par le juge Arlon Calligan, continua Sherman. Je le fais juste défiler. Cinq pages, dix pages, quinze pages, voyons un peu, un avis majoritaire long de vingt et une pages, soutenu par Romano, Bateman, Ross, Fisk. Jugement annulé et cassé. Arrêt définitif de la cour, rendu pour le défendeur, Krane Chemical.

Sherman continua :

— Romano approuve avec quatre pages de sa logorrhée habituelle. Fisk approuve brièvement. – Un silence, le temps de faire défiler la page. – Et ensuite une opinion dissidente de douze pages rédigée par McElwayne, avec l'approbation d'Albritton. Pas besoin d'en savoir davantage. Je m'abstiendrai de lire ce merdier avant au moins un mois.

Il se leva et sortit de la pièce.

— Ce n'est pas exactement une surprise, fit Wes.

Personne ne réagit.

————

Clyde Hardin sanglotait. Le désastre menaçait depuis des mois, mais il était quand même anéanti. Son unique chance de devenir riche venait de s'évanouir, et tous ses rêves avec elle. Il maudit Sterling Bintz et son action collective. Il maudit Ron Fisk et les quatre autres clowns de sa majorité. Il maudit les moutons aveugles de Cary County et tout le reste du Sud-Mississippi, qui s'était laissé duper en votant contre Sheila McCarthy. Il se versa une autre vodka, puis il jura encore, et il but, et jura, et but, jusqu'à tomber ivre mort, la tête sur son bureau.

Sept immeubles plus loin, Babe recevait un coup de fil, et la nouvelle. Son café-restaurant ne tarda pas se remplir de toute la foule de Main Street, en quête de réponses, de rumeurs et d'un soutien. Pour beaucoup, l'événement était incompréhensible. Il n'y aurait pas d'assainissement, pas de rétablissement, pas de compensation, pas d'excuses. Krane Chemical s'en tirait avec un pied de nez à la ville et à ses victimes.

Denny Ott reçut un appel de Mary Grace. Elle lui fit un rapide résumé, en soulignant que la procédure était terminée. Ils n'avaient pas de solution viable. La seule voie qui leur restait, c'était un appel devant la Cour suprême des États-Unis, et ils déposeraient le dossier nécessaire, c'était évident. Mais il n'y avait aucune chance pour que la Cour suprême fédérale accepte de se pencher sur une telle affaire. Wes et elle viendraient bientôt, pour rencontrer leurs clients.

Denny et son épouse ouvrirent la salle polyvalente, sortirent des cookies et de l'eau en bouteille, et attendirent l'arrivée de leurs ouailles, prête à les consoler.

———

Tard dans l'après-midi, Mary Grace entra dans le bureau de Wes et ferma la porte. Elle avait en main deux feuilles de papier qu'elle lui tendit. C'était une lettre adressée à chacun de leurs clients de Bowmore.

—Jette un œil, dit-elle, et elle s'assit pour la lui lire elle-même.

Cher client,

Aujourd'hui, la Cour suprême du Mississippi a tranché en faveur de Krane Chemical. Le jugement de Jeannette Baker a été annulé et cassé, ce qui signifie qu'il ne peut être ni rejugé ni faire l'objet d'une nouvelle plainte. Nous avons l'intention de réclamer à la cour une nouvelle audition, ce qui est la coutume, mais aussi une perte de temps. Nous allons aussi interjeter appel devant la Cour suprême des États-Unis, mais là encore, ce ne sera qu'une formalité. Cette haute juridiction examine rarement les affaires judiciaires d'une cour d'État comme la nôtre.

La décision d'aujourd'hui – et nous vous en enverrons un exemplaire complet la semaine prochaine – rend impossible de continuer vos poursuites contre Krane. La cour a appliqué un critère de preuve qui interdit d'attribuer aucune responsabilité à la compagnie. Et ce qu'il adviendrait d'un autre verdict présenté devant la même cour n'est que trop évident.

Les mots ne sauraient exprimer notre déception et notre contrariété. Nous avons mené cette bataille pendant cinq ans, envers et contre tout, face à une adversité écrasante, et nous avons perdu, à plus d'un titre.

Mais nos pertes ne sont rien comparées aux vôtres. Nous continuerons de penser à vous, de prier pour vous, et de parler avec vous, chaque fois que vous aurez besoin de nous. Nous avons été honorés de la confiance que vous nous avez témoignée. Dieu vous bénisse.

— Très joli, fit Wes. Nous les postons.

———

Dans les échanges de l'après-midi, Krane Chemical revint à la vie d'éclatante manière. Le titre gagna 4,75 dollars et cotait 38,50 dollars à la fermeture. M. Trudeau avait récupéré le milliard qu'il avait perdu, et ce n'était pas terminé.

Il réunit Bobby Ratzlaff, Felix Bard, et deux autres de ses confidents dans son bureau pour une petite fête improvisée. Ils burent du champagne Cristal, fumèrent des cigares cubains, et se congratulèrent. Ils considéraient désormais Carl comme un génie, un visionnaire. Même aux jours les plus sombres, il n'avait jamais flanché. Il s'était tenu à son mantra :

« Rachète le titre. Rachète le titre. »

Il rappela à Bobby sa promesse, faite le jour du verdict. Pas un centime de ses bénéfices rudement gagnés n'irait jamais à ces péquenauds et à leurs avocats poisseux.

39.

Les invités allaient des durs à cuire de Wall Street comme Carl lui-même jusqu'au coiffeur de Brianna en passant par des acteurs de Broadway à temps partiel. Il y avait là des banquiers avec leurs épouses déjà mûres, mais aux courbes encore agréables, et des nababs avec leurs femmes-trophées, superbes et maigres. Il y avait là des cadres dirigeants du Groupe Trudeau, qui auraient aimé se trouver n'importe où sauf en ce lieu, et des peintres fauchés sortis des écuries du MuAb, électrisés par leur plongée imprévue dans la jet-set. Il y avait là quelques top models, le numéro 388 sur la liste des quatre cents premières fortunes de Forbes, un halfback qui jouait arrière dans l'équipe des Jets, un journaliste du *Times* ainsi qu'un photographe chargé d'immortaliser la scène, un reporter du *Journal* qui n'écrirait rien mais qui tenait à ne pas louper la soirée. Une centaine d'invités environ, dont beaucoup étaient riches, voire très riches. Aucun, pourtant, n'avait jamais vu de yacht comme le *Brianna*.

Il était amarré à quai au Chelsea Piers, sur l'Hudson River, et le seul bâtiment plus important du coin était un porte-avions mouillé cinq cents mètres plus au nord. Même dans le monde confiné du yachting scandaleusement luxueux, le *Brianna* était un « mégayacht », catégorie supérieure à celle des « superyachts », mais tout de même inférieure à celle des « gigayachts ». Jusqu'à nouvel ordre, cette dernière était réservée à quelques multimilliardaires venus du software californien, du pétrole saoudien ou de la mafia russe.

L'invitation annonçait : « M. et Mme Carl Trudeau seraient heureux de vous recevoir à bord de leur mégayacht le *Brianna* pour sa croisière inaugurale, mercredi 26 mai, à 18 heures, embarcadère 60. »

Il mesurait près de cinquante-neuf mètres de longueur, ce qui le plaçait en vingt et unième position sur la liste des plus grands yachts immatriculés aux États-Unis. Carl l'avait acheté soixante millions de dollars, deux semaines après l'élection de Ron Fisk, et en avait dépensé quinze de plus en rénovations, modernisations et autres colifichets.

Il était temps, maintenant, de le faire admirer, et d'afficher par la même occasion son come-back, un des plus spectaculaires de l'histoire du monde des affaires. L'équipage de dix-huit marins se chargeait de guider la visite des invités, qui suivaient un verre de champagne à la main. Avec ses quatre ponts au-dessus de la ligne de flottaison, le bâtiment pouvait confortablement accueillir trente amis et tout ce qu'il fallait pour les bichonner pendant un mois de pleine mer – ce que Carl n'avait du tout l'intention de faire. Les quelques heureux élus d'une croisière prolongée auraient accès à un gymnase avec entraîneur, à un spa avec masseuse, à six jacuzzis et auraient un chef à disposition vingt-quatre heures sur vingt-quatre. Ils dîneraient à l'une des quatre salles à manger réparties sur toute la longueur du bateau, la plus petite comptant dix couverts, et la plus grande quarante. Pour les loisirs, il y avait des équipements de plongée, des kayaks à fond transparent, un catamaran de dix mètres, des jets skis, tout un attirail de pêche, et naturellement – accessoire incontournable, un hélicoptère. Autres menues commodités, une salle de cinéma, quatre cheminées, un solarium, un carrelage chauffant dans les salles de bains, une piscine privée pour bain de soleil nudiste et des kilomètres d'acajou, de cuivre et de marbre. La cabine des Trudeau était plus vaste que leur chambre habituelle. Carl avait finalement casé *Imelda* et ses sévices dans la salle à manger d'apparat du troisième niveau.

Jamais plus il ne l'aurait sous les yeux au retour d'une dure journée au bureau.

Alors qu'un quatuor à cordes jouait sur le pont principal, le *Brianna* poussa au large et vira au sud. Le coucher de soleil était magnifique, et, depuis l'Hudson, la vue sur le bas de Manhattan était à couper le souffle. La ville vibrait de toute son énergie, de toute sa frénésie, elle était fascinante à contempler depuis le pont d'un tel bateau. Les passagers des ferry-boats ou d'autres embarcations plus modestes regardaient passer bouche bée le *Brianna*, ses deux moteurs diesel Caterpillar de deux mille chevaux brassant un sillage paisible. Le champagne et le caviar contribuaient à la beauté de la vue.

Une petite armée de serveurs en smoking évoluait avec adresse d'un pont à l'autre, apportant sur des plateaux d'argent des rafraîchissements et des amuse-gueule trop ravissants pour être mangés. Carl ignorait la plupart de ses invités pour consacrer son temps à ceux qu'il tenait sous sa coupe, d'une manière ou d'une autre. Brianna se montrait parfaite maîtresse de maison, glissant de groupe en groupe, embrassant tous les messieurs et toutes les dames, s'assurant que chacun avait eu une chance de l'entrevoir.

Le capitaine vira large afin que les invités puissent profiter d'une belle vue sur Ellis Island et la Statue de la Liberté, puis il obliqua au nord, en direction de Battery, à la pointe sud de Manhattan. La nuit était tombée, à présent, et les rangées de tours illuminaient le quartier de la finance. Le *Brianna* passa sous le pont de Brooklyn, le pont de Manhattan, et celui de Williamsburg, puis remonta l'East River dans toute sa majesté. Le quatuor à cordes se retira, et les meilleurs morceaux de Billy Joel se répandirent dans les circuits de la sono. La danse s'empara du pont du second niveau. Quelqu'un fut poussé dans la piscine. D'autres suivirent, et toute tenue ne fut bientôt plus de rigueur. La jeune génération.

Sur instructions de Trudeau, le capitaine vira autour de l'immeuble des Nations Unies et augmenta sa vitesse, mine de rien. À cet instant, Carl donnait une interview dans son bureau du troisième pont.

À précisément 22 h 30, comme prévu, le *Brianna* accostait à l'embarcadère 60, et les invités prirent lentement congé. M. et Mme Trudeau les raccompagnèrent, les étreignirent, les embrassèrent, leur firent au revoir de la main, en souhaitant furieusement qu'ils s'en aillent, maintenant. Un souper attendait. Quatorze invités étaient restés, sept heureux couples qui croiseraient au sud de Palm Beach pendant quelques jours. Ils se changèrent, passèrent des tenues plus décontractées et se retrouvèrent dans la salle à manger d'apparat, pour un autre verre, pendant que le chef achevait les préparatifs de son premier plat.

Carl chuchota au second qu'il était désormais temps d'appareiller et, un quart d'heure plus tard, le *Brianna* s'écartait de nouveau de l'embarcadère 60. Laissant ses convives sous le charme de son épouse, il pria qu'on veuille bien l'excuser quelques minutes. Il grimpa les marches jusqu'au quatrième niveau et, sur un pont surélevé, trouva sa place préférée sur ce jouet fabuleux. C'était une vigie, le point le plus haut du navire, au-dessus de la mer.

Le vent frais lui fouettait les cheveux. Il s'agrippa au bastingage et contempla les tours gigantesques du quartier de la finance. Il entrevit son propre immeuble, et son bureau, à quarante-cinq étages de hauteur.

Tout était à la hausse. Le titre Krane se plaçait juste sous la barre des cinquante dollars. Ses revenus crevaient le plafond. Sa fortune nette dépassait les trois milliards de dollars et grandissait avec régularité.

Certains de ces idiots, là, en bas, rigolaient, dix-huit mois plus tôt. Krane est fini. Trudeau est un imbécile. Comment un homme peut-il perdre un milliard en un jour ?

Où étaient-ils leurs rires, à présent ?

Où étaient-ils, tous ces experts, à présent ?

Le grand Carl Trudeau s'était révélé plus futé qu'eux tous, une fois de plus. Il avait nettoyé tout ce gâchis de Bowmore et sauvé sa société. Il avait plombé l'action, l'avait rachetée pour deux fois rien, et il en possédait maintenant la quasi-totalité. Cela le rendait encore plus riche.

Il était voué à gravir plusieurs échelons d'un coup dans la liste des quatre cents fortunes établie par Forbes. Là, sur l'Hudson, au sommet de son navire d'exception, posant un regard supérieur et satisfait sur ces tours miroitantes alignées en rangs serrées autour de Wall Street, il admit que rien d'autre ne comptait.

Maintenant qu'il avait trois milliards, en réalité, il en voulait six.

Un mot de l'auteur

Je me sens obligé de défendre l'honneur de mon État natal avec une courte mise au point. Tous les personnages de ce roman sont de pure fiction. Toute ressemblance avec une personne réelle relèverait de la coïncidence. Il n'existe pas de Cary County, pas de ville de Bowmore, pas de Krane Chemical, et aucun produit chimique comme le Pillamar 5. Le bichloronylène, l'aklar et le cartolyx n'existent pas, en tout cas pas à ma connaissance. La Cour suprême du Mississippi compte bien neuf membres élus, mais aucun d'eux n'a servi de modèle ou de source d'inspiration à tel ou tel des personnages évoqués ou décrits dans les pages qui précèdent. Aucune des organisations, des associations, des groupes, des entités à but non lucratif, des cellules de réflexion, des églises, des casinos ou des entreprises citées n'est réelle. Je les ai tous inventés. Cette campagne est le fruit de mon imagination. Ce procès est la somme de plusieurs emprunts faits à diverses affaires authentiques. Quelques édifices évoqués dans ces pages existent réellement – à vrai dire, je serais incapable de vous dire lesquels.

Dans une autre vie, j'ai été membre de la chambre des représentants de l'État du Mississippi et, en cette qualité, j'ai tenu un rôle dans l'élaboration de nos lois. Dans ce livre, certaines de ces lois apparaissent amendées, modifiées, ignorées et même franchement dépecées. Écrire de la fiction nécessite parfois un tel traitement.

D'autres, notamment celles qui traitent du jeu dans les casinos, sont présentées sans aucune retouche de ma part.

Maintenant que j'ai suffisamment dénigré mon propre travail, je dois tout de même préciser que cette histoire recèle une grande part de vérité. Tant que l'on acceptera d'introduire de l'argent privé dans les élections judiciaires, nous verrons des intérêts rivaux se combattre pour enlever des sièges au sein des cours de justice. Les enjeux sont assez ordinaires. La plupart des factions en présence ont été décrites. Les tactiques ne sont que trop bien connues. Le résultat n'est pas très loin de la réalité.

Comme toujours, je me suis appuyé sur les avis et les compétences des autres. Mes remerciements à Mark Lee, Jim Craig, Neal Kassell, Bobby Moak, David Gernert, Mike Ratliff, Ty, Bert Colley et John Sherman. Stephen Rubin a publié ce livre, le vingtième chez Doubleday, où toute une petite bande – John Fontana, Rebecca Holland, John Pitts, Kathy Trager, Alison Rich, and Suzanne Herz – lui a permis de prendre corps.

Enfin, merci à Renee pour sa patience habituelle, et son abondance de commentaires de fond.

John Grisham, 1er octobre 2007